靜靜的紅河

潘壘 著

總序

無擾為靜，單純最美

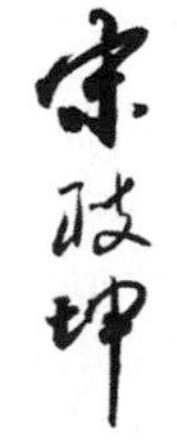

記得三十年前大二那年暑假，我一個人待在陽明山，窩在學校附近的宿舍裏——避暑、看書、打球，日子過得好不愜意。那時候我瘋狂的迷上讀小說，其中最喜歡且印象最深刻的就是潘壘寫的《魔鬼樹——孽子三部曲》、《靜靜的紅河》（以上皆聯經出版）。那年暑假我糾結在潘壘筆下小說人物的內心世界裏，山與海彷彿都充滿著熱與火，劇情結構好像電影，有鏡頭、有風景，愛恨糾纏，直叫人熱血澎湃。那是我年輕時代裏最美好的一個暑假，此後就再也沒有過。總覺得那年暑假帶走我少年時最後一個夏季！那段山上讀書無憂無慮的日子，在我記憶裏總是如此深刻。

之後幾年，我一直很納悶，像潘壘這樣一位優秀的小說家，怎麼會突然就銷聲匿跡似的，再也不見蹤影？難道他已經江郎才盡？或者他早已「棄文從影」？又或者是重返故鄉，至此消逝於天涯？我抱持這樣的疑惑，直到真正遇見他本人。

那是十年前（二〇〇四年）某天下午，《野風雜誌》創辦人師範先生，很意外地帶著一位看起來精神矍鑠的長輩造訪秀威公司。當他們突然出現在辦公室時，我一時還真有點手無足措，當時我正和幾位同仁開會，小小的辦公室擠不下更多的人，開會的同仁們見狀一哄而散。我一得知坐在師範身旁的就是作家潘壘時，當下真是驚訝到說不出話來，不是矯情，真正是恍然如夢。因為有太多年了，我幾乎再也沒有聽過潘壘的消息；就像已經有太多年了，我幾乎忘掉那一個青春的盛夏！

我們好像連客套的問候都還沒開始，潘壘先生就急著問我是否有可能重新出版他的作品，而且如果能夠的話，他想出版一整套完整的作品全集。我當時才確認，潘壘八〇年代以後再也沒有新作問世。他突然丟出這個難題，我一時竟答不出話來，想到這套作品至少有上百萬字，全部需要重新打字、編校、排版、設計，這無疑將會是一筆龐大的支出，以當時公司草創初期的困窘，我實在沒有太多勇氣敢答應。對於這麼一位曾經在我年輕時十分推崇而著迷的作家，竟是在這樣一個場合下碰面，我實在感到十分難堪。在無力承諾完成託付的當下，我偷偷地瞥他一眼，見他流露出一抹失落的眼神，老實說，我心情非常難過，甚至於有一種羞愧的感覺。這件事、這種遺憾，我很少跟別人說，卻始終一直放在心上，直到去年。

去年，在一次很偶然的機會裏，我得知國家電影資料館即將出版《不枉此生——潘壘回憶錄》（左桂芳編著），秀威公司很榮幸能夠從中協助，在過程中我告訴編輯，希望能夠主動告知潘壘先生，秀威願意替他完成當年未竟的夢想，這次一定會克服困難，不計代價，全力完成《潘壘全集》的重新出版。對我來說，多年的遺憾終能放下，心中真有一股說不出來的喜悅。作為一個曾經熱愛文藝的青年，已屆中年後卻仍有機會為自己敬愛的作家做一些事，這真是一種榮耀，我衷心感謝這樣的機會，這就像是年輕時聽過的優美歌曲，讓它重新有機會在另一個年輕的山谷中幽幽響起，那不正是我們對這個世界的傳承與愛嗎？

最後，我要感謝《潘壘全集》的催生者師範先生，感謝他不斷給予我這後生晚輩的鼓勵與提攜；同時也要感謝《文訊雜誌》社長封德屏女士，感謝她為我們這個時代的文學記憶保存許多珍貴的資料；當然，本全集的執行編輯林泰宏先生，在潘壘生活的安養院裏花了許多時間跟他老人家面對面訪談，多次往返奔波，詳細紀錄溝通，在此一併致謝。

無擾為靜，單純最美。當繁華落盡，我們要珍惜那個沒有虛華、沒有吹捧，最純粹也最靜美的心靈角落。當潘壘的生命來到一個不再被庸俗干擾的安靜之境，當他的作品只緩緩沉澱在讀者單純閱讀的喜悅中，我想，一個不會被忘記的靈魂，無論他的身分是「作家」，或是「導演」，都將永遠活在人們的心中。

謹以此再次向潘壘先生致敬！

二〇一四年八月一日

目次

第二部 夏

前記

「紅河，靜靜地流著……」

這是這部小說的第一行文字。從初稿、改寫、再版、而到出書，始終沒有改動過。那是我在抗戰勝利退伍之後，回到越南海防家中開始寫的；那時，這個國家還不能算是真正的誕生，法蘭西殖民地統治者的武力，依照雅爾達協定再光榮的回到越南。

之後，這場戰爭整整的延續了三十年……

一九七五年四月三十日。

越南總統楊文明宣佈向共黨投降，越南淪亡。

今天是一九七八年五月四日。這部小說第四度再版，易名為「靜靜的紅河」。

這個在歷史中消失的國家已經為人們所淡忘了。忘不了的，是仍然羈留在哪兒，以及流散在世界各地的越南難民和華僑的血淚——一如紅河的流水，靜靜地流著……

紅河，永遠是這樣靜靜地流著的……

再見！越南，我的第二祖國！

潘壘

於香港九龍清水灣

第一部　春

第一章

一

紅河，在靜靜地流著……

靜靜地流著，永遠拖著一個沉鬱而單調的悲歎。彷彿從那個不幸的時候起，它便開始用那詭譎而低沉的聲音，向那些生長在它身畔的兒女們，訴說它那可悲的命運——一個古老而荒謬的故事。它是那麼安詳，那麼恬靜地敘述著，以致那些孩子們都感染了它那如同噙著淚水的眼睛所顯示的那份抑忍和緘默，就在它的神秘而透著魅力的低語中生長，在它的低語中成熟，同時，也在它的低語中寂寞地死去了。

當潮退的時候，為了哀悼那些在倔強的緘默中死去的孩子，它變得憔悴和蒼老。像是象徵著某一種意態或企望向這些孩子們證示些甚麼似的，它重又在纖弱的身旁，披起兩條狹長的白羅緞，平伏在焦灼的太陽下閃閃發光。在這柔軟的夾雜著砂礫的黏土上，孩子們的腳印帶回了它的記憶。於是，它又開始顫動著那種瘖啞而蒼涼的，挾著淡淡憂鬱的聲音，不厭其煩地向那些俯身在它身畔撿拾貝殼的孩子們重複那個故事。那是永不休止的，正如它永不休止地拖著那個深長的喟歎，永不休止地流著一樣。

就這樣：春去了，秋也悄悄地去了……

二

紅河，北圻人喜歡用「富良江」[1]這個名字來稱呼它。紅河的水並不是紅色的。漲潮時，水色湛綠而略呈褐黃；在平時，卻澄潔得如同發亮的藍寶石。

就像是母親孕育著她的孩子一樣，中國西南部的元江，孕育著越南的紅河，在一片肥沃而廣漠的紅土壤[2]上，謹慎地塑成一個承襲著母體文化和習俗的形體，最後以一個雄偉而優美的姿態，流進東京灣；黑河和白河分支在紅河的左右，那是一雙充溢著愛慕的熱情的胳膊——似乎是盼望著獲得一個親密擁抱的嬰兒，向著它的母親奔跑。

紅河的水在流，在靜靜地流……

在流，伴著在它身畔生長的兒女們的想望和一個久遠的夢，以及蘊蓄著自由的意志和無比的力量流著。宛如一條在跳躍的脈搏，要將它那溫暖而仇恨的血液，滲進那些壓垂著肥滿的稻穗的根莖裡，滲進那片無垠的沃野，滲進千百萬熱愛著它而又為它所愛的兒女們的心裡。

---

1 北圻人：越南在行政上分為五區，即東京（Tong-king）、安南（An-nam）、交趾支那（Cochin-china）、柬埔寨（Cambodia）、老撾（Laos）。東京通稱北圻。北圻人是指東京一帶的越南人。

2 紅土壤：指東京平原，即紅河三角洲。

三

在東京灣，海防（Hai-phong）是紅河南岸一個美麗的城市。並不大，和普通的越南城市一樣，它有靜穆而平坦的街道，夾道是葱蘢的樹木，和精巧整齊的房屋；整日洋溢著一種介乎都市與鄉村之間的喜悅情趣。

正因為它是一個良好的商港，所以這個城市便每天接來一批客人，又送走另一批客人：那些在大熱天還穿著棉襖，骯髒的雲南客；那些鬍髭遮蓋著面孔的印度綢布商；那些轉道出國的失意政客；那些旅行遊歷者；那些每年都到這兒來的「馬拉鬼」[3]，這些橡膠園的代表，他們半公開半秘密地收買人奴，運送到南洋去種植橡膠樹；而最多的，要算是由各地到這兒來的糧食商和木材商了。每天，這些人便充塞在這城市狹窄的街頭，酒肆，和那些越南「戈核兒」[4]的家裡。海防就在這種情形下繁榮起來。

大致說來，這城市可以分為三個區域。那就是說：假如你沿著海港碼頭轉入波蘭街或者沙華街，你便可以看見一條很長的夾道花園。它本來是由這城市背部的紅河支道直通海港的運河的上半段，現在已經填塞了。在這條被填平而不宜於建築的河床上，因為土質太鬆，祇能種植些花木。倘使你一定要向那些年青的海防人詢問填塞的情形，我相信除了博杜美路的叉口仍被人稱為「勞高勒」[5]，還略略留給他們些兒歷史的意味之外，對於它——這條運河的上半段，一定茫無所知。由於這條夾道花園，這城市粗粗地劃分為三個區域：由海港碼頭到「勞高勒」這段，屬於法人區；「勞高勒」過去，運河的左岸是越人區；對岸便是華僑區了。

---

3 馬拉鬼：馬來亞人或由馬來亞來的人，下面加上這個鬼字，是對於他們厭惡的稱呼。

4 戈核兒：秘密賣淫的歌女（越南語）。

5 勞高勒：土橋頭的意思（越南語）。

華僑區，祇是包括有四條幹道和七八條支道那麼大的範圍。在很久以前，這裡住著些水手、漁夫、苦力、零賣販和一些由轉運中獲取利潤的掮客；這並不是說在其中沒有富有的商賈，祇不過那些有產者僅佔著一小部份而已。他們差不多全是由中國接近越南的沿海省份來的流浪人、小客商、以及一些在那昏庸的皇帝追緝下的亡命政治犯。他們由各個不同的角落，背著一個相同的命運，匯集在這兒，用他們那已習慣的規例和生活方式，在統治者施諸殖民地的虐待和剝削下，知足而安定地生活著。因為在他們之間，也許是從他們的曾祖父開始，便習慣於這種生活；他們知道怎樣利用他們的手和那些過剩的生命力，每年除了繳納苛重的人頭稅[6]和幾十種雜捐之外，他們謹慎地節省下一個「蘇」，二個「真」，甚至一個細小而薄薄的「保大」[7]；一年年，一代代，他們，或者他們的兒孫，終於將這些年來的積蓄放在一個安全而合法的，他們曾經籌劃多少年代的事業上；也許不消幾年，他們已經是一家雜貨店、一家米行，或者一條漁船的主人了。這些，在他們看來，都像是早已安排停當似的，一點兒也不值得驚訝，他們總是那麼相信自己的手，和那不可捉摸的冥冥中的命運。

現在，這個區域已經十分興盛了。它包含著世界上任何一個國度的港埠所共有的幸福和罪惡。

6　人頭稅：Import personal俗稱身稅。在越南的中國人除了過境之外，都要抽人口稅，稅率依各人的收入和年齡而定。男子至少每年繳納十六元，女子二元，也有每年繳納數百元的。越南人也要繳納，但稅率比中國人低，其他國家的僑民卻不用繳納。

7　蘇：一分錢。真：半分錢。保大：六分之一分錢，是保大皇登位後發行的銅質輔幣。

第二章

一

這是一九四〇年的初夏。

范大叔坐在內河碼頭的船纜木樁上，直到最後一包玉蜀黍在一條朽舊的大躉船黝黑的艙裡由苦力背起來，從他身旁走過，他隨手接過竹籤，插進腳邊一個排列整齊的木架裡，然後才困難而疲憊地屈著腰脊站了起來。

他坐在這條粗大的木樁上，已經一整天了。在以前，這並不是甚麼了不起的一回事；就是現在，他還是不肯承認自己已經衰老。雖然他已經六十六歲了。他緩緩地挺直腰，這動作花費了一段很長的時間，接著，他深深地吁了一口氣。一個使他戰慄的壞念頭瞬即在他的心中升起，在以前，他從未這樣感覺過，這不禁使他焦灼起來。

「我真的老了嗎？」他懷疑地向自己說。一面下意識地伸出他那寬大的手掌，摸摸早已光禿的頭額和唇上那簇灰白色的鬍髭；但，他又憤憤地放下手，像是急於要想揮掉這個壞念頭似的。他馬上轉身去招呼倉棧裡的工頭，吩咐幾句話便匆匆走了。

他一面走，一面又想起剛才在折磨他的那個壞念頭，那幾乎是無法遏止的；以致當他經過橫街，那些行人和店鋪裡的夥計向他點頭致意的時候，他竟一無所知，仍然心不在焉地向通往運河的方向走著……

這城市裡的人都用「范大叔」這個名字稱呼他，這是含有敬意的。雖然他並不是一個富紳或者名流，而他的社會地位和聲望卻駕乎他們之上。這是很難解釋的，就以他自己來說，他也從來沒有追究過自己獲得這份榮譽和聲望的理由。他祇知道自己始終沒有改變過做人的態度。

關於他的家世，這當然是那些上流社會的大人先生們聊天時最好的資料。但對於他，卻並不感到任何損害，無論在名望上和事業上都一樣；相反的，他卻因而激起更高的自信，培植了那種天賦的異於常人的優越感。他永遠信任他自己，同時，又以一個無知的婆羅門教徒那種愚昧的心情虔敬他的命運。大概他在生活中曾經體察和悟及些甚麼似的，他承認（和許多保守的中國人一樣）宇宙間確有天理報應和輪迴這些事，因此，他將自己的善行列為分內應做的事，而永遠不肯饒恕自己所作的任何過錯。

他是一個江湖郎中的兒子。這種人物在中國所有的鄉鎮裡都看得到，就是祇憑著刻板的記憶和習慣將一些樹皮草根去醫治病人的人。所以，在他少年的時候，便自然而然地繼承了那個自譽為「華陀再世」的老江湖郎中的衣缽。但：海對他的誘惑太大了，因為他是海洋邊緣成長的孩子，所以他迷戀海，盼望能夠生活在海上。在他二十七歲那一年，他終於完成了他的願望；他開始在一條大漁船上充任卑微的水手。而這條漁船卻是一個姓韋的革命黨人用來偷運軍火的。顯然，他漸漸酷愛著這種工作，因為他在那兒獲得許多比他那可憐的父親和書塾裡那個老秀才所教給他的，更豐富而賞際的知識。第二年冬天，這條漁船在一次接應工作中不幸的被逮獲了。由廣州灣駛到北海靠岸的時候，清兵早已守候在那兒。危急中，他從後艙跳進海裡，靠著一塊破碎的朽木，在冰冷的海水裡飄浮了一整夜，終於在黎明前，讓他偷偷地爬上一條小漁船，亡命到東京灣來。

二

隨後，他生活在那灰色的海上。

他現在的確蒼老了。光禿的頭上，祇有耳邊和腦後還留著些稀疏而灰白的短髮；兩條濃厚的眉毛覆蓋在一雙凹陷的眼睛上，兩頰顯得瘦削，如果那兩片薄薄的唇上沒有那簇鬍髭，便很容易使人覺察到他那已脫落的上門牙。整個看來，這是一個慈祥而正直的面貌，他那雙似乎永遠在揣測甚麼似的眼睛裡，有一種嚴肅而柔和的光澤。在三十多年前，這位年青漁夫的相貌是很值得女人們愛慕的，尤其是碼頭上的女漁販。幾乎每次當他在她們的面前走過時，都會引起一次直到大家都離去才終止的私議。

他生活在海上的那段日子，正是一個男人最誘人的年齡，而且，他有著一雙未為情慾所騷擾的，含著疑惑的眼睛，和一個雄偉的身體；薄薄的嘴唇帶著幾分緘默和倨傲微微的掀動著，臉上透出一層因精力健旺而起的緋色；這些，都是曾經被無數的女人所讚美的。

而他，這位年青的漁夫——這位江湖郎中的兒子，卻持著一種超然的、矜持而傲慢的態度，生活在一群用最粗魯的字眼說話，用一種最原始最任性的舉動來發洩情慾的漁夫們的生活圈裡。起先，在一次難堪的譏諷和捉弄之後，那些漁夫們都被他那種老年人才有的拘謹和莊重，以及他那潛在的，蘊藏著一股不可抗拒的力量和氣度所懾服，暗暗地由心中起了些兒敬意。後來，竟會因他走近來而停止對女人的談論，改換另一個比較堪以入耳的話題。

照一般漁船的規例，在回航和出海之間，漁夫們通常會得到一個較長的時間休息。因為那些粗笨的漁船，慣常要借著退潮的時候，用堅實的木柱支撐著船舷，讓它停擱在乾涸的河床上；然後用些樹枝和乾草去薰烤船底，這是一種古老的保養漁船的方法。在這個時候，娘兒們坐在岸上補布蓬，結漁網；水手們統統跑到那些酒家和下等妓院裡，盡情地揮霍掉這次出漁所獲得的報酬。

而這位年青的漁夫——范大叔，卻跑到碼頭上去充任臨時的苦力。

所有的漁夫都因而取笑他。不過這種取笑僅限於他們的衣袋裡還有幾塊「比亞斯特」[1]的時候。等到他們的口袋裡空了，又要開始出海了，那麼這些曾經用一種最糟的笑聲罵他「守財奴」的漁夫們，便會個別地將他拖到一個別人看不見的角落裡，靦腆而愧疚地紅著臉向他挪借幾個錢，以便準備充足的酒和煙葉。在海上，漁夫們如果沒有酒和煙葉是不能過活的，正如上岸來女人對於他們的需要一樣。不過，這位「守財奴」對於他們那種謙卑的請求，從來沒有拒絕過。祇是在回航清結這些債務時，必定要按照他所定下最公道的規矩貼加些兒利息。漁夫們對於他這種作為，簡直可以說心悅誠服，因為這是極其公允的。

以後，整個漁區裡的漁夫們，都以一種崇敬而且對信仰的心情去接近這個江湖郎中的兒子，這個守財奴——就說是這個范老大吧，這是漁區的人們給他的名字。他開始在這個小社會裡建立他的信譽。然而，他並不是如一般人所說的是一個吝嗇的「守財奴」，他祇是謹慎地利用這些錢財罷了。對於女人，雖然他已經達到需要而且是易於被惑的年齡，但，他仍然保持著孩童的稚心，因為他所愛戀的是事業，是——那灰色的海。在平時，他喜歡吸那種廉價而且濃烈的越南煙草，和輕輕地啜飲糯米白酒；他的袋裡經常放著一個活動瓶塞的小酒瓶，邊做著事，邊隨意地喝著，邊用手在衣袋裡掏出幾粒乾豆丟進張著的嘴裡。除了這些嗜好，便是在停航時跑到碼頭上去背玉蜀黍的習慣了。這也許因為他有驚人的體力，所以在一天工作中，他總要比那些最老練的碼頭工人多背幾包。那就是說：他要比其他的碼頭工人們多掙幾個「蘇」。待那些銅板儲滿了一個整數時，他便要跑到一些熟悉的酒肆裡換成小銀角：或者將那些小銀角去換幾塊美麗的，齒邊，在正面塑有持杖的自由神像的「比亞斯特」，然後將這些比亞斯特放進腰帶，和那些漁夫們粗糙的手掌裡。其中有一個不為別人察知的秘密，那就是他常常將一些銀洋託人帶給國內那因受刑而瞎了眼睛的父親。

1 比亞斯特：元，越南幣的單位。

他們的漁船每次按著漁汛出海。

他們的漁船每次載得滿滿地回來了。

三

五年後的冬天，整個漁區又顯出它那種週期性的喧擾和繁亂，漁船都準備出海了。那個暴燥的船主——那個紅臉的，像瘟猪一樣瞪著眼睛的老賭徒——將他那條朽舊的漁船賣了給范老大，就這樣，范老大變成漁船的主人了。

那天傍晚，范大叔在黝暗而發出魚腥和海水鹹味的艙裡宴請他的下屬；他以一種和善的憨笑去和那些債務人碰杯，同時用那雙嚴峻的眼光使這些野蠻的水手們對他們的新船主有所畏懼。待那些傢伙全醉倒之後，他悄悄地將兩塊刻有「兆和」兩個字的木板，結實地釘在船舷原先的船名上。

在次日迷漫著霧氣的早晨，這條像敗落家族的大門板一樣，蒼斑剝落的「兆和號」悄悄地出海了。這位本應是一個江湖郎中的船主靜靜地站在船頭，他深深地呼吸著迎面撲來的含有太多水份的大氣；他隨著眼睛凝望著前面，海面在晨霧和昏然未明的光亮下波動著。他隱隱地笑了。

他的運氣使那些在海裡生活了幾十年，甚至幾代的漁夫們大為驚異。後來連他自己也感到惶惑。

就在第四天的深夜。全船的人都被船底下所發出那種因磨擦而起，聽了要使人本能地將渾身的神經和肌肉收縮的「沙沙」聲所驚醒。這種聲音連續了很久，對於航海有些經驗的漁人便立刻知道這並不是擱淺；倘使是擱淺，這條破木船早就該停下來了，早就該傾倒了。然而，這條「兆和號」卻依舊平穩地行駛著。可是，這種因磨擦而起的「沙沙」聲愈加劇烈，幾乎使人意識到這脆薄的船底立刻就要磨碎。

范大叔急急地披起一件油布風衣，從艙內衝上甲板。

海，黑得像一個無底的撒旦的魔窟。

風吹著桅索，飛舞的海浪在空中碎裂，這種淒厲而可怖的音響，彷彿正對著在海上浮沉著的蠢物發出一種殘忍的嘲笑——命運的嘲笑。

范大叔僵立在甲板上，一種無意識的習慣使他向著前面伸伸手。可是眼前這一切，都是無從觸摸的，除了從薄薄的艙縫裡漏出一絲黯澹的油燈亮光，整個天體都凝固在寒冷的黑暗裡。磨擦的響聲已經劇烈到使他站在甲板上的腳心也感到酸痲了；突然，一個使他痙攣，使他難以承受的意念掠過他的腦際。隨即，他悽惶地摸著額角，失聲叫喊起來：

「完了！完了！」他顫動著無助的聲音：「流沙，這是流沙啊！」

流沙！全船的漁夫都被他的聲音駭住了。全世界的航海家對於這瓊州灣底下的怪物，提起來都感到驚心動魄的。在瓊州海峽，這怪物是那些航海者的命運與技術的最大考驗，在他們的地圖上，用粗粗的紅線將這個海峽圈在裡面，而且在邊上還加上「東方最危險地帶」幾個字。因此，一些膽小而謹慎的領航人便放棄這條捷徑，甯願在海南島的背面繞過去，雖然這樣他們要多走大半天的水路，為了安全，他們仍樂於這樣做。不過，在這地帶走慣了的船隻，卻選擇著這條危險的捷徑；他們差不多都是在一個不斷的祈禱中緩緩地駛過去的。

這個怪物是海底下一條龐大的，自由流動凝聚不散的沙流。當船隻不幸被捲夾在這可怖的沙流中時，生與死祇相隔在它一個輕微的擺動中了；它能在一瞬間吞噬一艘大郵船，但，也有例外的，除非這條船隻能在它的靜止與擺動之間，離開這條像東方的「龍」一樣神秘的死流。

「兆和號」仍在這沙沙的磨擦聲中行駛著……

范大叔在極度紛亂的情緒中漸漸地沉靜下來。他如同在忍受著痛楚似地緊咬著牙，靜靜地傾聽著這種響聲，宛如傾聽著死神的腳步漸漸移近一般。他感到昏惑和空虛起來。風鼓動著他的油布風衣。驀地，他發出一種堅定而拗執的聲音，命令那些在驚愕中的水手們拉起所有的風帆，同時將甲板上一些笨重無用的破爛傢伙統統投進海裡；他隨即返身奔向舵位，接過那條被多少粗糙的手掌撫摸得那麼光滑的木舵（兩年前，他已經是一個優良的舵手了），他將腿支撐在船尾那些複雜的龍骨上，將整個身體俯向木舵。他想借著風力，駛開這條死的沙流。然而，木舵像是已銹蝕似的凝住了，任憑這位體力比所有的碼頭苦力還大的「兆和號」船主怎樣使出他的蠻勁，仍然屹然不動。

掙扎了許久，這位倨傲的江湖郎中的兒子終於被這堅實的柚木船舵和他這不幸的遭遇所屈服了，他精疲力竭地倒在舵位的甲板上……

「兆和號」仍在這沙沙的磨擦聲中行駛著……

他將頭額枕在手臂上，緩緩地睜開他的眼睛，思緒的紊亂使他無從擒捉任何一個意念，他衹直覺地感到自己的軟弱和渺小而已。半晌，當他證實自己的意識曾經感受到這種磨折時，他勉力支撐著手臂在甲板上爬起來，因為他不希望在被這個怪物吞噬之前讓他的夥伴們看見他這種狼狽的神態。於是他扶著舵把站起來。這條光滑的舵把，甚至這條在五天前用幾千塊閃著銀光的比亞斯特換來的漁船，現在對於他是毫無價值了。現在，他和這幾個可憐的漁夫，衹等著這條龐大的怪物輕輕地擺動身軀，在這個黑暗中，在這個死亡的黑暗中。

漁夫們困頓地摸進艙裡，點起香燭，然後圍著那個木雕的海神祭壇跪下來，開始默默地祝禱。可是，他們都沒有祈求海神保佑他們脫離險境，祇祈求著來世仍能做一個漁夫——做一個好運氣的漁夫……

范大叔離開舵位，拖著那生硬而麻木的腳步摸索到前艙。他的腳從未被那些木桶、浮標、竹叉、墊套，和那些漁具絆著過，那些東西完全丟進海裡了，這是他命令那幾個現在跪在海神面前懇求來世不要變成癩蝦蟆的水手們這樣做的；因為他以為這樣可以使這條漁船輕一點，如他所說：就是「吃水淺一點」，然後利用揚起的大小風帆駛出這條悲慘的沙流。但，舵被流沙緊緊的夾住了，一切都完了。靠近船舷，他下意識地伸手撫摸那兩塊他自己用漁刀在一條折斷的跳板上刻的新船名。他痛心地輕撫著冰冷的木板上的凹槽，和那個「兆」字粗糙的邊緣；這樣，他就會聯想到若干年前他怎樣裝出一副令人信仰的神氣，去觸摸那些病人的頭額和脈搏；後來又怎樣懷著激動而欣喜的心情偷偷地觸摸那些古老的土槍，和那些沉甸甸的子彈；後來他又怎樣觸摸著那些麻索、網、船舵、以及那些有齒邊的銀洋。這些，彷彿就在眼前一樣。不是嗎？四天前他還含著一個幸福的笑意站在船頭，凝視那迷戀著他的，那灰白色的海。

他頹然地將頭深深的埋在手彎裡。

「兆和號」在那種單調的輓樂聲中，向著死亡繼續前進……

海，愈來愈黑，風漸漸地平息下來。接著，天角透出一片迷茫的鉛色，像那幾千年前的木乃伊身上的屍布一樣慢慢地升起來；彷彿一個毫無天才的畫匠，胡亂地將一些灰白色的油彩塗上船舷、桅帆，餘下的潑在這迷茫的海裡。

霧，開始在晨曦的海面上伸展開來了，海鷗一隻隻在空中出現，很快的又隱沒在那蒼白而略呈橙色的霧層裡。這位年青的船主漸漸地在昏迷中甦醒過來。他抬起頭，乏力地微啟著那雙失神的眼睛。突然，眼前的奇蹟使他的呼吸因喘促而窒息了，他驚呼起來：

「啊！天啊！這全是些比亞斯特！」他匆遽地俯身到船舷外面，意識到視覺並沒有欺騙自己之後，他伸出粗壯而顫慄的手在空中揮動著，然後飛奔過去，發狂地擁抱著每一個爬出臥艙的漁夫。他噙著熱淚伸手指給那些被他的舉動駭得張口結舌的漁夫們看。

「啊！我的海龍王……觀世音菩薩……」他們都用這種聲音喃喃著，笑著，終於抱頭痛哭起來。

原來他們的船並沒有遇著流沙——流沙祇有在湍急的瓊州海峽，在東京灣是不會有的——而是遇著向東京灣暖流中迴游過來的大魚群。那些像漁刀一樣狹扁的鰽白魚緊密地接著，露著銀鱗色的背鰭，迂緩地在船邊擦過，向著後面黯淡的波面迂緩地游去……

范大叔連忙命令那些沉浸在狂喜中的水手們放下風帆。但，所有的漁具都在昨夜投進海裡了，所以他們祇好利用他們的防雨斗蓬。他們將斗蓬的領口收緊，然後將斗蓬下段用一條堅韌的麻繩串起來，這樣便變成一個代用布網；船是迎著魚群行駛的，所以祇要將那個張口的斗蓬投進水裡，那些狹扁的鰽白魚便會自然而然地游進去，等到斗蓬滿得不能再容納時，便用力收緊套口的麻繩，將那個滿裝著魚的斗蓬在舷邊拉上來。這種捕魚工作雖然進行得很慢，而這些曾經受著過度驚嚇的漁夫們卻心安理得地靠坐在舷邊，在那種惡毒的笑謔聲中，將各人的斗蓬投進水裡，滿了之後，又慢條斯理地拉起來，傾倒在甲板上；讓那些魚順著一條傾斜的木槽滑到那個叫做「醉鬼發泰」的身邊。那麼這個高瘦的老頭子就會一邊，哼著那種不知所云的兒歌，一邊用一種熟練得使人驚歎的動作剖開魚腹，再遞給他身旁那個粗黑的下手，讓他在肚和腮裡塞進一把粗粒的海鹽，然後順手投進魚艙裡。

拍大腿，唱山歌，
人人都笑我沒老婆，
氣起來去討一個，呀……呀……

醉鬼發泰起勁地唱著……

中午，魚群過去了。他們坐在魚堆上，將這條破舊的「兆和號」壓得低低地向海防港口回航。魚艙，甲板，連他們的臥艙都載滿了魚。

四

范大叔的船壓著紅線[2]回來了。

但這幾天，海防漁區裡的人正談論著這件事情。因為有幾隻內海的小漁船曾經拾到「兆和號」的漂流物，因此，大家都公認這條可憐的傢伙已經沉沒了；而且有些敏感的人還認為這是那個紅臉老賭徒的陰謀。

而，這條鬼魂般的朽木船，現在卻壓著紅線在碼頭娘兒們的驚歎聲中緩緩地進了內港。它——兆和號——一路上遇著很多出漁的船隻，但它的消息卻無從帶給這個漁區的人們。現在突然回來了，當然免不了引起一種極不平凡的騷動。

碼頭上擠滿了人。

船靠了岸，這位青年船主以一種輕捷的動作跳上碼頭，向那些歡迎他的人笑著，倨傲地笑著，然後走進人群裡去。

「好傢伙，你這個強盜！」一些年老的漁人使力拍著他的肩膀，打趣地咒罵著：「我以為你們去餵鯊魚了呢。」

「噢！你這個老糊塗，你看錯了，我們餵的是鰣白魚。」他調侃地回答。

因為鰣白魚新上市，所以祇消幾句密語[3]便以一個很高的價格成交了。之後，他不能繼續出漁，他要補充需用的漁具和修理這條舊木船。經驗告訴他這是很需要的，而且，這條船是屬於他的了，因此對於這船上所有的

---

2 壓著紅線：超過最高載重量。

3 密語：魚販在市場上討價還價的暗語。

事物都很仔細；他換去舷邊兩條突出且容易被碰的朽木，並且雇了兩個木工將甲板上因年代久遠而起的凹處鉋平，使整個甲板出現出一種嶄新而光滑的表層；添上一塊大中帆；所有的桅和船身都用黃麻的汁液塗擦過。這樣，「兆和號」便變成一條健康的淡褐色的新漁船了。

這之間，他們有整整半個月的休息。醉鬼發泰和其他的幾個漁夫又開始在陸地上過著如同在海上酒和煙草對於他們的那種生活了。如果留意的話，總會發現他那高瘦的身影在碼頭邊的酒肆和那些娼妓的低矮的屋簷下搖搖晃晃，唱著他的歌。永遠是那支單調、沉鬱而不知所云的歌。他唱著，不斷地打著酒噎：

氣起來去討一個，呀……呀……
有錢討個嬌嬌女，
沒錢討個麻臉婆，
麻臉婆，偷倫嫁呵……

「兆和號」按著魚汎出海。
「兆和號」又戴得滿滿的回來了。

五

日子就這樣流過去。范老大已經三十八歲了，他仍是那麼孤單地和那灰色的海生活著。一些曾經許過願要等他的女人們都等得不耐煩而出嫁了，但，接著卻有另一批小姑娘們又同樣地許著這種願。年紀不能減退他對於女人的魅力，三十八歲的他卻顯得更飽滿，更溫柔了。他時常掀著上面留著一排柔軟鬍髭的嘴唇笑著，雖然他對於女人的笑，含有一些殘忍的，近乎冷酷無情的意味。

海防人都為這個中年的船主惋惜，然而，基於這點卻獲得更尊崇的敬慕。熱心的老公老婆們都勸過他，而且不止一次。不過，當他聽完對方那種婉轉的，吞吞吐吐的，或者有些暗示意味的話之後。他含著一個感謝的笑意走開了。

關於這個包圍著他太久的問題，他也曾仔細的想過，可是，他並不因而困惑。他很明白，假如他一旦結了婚，他便得離棄了海，那灰色的，為他所愛的海了。

就在那個冬天，事情終於發生了。他正過著幸福的秋季。每天的清晨，他習慣地要有一個較長的時間散步，這種習慣是在海上養成的；不過在海上他是繞著甲板走；而在陸地上，在這個城市裡，他喜歡走在那條富有詩意的沙華街的林蔭下面。

這是一個有霧的早上。他沿著運河的岸邊走著。靜，祇有河心小魚跳躍發出一種類乎琴鍵的聲音。當他走近堵口時，他發現一個頭上包裹著貝殼形黑絲方巾的女孩子，她正向對岸那幢紅磚教堂凝望著。待這位船主走近她的身邊正要從她的身後繞過去的時候，這個女孩子醒覺地急急地將身體避到一邊，向著這位注視著她的范大叔低下頭。就在這一瞬間，這嫻靜的神態和溫婉的容貌將他吸引了。他不安地脫去他的羢帽，輕聲說：

「早安，小姐。」

「啊……」少女吃驚地揚起頭，用溫馴的聲音回答：「范先生，早安。」然後重新將她的頭垂下來。

隨後，當然還有許多話，不過唯一能讓漁區裡的人知道而深表驚異的，那就是一個月後，這位十八歲的越南少女已經是這位大她二十歲的范大叔的妻子了。

這正如所意想的一樣，他從此真的放棄了他的海上生活，將「兆和號」交託給一個誠實而為他賞識的助手；和他那年輕的妻子住到沙華街，對著那所紅磚教堂的一幢淡褐色的樓房裡。

這位北圻望族出身的少女，除了在寵愛她的母親那兒獲得結婚的許可和一份可觀的妝奩之外，她將母性稟賦的慈愛和溫暖帶給了這個新家庭。幼年的孤獨生活，養成她一種勤檢簡樸而喜歡緘默的性格——她的父親，在她出世後不久的一次遊獵中跌斃，於是她的母親便精明地掌執著丈夫遺下的產業。她開始謹慎地處理那些田地，儲放那些易於被蟲蛀爛的煙葉，和那些狡獪的木材商簽訂開採在南定（Nam-dinh）一座屬於她的山林裡的木材；而且很得體地保持著在家族之間的地位。在空餘的時間，她的母親還得分開一些時間去想念那已死去的丈夫和在法國讀法律的兒子。除了這些，那位不幸的母親還得嚴厲地教養著她，和一個比她年長五歲的姐姐。現在，她將那些在她的母親那兒獲得的經驗，應用到家務上來。在婚後的二十八年中，她給范大叔生下四個女兒，和一個排行第二，有著和這個老漁夫同樣相貌和品性的兒子。

前年，「兆和號」觸過一次礁，雖然損壞得很輕微，可是，這條可憐的傢伙和這位江湖郎中的兒子一樣衰老了，於是他決定將它改駛內河。紅河是很安靜的，對於這條朽舊的「兆和號」當然是最適宜不過；所以這兩年來，它就沿著紅河在那些城鎮來回行駛，裝載些玉蜀黍、花生、米和木材。

醉鬼發泰實在老得不能再老了，他仍弓著背脊搖晃在那些酒肆裡，祇是那些娼妓的低矮屋簷下再也看不見他。不過，還可以聽見他那吵嗄無力的聲音，唱著那支已經熟了嘴的山歌。

拍大腿，唱山歌，
人人笑我沒老婆，
氣起來去討一個，呀……呀……
有錢討個嬌嬌女，

沒錢討個麻臉婆。呵……
麻臉婆，偷偷嫁，
兩盒胭脂兩盒茶，
兩個媒人……

他仍然那麼起勁地唱著。但，唱到後面終於因喘息而止住了。接著引起一陣痛苦的嗆咳，那種聲音和他的歌聲一樣的單調、蒼涼。

第三章

一

沙華街在運河邊，路旁植著兩排整齊而繁茂的鳳凰樹，濃密的樹蔭之間，祇露出一條狹長的藍天，和一些被枝葉剪碎而照射下來的小白點。四月，這正是鳳凰樹開花的季節；鮮紅的，花萼邊上帶有白斑的花朵，彷彿新嫁娘手中的花束似的一串串地結掛在樹上。微風吹過，花瓣有意無意地飄落下來，替這條恬靜的街道增加了一種令人沉醉的美。可是現在已經是傍晚了，不然，一定有許多孩子們蹲在地上撿拾花瓣，放進一個細小的竹籃裡，然後由他們之中一個年紀較大的小姐姐，耐心地坐在路旁的青石階上，用線將花瓣一片片穿起來，輕輕地掛在含著無邪而企盼笑意的，一對正在認真地進行著婚禮的小新人的頸項上……

而現在，落日在天角燃燒著，以致那些樹木、屋角、輕雲以及行人道的街磚，都染上了這種火燄似的緋色的光澤。

對岸那幢紅磚教堂發出幽遠的晚禱鐘聲，鑲著五色玻璃的橄欖窗裡，已經有淡淡的燈火透射出來了。在運河的水面上，浮泛著波蘭街頭和載運磚瓦的小木船上幾點發亮的白點。白點混淆在搖曳的星光中，看來與河上的空虛和寂寞很融和。實際上，如果沒有那些憂鬱的漁歌和櫓聲，祇顯得這兒的空虛更廣闊，這兒的寂寞更深沉而已。

沙華街的夜晚，永遠是那樣沉寂。

二

在紅磚教堂對岸那幢淡褐色樓房的客廳裡。

范聖珂有點焦燥地坐在他父親平常喜歡坐的一張大單人沙發上，不時瞟瞟壁爐架上的銅座鐘。這個時候，已經快到七點半了；而他曾經答應一位要好的同學，在八點以前趕到約定的地點去的。在這個家庭中，他從小便養成守時的習慣。可是，今晚有點特別，晚餐早已預備好了，但父親還沒有回來。而母親的神情也使他大為困惑，至少，她已經到窗前向外面望過三次了；他能夠窺察出一定有甚麼事在煩擾著她，她有點慌亂和激動，彷彿在期待著一件甚麼重大的事情到來似的。

已經端坐在餐桌上的女兒們又叫嚷起來了，她連忙走進餐室裡，用一種溫和而又嚴厲的聲音制止她們。當她再走出客廳時，這位喜歡沉默的兒子忍不住說話了。

「媽，」他說：「爸爸大概在船上有事情吧。」

母親第四次走近窗前，她背著他回答：

「也許，不過最好是等他回來。」

「為甚麼呢？」兒子抱怨地說：「我們可以替他留菜，而且八點鐘以前……」他突然將話頓住了，他注視著母親，低聲問：「——媽，今天是不是妳的生日？」

「你日子過昏了！」母親慈愛地斥責道：「我的生日是幾月你都記不住！」

他這才想起母親的生日是在冬天。

「不過我知道今天一定有甚麼事！」他說。

「等一下你就知道了。」母親含著一種幸福的笑意回答。

大門響了，他們同時回過頭。

范大叔走進來，突然發覺他們在注視著自己，碼頭上的那個怪思想使他微微震顫了一下。

「飯吃過了嗎？」他含糊地問，返身掩上門，走進客廳裡來。

「媽要我們等你回來才吃呢。」兒子淡淡地說，然後望望母親。

范大叔從他們的神色中窺出其中一定有甚麼蹊蹺，於是掩飾地過去掛好帽子，逕自向餐室走去。

「貨早就下完了，」他邊走邊說：「醉鬼發泰拖住我喝了兩杯！」其實，這是他的謊話，是他拖著醉鬼發泰去喝兩杯的，彷彿醉鬼發泰的老態，在心理上對他是一種慰藉似的，他希望在回到家裡之前，能夠將碼頭上那個壞念頭整個地忘掉。可是現在——就在他踏進廳門，發覺妻子和兒子用「那種眼光」望著自己時，那個該死的思想又回來了。

三

餐室是臨窗的大客廳側旁的一間小房間，它與外面的客廳是可以自由進出的，當中祇隔著一幅低垂的帷幔。海防的四月是那麼悶熱，所以這塊帷幔已經被拉開了。由餐室裡望出去，客廳的地上舖著很悅目的圖案磁磚，一塊塊按著正方形的面積十分均勻地排列著；四週的牆壁是用一種淡綠色的顏料混在粉裡粉刷過的；一個高大的紫檀木櫥、小几、和一套同色的大座椅，佔據著客廳的中央和左角；餘下的地方，放一盞古色古香的柱燈，緊靠著木櫥對面，有一個「形式上的壁爐」——在亞熱帶的東京平原上，這祇是一種裝飾；木櫥上層，透明的櫥櫃裡，有幾瓶酒和一堆書籍；櫥頂，放著一個古銅色的舊座鐘，和幾件細巧的擺設。很顯然的，這些都是這位受過高等教養的主婦別出心裁陳設的。但天花板下由幾條鍍銀的小銅鍊扣著的吊燈，卻使人意味到它對於它的主人所包含的意義和價值。這盞吊燈是用柚木的圓形輪舵改成的。平常，祇開亮當中那盞套著白瓷罩的燈泡；邊上那些白花朵，除非是節日或者老漁夫認為值得紀念、哀悼和慶祝的時候是從不開亮的。

現在，他們靜靜地在餐室裡進晚餐。老漁夫的習慣和生活在海上的時候一樣，他端端正正的坐在靠牆的主位上，他的妻子坐在他的左邊，在他們之間是剛滿五歲的小女兒谷芳；右邊，十七歲的聖珂和谷萍、谷蕙依次坐著。這樣坐是很不相稱的，左面顯然是空著一個位置；這位置是他們那位才出嫁半個月的大女兒谷英所慣坐的。老漁夫向那個空的座位望了一眼，接著，他又因剛才碼頭上的那個壞念頭而開始感到不安起來。老？那是不可能的！因為他還有一個中年的妻子和這許多幼小的兒女；老了，那就是說不中用了，那就是說他不能再和以前一樣地過那種粗獷而豪放的生活；而且還要將這個家庭的責任交付給他的妻子，或者交付給這個和他年輕時一樣高大的兒子了。他又想到他將要怎樣痛苦地嗆咳，怎樣急促而困難地呼吸，怎樣傴僂著背脊走路……這樣，他又想起「醉鬼發泰」來了。

「唔……該死……」老漁夫一面喃喃地詛咒著，一面忌諱地將那杯祇喝了兩口的糯米白酒推開。於是，他偷偷地像是有意無意地窺望著他的妻子，看看她是否已經發覺他這種有點反常的舉動。

其實，誰也沒有注意他。孩子們祇是低著頭靜靜地吃著，而且不斷地用一種焦灼的眼色窺探著他們的母親。這位在二十八年前披著黑絲頭巾[1]向這位江湖郎中的兒子招呼早安的少女，現在已經四十六歲了。但她的舉止儀態卻如同一個青春少婦一樣，溫柔而嫻靜。一頭烏髮，用一條黑絲羢捲圍在額上；眼睛有如一頭溫馴而智慧的貓，儘可能地在那兩顆深褐色的眸珠裡流露著自己的心意和想望；端正的鼻子下面，鑲著兩瓣細巧的兩頭略為上揚的嘴；一個慈愛的微笑永遠駐留在這個起伏的輪廓裡。的確，自從范大叔在碼頭上回來，端端正正的

---

1 越南成年的女人，常用一條黑色的絲羢或羅緞將頭髮包裹著。

坐上餐椅之後，她就不時地用憐惜的眼睛去注視著她那疲乏而且神色沮喪的丈夫。同時，她在盤算著，應該怎樣將那個發生在三小時以前的快樂的消息告訴他。進餐時，雖然她曾經得到好幾個機會開口，當她的丈夫看著她的時候，她卻忍住了。她想：反正飯後告訴他是一樣的，而且在這個家庭裡，「食不言，寢不語」是老漁夫的治家格言，所有的人都像船上的漁夫一樣，對於他的命令要切實遵守的。

范大叔推開酒杯，仰起頭看看他的妻子。

「你感到不舒服嗎？」她看見丈夫杯子裡還留下大半杯白酒，於是關切地問。

「啊！沒有，沒有甚麼……剛才我已經喝得差不多了！」老漁夫伸手去撫摸他的鬍髭，故意揚起聲音說，「我在碼頭上祇坐了一天。呃……你總記得的，在前年那個老傢伙觸礁的那一次，呃——我不是曾經坐了三天嗎？後來，呃……你總記得的……」

「我當然記得，」她的妻子微笑著說：「我祇要看你的臉色，就知道你一定很疲乏了。」

「疲乏，真的嗎？」他下意識地撫摸著滿是皺紋的臉，隨即浮起一層笑意，說：「嗯……也許是疲乏，但並不是……不是老啊！」

「你是永遠不會老的。」妻子安慰著他。

為了要證實自己並未衰老，范大叔喝完杯子裡的糯米白酒；而且比往常多吃了一點飯。在他準備離開餐桌時，他的妻子顫著聲音向他說：

「我想和你商量一件事情。」

「……」想了想，他無可奈何地再坐下來。他希望他的妻子不要討論與他有關的問題，因此，他裝著一副漠然的神氣。

「你是知道的……」

「當然。」

母親望望正停下筷子注視著自己的兒女們，然後繼續說：

「我有五年沒有到河內（Han-noi）去了」。

「嗯。」老漁夫應著，點點頭。

「今天下午我收到姊姊一封信。」

老漁夫頓了頓，等待他的妻子說下去。

「……」她猶豫地說：「她希望我去陪她渡過這個夏天。」

「那麼，你準備去嗎？」

「我很久沒有看見她了，我當然是要去的。不過，家裡面……」

范大叔忽然興奮起來，他急忙伸手阻止妻子說話。

「這個你不用擔心，」他用一種男性的體貼口吻說：「我要讓你知道，男人也能管家的。」

她幸福地笑了。而老漁夫的內心也正為一個奇異的思想所激動，他的憂慮在這一瞬間消散了；他覺得這是一件再好不過的事情，他用不著再為著那個該死的念頭而提防她了。但，他突然又想到另一方面。

「你一個人去嗎？」他低聲問。孩子們的目光隨即集中在母親的臉上。母親略為思索了一下——其實，她在心裡早就決定了——然後說：

「她要我帶聖珂一起去。」

在座的女兒們對於母親這個決定深表不滿。在她們每個人的心中，都覺得母親應該帶她自己去的，尤其是最小的谷芳。當她正要用她所特有的難看的表情抗議時，九歲的谷蕙說話了。

「媽，我沒有去過河內，也沒有看見過姨媽。」

「我也是！」谷萍接著說，同時望著身邊這位顯得一點也不高興的哥哥。

母親正想勸慰她們幾句話，一直夢想著要到海上去過過父親年輕時的生活的范聖珂也表示他的意見了。

「媽，」他望了父親一眼，為難地說：「你還是帶她們去吧，我不想到河內去……」

「為甚麼？」母親有點不快活。「你知道姨媽多麼想見你！」

「爸答應過我今年讓我跟禮叔的船出海去的，」兒子分辯道：「同學們都知道了！」

「你明年還可以出海去的！難道你想讓姨媽失望嗎？」

范聖珂求援地望著父親，可是他發現父親的笑裡含有鼓勵他聽從母親的話的意味，於是他失望地低下頭。

「這樣好了，」母親笑著說：「你先陪我去住一個短時期，假如太悶，你再借故先回來好了。禮叔的船趕不上，你爸爸還可以替你找別條船的。」

女兒們哭著跑到樓上去了，做母親的祇好跟上去加以勸慰，同時個別地許下一個帶她們到河內去的日期。范大叔父子兩人回到客廳，等父親在他的單人沙發上坐下之後，范聖珂順手將壁爐架上的煙斗和煙絲盒遞給他。

「你要知道，」父親慈愛地說：「你的姨媽很寂寞，而且她最疼你！」

范聖珂仍然站在壁爐前面。

「我不是不願意去，」他向父親解釋：「我怕！我記得那一年把我悶死了。」

「那時你還小，現在長大了，也許不同了！」老漁夫說：「假如真的住不下去，我負責讓你坐上別的船——不過，我要先警告你，海雖然大，但是它比陸地更寂寞！」

第四章

一

第二天。

火車在東京平原極目無垠的田野上飛駛著……

稻田開始收割了，有的正在下秧；有的坦然顯露著緊密而粗短的枯梗；而大多數的田畝，在亞熱帶初夏灼熱的陽光下，掀起一片金色的波濤，柔和地起伏著——這便是紅河流域肥沃美麗的原野。

范家母子對坐在新行駛的「美許林」快車靠著車窗的座位上。

老漁夫的妻子陷入沉思裡。她默默地凝視著窗外，一種下意識的動作使她不斷地用手緊束著被風吹散的黑絲頭巾。一縷欣喜純樸的笑意在她孕育著慈愛的臉上浮現出來。她很怕出門，她承認自己是一個最會享樂而又最不會享樂的人；因為每次她要到較遠的地方旅行，或因其他的事，不得不到另一個城市耽擱幾天時，總使她的精神上發生一種極度的困擾。等到這種使她發狂的情緒平復下來，如果有人再提及這些事，那麼她便完全歸結到她的健康上，她始終認為這是身體太孱弱的緣故。

范聖珂坐在她的對面，祇要看見過那位「賣山草藥的」范大叔，一定能夠想像到他有著一副怎樣的面貌；祇是他比生活在海上時的父親更年輕，更聰敏而已。和他的父親一樣，他有一雙永遠含著疑惑的眼睛，和一張薄薄的帶著一個緘默神情而微撇著的嘴。他承受了老漁夫豪放的秉賦和這位受過高等教養的母親的薰陶，他變成一個比他的父親更倨傲、剛強、自信，而對人生了解得太早的少年。正如他的教師和親友們所說：「他是一個古怪的孩子。」他的母親有時也會同意這句話。而老漁夫卻認為假如真的有所謂「遺傳」——這個名詞，是由他的妻子那兒聽來的——那回事情的話，那麼孩子的「古怪」是天經地義的了。總而言之，他的個性不易於使人接近，而又不願接近別人。他的童年是溫暖而幸福的，但當他開始了解——也許是開始觀察週圍的事物時，父母即以嚴厲的內在的愛管束他，於是他漸漸地感到已經失去了家庭的樂趣。當他意識到他的身外還有旁人和這個廣大的世界時，他發現了自己的孤獨。比他年長八歲的姐姐和幼小的妹妹們並不了解他，所以她們給予他的那種情愛，並不能使他滿足。於是他偷偷地挾著那稚弱的心靈，和寄住在隔鄰的一個瘦小的孩子結識。這種事情是父母親絕對禁止的。因為他——那個常常張著一雙憂鬱的大眼睛，站在窗前呆呆地向外張望的孩子——是一個住在河內的淫蕩的Filles-meres[1]的私生子。「這是有失體面的，」他的母親警告他，同時引證「沒有別的孩子去接近他」為理由。但，這非但不能阻止他每天和那個孩子相聚，而且還激起一種難以描述的，奇妙而真摯的感情。他每天去和他會面時，總是懷著滿腔想望。他一邊逗引他的朋友在那乾黃的嘴唇掀起陌生而從未經驗過的笑意，一邊在衣袋裡掏出幾塊在吃早茶時藏起來的餅乾，或者幾粒甚至他自己也不忍心吃掉的糖果，遞給他；然後他們並坐在一堵外界看不到的矮牆後面。他看著他貪婪地吞吃那些食物，他教他輕輕地唱歌，寫字；他也常常將家中所發生的事告訴他，因為他發覺這位可憐的朋友十分嚮往於他的生活，當他講述「父親」時，這孩子彷彿在懷著一些兒恐懼似的陰暗起來。於是，他馬上用一些幼稚的話去譏諷和批評那位老漁夫：好像「我父親吃的那支煙斗是臭的」，「你知道嗎，米酒是尿和……甚麼……做成的啊！所以爸爸閉著眼睛喝」——隨後，他向他預許一些甚麼，然後在家裡偷來滿足他的慾望。日子很快地過去了。當他小學結業

---

1 Filles-meres：直譯為「少女母親」，指那些未結婚而有了孩子的女子。

的前一年，他的朋友要被那個艷麗的母親帶到一個新的父親那兒去。這個驟變使他們默默地注視了許久，終於他抱著他的頭痛哭起來，將他自己所有的——他的集郵簿、玩具、精巧的儲放小銀角的小銅盒，和一套足數的動物紙畫——全送給他。在那個早上，他用一個藉口在學校提前回到家裡來，因為他要為他的朋友送別。他沿著運河奔跑著，他的手中緊捏著一個美麗的鉛筆盒，這是他準備好在臨走之前送給他的。可是，當他趕回來的時候，一堆正在圍著議論的孩子們告訴他：「小龜仔」——他們總是用這個難聽的名字稱呼他的朋友——和那個「不要臉的女人」已經走了。接著，他們哄笑起來。

從此，他的心中被蒙著一層悲哀的陰影，他已經嘗到別離和他這種年齡中無從感受的一種愁緒了。他變得更陰鬱，更沉默。他並不注意他的功課，而當那位認為他在遐思的教師要他站起來覆述他所講解的問題時，他竟能一字不易地背誦出來。以後，他開始被人發覺那種被認為「古怪」的東西潛藏在他的靈魂裡。實際說來，他祇不過將自己的思想沉湎在另一個世界裡。直到進了中學，他仍對這位杳無音信的朋友念念不忘。不過，那時他已經放棄那種無知的玄想，開始在書籍上探求靈魂與生命的新奇境界。這期間，他宛如一個疲乏的旅行者掙扎於悲慘而黑暗的荒漠之中，他祈求獲得一種保護和寄托。於是，他被那些古典的文學著作搖撼了；他狂妄地讀著那些深奧、艱澀、蘊蓄而難理解的書籍，但依然無法滿足他這種濃厚的求知慾。他的父母似乎已經覺察到這個問題所招致的後果，便計劃著將他導入一種正常的生活；在假日，他可以在家中接待同學，盡量讓他在實際生活中探求他的興趣。畢業後讓他到海上去，當然也是其中的計劃之一。而現在，他的母親卻要他陪伴著，其中也許有些用意；率直地說：那就是她要想更深一層的了解這個「離開她太遠的兒子」。她絕對不能忘懷這個日子。她記得那天她怎樣以顫慄的默視去探測她的兒子，同時怎樣以一種負疚的心情去憐憫和愛慕他。

那是在中學第五學年的秋季，這種季候是令人憂鬱的。他孤獨地坐在窗前沉思。母親輕輕地走進來，將手上一封淺藍色的信遞給他，然後在他的身旁坐下來。

「這是誰寄來的呢？」他暗自思忖著：抬頭看看他的母親，再仔細辨認上面那些陌生的字跡。

「這是你的，」母親安靜地凝視著他說：「拆開看吧！」

於是，他急急地撕開它的封口，展開裡面同色的信箋，他用輕微的聲音讀下去。驀地，他的手被激動得顫抖起來……

母親不安地注視著他那雙突然閃現著一種強烈的欣慰而攙雜了些微哀愁光澤的眼睛；及至晶瑩的眼淚在眼睛裡面滑落下來時，她慌忙伸出手去搖撼他，用略含詰問的語氣說：

「是誰給你的信？」她輕輕地補充著：「——女孩子？」

「啊……」他拿起母親的手，貼在臉頰上：「不是，媽。」

「究竟是誰寫給你的呢？」

「假如我告訴你，你會原諒我的，是嗎？」他放下信，懇求著。

「當然，我的孩子。」

「你自己看吧！」他將信遞給他的母親，像是在抑制甚麼似的咬著嘴唇，痛苦地說：「我們已經相隔六年了。」

這封信是那個寄居在隔鄰的私生子由西貢寄來的。信上說：他已經進入一所教會學校住讀。而且還用許多難解的別字敘述別後的情形和對他的思慕。後面，他的署名是一句文法不通順的「永遠感謝同情你的和憐憫可憐朋友　李大威」。

「李大威！」母親放下信，重複著這個名字。

「是啊！媽。就是寄住在隔鄰，你不讓我接近的那個孩子。」他噙著眼淚解釋著。

母親緩緩地抬起那雙黯淡的眼睛，傾著全心靈的愛戀去注視她的兒子。她要想在他的面孔上——甚至靈魂上——尋覓被這個秘密所折磨的痕跡；突然，她的嘴唇起了一陣劇烈的痙攣，她張開手臂用力擁抱著她的兒子。淚水充溢在她的眼眸中。她顫著悽痛的聲音低聲喊著：

「可憐的聖珂，原諒你的媽媽……」

……

隨後，憂悒的情緒漸漸地在他的眼睛中散失了。老漁夫和他的妻子更加疼愛他——雖然他們從來不肯說一個「愛」字——同時給予他一種絕對信賴的自由，因為他們已發現他有優越的氣質和不羈的個性；他們認為適度的管教是最能收效的，所以一切都任其自然。

「他照顧自己，和我們照顧他一樣好，」他們在親友面前常常這樣炫耀似的說：「他沒有以前那麼古怪了。」

二

火車在一個小站上停下來，經過一陣短短的紛亂，又繼續行駛了。他一直在注視著他的母親，直到她再用手去抽緊那快要鬆脫的頭巾時，他禁不住用疑惑的聲調詢問：

「媽，姨媽的病已經好了嗎？」

「……」母親搖搖頭，痛惜地說：「癱瘓病是很難醫治的。」

「她是甚麼時候癱瘓的？」

她在心裡計算了一下，輕喟地回答：

「整整十年了。」

「十年？」范聖珂幾乎叫起來：「那太寂寞了！」

「不會，對著紅河是不會寂寞的，而且還有谷蘭陪著她。」母親將視線從窗外收回來，低聲問：「——你還記得你的表妹嗎？」

「有點糢糊了，我祇記得她的眼睛很大。」

母親露出淡淡的笑意，自語道：

「五年不見，她一定已經長得很大了！」

范聖珂沒有接住母親的話，因為這個時候他才想起谷蘭——比他小一歲的表妹。他慢慢記起，五年前他第一次（其實不是第一次，因為在他幼小時，母親每年都帶他到河內姨媽那兒去住幾天的）看見她的時候，她很瘦小，因此她的眼睛顯得特別大……

「現在她一定長得很大了！」他喃喃地說。

母親困惑地回過頭來望著他。

第五章

一

兩小時後，他們步行在河內市一條林蔭下遍鋪著緋色鳳凰花瓣的道路上。這條路是沿著紅河建築的，很狹小，很幽靜，因為那已是都市的邊沿了。

范聖珂的母親很熟稔的，在他們經過一排矮小的白漆木欄的時候，她伸手去拉開門扣，進去後，又輕輕地把它關上。

這是一個荒蕪已久的花園。

泥土已經湮沒小石徑旁整齊的齒邊花圃，徑旁沒有修剪過的冬青繁茂而紊亂地叢生著，園中噴水池的水已經乾涸了，底下浮著一層厚厚的，已經腐爛了的綠苔和枯葉；池中的噴口是亞當和夏娃的裸體銅像；夏娃緊抱著亞當的腰，一條粗大的蟒蛇纏著她那隻跪在地上的左腳；這也許是園子的主人寓取伊甸園之意。然而，令人不解的是為甚麼將撒旦也加在裡面。菖蒲、鳳尾草，和那些易於生長的羊齒植物在廣大的草坪和園子的四週蔓生著，洋桃和花樹爬滿了寄生籐，雖然也有幾株不知的小黃花，可是並不美，尤其是點綴在這個像是挨近死亡的暮年人的園子裡。

轉過噴水池，前面就是一幢式樣別緻而帶點中古世紀建築意味的別墅。單單看那長形的橄欖窗，便會意識到很濃重的宗教氣息。圍牆和正中的半月形階臺是用青白色的大理石砌成的；階臺邊上，有四條光滑的支柱。

從階臺這裡，有一條幽暗的迴廊通到屋後。階臺的圓拱和廊柱上都刻有十分精美的雕塑，而且隨處都可能發現一個包括一條鱷魚和幾個古體字的標幟。

提起這幢別墅，除了每天下午三時左右走過的老信差，差不多很少有人知道它的歷史了。五十五年前，這兒還是一片荒僻的野地。守寡了兩年多的布爾格・德・萊頓伯爵夫人，帶著她的黑面紗由法國到河內來，她選擇了這個地方建造這幢和本土她們所居住的同一型式的別墅，來紀念她那戍死異邦的老布爾格・德・萊頓伯爵。現在，這個寡婦——伯爵夫人——已經死去二十多年了，因為她沒有遺囑和合法的繼承人，所以在荒蕪的十年中，這幢別墅仍是屬於她的。十五年前，霞飛將軍號郵船在法國載來一位叫維桑・德・萊頓的中年紳士，他向遺產局呈上一張快要腐爛的贈與書，和一份法律公證人的證明，這幢別墅便被一個頗有成就的珠寶商的兒子在他的手中標買過來。現在，這位珠寶商的兒子也許已經到一個比這個世界更美好，每一個人最後都要去的地方去了，留下他可憐的妻子和萊頓伯爵夫人的鬼魂，去繼承這一份寂寞。

范家母子的腳步踏上階臺，迴廊上發出清晰的回響。四週靜寂得使人懷疑這園子裡竟有生物。大門本來是虛掩的，為了慎重和禮貌起見，做母親的伸手去扣擊門上的銅環。

隔了一回，門開了。開門的是一個年齡和這位年輕的客人相彷彿的女孩子。她穿著一件湖水綠色的絲質外袍，圓領，緊袖，衣叉高高的開到腰間，那是和其他越南女孩子的衣飾一樣的；不過穿在她的身上，卻增加了一份不可言喻的美。她的頭髮很長，任其自然地散披在身後，臉微圓，大而烏黑的眸子裡蘊藏有太多的智慧；雖然她也有一張略向上彎的，像是儲放著一個永恆的微笑的嘴角，但：仍融和不了她的儀態和氣度上產生的那種慵懶、消沉而鬱鬱的神色。

「是姨媽？」經過片刻打量，那女孩子肅穆的臉上展露出一絲笑意，半疑惑半肯定地問。

「啊——谷蘭！」老漁夫的妻子激動地低喊起來，她連忙緊緊的擁抱著她，吻著她的臉頰，然後又放開她，細細的端詳著她說：

「你已經長得這麼大了，而且是這麼美麗！」說著，做母親的回過身來望著兒子：「——你還認識聖珂表哥嗎？」

范聖珂和少女的目光接觸了。他的臉忽然熱起來。而他的表妹也像是不大喜歡說話，她羞澀地點點頭，便返身領著客人走上舖著長花地氈的扶梯，進入樓上露臺左面的一間房子裡。

那是一間很寬敞的臥室。前面有一排落地長窗，陽光正斜斜地透過低垂著的白紗窗帷，落在光潔的地板上；室內陳設得十分簡樸，牆壁和所有的傢具都漆著明淨的乳白色；一個面色蒼白而癯瘦的婦人面對著長窗倚靠在一張活動輪椅上。她正跌落於一個古舊的回憶裡。

進了門，他們在門邊呆立良久；老漁夫的妻子終於緩緩的解下她的黑絲頭巾，用一種傷感悲戚的調子咽哽地呼喚靠椅上的婦人：

「可憐的姊姊……」接著，她用倉惶的步伐走過去。

那婦人微微有點戰慄地把視線從那不可知的冥想中收回，困難而迂緩地側過頭。驀地；一種歡欣的，溫暖而滿足的神色灌注入她那雙乏力、失神而低陷的眼睛裡，泛起一層淚光。

她們擁抱著哭泣起來了……

這婦人就是谷蘭的母親，范聖珂的姨媽——一個已經失落的人的妻子。

這園子裡除了住著母女二人之外，還有一個老佣人，司管著一切雜務。她的健康和她的年齡正相反；她是一個肥壯、結實、面色紅潤的女人，雖然她已經快六十歲了，而她仍很勤謹地操勞著。

范聖珂被安排在露臺右面靠外的一個房間裡。老佣人一面在替這位新來的年輕客人舖設被褥，一面向站在窗前的范聖珂解釋著：告訴他那兒是客廳，那兒是書房；走廊和扶梯燈鈕的位置，以及每日用膳的時間。在她離開臥室時，她用食指放在唇上輕聲警告著說：

「我還得告訴你，這是最重要的——哦！我真健忘；你的名字是……」

「聖珂。」他再提醒她。

「哦，聖珂先生，在這兒任何事情都要避免響聲。——呃，你不知道，這屋子裡有十年以上沒有聽見過鐘擺聲了。」說著，她輕輕地替他掩上門。

二

范聖珂就在這幢和聲音與幸福絕緣的屋子裡——這如地獄般死寂而黝黑的屋裡——度過三個不寧靜的夜晚。

第四天的晚上。他煩燥地走出露臺；他懊悔自己不該隨著母親來度這個假期。他渴望著到海上去，去躺在平滑而有點鹽和魚腥氣味的甲板上，仰望著天上的浮雲和兀鷹；他要想追尋父親青年的生活。他喜歡靜靜地傾聽著自己的思維在心靈中奔馳。然而，他竟隨著母親到這個「墳墓」般的地方來了。雖然他愛靜，但卻和那個老漁夫一樣怕看蒼老的暗影，他怕看癱瘓的姨媽那遲滯的眼睛，和他那年輕的表妹所持有的那種慵懶消沉的神色。他的母親在這幾天裡盡量鼓勵他到河內市街上去走走；同時指導他怎樣去逛劍湖[1]，怎樣參觀水族館和遠東

---

1 劍湖：河內市內一個很美麗的湖。

學院[2]；最後，還希望他去流覽流覽「哲隆遜」[3]。可是他卻謝絕了這份關懷，因為他並不準備到河內來遊玩；他祇隨時隨地在自己的身旁找尋一些為他喜愛的事物，或者是一個玄色的夢。

——對岸的漁火，交映著水面上點點星光，紅河的水在靜靜地流著，靜靜地流著……

他將肘拐支著欄沿，雙手托著下顎；面對著這如天堂夢那麼詭譎而神秘的夏夜，他實在一時無法排遣這氛圍予他的太多太豐滿的情感。於是，他陷入紛亂的玄想中。他由整個天體再返回眼前的園子裡；他再想及這園子的主人，就這樣，一個幻象在他的心靈中浮現起來了。

他彷彿微瞥見那雙呆滯而深沉的眼睛，像是追尋或企求些甚麼似的凝神於窗外湛藍的夜空。一個披著長髮的少女跪在她身邊，在燭光下輕聲誦唸著手上捧著的聖經……

他突然掙扎著將眼睛緊閉起來，像是要逃避開這個不幸而愚昧的想念似地搖著頭。

為了要解釋這個荒謬的想像，他立刻離開露臺，匆匆地走進他姨媽的臥房裡。

接著，他又墮入眼前這個神奇的幻覺裡。臥室裡的情景竟如他適才在露臺上要想逃避開的那個不幸而愚昧的想念一樣；祇是那個少女並不是跪著，而是坐在那婦人身旁的軟墊上。

谷蘭停止誦讀，驚訝地瞠視著突然闖進來的范聖珂。

他就是那樣錯愕地呆立在門邊，彷彿霎時失去了思考和意識的能力了……

「聖珂！」婦人再次呼喚著他。聲音很疲乏。

他怯怯地走過去。

2　水族舘和遠東學院：都是河內市內值得遊覽的地方。

3　哲隆遜：河內市的一個大而聞名的市場。

「坐下來。」婦人命令著說。

遲疑了片刻，他終於以一種無可奈何的，但也像是溫馴的姿勢和那個少女對坐在婦人的身邊。婦人伸出冰冷的手指，輕輕地撫著他放在床沿的手背。

「小蘭，繼續唸下去。」她對她的女兒說。然而，她始終沒有移動那雙迷失在長窗外面的眼睛。無疑的，她又陷入沉思裡。

谷蘭安靜地瞟了她的表哥一眼，然後垂下眼睛，捧著一冊厚厚的書本，清婉地繼續唸下去。

他這才發覺並不是聖經，而是一部越文的《失樂園》裡的詩句。

她誦唸著：

撒旦用落霞和白雲欺騙了你
巫者永不會證實他們的囈語
彩色的虹雖是通伊甸園的橋樑
天國的門還憑大衛的金鑰匙
那些失去樂園的人們永被擯棄

別聽信魔鬼虛偽的誓言
那是蟒蛇的罪惡火燄
命運之女神站在堤比里亞海岸

引領幸福的人們靠近　主的身邊
安居在伊甸園，直至永遠……

這以後，每個晚上，范聖珂總是端坐在那婦人身旁的軟墊上，靜靜的聆聽這個少女的誦讚——那聲音如同每一節、每一段，每一句、甚至每一個字都滲雜著些特殊意味；幾乎每個音符都包含著一個令人依戀的，蒼涼而哀愁的遐思……

他是深深的被這些情緒所眩惑了。

第六章

一

自從這位年輕的海防客，隨著他母親到這園子來度假之後，在這陰森的院宅裡幽居了十六年的小女主人那種修道女式的生活，開始被他這雙疑問的目光和沉默的嘴角所搖憾了。她失去了往昔的平靜；雖然這樣會使她害怕，但，她的心卻像一頭剛剛睜開眼睛去看這個世界的初生小鹿一樣，帶少女的無知和慾望，貪婪地向這使她眩目的光層裡看進去；直到因處女的矜持和羞澀而從這年輕客人的眼睛裡逃開時，她才發覺自己的心正劇烈地搏動著。已往的一些想念和願望，現在對於她顯得毫無意義了；因為在她所佔有的小天地裡，除去她那殘廢的母親，以及那個將她撫育成長的老佣人之外，還加入一個使她驚惶戰慄的年輕人。

在剛來的幾天中，她不大看見他。要看見，也祇有在餐桌上；不過他總是低著頭忙亂地吃著，而又匆匆的放下餐具走了。有時，他也會抬起眼睛看看她，不過這祇是短短的一瞬——在她看來，他的目光帶有點兒傲慢和威嚇的成分，當她接觸到他的凝視，她將眼睛放得更低了，同時；臉頰上不由自主地燃燒起來……

現在，這位年輕客人每天晚上都非常細心地坐在她的對面，全神貫注於她的朗誦了。她低著頭，不敢離開紙上的詩句，但，她卻確信他正緊緊注視著她；因為她感到窒息和灼熱，她認為祇有他的眼睛才會使她感到這樣慌亂。

二

這是一個星期五的晚上。晚禱後不久，少女的母親就在她這幽怨的誦讀聲中熟睡了。和往日一樣，她緩緩地住了聲，然後輕輕地合起那本茶褐色的詩冊，站起來，悄悄地走出露臺。

這位年輕客人也跟著走出來了。

——夜涼如水，她第一次領悟到月色下紅河的美。

她就那樣嫺靜地站在欄杆前面；他站在她的身後，手臂靠在門邊，緘默著。這種氣氛使她不得不將眼睛緊閉起來，就像孩子們吹著一個快要因過度膨脹而爆裂的皂泡時所表現的那種神氣。

「谷蘭，」這個皂泡爆裂了，不過出乎意料的卻是一種柔和的聲音。遲疑了一下，他終於說了，這是他的第一句話：

「對著紅河是真的不會感到寂寞嗎？」

她詫異地回過頭，好奇地著看那發出柔和聲音的地方，像是有些兒不解似的諦視著。而這個年輕人——這個老漁夫的兒子，現在感到剛才說話的聲音太低，太含糊，所以他重複著說：

「對著紅河，是不是不會感到寂寞，能告訴我嗎？」

聽完了他的話，她發覺他是一個有趣的人了。然而，她的頭卻垂下來。

「你以為不會寂寞？」她苦澀地反問；用純粹的北圻話。

「我相信你的中國話一定說得很好？」

「原諒我不用唐話[1]回答你，因為我是越南人。」她安靜而冷冷地回答。

---

1 唐話：越南人稱中國人為唐人，中國人稅的話統稱為唐話。

「哦！你的父親是……」

「越南人。」她直截地接著說。

「越南人？」老漁夫的兒子習慣地重複著這句話。

「我的父親是越南人；是一個浪漫的天才畫家。我用這種話形容他，你認為太過分嗎？」她稚氣地瞧著靠在門邊的客人。但，當她意識到這句話是多餘的時候，一陣自嘲的笑意掠過她的嘴角。然後，她輕輕地說下去。

關於那位已失落的珠寶商的兒子——谷蘭的父親，外界的確有著太多的傳說；正如那些批評家所寫的：「他的出現，給越南畫壇一個可怕的震驚。」

在他幼小的時候，他已經開始他的「藝術生活」了，他在桌椅和窗櫺上刻塑著一些拙劣的人和圖案；空暇時，他會孤獨地在「拉爾干道」那些陳列著藝術品的矮櫥窗外徘徊。也許這是他的父親遺傳給他的孤僻性格，和那固執而狂熱的心靈卻被那些古舊的建築、畫幅及雕塑所迷惑。與其說老珠寶商投其所好，不如說不願被他打擾自己運用在經紀上的心思，所以在八歲的時候就讓他隨著舅父到巴黎去。直到十四年後，老珠寶商患不治的腦溢血逝世的那個冬天，他才返回故國繼承這一份數目相當可觀的產業。從此，他的大客廳整天聚集著一批被人家視為「瘋子」的詩人、畫家、作曲家和音樂彈奏者；在縱情地胡鬧、豪飲，毫不吝嗇地揮霍他的財富和青春。

沒多久，他終於變得一貧如洗，同時還患著極其嚴重的精神分裂症。就在人們認為他已經結束他的藝術生活，奇蹟扭轉了他的命運——老皇用五萬比亞斯特買了他一幅在獵邦沙龍掛了半年以上的油畫，就在這一夜之間，他的作品被搜購一空。但，榮譽和財富對他毫無意義，他仍過著他那種半瘋狂的生活……

當谷蘭將話停頓下來時，范聖珂接著問：

「後來呢？」

「……」輕喟了一下，她繼續說：「後來，我出世了，他才漸漸的恢復常態，過了幾年比較幸福安靜的生活——可是，在我六歲生日的那一天，我還記得，那晚上有雷雨，家裡的客人很多……他就在那個晚上失蹤了！」

「失蹤了？」

「嗯，他永遠沒有回來，誰也不知道他去了那裡？」接著是一段難堪的沉默。

——河上傳來幾聲沉鬱的漁歌，在這甯靜的空間迴蕩著……

「谷蘭！」年輕的客人忽然問道：「你在看甚麼？」

「紅河，」少女不假思索地回答：「媽媽的眼淚！」

「我不懂你的話。」

「你用不著去懂它，」她仍然望著前面說：「我的女家庭教師時常說這一句話：不要去懂！」

「那麼她一定是個糊塗蟲！」他批評道。

「不！」她猛然回轉身，說：「她是一個最有思想的人！」

「所以她不讓你去接觸外面的世界？」

他露出那種傲岸而輕蔑的微笑。他問：

「你以為我沒有接觸過嗎？」

「那麼甚麼事情使你害怕呢？」

「害怕？」

「我看得出，你跟你的媽媽一樣，要藏在這個園子裡面！」

她不再說話了。是的，她應該承認她害怕，但她並不知道自己在害怕甚麼。她時常想起那個從她八歲起便和她生活在一起的家庭教師——一個變態的老處女。她在前年離開了她，和一個比她小五歲的藥劑師結婚，兩個月後，她竟然仰藥自殺了。「我被結婚殺害了」，這就是她給她的一封簡短的遺書中的一句話，而這句話卻在她的心中變成一種可怕的力量，緊緊的壓迫著她。

「谷蘭。」

她沒有回答。突然，她發現他已經走近自己，而且自己的手已經被他捉住了。他這種舉動使她戰慄起來，她幾乎因而窒息了。她掙扎著，用力摔脫他的手，惶亂地返身走進臥室裡。

第七章

一

自從發生這件事情之後，這位年輕的客人便墮入憂愁中了，他無法解釋以及消除他表妹心上對他存有的那種戒懼。因為她生長在這個世界以外的世界裡，所以他不能了解她的情感和想望。

這些對於他都感到陌生。實際說來，他不能了解這整個的園子。

和老漁夫一樣，他的感覺是敏銳的。所不同的就是這位年輕人對人生有著太多的慾望；沉默的個性使他不斷地運用他的思維去推想，去思考、去製造一些神奇的幻覺。而現在表妹對他的態度使他不得不極力抑制著深重的情感，不得不讓這些豐滿的想望鬱鬱於心。這樣，就難怪他覺得他的生活枯燥乏味了。

好幾天，他除了低著頭和那位少女對坐在餐桌上進餐之外，他不敢去接近她，這一來卻使她更謹慎地迴避他。這是顯而易見的，他再也沒有到姨媽的臥室裡去聽她朗誦詩篇的勇氣了。他的母親曾以這件事情去質問他，因為在晚餐後，她總是陪伴著她的姊妹聊天，直到晚禱後才回到自己的臥室裡去；所以對於這件頗為曖昧的事情亦有所聞——由於他近日改變了態度，所以她認為這其中一定曾經發生過一些甚麼事。每當她詢問自己的兒子時，她總是那麼關切地窺察著他，而且對於他那種含糊其詞的答覆認為不滿。

類似的情形已經發生過好幾次了，老漁夫的妻子委實忍受不住地將進來向她道晚安，而當她向他問及這件事情便支吾著離去的兒子在門邊叫回來。她注視著他，安靜地說：

「聖珂，你不願意將所發生的事情告訴你的母親嗎？」

「媽，」兒子無可奈何地回答：「我不能告訴你些甚麼了……我覺得你並不信任我。」

「這是你說的話嗎，假如你有良知的話，你更會感激你的母親了。」

「媽，我會感激你的。」他笑著在母親的身邊坐下來。

「感激！」母親推開他，憤憤地說：「你就想像那次——那次李大威那件事似的瞞著我。」

「啊！媽，」他將頭靠在她的肩上：「那時候我還是一個不懂事的孩子呀！」

「針眼裡也可以鑽過一個大駱駝。」母親的聲音低沉下來了：「好好的藏在你的心裡吧！六年以後再告訴我。」

沉默了一陣……

「原諒我，媽。」兒子懇求的聲音。

老漁夫的妻子站起來，默默地走近窗前。

「難道你希望我編造一段假話來欺騙你嗎？」

「……」

「而且我敢發誓……」

母親回轉身體，開始用沉肅的聲調說：

「我祇要你解釋不去姨媽那兒的理由。你知道，這樣會使她感到不安。」停了停，她緩和地說：

「告訴我吧，到底為了甚麼？」

「我害怕看見她。」猶豫半晌，他囁嚅地回答。

「她，她是誰？」

「……」

「你是說你的表妹？」他默默地垂下頭。

婦人突然抑制不住地笑起來……

「這豈不是小鼠欺大象了嗎？」她調侃地說。及至看見兒子露出尷尬的神情，她補充著，「甚麼事情使你產生這個念頭呢？」

「我了解她，就是這一句話。」他說著，頭也不回地走出母親的臥室。

「慢慢你會了解她的。」母親在他的身後說。

自從這次談話以後，老漁夫的兒子顏然是被緊緊的束縛在屬於她們的天地裡了。在這個天地裡：沒有陽光，沒有花朵和歡笑；像墓碑一樣生硬而寒冷。祇單純而機械地按例每日吸收一點所需要的養分，將生命延續著。這，對於他是難以忍受的；因為，他是那位剛強老漁夫的後裔，自由和海洋的後裔。然而，他終於忍受下來了。他整天伏在床上，他渴求獲得思想上的解脫，似乎整個心靈，宇宙和天體已經在他的身邊失落；而他的軀體，卻被遺留在這個一無所有的陌生的世界裡。

他的母親又因為那個老毛病——不能遠走的老毛病，帶著一個「家」的永恆牽掛，獨自返同海防了。那時他也曾過要隨母親離去的意念。可是，當她在臨行時吩咐他好好地消磨他的假日時，一種無以名之的力量使他將自己留下來。

假如他的母親不走，那麼納悶時他還可以跟她談談天，玩玩牌。這當然也算是使他現在那麼沮喪的原因了。

二

一星期後的一個清晨。

天色湛藍，空氣新鮮得如乳汁般甜潤，晨曦將幾片白羽似的朝霞，抹在浮著薄霧的水面，前面聖保羅教堂明亮的尖角，如同一位惜春的少婦將脂粉輕抹在柔美的臉頰上一樣地勻淨，嬌艷而誘惑。

年輕的客人失眠了一整夜，所以當天色仍是灰暗的時候，他便披起晨衣，在迴廊上來回蹀躞，默默接受這一份恬靜和清新。就這樣走了一段很長的時間；他的腳步終於為一個突如其來的意念而停止在階臺上，終於不由自主的在花崗石支柱旁坐下來。面對著這荒蕪的花園，他又深深地沉湎於玄奇的幻覺裡——他要從那些零亂的枝葉上嗅到一些以往歡愉的氣息：要從堆著腐朽落葉的小徑邊，尋找已失落的幸福蹤跡……

而，在同一個時候，樓上臥屋裡的小女主人已經起床了，她彷彿受了這位沉默客人的感應，她也失眠了一夜。這是她十六年來生活上最使她驚奇的變動。雖然也有過一次，就是在接到那位古怪的老處女自殺消息的那個晚上。不過那次並不是失眠，衹是一種恐懼使她無法安睡而已。等到老佣人坐在她的床邊陪伴著她時，便很快地沉入夢鄉裡了。從此，就成了一種習慣。貧而昨天晚上的情形卻不同了，她始終無法合眼。在平時，在她沒有熟睡之前，老佣人是不會離開她的；那時她已經困倦得將頭側垂在椅邊假寐了，因此，在老佣人吁了一口氣要醒來時，她祇好裝出一種很甜美的睡相。老佣人替她拉好毯子，便返回後園她自己的房間裡去了。她走後，她胡思亂想了一整夜。最後，想到年輕客人那種柔和而有趣的聲音；又想到他怎樣安靜而耐心地聽她敘述她父親的故事時的神態，還有那使她感到灼熱的眼睛、使她心跳的嘴唇——用甚麼去形容它呢？而且自己第二次聽到他的聲音和看見他那種傲然的笑意時，便認為他是極易於接近的。她開始悔恨那天夜裡不該那樣離開他，那樣沒有禮貌，甚至於連晚安也沒有向他說。假如她不走開，或許他會向自己說許多令人心醉的話也未可知。所以她一直在細聽著隔壁臥室裡的響聲，直到那位年輕的客人輕輕地拖著涼鞋走下扶梯，直到樓下迴廊上響著散碎的蹀躞聲。突然，她被一種不可抗拒的力量攫住了；這是一種在她這種年齡最易於感受的力量。她立刻起床，用一條鵝黃色的絲帶將散亂的頭髮紮住，穿起一件長袖的羢衣，然後悄悄地，同時也顯出些兒慌忙地走下扶梯。但當她看見他的身影被門外的光線投在黝黑的甬道上來回移動時，她又猶豫起來了。她的心跳盪得很厲害，以致脛骨也在微微顫抖著，過了一回，這腳步聲靜了，她才鼓起那種稚弱的勇氣，迂緩地走出階臺，向他走過去。她希望他發覺她時，先向她招呼早安，那麼，一切都可以解釋了。

她走近他。這是他已經覺察到的，因為他嗅到一絲幽淡的馨香。然而這位倨傲的客人卻不為所動，絲毫沒有擾亂他對這園子關懷的思緒……

停了停。她已經站在他的身後，在等候他轉過頭來向她招呼。可是，他如同沒有發覺似的坐著，默默坐著。她開始懊悔自己這個未曾經過思慮的舉動了，她幾乎已經將她的腳步退縮，要在他還未曾發覺自己時逃回房裡。就在她準備這樣做的瞬間，那溫柔的聲音在前面發出了：

「早安，谷蘭。」他的頭動也不動。

「早安，表哥。」她顫著聲音回答，這是第一次這樣稱呼他。

僵持了一陣……

「你在想些甚麼？」這次，是小女主人先說話了。這是她想了好一陣才想出來的一句她認為最合適的問話。

「我在想……」他淡漠而含糊地應著。

「……」

「我在想……」他再重複一次，說：「如果這個園子能夠回復十年前的……」

「不可能的！」她急急地用一種可怕的聲音截斷了他的話。

「能夠！我相信我能夠做到。」他肯定地說。聲調和那個老漁夫一樣充滿自信。客人堅決的口吻使這位少女奇怪起來。她奇怪這位年輕的客人為甚麼竟會想到這個上面。於是，她在離開他不遠的另一端石級上坐下來，側著頭，勸解著說：

「不可能的，媽會阻止你做這種愚蠢的工作。」

「愚蠢的工作？」他驀地粗野地叫喊起來。用老漁夫的聲音和姿態說：「任何一件事情，在我認為值得去做的時候，我就會幹下去，誰也不能阻止的。」

「你這樣會傷她的心。」

「難道也會傷你的心嗎？」他不以為然地站起來。暴燥地看了她一眼，再走下臺階，背著她站在冬青叢的面前。

緘默著……

「我知道，景物會刺激她那悲痛的記憶！」他恨恨地用力擷下一枝冬青的粗枝，回過頭，變換了低沉而含歉意的聲音說：「但，園子裡這種頹廢的氣氛會使人失去生的意趣！」

「用不著顧慮我，」她冷漠地說：「命運會替我安排。」

「讓我再提醒你，」他心平氣和地低聲說：「你實在太消沉了，跟你的年齡不配！」

「噯！要怎樣才算不消沉？」

「要執拗地生活著——戀愛著生命。」他走近石階，站在她的前面。

「我想：你是對蘇格拉底了解得太多了。」

「你為甚麼不說我對達爾文了解得太多呢，你在嘲笑我嗎？」

「最好的解釋是不解釋。」她唸著警句站起來，然後向他投出一個慘澹的笑，緩緩地步下石階。由她那蒼白的臉頰和微蹙的眉角，這位年輕客人覺察到她被一個新的意念所襲擊了。

又是一次冗長的緘默……

陽光將她的身影斜斜的投在小徑上，她埋下頭看著腳尖，使勁地踐踏著地上一些陳腐的碎葉，和一些被碩大的黑螞蟻築起的小泥球。

驀地，她若有所悟地回過頭，似乎要想說些甚麼，而當她微張著嘴時，又被另一個意念所阻止了。

這時，老漁夫的兒子的心情異常寧靜，如同在實驗室的顯微鏡下記錄甚麼似的注視著她……她的視線很快地在他那灼熱的凝視中逃開了。返轉身，她匆遽地走向冬青叢的盡頭，要想繞過噴水池。

「谷蘭！」他叫道。她站住了，可是並沒有轉過身來。

「你仔細想想吧，我永遠認為這個工作並不愚蠢，而且絕對不會放棄的。」說著，他獨自返屋子裡。

這位美麗的小女主人仍然呆呆地站在噴水池的前面。

這是星期五早上的事情。

第八章

一

從這天開始，年輕的客人便開始這種「愚蠢的工作」。

九點鐘，老佣人和往日一樣將早餐送進他的臥房裡。

「早安，聖珂先生。」她照例朝他笑笑，順手拉開窗帘。

「烏牙，[1]」披起晨衣，他用越南話說：「你能替我打開儲藏室嗎？」

「當然可以。不過，那裡面很骯髒呢。」

「不要緊。」說著，他發現烏牙正狐疑地望著他。於是他笑笑，解釋著說：「我想使用剷草機，冬青剪和其他一些工具，不曉得那些工具還能不能用。」

「哦……你為甚麼要這些東西呢？」

「我想修葺這個花園。」他走近窗前，指著園子說：「它快要變成廢墟了。」

老佣人倒抽了一口氣，這句話使她興奮得顫慄起來。她一直在盼望著，盼望著這個園子能回復許多年前她提著一個小包裹走進來的那種歡樂時日。她記得那時她很年輕——她自以為這樣；她記得她還有一個身強力壯

1 烏牙：老傭婦（越南語）。

的兒子。雖然她的兒子已經和這園子的主人一樣的失落了，或者早就死去了，但，她仍然盼望著這園子能回復以前的模樣。如果能夠，那麼她便覺得她的兒子並未離開她，又在她的身旁了；他又好像在草坪上推剷草機，拿著噴壺灑水，剪冬青……她一面想，一面笑起來。

她覺得自己的眼睛潤濕了。再看看這位老漁夫的兒子，正用一種堅決果斷的神色佇立在窗前，輕輕的呷著咖啡；她衷心地發生一種敬慕之情。接著，她意味深長地向那年輕的客人說：

「可是這個園子那麼大，你一個人幹不了呢？」

「嗯……」像是老漁夫的聲音：「我相信我能夠的。」

「你需要一個助手嗎？」

「助手？」他問：「誰？」

「下午我帶他來見你。」

二

工作在進行中。

修理鐵剪和剷草機，花費了一個早上。當范聖珂把那架破舊的傢伙從儲藏室裡拉出來時，銹緊了的輪軸發出一種生澀的怪聲，鋒口貼滿了銹斑，有幾處已經開始腐爛了，像是一隻燒焦了的馬鈴薯一樣。後來，總算是在一堆廢盒中尋到一罐潤滑油，和幾把表面上塗有油膏的鋼銼，這才使他將這些無法使用的壞傢伙修理好。

午餐後，他靠在迴廊的一張竹椅上養神。烏牙帶著他的助手來見他。老佣人歉疚地指著身旁那個黧黑、結實，雙顴隆起的男孩子向他說：「你看這孩子合適嗎？」

他端詳著他。

「他叫亞里，是我的孫兒。」她急切地說：「他父親就是以前這兒的園丁。」

「理在呢？」

「大概已經死了吧！」烏牙欷歔著回答：「他『賣豬仔』[2]賣到南洋去了。」

「好吧！」他說：「祇要他能夠幫助我。」

亞里不大愛說話，祇是喜歡對著別人傻笑，露出一排細小而潔白的牙齒。雖然祇有十三歲，卻學會了嚼檳榔，嘴裡老是在動。如果你注意他，那麼他的嘴便自然而然地停止了嚼動；你一轉身，他便偷偷的將嘴裡紅色汁液吐在地上。自從他得到這份工作之後，做事十分勤謹，隨時隨地都可以看見他那幸福而滿足的傻笑。因為從此他能夠生活在他唯一的老祖母的身邊了，這當然是使他發出那種笑意的原因。而最大的原因，卻是他從此不再提心吊膽地被那些巡警在街頭追逐和鞭打了。他和其他許多有著同一命運的窮苦越南孩子一樣，每天背著一袋煮玉蜀黍或一筐熱甜薯沿著街頭叫賣。當他正要蹲下來成交一次僅值幾個「保大」的買賣時，如果他的運氣不好，他便很可能被一個在後面趕過來的巡警捉住。之後，那當然是撫著紅腫的臉頰，眼看著這一袋玉蜀黍或者是甜薯放進一架已裝載得滿滿的板車裡，被推走了。在這一點，他和所有的孩子一樣有著同一類型的個性，就是他們從不會笑也不會哭；他們祇會緘默著，用仇恨的眼光瞠視著這悲慘的命運。

所以，這可憐的孩子現在像一個重獲自由的囚犯似的，挾著那微微激動的心，在這些新的事物和環境裡探索，工作，傻笑著……

工作很順利地在進行。

2 賣豬仔：賣身到馬來種植橡膠樹的人奴，俗稱「豬仔」。

一星期後，這園子已能隱約地窺見昔日的輪廓了；舖蓋在小徑上的腐棄泥塊，已被打掃潔淨，使花圃邊緣的齒角很整齊的露出土外；冬青叢已經修剪過；園子周圍蔓生的羊齒植物和那些野生花樹已經拔除；草坪推剪得如同一幅蒼綠的軟緞，隱隱地透發著一種泥土和新剪草莖的氣息。打掃噴水池要算是最繁重的，亞里阻止這位熱心的主人去幫助他，他喜歡別人在旁邊看著而讓他自己單獨去做，無論任何事情，他都如此。所以，甚至池底及邊上的苔霉污斑，他也用磚塊將它磨得異常光亮。隨後，他不知在那兒找來幾簇水藻和幾尾金魚放進已注滿澄潔清水的池子裡，而且常常在褲袋裡掏出一些麵包屑，撒在水面上。

三

在這些日子裡，谷蘭為了維持著一種少女的矜持與自尊，並不到園子裡去看那固執的客人工作。但，她卻隨時隨地留意著，後來竟然坐在露臺的隱蔽處偷偷地窺望著他了。同時，她懷著一個有生以來最大的憂慮；當園子裡的剷草機在草地上發出一種軋軋的推剪聲時，她立刻拿起詩集，要求為她的母親朗誦一段她所喜悅的詩句。而當她的母親要靠坐在窗前時，她便用一種並不是故意的姿態拉起右面能看見窗下的園子的紗窗帷。總之，她在盡力隱瞞著這件事，她也知道總有一天要被她的母親發覺的。不過，在這位「不聽話的」客人返回海防之前，她認為這是自己應負的責任。

工作的第八天。早上，因為一切都準備停妥，所以范聖珂要到市上去選擇一些花種；半杯牛奶還沒有喝完，便將牆上一頂寬邊的工作草帽往腦後一壓，匆匆地走出去。

走過迴廊的甬道，臺階，小石徑，噴水池，花圃，當他推開園外的矮木柵時，他才發覺谷蘭站在欄外。她穿著一條方格的愛爾蘭式短裙，鵝黃色的大衣領繡邊襯衫，頭髮分垂在肩上，結著兩條與裙同色的花結。她正倚著攔邊停放的一輛載物用的三輪腳踏車上；亞里站在她身後，嚼著檳榔。這是一輛能自由拆卸的兩用車，載物的部份扣掛在車旁另一個輪軸的橫槓上。在那天早上開啟儲藏室時，他便發現了這輛堆放在裡面的破車子，看它的模樣簡直是廢物了。

「上哪兒去？」她笑著問。

「市中心區。」他淡淡地回答。

「市中心區？」她瞇起眼睛：「去買花種嗎？」

「誰告訴你？」

「花圃裡的小泥洞。」

「真聰明！」他不經意地將草帽向額前一拉，想舉步，而又停下來問：「你……」

「我？」她笑了：「我想陪你一道去，河內的路你不熟。」

「謝謝你，不過你和我一樣陌生。」

「所以我要他領我們去。」說著，她指指身後的亞里。

「那麼我們該怎麼走呢？」他猶豫起來。

「我們可以坐在旁邊，讓亞里踏。」

最初，范聖珂認為這樣坐不太適合，但，終於依照小女主人的方法，他和她擠坐在車旁的載物兜裡，讓亞里沿著右面一條略形傾斜的小路踏下去……

陽光在房屋和樹木的縫隙中流瀉在這條遍落著緋色的鳳凰花瓣的柏油路上，細小的「檳榔青」喧鬧地跳躍在枝葉間；一隻金黃而發出一種深湛的瑪瑙色亮光的小甲蟲，撲落在亞里的肩頭上，不斷地抖動甲殼下面兩片乳白的羽翼。晨風吹拂著她的衣裙和耳邊的鬢髮，他嗅到微風中夾雜有淡淡的茉莉花香。

「你聞到茉莉花香嗎？」他輕聲問。

「我胸前別著一朵茉莉。」

「你愛它的幽淡？」

「不！我愛它的顏色。」

「你也愛茶花？」

「還有白玫瑰和玉蘭。」

「那麼對於你身上衣裙的顏色呢？」

她沒有回答，祇是向他輕輕地笑了一下。在她那明澈的眸子裡，能察見一些憂鬱的甚麼在緊緊的抑壓著。之後，他不再發問。祇默默地靠著一邊，盡量讓出較大的位置給身旁的小女主人。途中，他突然無限感慨似的說：

「如果說女孩子難以了解，我相信你是最難了解的一個。」

「去了解別人，總比被別人了解容易些。」

「你覺得自己從未被人了解過嗎？」

「不但未被了解，」她微笑著回答：「而且常被誤解。」

「……」他默然了。

亞里將車子踏進一條狹窄而兩旁有著疏落的小樓房的道路上，轉過街角，他停在一家矮小的綠色木屋前，吐去口中的檳榔渣，說：

「就在這兒，先生。」

他先下車，再扶著她跳下載物兜。她發覺他不再說話，於是故意說：

「園藝家，怎麼不再接著說下去呢？」

「再說你又得我太了解柏拉圖或者亞里……」

「是啊！」妳急急將他還沒說完的Aristotle打斷，搶著說下去：「我知道你一定十分了解你的『亞里』的。」

他會心地笑了。

走進屋子，轉入屋後的花園，在他們正要走入右側籬架的時候，前面溫室裡走出一個圍著花圍裙的胖女人。她的面貌即使是沒有笑，也覺得是含有笑意的。她不斷地動她的小眼睛。

「小姑娘，」她說：「買花嗎？」

「買花種。」他回答。

「種籽還是花苗？」胖女人將手平平的插進圍裙中央的口袋裡。

「我看還是買花苗好，」她接著說：「如果下種籽，恐怕花開的時候，你早就回海防了。」

「那又有甚麼分別呢，祇要我知道它曾經開過……」

「別傻！」她制止他的話，自管自地走進溫室裡。

胖女人對他笑笑。他無可奈何地跟在後面。

經過一番選擇，胖女人又忙著吩咐工人包紮好花苗根上的土壤，然後輕輕地放進那個方才他們坐來的載物兜裡。付了錢，她又巴結地將一朵鮮紅的玫瑰插進小女主人衣領的鈕縫中。

「謝謝你，夫人。」谷蘭禮貌地屈屈膝，感激地說：「這朵玫瑰太美了。」

「說老實話，它還比不上你的一半呢。」

四

花店的門外。老漁夫的兒子、小女主人，和那個才十三歲的助理園丁，站在那載滿花苗的腳踏車旁邊。

「我看，最好還是讓亞里將它踏回去。」范聖珂先提議。

「那麼我們怎麼辦？」她問：

「我們可以慢慢的步行。」

「可是這段路並不太近呢！」

「那麼……」他又開始猶豫起來。

「你真笨！」

「你早就知道了。」

「我的園藝家，」她深深地吁了口氣：「還有其他的方法嗎？」

「那麼……」

「那麼讓亞里走回去，那麼抱我坐上去！」她走到腳踏車的橫槓旁邊，忿忿地說：「我以為這種話是用不著一個女孩子先開口的。」

在這種情況下，這位年輕的客人祇好以一種十分尷尬的神情將這位面帶慍怒的小女主人抱上坐墊前的橫槓上；待她坐穩之後，她放下扶在他肩上的手，將鈕縫上的那朵玫瑰插進他的上衣袋裡。

「走吧！」她抿著嘴，似乎是忍著笑。

他循著原路踏回去，谷蘭曾有幾次回過頭去看著他，而他則始終冷漠地緘默著，像他的父親一樣，撅著嘴唇。

車子已轉入冷靜的河堤路，小女主人也像是無限感慨似的說話了。用他方才的語氣說：

「如果說男孩子也難了解，我相信你也是最難了解的一個。」

「我同意你的見解，」他說：「去了解別人，要比被別人了解容易些。」

「你也從未被人了解過嗎？」

「不！祇被一個人誤解過。」他認真地回答。

「我倒很想知道這個人是誰，」她望著前面：「如果你肯告訴我的話。」

「呃，『她』整天和你在一起。」

「沒有這回事！」

「也許你不覺得。」

「……」

停了停，他用一種極其莊重而輕抒的語調說：

「有一個很不幸的東西，叫做『消沉』；它伴著你，就像影子沒有離開過你一樣。當你迎著陽光，你便生活得像一株粗壯的向日葵，讓那些燦爛的光輝照耀著你的生命；這個時候，它便畏縮地躲匿在你的背後；可是當你向著另一個方向走去時，它便將你整個佔有，如同米弗斯托菲利佔有浮士德似的，奪去一切屬於你的思想和未來的期望，強迫你去做你不願意做的事，說你所不願意說的話，而且——不允許你後悔……」

「……」她垂下頭。

「你後悔了？」他悄悄的問。

「不！」突然她昂起頭，激動地叫喊起來：「停！停下來，讓我下來走。」

小女主人這種奇特的聲調使他驚愕了一陣，他用歉疚的聲音問：

「是我的話觸犯了你嗎？」

「……」她搖搖頭，說：「因為我要想哭了！」

「哭？為甚麼呢？」她將車停在林蔭下。

「我不知道。」她無邪地抬起那雙閃著淚光的眸珠，注視著她那驚惶的客人，重複地自語著：「我不知道。」

「不知道？天！」這位年輕的客人真想盡情地笑了。但他沒有笑，祇是用一種有趣的口吻說：「能看見女孩子流淚的人，是值得驕傲的。」

「為甚麼不說是值得悲哀的呢？」

「因為眼淚是一種最玄妙、最真摯，而且最易了解的，透露著靈魂的默默的語言；尤其是屬於一個少女的。」

「那麼，我的眼淚告訴你些甚麼？」

「一個答案。」

「甚麼答案？」他用疑惑的眼色向他搜索。

「那個星期五的早上，我問你，而你一直沒有回答我的答案。」他將聲音稍稍放低，柔和地說：「別哭，快揩去你的眼淚。」

「啊……」她噙著眼淚笑了。

「傻丫頭。」范聖珂說。

第九章

一

日子就像紅河的流水似的一天天流過去。

園子裡的草翠綠了，花圃裡的雛種是配合各類花朵的顏色分別栽種的；比如小徑旁長形花圃的外圍是金黃而嬌小的矢車菊，中間隔著一排茉莉，而裡面的一排卻是密茂的剪春籮……現在，都已經開放了。

一個早上，范聖珂在花圃裡摘下一果瓣上還凝著露珠的初綻的白玫瑰，在烏牙替他的表妹送早餐的時候，將它放在她的小餐碟上。

「謝謝你，園藝家。」在園子裡，這位小女主人悄悄地走到他的身後，輕輕說。

他回轉身來，微笑著注視她，因為他發覺她的眼睛裡，充溢著一種光輝——幸福而略帶矜持的光輝。正如一顆貴重的寶石在某一種光線和氣候變換它的顏色一樣。

「媽媽請你到她的房裡去。」她邊嗅著手上的白玫瑰，邊說。

「叫我？」這位和主人疏遠得太久的客人放下灑水壺自語著：「我許多日子沒有看望姨媽了。」

「嗯，自從那個星期五的晚上。」

「你還記著！」

「永遠，」她笑笑：「走吧，她在等候你。」

「我能送幾朵花給她嗎？」

她想了一想。其實，那是多餘的。自從那天她知道這位客人去選擇花種以後，對於那個「最大的憂慮」，她已感到有些漠然了。所以，現在他要送幾朵花給她的母親，她祇想了一想，便說：

「除非是白色或者是淡紫色的。」

「甚麼？」

「這些顏色象徵她的……」

「心情？」

「不！信仰，」

於是，范聖珂在花圃裡隨意的折下幾枝帶葉的玉蘭，隨著谷蘭走進他姨媽的臥室。

那個癱瘓的婦人正安詳她躺在長窗前的靠椅上。

「姨媽，您好。我相信表妹一定告訴過您，我正在忙著準備投考大學的功課。」他熱切的說著，將花枝放在小几上，然後在她身旁的小軟墊上坐下來。

婦人看看几上的玉蘭，伸出手去撫著他的頭髮，慈愛地說：

「好孩子，如果你早些讓我知道，我會阻止你的。但，現在……」她哽咽地顫著手指拿起几上的花枝，深深的嗅著。

「姨媽，您是說那園子……」

「嗯，我是說那園子。」

「您看見了嗎？」

婦人淒涼地笑了笑，安靜地說：

「我非但看見，而且每天都在看。」說著，她緩緩地回轉頭，向呆在一旁的女兒命令著：「小蘭，去拉開右面那幅你整天為我拉上的窗帷。」

老漁夫的兒子急急地掙脫婦人的手，走去拉開窗帷。當他發覺這個窗子能俯覽園子的時候，他痛苦地將頭靠在長窗上，他知道自己正做著一件傷害這位可憐婦人的心和記憶的事。

「聖珂！」婦人用寬恕的聲音呼喚他。

他感到一股罕有的力量在他那燃燒的血管中跳動起來，那是無法抑制的，這也許就是人類最尊貴的憐憫和同情，使他重返那婦人的身邊，讓她愛撫著。

婦人凝視窗外一個甚麼地方，陽光照耀著素白的窗帷，反映在她那悲慘而瘦削的臉頰上。她那乾枯的嘴唇在微微在顫抖，彷彿在訴說著她自己的那個悲慘的故事。她記起園子裡的玉蘭花最後一次凋謝，她的生命中再也沒有眩目的光芒、美的色澤、歡愉的笑聲；沒有以往，沒有將來，祇剩下一片混沌的空虛。而現在，她的靈魂重新甦醒過來了，她開始從這昏然未明的意念中，尋找那幾乎泯滅的記憶……直到她緊緊的將自己捉住！

「天啊！」當她重新認識了自己之後，她悲切而悔恨地問：「我在做些甚麼事情啊？」

女兒驚慌地走近她，撲倒在她的膝上。

「媽媽！」她喊著：「媽媽！」

婦人悽楚地啜泣著，她用二種企求赦免的，虔誠而謙卑的心情抬起女兒的臉，用瘦長的手指掠開她額前凌亂的頭髮。女兒的美麗和那無邪的純真使她起了一陣痙攣，因而使她的手指顫抖了。她緊緊地將女兒擁抱著，像用心靈擁抱著神一樣地感到實有、虔敬，而充滿了信仰。她重新張開那雙深褐色的為淚水所糢糊的眼睛，用那對人世生疏的神色窺探著這現實世界。她發覺除了自己，還有一個美麗的女兒。於是，她的靈魂發出一種因悲愴而致低沉的嗄聲，音響裡注滿了母性慈愛：

「可憐的女兒！你是應該快活的……我已經用手將自己毀了，我不能再毀了你……啊！小蘭，看著你的媽媽，原諒她……」

輕微的抽噎聲滲進這寂靜的空間……

……

「今天是甚麼日子？」婦人的聲音和十年前一樣寧靜。

「禮拜六。姨媽。」范聖珂回答。

「禮拜六！」她沉思著返回那些已遺失的日子裡。慢慢地閉上眼睛，彷彿害怕窺見女兒和這位年輕客人那種訝異的神情，她命令道：「小蘭；揭開几上的小銀盒，解下一把有紅羢繩圈著的鑰匙，去打開園外木欄上的信箱，那個白漆信箱。」

「理在已經漆成綠色了！」谷蘭拿著鑰匙，走到門邊，回頭解釋著：「矮木欄也是一樣。」

「誰漆的？」

「是我，姨媽。」范聖珂說：「我相信它已經很久沒有打開過了。」

「孩子，你看見油漆已經剝落，鎖上長滿銹斑？」婦人的嘴角刻劃著一個難堪的苦笑：「十年了，它正如我的靈魂一樣沒有打開過。」

「……」

「一個冗長的夢……」她嘆息著。

片刻，谷蘭捧著一大堆信件走進來，攤在地上。這是些賀年卡和明信片；以及新的、舊的，各種顏色和大小的，幾乎已經全部霉黃且已腐爛的信件。水漬、霉斑和那些墨水因時間久遠而淡褪的字跡，使人無法辨認。

年青的客人和小女主人跪在地上整理著。後來，他發現許多幾乎佔有半數以上的長方形信封，左上角印有一個淡綠色標誌，而且，還有一封是前天發出的。

「姨媽，這是一封最近的信。」范聖珂將那封信遞給婦人。

「拆開它，孩子。照著請帖上的地址，去參加奧勃洛・黎昂夫人的週末舞會。」她仍緊閉著眼睛，留下一絲溫存的笑意。

「舞會？」范聖珂和谷蘭同聲重複道。

「是的，」媽媽慫恿地說：「去吧，去痛痛快快地玩吧。」

他們互相望了望，年輕的客人終於鼓起勇氣說：

「這樣去太冒昧了。」

「冒昧？」婦人笑著睜開眼睛：「去吧，參加過她的舞會的賓客，從沒有人說在那兒受到過拘束的。」

漁夫的兒子和小女主人仍然楞著……

「快去吧！你們還得要充分的時間準備你們的禮服呢。」

「禮服？」他們異口同聲地說。

「哦……」婦人這才意識到他們是尚未開始社交生活的大孩子，於是她含歉意地指示著：「你們可以到劍湖西堤的『辣地公司』去，在那兒可以買到最合適的。」

當他們二人走出臥室時，婦人關懷地叮嚀著說：「記著預備你們的外套，午夜回來是很冷的。」

二

辣地公司在劍湖的西端，是印度人開設的。他們做生意極其精明，為了要多加幾個蘇，他們會耐煩地花費許多阿諛的口舌。范聖珂也以他們的一貫生意方式，用九個比亞斯特五角零五個蘇的代價買了一套現成的白上衣夜服；五個蘇的零頭算是將換下來的衣服送返河畔路家裡去的腳力。

他將九個比亞斯特和一個五角銀幣放在那個戴著一頂棗紅色的，頂上垂著流蘇圓筒帽的店主人漆黑的手上，而將五個蘇另外遞給他。

「謝謝你，先生。」店主狡猾地點點頭，說著流利的在市場上習用的廣東話。

在約定的地點和谷蘭會面，她已在另一家女子時裝公司裡換了一套淡藍色的裙服。領口很低，微微地坦露著嫩白的胸脯和肩背，頸項下掛著一塊藍寶石項墜，腰部緊束，致使那摺疊的長裙成傘形垂到腳踝。在她看見他比約定的時刻慢來十分鐘時，她抱怨地說：

「園藝家，你知道現在是甚麼時候了？」

「現在，嗯……」園藝家著看腕上的錶，說：「七點五十，還有十分鐘到八點。」

「可是，你知道舞會的地址在那兒？」她狠狠地盯他一眼，快快地問。

「那當然是在奧勃洛・黎昂夫人的家裡。」他不假思索地回答。

「但，我的好園藝家，媽說夫人的家在椰林鎮呢！」

「椰林鎮，那麼我們要乘坐火車去啦？」

「那還用說，走吧！」不待他回答，她逕自跳上一輛等候在那兒的街車，急急地向車夫指揮著：「快點，到拉卡[1]！」

---

1 拉卡：車站（越南語）。

第十章

一

他們正好乘上八點十分到海防的夜快車。

椰林鎮與河內市祇隔著紅河和它的支流，紅河鐵橋——杜美橋（Pond Duomer）像一條健壯而有力的胳膊似的向著對岸伸延著，火車在這條全長兩公里半的世界第四大橋上緩慢地行駛了十多分鐘，便到達了河內到海防的第一個中途站——椰林。

出了站，他們正要向一個巡警詢問他們應走的路時，一個穿著鵝黃色衣裙，身段纖小，膚色微呈淺棕色的黃髮少女走近他們的面前，很禮貌地笑著用法語向他們說：

「恕我冒昧，二位是赴奧勃洛・黎昂夫人的週末舞會嗎？」

「是的，小姐。」谷蘭用法語回答。

「我盼望二位能乘坐我的馬車，我們是同路。」那少女說。在他們應允這個善意的邀請時，她拉著谷蘭的手，向停放在對街的一輛馬車走過去。

在車中，他們互相介紹認識。那少女天真地凝視著谷蘭，思索了半刻，她說：

「蘭小姐，我總覺得曾經在那兒見過你，像是不祇一次呢。」

「真的嗎？蓮黛安小姐。也許那個人和我很相像罷了。」

「你到過西貢嗎？」蓮黛安繼續問。

「我從未到過比椰林鎮更遠的地方。」谷蘭誠實地回答。

「那麼，你曾經在聖母院女校住讀過？」

「不，我從未進過任何學校。」

「我總以為自己的記憶力不這樣壞呢！」蓮黛安對范聖珂說。

「嗯，我往往也有你這種感覺。」老漁夫的兒子用一種夾雜著些兒中國音調的法語加入她們的談話。

二

談笑間，馬車已折入一所堂皇的院宅，在大噴水池前面的園臺階前停下來。蓮黛安引領著他們進入大廳。

這院宅是屬於奧勃洛・德・黎昂伯爵的，不過在大革命以後，他就不再用這個貴族尊號了；所以他的墓碑上仍是用黎昂・哈曼塞・奧勃洛這個名字。他是印度支那戰役中一個幸運的功臣——世界上沒有比這更荒謬的戰役，在一八八五年——因此，他蔭庇了他那每年接受在越南人民身上擄刮下來的，二萬四千比亞斯特俸祿的子孫。他的兒子，貝爾・哈曼塞・奧勃洛先生——越南總督府的參贊，在一次酒醉後覆車逝世了。簡單點說：現在這院宅該是屬於這位承襲著「奧勃洛・黎昂」貴族尊號的，交遊廣闊的貴夫人了。

大廳是長方形的，很寬濶，壁上懸掛著名貴的油畫和伯爵的飾物。廳的兩旁分排著十二根嫩玉色的石柱，地面上舖著一層琢磨得異常光滑的水銀石。舞池足可容納下五十對人暢然地跳那古典的宮庭舞。這時，已到了不少賓客。這都是些第一流的社交人物；有殖民政府的要員，外交官，學者和穿著奇特的藝術家；有地主，富商，鼻上夾著單片眼鏡的紳士，以及帶著面紗的貴婦人……這些人都分別地聚在一起，在碰杯，在高談，在笑……

他們穿過大廳，在一個大的中國景泰藍瓷花盆的前面，蓮黛安向一位身體肥胖，衣飾華貴的老婦人行著禮，柔聲說：

「夫人，這是你的賓客，蘭小姐和范聖珂先生。」

「向您問安，夫人。」他們說。

「噢！我的天。我真的有這麼榮幸接待這麼美麗的客人嗎？」她吻著谷蘭的臉頰，拉著她的手說：「就像一位女神呢！」

「謝謝您，夫人。」谷蘭羞怯地垂下眼睫。

另一個站在左旁穿著一身金邊黑絲羢夜服，瘦削，扁扁的黑羢帽上插著一支黑羽毛的婦人，將胸前的鏡片放在眼前仔細地向谷蘭端詳著。

「波禮夫人，你很像在欣賞一顆一百克拉的鑽石呢！」右旁那個銀髮貴婦打趣說。

波禮夫人放下鏡片，將手上那把黑羽毛摺扇遮著嘴，挨過頭去在奧勃洛・黎昂夫人的耳邊輕聲耳語道：

「夢妮，她很像你客室內懸掛在壁爐上他那幅油畫呢，請你仔細地看她的眼睛和嘴……」

「甚麼，你說她像蘇丹？」夫人移過眼睛望著谷蘭，突然，她若有所悟地失聲叫起來：「天啊！真的像蘇丹呢！」

「蘇丹？」谷蘭驚異地抬起眼睛。

「是啊！你見過她嗎？」

「蘇丹是我媽媽的名字呢，夫人。」谷蘭感到有些兒不解地說。

「怎麼，蘇丹是你的母親——噢！天……」參贊夫人緊緊地擁抱著谷蘭，不住地吻著她的臉頰和頭髮，顫著聲音叫道：「可憐的小蘇丹，在你六歲的生日時，我們都是你的客人呢！好些年了，你那可憐的爸爸——可憐的瘋子……」

「要是瘋子還在世，這個舞會更熱鬧了。」波禮夫人接著說。

「可不是嗎。」奧勃洛・黎昂夫人揩拭著眼角，摯愛地說：「可憐的小蘇丹，盡情地在這兒尋找你的快樂吧，跟你的父親在我這兒一樣——蓮黛安會陪伴你的。」

行禮後，他們二人由蓮黛安引領著轉入石柱右角一間休息室裡。室內的陳設和普通的客室沒有任何分別。當他們踏進室門時，裡面一堆年輕人紛紛在沙發上站起來，他們在玩紙牌，還有幾個跪在地氈上擲骰子。

「讓我向各位介紹，」蓮黛安朗聲說：「這位是蘭小姐，這位是范聖珂先生。」

「歡迎之至。」一個俊秀而身體略為荏弱的金髮少年欠著身，微笑著說：「我是小貝爾・哈曼塞・奧勃洛。」

「應該稱為奧勃洛・黎昂伯爵三世。」

「閉嘴！艾塞克。」

「我是羅契爾。」手搖著骰子，臉上有幾點雀斑的年輕人，眨動著黃眼珠，正式地宣佈著：「不過我還得鄭重地向蘭小姐和范聖珂先生介紹——他！」他昂著頭，指著剛才說話的那個皮膚哲白的孩子：「我們的艾塞克將軍。」

「因為他在追求聖母院女校裡一位叫做伊莉莎白的英國小姐。」站在小貝爾身邊的小胖子，用含有戲謔意味的怪聲，鼓著嘴，補充著說：「祇可惜我們的艾塞克將軍，卻沒有獲得『女皇』的『免罪戒』。」

「所以，女士們先生們，」羅契爾跟著叫道：「他是準得上斷頭臺的。」

於是，全室的人都鬨笑起來……

話就從這兒開頭，大家笑鬧著，調侃著……

谷蘭始終以愉快的心情和逗人喜愛的神態坐在蓮黛安的身邊，和她喁喁細談；同時，以一種和善的目光去酬答那些在注視著她的少年們。而范聖珂卻靜靜地坐在旁邊，除了他們——那些小紳士——向他提及中日戰爭有關的問題時，他不得不參加一點意見；不過，他們對於戰爭和政治並不感到興趣，尤其是當話題轉到歐洲的時候，總引起一陣騷擾。那在一個鐘頭內，已經是第二次了。一個叫做梅格的英國孩子冷冷地說：

「日本軍隊迫近越南啦！」

「中國兵都到哪兒去了？」小貝爾向范聖珂說，也許因為他是這個休息室中唯一的中國人的緣故：「聽說日軍的槍管還沒有熱便佔領了許多中國城市呢？」

「可是，先生們：」范聖珂站起來，用凜然的聲音回答：「中國軍隊已經和裝備精良的日軍周旋四年了，假如說他們懦怯的話，那麼比較起來，他們還是世界上最勇敢的。諸位總該知道德軍三個星期解決了波蘭；二十四小時結束了丹麥；荷蘭，比利時，盧森堡僅僅用去十八天吶！」

「該死的傢伙！」有人用粗俗的聲音詛咒。

接著，艾塞克將紙牌重重地摔在桌上、叫道：

「今天河內晚報有塞當（Sedan）和龍威（Longwy）失陷的消息呢！」

「那麼馬奇諾防線豈不是完了嗎？」

「可不是！德軍是由盧森堡的厄集（Esch）攻進來的。」

「甘默林[1]這個老混蛋！」

「猪玀一樣的老糊塗！」

---

1 甘默林：法國國防總司令，於德軍南下進窺巴黎時去職。

於是，緘默在他們中間伸展開來……

一個長臉侍役舉著一個銀托走進休息室。羅契爾霍然立起來，舉著手激烈地叫嚷著：

「乾杯！各位。」他翻翻眼睛：「為大法蘭西乾杯！」

所有的人都拿起杯子乾了。

「來！再乾一杯！還是為我們的大法蘭西！」

起來，祖國的孩子們，
光榮的日子到了。

艾塞克將手一揮，引導著唱La Marseillaise[2]，全室的人都跟著和起來，他們激憤地高唱著：

強暴豎起了血旗，
一心要和我們作對。
你們沒有在田野聽見，
那些野蠻的兵士吼號！
他們一直跑進你們的胳膊，
殺了你們的兒子，你們的伴侶！

---

2 La Marseillaise：〈馬賽曲〉，法國國歌。作者是盧皆・德・李勒（Rougetde Lisle）。該曲原名為〈萊茵軍之戰歌〉（Chantdeguerre Pour Farmeedu Rhin）。

乾了第三杯酒，休息室又回復了平靜，大家都像是沒有發生過甚麼不愉快的事情似地打著牌，投著骰子，聊著天……而且，誰也不希望再引起那種騷擾，就如同每個人都安於這充滿了濃烈的酒味和那使人嗆咳的香煙氣息的室中陶醉自己一樣。

客人愈來愈多了。在舞會開始之前，又進來了幾個活潑而俏皮的女孩子；她們剛踏進休息室，就以極其親暱的聲音向在座的年輕紳士們招呼著。

進過一點食物和飲料，大廳內的燈光變換成淡淡的紫蘿蘭色，悠揚的管弦樂聲開始鳴奏起來。

第一支音樂，小貝爾邀谷蘭舞進池裡去……

第二支音樂，小貝爾邀谷蘭舞進池裡去……

第三支音樂，小貝爾依舊邀谷蘭舞進池裡去……

當第四支音樂開始鳴奏，小貝爾挽著谷蘭的手腕離開座位的時候，范聖珂悄悄地走出迴廊。廊上很清靜，欄杆前的花架透出絲絲襲人的馨香，月色柔和得像一片溶解於夜的氣流中的瑪瑙，柔和的樂聲在空間迴旋著，使這氛圍的情趣更幽雅而靜謐了。

他倚著欄杆，極力抑壓著自己紛亂的思緒，然而，他無法使自己平靜下來。這是由寂寞而起的嗎？如果是；那麼他正被寂寞緊緊的包裹著。

……

一陣輕微的腳步聲從門邊走過來。

他想：一定是谷蘭。

「范先生。」是一個少女的聲音。

他連忙地回轉身，挾著些微惶惑和歉意向那少女招呼著：

「啊！蓮黛安小姐。」

「悶嗎？」她笑著問他。笑裡顯示著少女的矜持。

「嗯……不！」他侷促地回答：「廳內有點……嗯……有點熱。」

她那細小的嘴角隨即旋起一個神秘的笑靨，有意味地說：

「廳內有點熱，而這裡卻有太多的冷靜。」

「那麼，你也愛冷靜？」

她避開他的注視，笑笑，沉默起來……

三

樂聲又起了，蓮黛安走到他的面前，屈著腰，伸出手臂，稚氣地睇著她那淡褐色的眸珠說：

「能伴我跳這個舞嗎？」

「這是我的榮幸。」他以同樣的打趣的語調說：「高貴的小姐。」

老漁夫的兒子用略為生硬的腳步和這位少女在迴廊上舞著。轉過廊角，房屋遮住了月影，他們沉入黑暗和慢華爾滋的旋律裡……

第二個舞，他和她仍默默地在迴廊上舞著……

「需要我幫助你嗎？」她忽然在他的耳邊說。

「你指甚麼？」

「別裝傻！」她突然撐開他的身體，直直地迫視著他。

「真的，」他吶吶地解釋道：「我不明瞭你說的話。」

「好；我坦白地對你說。」她認真地說：「你不覺得應該進去陪伴你的表妹嗎？」

「恕我沒有去打擾別人快樂的習慣。」

「你以為她現在真正的快樂嗎？」

「但願如此。」

她緘默了，直到第三個舞快完的時候，她才以「覺得有點冷」為辭，要求他舞進廳內的舞池。壁燈淡紫色的光輝，輕輕地撒下一層醉人的霧般迷惑的網；他們在池中舞著，舞著，舞著……

他帶著落寞的心情在舞著，突然，他在轉角上瞥見一雙熟悉的眼睛——祇是一瞥便迷失了，它是垂合著的，臉孔緊伏在舞伴的肩上，嘴角抹著一層笑意，是一個很容易使人知道而且體察出，是由一個充滿了幸福和喜悅的靈魂裡所發出的，象徵著滿足的笑意。如果一個垂死的老人，在他向這世界投出最後而短促的一瞥時，倘若他感謝上帝賜予他一生平安的旅程，那麼他也該在那枯槁的，肌肉鬆弛的嘴角上發出一絲笑意，哪種笑意，正如他現在所看見的那樣靜謐而安詳。

「你怎麼啦！」蓮黛安搖著她那心不在焉的舞伴。

「哦，沒有甚麼……我覺得有點……」他頹然地樂聲還沒有終止之前，攙著蓮黛安離開舞池，走到客廳左角一個陰暗的座位上；石柱正好遮住他的背部。

坐下後，他用手輕揉著前額，因為這樣不致於被她窺見自己為那雙熟悉的眼睛，以及幸福的笑意所顯出的那難堪的神情。

「空氣實在太壞，來吧！喝杯熱咖啡。」蓮黛安向侍役要了兩杯飲料，將其中一杯遞給他，殷勤地說：

「這會比較好些的。」

「給我一杯Rossolis！」他揚起頭，向侍役吩咐著。

侍役將一個方形酒樽裡的液體向杯子裡傾注，他伸手接過來。蓮黛安按著他的手，關切地問：「你有將Rossolis攙在咖啡裡喝的習慣嗎？」

「並不！」他端起杯子，一飲而盡，才淡漠地回答：「那是我母親的習慣。」

「那麼你是需要增加一點興奮。」

「不，一點刺激！」

「……」

「蓮黛安小姐，」沉吟半晌，他正色地向她說：「我要求你替我解答一個幼稚而可笑的問題。」

「當然，祇要我知道。」

「……」他在她那茫然的淡褐色眼睛中注視良久，才繼續說：「你怎樣解釋——嫉妒？」

「這應該由你自己去解釋。」

「為甚麼？」

「因為先要問你自己所指的對象是甚麼。」

「我是說……對……」

「對一個女孩子。」她直截地補充道：「是嗎？」

「好吧！」他困惑地點點頭：「就算是對一個女孩子吧！」

「想不到你也和我們法國人一樣注重理論。」她忍不住笑了。

「別打岔，」他急急地說：「我祇想知道你對它的看法。」

「這還不簡單——沒有嫉妒就沒有愛。」

「你愛的範圍太狹窄了！」

「太狹窄？」蓮黛安不以為然地分辯道：「一個女人在一個男人的生命中祇佔有微乎其微的一小點；而男人卻還有他的抱負，他的事業和世界，所以你們男人當然覺得廣濶了！」

「你扯得太遠了，小姐。」

「好，那麼就近的說。」

「……」

「嫉妒是一個最含有教訓意味的名詞，是一種美德。這也許是我的主觀。但；一個生活在人群中的人，是無法逃避嫉妒和愛的，它如同生命一生俱來，是人類最原始最玄奧的素質……」

「假如你的心中有愛，你就不能否定和逃避它！」她的聲音幾乎是含著斥責意味地高揚起來。

范聖珂終於抬起頭，用溫和的微笑緩和她那激動的情緒，直到她露出一種歉疚的神色時，他才低聲說：

「蓮黛安小姐，我十分同意，而又十分不同意你對它的見解，這句話很矛盾。但，請你原諒我是一個不太明白自己而生活在矛盾中的人。」

「天！你對於人生太寫實了！」她驚訝地說：「你像是甚麼都懂似的，這和你的年齡是不符合的呢！」

「是的，我承認這一點，」他回答：「不過，我要告訴你，對於愛情，我是很『寫意』的呢！」

「你這句話並不能掩飾你愛她呢！」

「怎麼，你又轉了話題？」

「不，這是你的話題。」

「是嗎——我倒忘了！」

「又裝傻！」她調侃地笑著站起來：「好，忘了也好，讓我們再跳一個舞。」

他和她舞進人叢裡……

四

蓮黛安挽著范聖珂的手臂返回休息室，谷蘭和小貝爾坐在原來的沙發上，待他們在側旁的位子上坐下來，艾塞克和羅契爾拖著那兩個俏皮的女孩子興匆匆走進來，大聲向小貝爾說：

「樂頓夫人在嫉妒你呢，黎昂三世！」他將這個名字叫得特別響。

「我看見她的臉色蒼白得駭人！」站在艾塞克旁邊的女孩在映動她那大而湛藍的眼睛，真切地插嘴說。

「如果她不接連地聞著鼻煙，她準會暈倒的。」

「真的嗎？」小貝爾側著頭，像是對著身旁的谷蘭說：「值得乾杯！」

「當然值得乾杯！」梅格隨即站起來，嚷著。

在所有昂起頭乾杯時，范聖珂悄悄的將手上的酒杯放回身旁的小几上，祇有谷蘭在偷偷地注視著他。

「你忽略了禮貌。」谷蘭輕聲用越南話說；而眼睛卻著著前面。

他沒有回答。小貝爾已將第二杯酒遞給她。

「我們再乾一杯，為了今夜！」小貝爾舉杯子喊道。

谷蘭勉強地喝下第二杯酒，雙顴和眼角已經暈紅了。看看空的杯子，她笑了笑，然後用一種瘖啞而遲鈍的聲音向拿著酒瓶的艾塞克要求著：

「請再給我一杯！」

艾塞克不假思索地將酒注進她的杯子裡。

「再乾一杯，諸位！」她舉起酒杯，疲乏地說。

在她將杯子放近唇邊時，他忍不住向她警告了。他說：

「這樣你會醉的！」

「醉嗎？」她發出一聲輕蔑的乾笑。深長地吁了一口氣，自語道：「醉了也許比清醒的時候好，真的，我從未醉過呢！」

他定定的望看她。

她頹然倒在靠背上……

燈光又暗弱下來了，蓮黛安向范聖珂使個眼色，然後拉著有點不欲離開的小貝爾走出休息室。最後，祇剩下他們二人了。驀地，她在沙發上端坐起來，蹙著眉額，執拗地向他說：

「請你伴我跳個舞！」

「你不能跳，你醉了！」

「我請求你，」她顫抖著聲音：「最後的請求。」

他無可奈何地扶著她走進舞池。

她屈著左手，伏在舞伴的右肩上，這種姿勢是那位已死去的家庭教師所禁止的，她在教她跳古典舞和普通的交際舞詩，曾經不止一次的警告她。可是，現在她感到異常慵倦。所以她的舞伴不得縮小步伐，沿著池邊舞著……

「我知道你很不愉快，在這個舞會裡。」她在他的耳畔說。

「……」

「我知道今天晚上你恨我！」她又說。

「……」她絕望地輕喟了一下：「其實，也用不著解釋。」

重返回休息室，范聖珂木然地坐在自己的座位上；而谷蘭也像是真正履行她的諾言，冷漠地默坐在長沙發上。蓮黛安和小貝爾沒有回來，所以引起艾塞克和羅契爾他們紛紛地談論小貝爾和樂頓夫人的事，祇有梅格一個人獨坐在裡面的小几邊，用紙牌計算著他自己的桃花運……

谷蘭靜靜地站起來，向著牆角的酒櫥走過去。范聖珂望著她。她在櫥裡選擇了一瓶甜酒開了蜜，他已站在她的身旁。

「給我一杯。」他溫和地說，將杯子靠近瓶口。

她回過頭，彎著嘴角笑了。她低著頭邊替他斟酒，邊問：

「你也想醉嗎？」

「正如你所說。」

「你也從未醉過？」

「沒有，」他舉起杯子。

「那麼，我們回去吧，是時候了。」她微笑著輕碰他的杯子，把酒杯放下來。

他挽著她走出大廳，向奧勃洛•黎昂夫人告辭。

「小蘇丹，以後你一定要來呀，在每個週末。」夫人吻著谷蘭說：「我希望能在後天去探望你那可憐的媽媽呢，如果時間允許，我一定會去的。」

蓮黛安也同時提出要走了，並且邀他們乘坐她的馬車。小貝爾送他們走出臺階，待他們在馬車上坐定之後，他隔著車窗去吻谷蘭伸給他的手，誠摯而熱望地說：

「再會，允許我來探訪你。」

第十一章

一

小貝爾・哈曼塞・奧勃洛已成為時常在這園子裡走動的客人，自從那個星期三的下午，他隨著他的母親來拜訪過之後。

在先前的兩個禮拜中，范聖珂還常常和谷蘭跟他一起去打高爾夫、騎馬、釣魚和逛劍湖。但，漸漸地，一種力量在范聖珂的心中茁長起來，他幾乎能夠斷然地說谷蘭和小貝爾在相愛了。這本來是很平常的，一個人無法阻撓他內心中已決定的事情，愛也是一樣。而范聖珂，卻被這平凡而又不平凡的事情所苦惱了，因為，他發現自己也愛她。

第三個週末，小貝爾和先前兩次一樣地很早就來了。范聖珂正在園中修剪著花樹的枝葉，他老遠地伸著手向他招呼著。

「早安，」他這樣稱呼他：「親愛的園藝家。」

「早啊，奧勃洛・黎昂伯爵三世。」

「你真快活呢，你統治著這一塊美麗而幸福的土地。」

「可是，我並不因此而榮耀。」

「我的天！如果是我，我早就心滿意足了。」

「呃——三世，」他拍著小貝爾的臂膀，低聲說：「你應該比我更快活呀！」

「見鬼！」

「不是嗎？」他指示著：「我統治著這一塊美麗而幸福的土地，請記著，僅僅是土地；而你，我親愛的三世，你卻統治著在這土地上生活的人民。」

小貝爾會心地笑起來了，聖珂也笑，不過笑裡另有一種滋味。

他們一同走進屋子裡。

十分鐘後，小貝爾提議到海陽（Hai-yen）去旅行，范聖珂用一萬種理由婉辭了，同時用一萬種理由慫恿谷蘭去。臨行前，他對他們宣佈著說：

「最好能夠趕回來，我替你們準備一頓豐盛的晚餐。」

谷蘭和小貝爾走後，他吩咐烏牙到市場裡買石斑魚和牡蠣，預先燙摺好谷蘭新製的一套夜服；之後，他茫然若失地返回房中，倒在窗前的靠椅上，就這樣沉沉地熟睡了……

「聖珂先生，午飯已經準備好了。」烏牙搖著他的手。

他朦朧地睜開眼睛，疲乏得無法將身體支撐起來。

「哦……你不舒服嗎？」烏牙關切地說：「你的臉色很壞呢！」

「沒，沒甚麼，」他要掙扎起來，就像那個老漁夫說他自己並沒有老時一樣的固執和自信。

「躺著，不要動！」她阻止他，同時伸手去探摸他的前額，焦慮地說：「在發高熱呢，我希望你在我出去的時候，不要勉強起來。讓我替你去拿幾片藥。聽說最近在流行腦膜炎呢！」

她匆匆地在床上拉下一張毛氈蓋在他身上，關上窗戶。她喋喋不休地咕嚕著在市場上看見衛生隊在攔住行人打防疫針的事。

他沒搭理地吞下兩片她張羅了半天的藥片，又昏昏地睡了……

二

黃昏時他才醒來，室中流盪著一股使人暈倦窒息的熱氣，推開窗，夕陽染在牆上。他正想返身到盥洗室去用冷水浸洗他的頭額時，園子的小石徑上傳來一陣散碎的腳步聲。

探頭窗外，他看見谷蘭挽著小貝爾的手彎，沿著小石徑步上臺階，他們是那麼親暱地走著……突然他激動起來，當他正要衝出門去，卻被另一個意念所制止，他重又癱瘓地倒在靠蒔上。他昏亂地僵坐在靠椅上，他不知道自己為甚麼要這樣坐著……

門響了，是谷蘭那輕快而悅耳的聲音：

「聖珂表哥！」

「嗯……」他含糊地應著。「你在準備去參加舞會嗎？」

「呃……是，是的！」他醒覺地說：「嗯……我希望能早些兒去呢，艾塞克曾經跟我賭東道，他已經輸了。」

「那麼我們在餐室等你。」

他在靠椅上掙扎起來，穿著衣服，然而，他已意識到自己是不能去參加舞會的，因為他真的病倒了。為了勉強著自己，致使他渾身在戰慄著。

他扶著欄杆走下扶梯，又扶著牆壁走進餐室……

「這次旅行一定感到很愉快吧。」他生澀地勉強笑笑，順手拉著靠近門邊的餐椅靠背，重重地坐下來。

「你的神情不對呢！」谷蘭一直在注意他，「你像是非常疲乏——而且在發抖……」

「你的眼睛都紅了，園藝家。」

「真的嗎？」他故意裝作若無其事地說：「也許是工作太累，喝了幾杯酒的緣故——唔，也許就是這樣。」

「你在樓上不是說艾塞克和你賭東道的嗎，大概是你輸了。」

「天曉得我輸了！」他舉起餐刀在空間揚了一揚，要想繼續說下去，但，被小貝爾痛苦的眼色止住了。餐室裡頓時充滿了寒冷和沉默。小貝爾終於憂怯地說了：

「又是壞消息嗎？」

「呃……原諒我。」他低下頭，切著魚塊。「德軍進攻敦克爾克（Dunkerque），緊迫巴黎了，魏剛[1]防線受不了這麼大的壓力呢！

「魏剛也是一個混蛋！」小貝爾忿忿地詛咒起來。

「最要緊的是德軍在西線又增強了二十個精銳師，」他唸著，這些都是烏牙在市場上給他帶回來的一份晚報上的大字標題，他在離開臥室時看到的。

「啊，天！」小貝爾悽徨地放下餐具：「我們又要讀『最後的一課』了！」

短短的沉默……

「時間不早了，走吧，他們都在椰林等待我們呢。」范聖珂說。

小貝爾離開餐桌，自言自語地說：「我希望今天晚上不要為這事情使大家不愉快。」

「但願如此。」

---

1 魏剛：甘默林去職後，由魏剛元帥繼任。

三

直到谷蘭換好了衣服，范聖珂還沒有離開餐室。他是那麼痛苦地頹坐在椅上，他實在不能再支持下去了；呼吸漸漸感到迫促而困難起來，身體被體內滲出的汗液所浸濕了。如果不是面前放置餐具的鏡櫥上反映著谷蘭立在門前的身影，他甚至真的懷疑有人在呼喚他了。「你怎麼啦！」她走近他，不耐煩地說。

「……」他抬起頭：「要走了嗎？」

「八點多了。」

「哦——你們先去吧！」

「你自己呢？」

「艾塞克和羅契爾會來接我的。」他在撒謊。

「你們曾經約定的嗎。」

「呃……上個週末，不是嗎……」他喘息著說：「就是說那個東道——呃，他們說來接我的。」

「……」谷蘭狐疑不安地諦視著他。

半晌，他深深地吸了一口氣，困難地回過頭，向立在門前的小貝爾求援地說：

「伯爵三世，你能和蘭小姐先走幾分鐘嗎？我不能對艾塞克和羅契爾失約呀！而且……」

「也好，讓我們先走吧。」

谷蘭像是帶有些受委屈的神情，但也無可奈何地隨著小貝爾走了。范聖珂靜靜地聽著他們的腳步走下臺階，漸漸地消失在小石徑上。

週圍漸漸暗下來，他仍昏然頹坐在黑暗中。

第十二章

一

范聖珂甦醒過來的時候，已經是午夜了。他緩緩地睜開眼睛，思索了許久，才確定自己是安睡在床上。這大概已經酣睡很久了，雖然頭腦仍有點暈眩，但那週期性的刺痛已經停止了。他舉起疲乏的左手摸摸前額和臉頰。他在想：是誰將自己安放在床上的呢？而且，他發現身上已換上睡衣。

他開始在這黑暗的臥室四週搜索著……「你要想喝點兒水嗎？」一個微弱的聲音在黑暗中發出。

「誰？」他急急地問。

「是我，你醒過來了？」谷蘭在靠椅上站起來，走近床側，溫柔地說：「需要些兒甚麼？」

「噢！蘭！」他激動而不由自主地將她的手貼在臉頰上，輕輕地吻著……

她凝著淚光注視著他。她身上穿著那套新製的夜服，隱隱地在肌膚和那略為喘促的呼吸中，透出淡淡的茉莉花香。

「聖珂！」她憐惜地呼喚。

他深情地望著她。這個時候，他才發現自己是那麼愛她，祇是嫉妒比愛更尖銳而已。

「你為甚麼這樣折磨自己呢？」她溫婉地說：「你應該讓我知道你有病；那麼我便會留下來照顧你了！」

「我，我事先也不知道自己會病的。」他含糊地掩飾著。

「你撒謊！」她生氣地抽回她的手。

他痛苦地扭開頭。但她緊接著說：

「我知道那是你的陰謀！」

「陰謀？」

「你應該比我更明白！」她生硬地說，聲音激動得顫抖。「你嫉妒！懦怯！你以為自己所做的是一件偉大的事情……」

他用手掩住她的嘴，阻止她說下去。

「我求你別說了！」他急切而真摯地喊道：「是的，我嫉妒！懦怯！我也不知道自己為甚麼要這樣做！」

她俯下身去，將他的臉扳過來。

「望著我，聖珂！」她變換一種溫柔的聲音說：「我祇是一個平凡的女孩子，而且是由你的手將我從無知的虛幻中牽引到這個現實的世界上來的！你使我看見了亮光，分辨出顏色，了解善惡和愛恨；可是在我還不能夠認清方向時，你卻捨棄我了……」

「不是捨棄！蘭。」他痛苦地掙扎著。「而是我害怕……」

「有甚麼事情使你害怕呢？」

「因為，我，我愛你！」他困難地說：「我怕我會失去了你！」

她怔了一下，隨即撲倒在他的身上，讓他緊緊的擁抱著她，讓他用溫暖而顫抖的嘴唇去吻她。

「不要離開我，聖珂！永遠不要離開我！」她含糊地重複著這句話。

二

范聖珂真的病倒了，幸好並不是那種能於數小時內致人於死的瘟疫，祇不過是很輕的流行性感冒。但，谷蘭卻整天看護著他。這幾天來，曾有十次以上拒絕讓他到園子裡去走走的請求；她祇肯讓他安靜地躺在床上，聽她娓娓地講述自己的故事：她怎樣度過她的童年，怎樣接受那個老處女的教育，後來又怎樣為了她的遺書而在她的心中產生一種可怕的力量，促使她立下要到神學院裡去的志願。在她說到這兒，略一停頓時，他問：

「現在也有另一種力量，促使你立下另一個志願嗎？」

「當然啦！」她滿足地笑了。

有時，當她正說得興高彩烈，或者兩人促膝跪在床上玩一個蘇一張牌的「達姆谷」[1]時，小貝爾來了。可是，很快的他又走了，一次比一次帶著更多的失望和憂愁走了。

他惘然地望著他的背影消失在小石徑的盡頭……

三

禮拜五的早上，他悄悄地走下園子。亞里拿著噴壺在灑水，嘴裡嚅嚅地動著；當他抬頭發現他站在臺階上時，他連忙放下噴壺，急急地向他走過來。

「有人送來一束花呢，先生。」他吶吶地說。

「哦，怎樣的一個人？」

1　達姆谷：一種越南紙牌，牌數和名字與象棋同。

信來。

「一個小女人——坐馬車來的。」他轉動著烏黑的眸珠，突然像是想起甚麼似的伸手到衣袋裡，掏出一封

「該死，」他叫道：「我幾乎把它忘了！」

范聖珂拆開那封信，那張淺綠色的信箋上這樣寫著：

謹以一束鮮花和虔誠的祝福，獻給我敬慕的范聖珂先生，祝早日痊癒！

你的朋友　蓮黛安．吉裴

是這一束鮮花使他準備去參加明晚的週末舞會嗎？這樣說也許是對的，因為他捧著花束返回房中時，他是那麼安靜地向谷蘭說：他很惦記那些朋友，谷蘭微笑地允許了。

次日，小貝爾破例沒有來，但，范聖珂卻堅持要等到七時三刻，因為他如不來，他們還有二十五分鐘的時間去乘坐八時十分的快車。

可是小貝爾始終沒有來，在七時五十分他和谷蘭跳上一輛路過的街車，到車站去。

到達椰林鎮，就如同他們第一次到這兒時一樣，祇是蓮黛安失去了那天真而稚氣的笑意，她神色沮喪地招呼他們坐上她的馬車。

這沉默預示著一件不幸的事情將要發生了。果然，當馬車走入奧勃洛·黎昂伯爵的寓邸時，蓮黛安才用她那痛心而喟嘆的聲音，叩開這水冷的，令人窒息的沉默。

「巴黎在今天中午陷落了！」

「哦……」

「我們收聽到遷都波爾多港的廣播。」她繼續說。

「他們都知道嗎？」谷蘭問。

「我相信每個法國人都知道的。」她邊跳下車，邊說：「這次再不能躲在馬奇諾的地下第五層，喝紅酒，聽爵士音樂，對這些充耳不聞了！」

三人默默地走入大廳。

一進門，他們便被一種沉悶而顯示著不幸的氣氛所包圍。每個人都沉著臉，憂形於色地低聲談說著，以致和這亢奮的樂聲及香檳酒對照顯得極不諧和，他們一路和許多客人招呼著走過去，進入他們慣常聚集的小休息室裡。

休息室裡的情景也有些異樣；這些年輕人不再玩紙牌、投骰子和笑謔了。他們默默地坐著，像是忍受著一種無形的痛楚似的低著頭。當他們三人走進來時，他們才迂緩而肅穆地站立起來，這種情形使谷蘭和范聖珂頗為驚愕，原因並不是他們的神色，而是除了梅格之外，他們都穿著軍服。而且都是新的，銅扣在閃閃發光。

小貝爾很不安地苦笑著向他們行禮，在他的眼睛中，已使這位敏感的老漁夫的兒子窺見他那明澈而受創傷的靈魂了。他說：

「恕我沒有去接你們，因為應召入伍的事，使我實在無法分身。」

「不要介意。」谷蘭搶先回答：「我們自己來是一樣的。」

就這樣，又回復了沉默。祇聽見液體的傾注聲和深長的嘆息……

舞會仍繼續進行著，可是跳舞的人極少，除了有幾對像是洩憤似的瘋狂地在舞池中轉旋，大家都感到興味索然。小貝爾始終沒有離開過他的座位，像躲避著災難一樣將身體深深地隱沒在沙發裡，一枝接著一枝地吸著煙……

梅格放下他的酒杯站起來，抖直身上畢挺的禮服，極其禮貌地在谷蘭的面前屈著手彎，欠著身，邀請谷蘭跳舞。待他們離開了休息室，小貝爾隨即站起來，走到范聖珂的身邊，有些忍耐不住似的說：

「能到廊外談談嗎？」

「當然。」他笑著跟他走出去。

「我們明天出發。」小貝爾抑鬱地說。

「明天？」他問：「甚麼地方？」

「——回國啊！我們無論如何也得守住里昂，不然，法蘭西便完了！」

「由海道走嗎？」

「皇獅號運輸艦已經停泊在塗山口[2]，我們明晨乘坐專車上船。」

「哦，那麼今夜我得向你說再會了！」

「如果我的運氣不太壞，我們會再見的。」小貝爾感嘆地說：「這次入伍，在時間上真是再恰當不過了；如果再延幾天，我相信我會瘋狂的。這是一種解脫呀！不是嗎？在你離開一種內心束縛的痛苦時，你不感到快活嗎？祇是在你要想離開它時……」

「我希望你在出發之前，不要為了其他的事情弄得不快活。」

「不快活？」他苦笑起來：「我應該很快活才對呢！我記得拜倫有兩句詩，是這樣：『祇要你快樂，我便沒有悲哀。』……」

范聖珂不解地注視著他。

---

2 塗山口：塗山距海防市二十一公里，是海防的港口。

「啊，別疑惑，朋友。」小貝爾急急地解釋著：「其實最好的事情是用不著解釋的。為了拯救我的祖國和我自己，我得離開她——說明白點，我得離開蘭小姐。但，唯一請你原諒和允許我的——當然，在法蘭西的話，你將會和我決鬥；不過，我相信你絕對不會，因為你是一個寬大的中國人。……讓我再覆述一次，聖珂先生，請你原諒和允許我，讓她是我心靈上的，一個永恆不滅的，形像以外的戀人……」

「……」他無言地緊握著小貝爾伸給他的手。

「我知道你一定能好好地照顧她的，像你怎樣照顧著自己一樣。」小貝爾緊捏著他的手，真摯地說：「請為我和法蘭西祈禱。好吧，說再會吧！」

「怎麼？是現在嗎？」

「反正是一樣的，早一分便減少一分痛苦。」

他一時百感交集，直到小貝爾用他那低沉的聲音說完，他才將頭仰起來。

「天下無不散的筵席，」小貝爾說：「朋友，來吧！說再會吧……」

「……」

「別折磨我，好嗎？」小貝爾的嘴角牽動一個痛苦而生澀的笑。

「但……我認為你也要向她道別才對呢！」

「向蘭小姐？」

「不應該嗎？」

「怎會這樣說呢，祇是徒然增加……」

「如果不這樣做，你以後會更痛苦的。」

「痛苦？將你所有的全交給我吧！」小貝爾蹙著眉角，叫道：「我不敢再去見她，朋友，答允我一個請求……」直到他熙頭，他才繼續說：「代我向她道別，祇要告訴她我因為整理行裝，來不及親自向她說，那就夠了。」

聽了小貝爾的話，范聖珂微微戰慄了一下，一個可怕的念頭——正如那天小貝爾和谷蘭到海陽去旅行的早上所發生的那個念頭一樣——使他開始痛恨起自己來了。頓了頓，他說：「好吧！不過你也得答允我一個請求。」

「當然，你說。」小貝爾迫不及待地應著。

「在我進入客廳之後，你得在這兒等候十分鐘，呃——就在你現在站立的地方。」

「這是甚……」

「不要發問！」他急急截斷他的問話：「你會明白的。」

范聖珂獨自返身走進大廳裡。

他向著休息室的反方向靠牆的座位上坐下來，在那垂著的厚窗幔外面，就是他和小貝爾談話的走廊的左端。坐下後，他在記事冊上撕下一頁紙，在它的上面寫著：

蘭：請立刻來東走廊，有要事。聖珂

他隨即吩咐那個長臉的侍役將它交給谷蘭。

半晌，谷蘭果然出來了。她照著他的指示走出東走廊。

於是，他將頭貼著牆壁，由窗幔的縫隙中望出去……

他看見小貝爾不耐煩地在廊外蹀踱，谷蘭走出去了，當她看見小貝爾站在廊上而正想返身時，小貝爾走前一步，大概將她叫住了。他們呆呆的站著，默默地互相凝視……他們開始說話了，小貝爾走近她，低頭去吻她的手……

范聖珂用急速的腳步回到休息室。

第十三章

一

小貝爾走後的第三日下午，蓮黛安初次正式拜訪這園子。谷蘭和范聖珂留她一同進晚餐，她沒有拒絕。進餐時谷蘭和范聖珂慣常喜歡閒談的，那天當然也並不例外；話題越拉越遠，最後又牽涉到戰事上。這時，蓮黛安放下她的餐具，輕聲說：

「今天貝當的和平內閣向德國求和了！」

「那麼戰事要結束啦？」谷蘭接著問。

「可是，巴黎附近南下的德軍還繼續向里昂挺進呢！」蓮黛安太息著：「天知道我們的軍隊是怎麼打的，才打了一個月零三天！」

「別說了，我們還是到園子裡走走吧。」為了要緩和這令人窒悶的空氣，范聖珂站起來提議。

「我的父親已經在辦理進入中國的手續了。」蓮黛安離開了餐桌，但並未放棄這個問題：「我的叔父在昆明，他是滇越鐵路的幫辦。」

「這是你叔父的意思嗎？」他問。

「這是父親決定離開的。他說：如果日軍由廣西或由海岸入侵越南，我們法國人準會進入集中營的。」

「你父親考慮得太週密了。」他意味深長地笑了笑：「難道法國人懷疑防守越南的軍力嗎？」

「我不敢這樣說，但日本人對於越南卻是志在必得呢！」

「當然，一方面他要切斷中國的補給線，另一方面可以直接夾擊中國西南。然而，我始終不解且引以為憾事的是：在這唇齒相關的時候，法國政府還要限制我們的物資搶救回國，這種舉動是在討好日本人嗎？天！那對於越南是不會有好處的。能守住廣西，就能守住越南；換句話說：能守住越南，也就能守住中國的西南了。」范聖珂憤慨地繼續說：「還有最令人痛心的，你沒有留意報上的消息嗎？越南總督竟然拒絕了由廣西十萬大山進入越境協防的中國軍隊，理由是：『法越軍力應付任何侵略綽綽有餘。』請記著這句話：『綽綽有餘』呀！你等著瞧好了，那個大胖子準會後悔的。」

「……」蓮黛安默默地走了，坐上馬車，她向他們說：

「動身之前，我一定來向你們辭行的。」

二

日子就在這動盪不安的沉鬱時局中靜靜地淌過去……

里昂失守，停戰協定在岡比恩森林簽署。德國人似乎並不富於幽默感，不然，和議的地方可能在凡爾賽，或許還要用一七八三年普法戰爭和第一次世界大戰簽署和約的那枝鵝毛筆。法國戰敗了，在越南看來卻顯得有點平凡，那天祇不過降半旗，鳴砲十二響而已；大致情形還是跟以前那些日子一樣。並不像那些「愚昧」的中國僑民，為了廣州淪陷的消息，竟會將海防華僑中學裡為大眾公佈時事消息的大禮堂搗毀，做出那種「不太文明」的舉動了。因為法國人是講究風度和禮貌的——也可以說是健忘的，所以，這個震驚很快的就在他們的心中平復下來，就如同沒有發生過任何不幸一樣；所不同的，祇是那些警督們溫和了，路上多了幾個肚子裡灌滿了法國白蘭地酒鬧事的水兵……

蓮黛安再沒有到這園子裡來。奧・洛・黎昂伯爵夫人的週末舞會當然還繼續舉行。谷蘭和范聖珂已經有兩次沒去參加了。

又是一個星期五的早上。

范聖珂突然感到心神有點不寧，這種情形使他直覺地意識到將有一件甚麼事情要發生。由經驗告訴他，這是一個預兆；每次，當他為一些輕微的感觸而致神情上略為有些恍惚時，他便立刻聯想到這種不幸的預兆上。而且，幾乎沒有一次是不靈驗的。那天，他習慣地用手摸摸額角，這是他和那個老漁夫的一個共同的習慣。

「不舒適嗎？」谷蘭放下杯子，關切地問。

「呃……」他喃喃地應著：「早晨的情緒是不會這樣壞的。」

「也許是夜裡沒睡好吧！」

他黯然地離開餐桌，走上樓時，谷蘭走近扶梯的轉角，揚著嗓子說：

「你不是說今天陪我去逛『哲隆遜』的嗎？」

「我恐怕不能去了！」他懶散地回答。

「好吧！隨你的便，反正我以後再也不到那個倒霉的市場裡去了。」

他沒搭理地走上扶梯，進入臥房，靜靜地坐在靠椅上，思索著使他不安的理由。然而；在任何一方面說都是不可能的。說時局吧，法國戰敗了，他們看來並不是一件太嚴重的事；或許他們深信終有一天，自由法軍會高唱著馬賽曲直搗柏林，那麼這未來的和約，不用說，一定是在岡比恩簽署；就像第一次大戰後，他們迫令德國在凡爾賽簽署一樣。總之，法國戰敗是不可能而且沒有理由使他不愉快的，因為他祇是一個中國僑民。雖然每當他在街頭看見自己的同胞們，因為他們沒有繳納人口稅，而被那些高唱「人權平等」的法國警督推上囚車時，他感到一種莫可言狀的恥辱，這恥辱有甚於「中國人和狗不准入內」，因為狗是用不著納稅的。但：現在他並沒有想到這件事情。那究竟是為了些甚麼呢……

他繼續在想……

最後，他想到谷蘭。自從小貝爾出發後，她像是比以前更愉快更美麗了；她常常在他的面前用種種方法證明自己能夠成為一個好妻子，好母親；雖然也會因些兒小事而鬧點閒氣，不過是不會長久的；祇消半天工夫又和好如初了。最厲害的一次是他拒絕拆開一封小貝爾在威地島寄給她的一對信，僵持的結果是她將那對還沒有開啟的信件扔進爐火裡，然後返身向他說：

「這樣，你總比較安心了吧！」

既然這些都不是致使他不愉快的理由，那麼準是預兆著一個不幸了。

三

事情發生時，范聖珂仍沉湎在默想中……

突然，園子的小石徑上發出一陣急促的腳步聲，他霍地站起來，探頭出窗外。「天！小貝爾回來了呢！」他驚喜地叫著衝出房門，在扶梯的轉角，他聽見谷蘭激動的聲音說：

「真想不到呢！我才接著你在普利斯姆寄來的信。」

他緩緩地走下樓，沒去驚擾他們。從她的聲調上，他知道他們在擁抱著了。他呆呆地站在扶梯上，空虛突然包裹著他……

「信剛發出，我們便接到戴高樂將軍的命令。很簡單，」他發出喜悅的笑聲：「我們又被調回來了。」

「……」她默默地凝望著他。

「園藝家呢？」他問。

「在樓上，他感到不舒適。」

「我還得趕去報到，你知道我是剛跳下火車的。」

「去吧，我會告訴他。」

「就這樣吧，」小貝爾略一遲疑，說：「明天我來接你。」

待谷蘭送小貝爾走出園門，再返身上樓時，老漁夫的兒子已蒙著頭睡在床上了。她邊搖著他，邊說，似乎已經忘懷了去逛「哲隆遜」那回事。

「聖珂！三世和他們調回來了。」

「真的嗎？」他佯作不知地睜開眼睛：「你怎會知道的？」

「三世來過啦！」

「來過了，老朋友都不看便走了嗎！」

「他忙著去報到，他說：明天他會來接我們的。」

「哦？又是一個星期了！」他抑壓著一個深重的喟嘆。

第十四章

一

這位年輕的客人昨夜又失眠了。在紅河的水面上慢慢地升起一層稀薄的晨霧時，他已經在浴缸裡浸了好一會的冷水。然後披著晨衣，走出臺階，到園子去。

亞里照例在灑水，嚼檳榔，照例向他傻笑。

「早安，先生。」他露出一排潔白的小牙齒說：「郵箱裡有信呢！」

「你看見的嗎？」

「當然囉！我追出去，郵差已經將它塞進郵箱裡了。」

「甚麼時候？」他追問。

「剛剛，最多也不會超過五分鐘。」

他想，早上並不是送信的時間，那個老信差慣常是在午飯後走過的。於是他連忙到樓上去取鑰匙。自從第一次開啟它之後，那把套著紅絨繩的銅鑰匙就經常放在他的身邊了。他在郵箱裡面取出兩封信：一封是請帖，另一封卻是藍邊的，由海防發來的電報。他隨即屏著氣息，顫抖著手指撕開它的封口。

紙上祇有寥寥數字：

聖珂：時勢日危，見電速返。

父字

他開始懷疑自己的視覺了，他再一次一次地重複唸著……

隨後，他倉皇而昏惑地走返臥室。待他的神志漸漸清醒過來之後，一個難題馬上橫在他的面前。他輕聲向自己說：我要怎樣向谷蘭說我要離開她呢？而且，我還要向她解釋，向她保證，我會很快地返回她的身邊，像小貝爾……

想到小貝爾，那個搖撼著他的意念，瞬即又侵入他的靈魂裡了。他隱隱地聽見一個聲音，含著另一番意味在說：

「為了拯救我的祖國和自己，我得離開她……」

他堅決地站起來。他相信這是他替自己下的最後一次決心了。

在一張白紙箋上，他寫著：

蓮黛安小姐：

你若願意幫助你的朋友解決一個困難的話，請在本日午後七時駕臨。

給你祝福！

你忠實的朋友　范聖珂

他吩咐亞里馬上將這封信送到科利賴街蓮黛安的家裡。不過，他不能確定她是否已經離開了越南。但在這個時候，他想：除了蓮黛安，恐怕再沒有任何一個人能援助他了。

這天谷蘭似乎很開心，她細心燙摺著準備去參加舞會的衣服，所以她並不去注意這位憂形於色的客人。她在屋子裡走來走去，用鼻音輕輕地哼三拍的「梅奴哀」，嘴角留著一層淡淡的笑意。

小貝爾很早就帶著他那灑脫的儀態來了，范聖珂留著他在客室裡吃午茶。在這短短的離別裡，他顯然有些變了，變得風趣而老於世故。他告訴他們一些自由法軍在英國的情形與路上的見聞，後來，他苦笑著用法文直譯「做一日和尚敲一日鐘」這句中國俗語來結束這段談話。

晚飯他們吃生菜包春捲，這是谷蘭親手做的越南點心。她一向以能燒幾樣菜和製幾種點心而自豪，因為她說這是要成為一個好妻子的先決條件。當她端著一盤春捲進入餐室之後，便三番兩次謙遜地說：她從來沒有做過這種食物，還不斷地用話和眼色去詢問這兩位客人春捲的滋味。

坐的位置和上次一樣，小貝爾和谷蘭分坐兩側，范聖珂坐在靠門的位置上。他低著頭吃著，不時抬起眼睛去窺望她。再過兩個鐘頭，他便要離開她了，她是無論如何也意想不到的；他看著她，他希望她那淡淡的微笑和那美好的輪廓能永恆駐留在自己的心上，不要離開他，宛如影子沒有離開過他一樣。……小貝爾已經第三次讚美春捲的滋味了，他實在不忍再用那虛偽的笑意去欺瞞她，在和她的目光交接的瞬間，他幾乎抑制不住地要想率直地告訴她了。可是：理智阻止他這樣做；於是，他又痛苦地垂下頭……

飯後，他故意拖著小貝爾到園子裡散步，不厭其煩地向他解釋著種植花卉的方法，因為他希望這樣能躭延幾分鐘。

「時間實在不早啦！」谷蘭再度催促著：「看情形你是不準備去呢！」

「哦……」他漫不經心地應著。腕上的錶已經是七時二十分了。他想：蓮黛安大概早已離開越南了，不然……他絕望地看看園門，神色沮喪地說：

「我們走吧！」

走出園子，他煩燥不安地坐進小貝爾的車子裡。正要開動，一陣急驟的馬蹄聲由遠而近，終於在車旁停下來。

「喂！聖珂！」蓮黛安尖銳的聲音在叫喊。

他突然充滿了力量，跳下小貝爾的車子，然後探頭車內，他拉起谷蘭的左手，放在冰冷的唇邊輕輕吻著，他的眼淚幾乎滴在她的手背上了。谷蘭對於他這種突如其來的有些反常的舉動，祇是錯愕地望著他，溫柔而憐惜地說：

「你怎麼啦？聖珂。」然後和小貝爾向蓮黛安招呼。

「哦……」他醒覺地放下她的手，故作輕鬆地笑著向她說：「你們先去，我跟蓮黛安馬上就來，因為我曾經答應陪她到市中心去一趟的。」

「有甚麼要緊的事嗎？」谷蘭瞟他一眼，不快活地問。

「我想你不會忘記蓮黛安要到昆明去那回事吧——好啦，待會兒見。」還沒等到對方表示意見，他已經返身跳上馬車，同時命令馬夫立刻就走。

……

「你又在搗甚麼鬼？」蓮黛安在他坐定之後問這時，他才發覺她一直在注視著自己。他笑笑，意態深摯地解釋道：

「你馬上就會明白的。」

走了一小段路，小貝爾的車子已經超過馬車。他看見谷蘭將身體探出車窗向他們揮手，漸漸遠了，遠了……漸漸隱沒在他的生命中了。

他緩緩地收回在空間揮動的手，失神地向小窗外的馬夫吩咐著：

「現在馬上轉回去；快點！」

緘默……

他們兩個人點默地坐在車中，靜聽蹄聲點點，滲進這暮名蒼茫而靜謐的空間，驚起一陣烏鴉的囂叫……

馬車在園門前停生了。

他扶著蓮黛安跳下馬車，拉著她的手急急地奔跑進園子裡。上樓進入臥室，他熟習地扭亮牆上的壁燈，然後在床下拉出一個褐黃色的旅行皮箱，打開衣櫥，將掛在裡面的衣服胡亂地塞進皮箱裡，再將一些零星物品交給楞在一邊的蓮黛安。

他坐書桌前，拿起筆在一張白紙上寫著：

蘭：

這是我最後一次呼喚你。

希望你能用最大的寬恕，來寬恕我的不別而行，現在，我才深深地信賴安排著我的命運。

「你打算怎麼了！」蓮黛安將手上的零星物放在床上，忍不住向他詰問。

「我要趕走八時十分的快車回海防。」略一沉吟，他回答。

「怎麼，你要回家？」

「嗯……」

「你沒讓蘭小姐知道？」

「嗯……」他仍漫應著；繼續在紙上寫下去：

盧騷說：真正的愛，常是謙虛的，並不是用可恥的手段去追求它，而是怯懦地於不知不覺間獲得的。這是多麼真實啊！在愛的面前，我是多麼懦弱，我甚至不明白自己是怎樣地愛你——尤其是在分離的一瞬間。

神會證明我的滿足和尊榮，有甚於Croesus的財富；Caesar的尊貴；以及Nero的權力。因為我愛你而且為你所愛。

如果說我能給你帶來幸福，那麼這一切都是屬於你的；如果說我給你帶來了痛苦，那麼請將它交還給我吧！讓我將它帶到被人遺忘的地方去。

現在，我走了，帶著一個悽愴的心和一個永恆不變的信念走了！願神將春天的花，冬日的陽光，百靈的琴弦和青春的歡樂全賜給你；還有一千個熱吻，一萬個祝福。

永遠是你的　聖珂

將這封信唸了一遍，他昏憊而慚恧地站起來，返轉身。他發現蓮黛安的眼睛正停留在自己的臉孔上，似乎在探察些甚麼似的，以一種冷靜的神情默視著他。於是，他匆遽地低下頭，提起床上她為他整理好的旅行箱，移著疲乏而滯重的腳步走出臥室。

走近涼臺，他輕輕地推開左面的那扇門扉，他看見那位殘廢的姨媽正安穩地躺在窗前的靠椅上，陷入一個深不可測的回憶裡……

他又輕輕地關上門扉。

啊！用甚麼去述說他當時的情感呢？他下意識地用手去撫摸著扶梯欄杆，餐室的燈鈕，大門的銅環，臺階的支柱，修剪過的冬青的粗梗和枝葉，噴水池光滑的邊緣，他的手終於觸及矮木欄上的那個曾經開啟過那悲慘命運的信箱……

夜色迷濛，前面仍能隱約地看見曾在陽光下閃光的聖保羅教堂尖角的黑影，和紅河上的點點漁火。那些已逝去的情景重又出現在他的眼前，他再回復當時的思維，再度感受當時的激動，他竟為這些事情而歡樂，悲傷，而被濃重的憂鬱包圍起來……

當他依戀地回頭，這個園子已經隱沒在夜的，深沉的，如死神的夢似的黑暗裡了。

二

蓮黛安似乎也同意保持著這一份緘默，直到范聖珂在車站裡購了車票，在月臺旁因受到某一種感觸而停止腳步，以意欲表達些甚麼在內心中尚未獲得決定而微張著嘴時，她深摯地向他笑笑說：

「你後悔了？」

「後悔這個字在我的字典是不會有的。」

「祇有固執！」她接著說。

「……」他注視著她。

「你不是要我幫助你嗎？」她平靜地說：「如果是，我一定盡我所能。」

「你怎麼會知道？」

「你的表情。」她認真地回答。

「我真是這樣一個好演員？」

「而且還是一個好導演。」

「別取笑我！」

「那麼，請提出你的要求。」

「我一無所求。」

「……」

「現在我向你道別。再會，蓮黛安小姐。」

「哦……」她的眼睛顯示著她的驚奇和喜悅，她搖著他的手，久久不放：「再會，范先生。我因為認識你而感到榮譽；我會永遠珍惜我們的友誼。」

「我用緘默代表我至上的感謝。」

……

列車緩緩地駛出月臺，漸漸地加速，漸漸地遠了，遠了。

經過紅河鐵橋的時候，范聖珂心靈顫慄著，再回頭看看這座在燈火中燃燒的城市。紅河的流水，在橋下流著，靜靜地流著……

第十五章

一

返回海防家中已整整兩個月了，范聖珂被束縛於矛盾的意念中。

每次，當他在孤獨的寂寞中回憶那些不可復返的日子時，他便由心靈中浮泛出一些憂悒之情，使他無法遏止自己的悔恨——這是屬於內心的，正如一個虛偽的笑屬於表面的一樣——這種訴諸良心的實感，使他不得不承認自己曾經絕情地傷害了一個可憐的少女，同時也傷害了自己。他整日被這個可怕的思想折磨著；即使他會引用一些虛幻的理由執拗地替自己申辯，認為這些作為的本質是為了「愛」。但，這真的是「愛」嗎？那麼在「恨」的觀點上，他又該用甚麼去解釋呢？

顯然的，洶湧的激情的浪潮已將他的靈魂淹沒。

他開始感到惶惑了，他極力追尋一些屬於往昔生活的記憶；他以為這樣能使他再回復以前那個令他陶醉的優美境界，讓這怠倦的心靈在這寧靜中獲得片刻安息。於是，他將自己沉湎在書籍和玄奇的幻想裡，他每天按著時間參加梅家兄弟的足球練習；假日，他挾著畫板到牛皮廠去寫生；潮汎時，他又拿著釣竿坐在他慣常坐的石堤上……

然而，這都是無濟於事的，他瞬即感到煩燥而昏亂起來，這樣祇不過徒然增加被這些太熟悉的景物所引起的空虛和淒苦而已，因為他被一個潛伏的意念困擾著。

他的母親也曾有意無意地詢問他和谷蘭的情形，但，她隨即對於這件尚未獲得詳細解答的事情漠不關心了。現在使她感到懸懸不安的，就是她的丈夫向她討論讓她的兒子回國的那個問題。雖然老漁夫極力向她分析：一方面是為了時局，而另一方面卻可以讓兒子回國升學；同時他向她保證，他的堂兄弟會「和我們待他一樣的待他」。可是，母性對兒女的愛護和罣慮使她盡力阻撓這件事。

二

八月的下旬，天氣和時局沉鬱得使人窒息，強大的日本艦隊已經停泊在塗山口外了。雖然越南總督拒絕了日軍「借路」的要求，但，以法越守軍的實力看來，實在是不堪一擊的。

在一個消息壞得不能再壞的下午，老漁夫從會館[1]匆匆忙忙地回到家裡，咬著沒有燃上的板煙斗，焦燥地低聲向他的妻子說：

「假如再不讓聖珂走，便要失去最後的機會了。」

婦人對於這個問題已聽得有點厭煩，她緘默著。

「你知道今天的消息嗎？」他不耐煩地問。

「我不知道！」婦人悻悻地叫嚷起來：「我祇知道不讓他離開我。」

「但是……留他在這兒會引起很多麻煩呢！」

「……」

「一旦日軍登陸……」

---

1 會館：又稱華商會館，是華僑集會的地方。

「在事情尚未發生之前，你不能胡亂地作任何假定。」

「可是到那時已經遲了！」

「我不管甚麼遲不遲！總而言之，我不讓我的孩子單獨去冒這樣大的危險。」

這次談判一直僵持到晚上。

他們在這種嚴肅得使人戰慄的氣氛下靜靜地進晚餐。女兒們懷著疑慮的心情低頭吃著，不時斜著眼睛去偷窺似乎在默想著些甚麼的母親，和一言不發地喝著糯米白酒的父親。膽小的谷蕙向她的姐姐谷萍看了一眼，她輕輕地禱告起來；五歲的谷芳不解地吮吸著一隻大的銀匙。這是為了些甚麼事情呢？她想：在往日母親已經將許多菜放進她的碗了；她很想問，而當她看見母親的臉色時，她又止住了。兒子早已知道發生的事情，可是他並不在意，他知道這種談判一定得不到結論的。所以當他聽見父親用肯定而堅決的聲音說話時，他霍然將頭抬起來。

「我看還是讓聖珂自己決定吧！」老漁夫提議。

「……」婦人注視著兒子的眼睛，思索片刻，然後安靜地說：「好吧！讓他自己決定。」

餐室裡的空氣頓時凝固起來，范聖珂用沉肅的目光和他的父母交視著。老漁夫像是窺透這個倔強的兒子的心意似的微撅著嘴，而婦人的神態中卻持有永恆的信賴。

錯愕了一回，在那紊亂複雜的意念裡，范聖珂選擇了一條由他自己所決定的路——一個在他的血液中沸騰的，對正在苦難中掙扎的祖國的愛慕而產生的力量所決定的一條路。於是，他偏過頭，憐惜地看看她的母親，因為他將要使她感到失望，甚至因而墮入痛苦的深淵裡，他困難地微顫著嘴。婦人的目光震慄了一下，漸漸地灰暗下來，她怯怯地問：

「你決定……」

兒子的眼睛迷失在空間。

「啊！那麼……」她瘖啞而昏亂地說：「那麼你是要……要……走了？」

范聖珂頹然地垂下頭。

「哦……」老漁夫的妻子絕望地低喊起來，她麻木地癱瘓在座椅上，及至丈夫握著她那冰冷而顫抖的手，她才醒覺過來。

「好吧！就這樣決定吧！」她極力抑制著自己，說完了這句話，然後悄悄地離開餐桌，走上樓去。

她伏在床上痛哭好一會，她想：這決定已經是無可挽回的了。於是，在一次傾全靈魂的虔誠為兒子祈禱之後，她揩拭眼淚，靜靜地進入兒子的房間裡，開始為他收拾衣物。適才她從餐室走上樓時，范聖珂曾經追趕上來，在門外要求她允許和她說幾句話，她拒絕了。她用怨恨而生氣的聲音向兒子說：

「到父親那兒去吧！他也許還有許多話囑咐你的。」

等到兒子的腳步聲在扶梯上消失之後，她不由自主地哭起來。這是一件多麼駭人的事情啊，幾乎要將她那被撼動的生命摧毀了。她不敢去想分別後和將來的情形，她知道重逢也和別離一樣使人難堪的。現在她替他整理行囊，儘可能的將衣物裝進衣箱裡。她耐心地一件一件妥貼地摺疊著，而且將那些厚厚的毛衣和冬季的衣服放在上層，因為她曾經聽見老漁夫說過，雲南是一個寒冷的地方。

在這些時候，老漁夫默默地吸著板煙，因為他永遠信賴自己，所以他也同樣地信賴這個太像他的兒子。他認為兒子是他的化身，雖然分離，仍是合而為一的。向他囑咐一些旅途中應注意的事情，和交給他一封託付信——向他的堂兄弟——之後，他端坐在客室的單人大沙發上，看看他的兒子，又回頭去看看可憐的妻子，有一種異常寧靜而攙有些兒憂愁的光澤，透過板煙斗中冒出的輕煙，由他那深陷的眼睛中透射出來。

隨後，她用整個晚上陪伴著她的兒子，她默默地坐在他的面前，將目光包圍著他；就像是初次相見似的仔細端詳著他那烏黑而柔軟的頭髮，那一雙和老漁夫一樣永遠含著疑惑的眼睛，端正的鼻樑，和那薄薄的帶著一個緘默神情而微撅著的嘴唇……她努力記憶著這些，盼望這些美好的景象能鑲嵌在她那永恆的，用愛戀製成的心靈的盒子裡。

夜深了，她仍不願離開她的兒子，她想細聲向那個和她發生相同感覺的兒子說幾句話，但，又被一種莫名的情緒止住了。他們互相凝神望著，彼此希望能了解這默默的一瞬中所包含的全部思想……

何其短促而淒清的夜啊！直到疲憊向她襲來，老漁夫的妻子仍然呆滯地坐在那假裝著酣睡的兒子的床邊，她細數著樓下客室的琴鐘的擺動，似乎每一秒鐘對於她都包含著一種威脅的意味。

第十六章

第二天早上，范聖珂終於走了，在那倨傲的老漁夫那種含有些微憂慮的微笑和可憐的婦人那悲痛而愁慘的眼淚中走了。正如他所說：是走入一個命運給他安排的地方去。

載著最後一批國際難民的列車，將這騷動、紛亂、絕望、瀕於死亡的城市[1]遺棄在後面；在紅河三角洲肥沃的原野上，向著中國西南國境急駛著……

1 瀕於死亡的城市：指海防。范聖珂離開海防後，日軍即於次日登陸，登陸前，越南總督曾經理直氣壯地拒絕日軍在最後通牒上的要求，說是「不惜一戰」的。誰也沒料到，停泊在塗山口外的日本艦隊祇派了一架水上飛機，在海防市區投了三個二十五磅炸彈之後，塗山要塞的砲聲不是予侵略者以還擊，而是歡迎登陸的禮砲。海防就這樣靜悄悄的陷落了。

第二部　夏

第十七章

城，癱瘓在春天的，暖洋洋的陽光下面。

它的呼吸顯得困難而低弱；袒露的街衖，緊閉的窗戶，那沒有冒煙的煙囪，墓地裡碑石似的，以一種蔑視的姿態矗立在那些參差不齊的、殘舊而灰暗的屋瓦上面。微風挾著鼓動透明薄翅的黃蜂，在那些惶悚不安的樹木枝葉間穿過，使一切音響溶和於一種單調的、由於生命的靜止而戰慄的緘默裡。

於是，它陷入深沉的默想，它記起那些幸福恬靜的日子。多麼可愛的日子啊！在那個時候，在那些閃爍著青紫色鱗光的鵝卵石街道上，走過三五成群的學生，緊張而匆忙的公務員，趕市集的棉布攤販，零食擔，和沿街叫賣豌豆尖、小白菜、頭上包紮著貝殼形藍布頭巾的鄉下女人；還有那些將它在酣睡中搖醒的，由幾個穿著白皮馬甲的漢子在吆喝著馱著鹽磚的馬隊。在那個時候，菜市附近那些低矮而被煙薰得烏黑的茶館裡，已經坐滿了茶客。那些人坐在他們慣常坐的木條凳上，支起右腿，慢吞吞地吸著水煙筒，慢吞吞地品著粗磁碗裡的龍井、普洱、或鐵觀音，然後重複地談論著這幾日來的新聞。如果在前些日子，此刻也該是上市的時候了：那些星相家，賣假藥的江湖醫生，畫符唸咒的道士，賣叮叮糖的老頭兒，都紛紛散去了；菜市上有著為幾分錢而爭吵的，付了錢要貪婪地添一把的，聽了要的價錢而喃喃咒罵起來的，各式各樣的聲音，喧嚷著……

可是現在，它像一隻灰黃色甲蟲的屍體，僵臥在地上，它的脈搏凝固了，它的呼吸停止了，甚至往日那些背上繫著哨子繞著城牆旋飛的鴿群，都悄悄地躲在屋簷下，不安地咕咕低叫；偶爾抬一下頭，偷眼看一看蒼穹。

二十七架大編隊的日本重轟炸機，在湛藍的天空中閃光，以一種重濁而帶著威脅和死亡意味的聲音吼叫著。高射砲彈在空中爆炸的白煙，已經在機群的後面散失了。

日軍自從佔領越南之後，簡直天天在這些重轟炸機的肚子裡，塞滿了爆炸彈、殺傷彈、燒夷彈，由河內榔林機場飛到這兒和許多其他城市的上空，向底下的教堂、醫院、學校、以及民房投下去。所以這座城市裡的居民，和其他的城市一樣，對於這種殘酷的暴行已感到麻木了。這是一種極度憤怒的麻木，也許，就是所謂生死置諸度外的那種坦然吧。

機群飛近城市的上空……

炸彈終於在那些機艙底下，依次地墜下來，發出一種尖銳而可怖的嘶叫，隨即在那些建築物上爆炸了。被熱力所掀動的氣流中，那些煙塵升起來了；泥土、木塊、碎裂的彈片，在噴著火光的空中飛舞，震撼著這座遭遇著空前劫難的城。

黃昏後，人們從三里舖，從西壩，從馬街子、黑林舖、黃土坡、從白龍潭、崗頭村、從六甲、九甲，從它的週圍倉皇地返回城裡，在那些已傾塌的，支撐著橫七豎八的樑木和屋柱的磚堆下面，發掘他們未曾逃出的親人，斷了腿的安樂椅，壓扁了的時鐘，撕碎了的畫框；在充滿火藥氣的，煙硝迷漫的廢墟上，找尋那已失去的家……

他們一邊低聲哭泣，一邊將臨時的家，用木板和布帳在廢墟上支架起來；戰時工作隊迅速地工作著：接好散亂在地上的電線，清掃馬路上的磚土瓦礫，然後在彈坑邊上圍上木欄……

接著，這座城又開始它那騷動而囂鬧的夜市。

它就是西南邊陲的重鎮——昆明。

第十八章

一

風在猖獗地咆哮著。

在護國門外金碧路中段的一條黝黑、骯髒、陰溝裡冒出腐臭泡沫的小街上——它是屬於這座城市的下等區域。白天，馬路就是菜市；入夜，便會有一些女人出現在昏暗的街頭，邊吸著劣質紙煙，邊向路人兜搭；有時，還要將一些進城的土老兒拉到那低矮的屋子裡去。兩旁的店舖，除了幾家肉店和南貨舖之外，還有一家名不符實的客棧，和捲著舌頭叫喊的玉溪人開設的小吃店。在紙煙店的高櫃臺上，可以買到上好的雲土，和一種用霉黃的竹紙仿單包裝的春藥。街的兩頭，有幾家茶舘；在茶舘裡面，老年人在消磨著從少年時代便開始消磨的暮年，做買賣的談著生意，幫會的老大在這兒接受弟子們的孝敬；也有坐在背後貼著「休談國事」紅紙條兒的板凳上，大談著「消息靈通方面」傳來的流言。這些都是街坊上的熟客，儘管小賬櫃的横額上寫有「本少利薄，概不掛欠」的告白；但，薰黃的粉牆上，仍然塗滿了「長腳」「禿三爹」「永升家」……和許多看不懂的諢號，下面填著許多全的或不全的「正」字。通常，茶客坐累了，就懶懶地站起來，拉拉身上那件起了油光的短襖，神氣活現地叫了一聲老闆之後，搖搖擺擺地走了。於是，那位老闆馬上弓著腰，陪著笑臉敷衍著。等到客人消失在門口，便握起櫃上的毛筆，苦著臉，在牆上一串長得不能再長的正字下，謹慎地加上一畫；然後回轉身，向剛走進來的客人親熱地招呼，再大聲關照提著大水壺的伙計，按照客人的習慣，遞過一把水煙筒和沏上一碗茶。有時，街坊上發生了爭執，也都湧到這兒來，面紅耳赤地請老頭子評理。

颳著風，昆明的晚春仍是十分寒洌的。聚賢茶館關上大板門，祇留下一個小出口。一條燈光漏出來，照著門外的石板路；爐口煙囱裂縫裡散出的柴煙，從門縫裡搶著往外冒。

茶館裡有點窒悶和燠熱，辛辣的煙味使人嗆咳。茶客們正鬧哄哄地高聲談論著幾小時前日機轟炸小西門的情形；在裡面靠牆的高桌上，那位矮小的說書先生不斷地拍著手上的驚堂木。這是很顯然的，大家都沒有興趣去聽他那繪聲繪色的西廂記；而他，仍滿不在乎地揮著手，搖著頭，直著沙嗄的嗓子說著。的確，誰也沒有心神去聽這些了。現在人們所關心的，就是怎樣去應付空襲，怎樣去乞討生活。他們漸漸地在這種緊張癲狂的心情中鬆弛下來，玄奧而抽象的宿命論替他們解決了心靈和生活上的一切困難；他們認為：凡是世人，都無法逃脫這種力量的。所以當座中一位樂天的年紀衰邁的婆羅門教徒，用一種穩重的聲音向座旁的茶客談論著這個問題時，所有的人都靜下來，仔細地傾聽著，同時不斷地點著頭……

二

夜愈來愈濃，說書先生不知道在甚麼時候悄悄地走了，年老的婆羅門教徒也倦了，帶著一個未完的結論，佝僂著走出茶館，其他的客人也紛紛散去。最後茶館的老闆——二牛子爹在一個長手摺上記清了賬，提勺的和看爐的小學徒已經在收拾杯碗和清掃地上的花生和葵瓜子殼了。

可是在裡屋昏曚的角落上，還坐著一個客人。他面對著粗糙的牆壁，靜靜地坐著，頭埋在手掌裡；他有一個寬闊的肩膀，身上罩著一件陳舊的深灰色棉襖，長而散亂的頭髮覆蓋在上面；正沉湎於淒涼的回憶中……

及至看爐的小學徒惡意地將竹帚在他的腳邊清掃時，他才失神地站起來，將袋裡僅有的一張紙幣扔在桌上，返轉身，拖著沉重的腳步，向著狹窄的木板門走過去。當他走近二牛子爹的賬櫃時，他的面貌才從屋椽那盞暗淡的燈光下顯露出來，如果大意的話，恐怕已經不能辨認出他就是老漁夫的兒子范聖珂了。

他離開聚賢茶館，緩滯地向著左面的街道上走著。風，孤獨，寒冷和黑暗包圍著他。

三

去年，那滿載著最後一批國際難民的列車抵達國境的時候，已經破曉了。國界是依著一條渾黑而湍急的河流劃分的，河內和老街（Lao-Kay）對峙在兩岸，鐵橋已被守軍自動破壞了。范聖珂和幾十個逃難的僑民擠坐在一條裝載過重的木筏上渡過去。離境時，他們被那些法國稽查員和越南警探翻箱倒篋地搜查；沒收掉一些能引起那幾個貪婪的傢伙喜歡的東西，而且肆意漫罵。范聖珂默默地坐在一個為著給出生才三個月的孩子所準備的幾罐煉乳被沒收而啜泣的婦人旁邊，他以一種憤怒而忍辱的眼光，凝視著在面前漸漸離去的越南。

經過一星期艱辛的旅程（由河口到芷村的那段鐵路已經拆掉了）他懷著激動的心情，進入這座城。他依照老漁夫所指示的地址，找到了他的堂叔。他是一個寡言鮮笑，吝嗇，小心，略為矮小的生意人。他讀完了老漁夫的信，再仔細地端詳著這位英俊的堂侄，便以一種拘謹而矯飾的意態，將范聖珂安頓在他的家裡。給他豐足的飲食，難得和他交談一句話。這種刻板枯燥的生活，對於這位承受著海的秉賦的年輕人，是多麼使他感到厭倦而不堪忍受啊！他的心像火，像風暴；在這種境況下，他祇好將這些日子消磨在大觀樓，翠湖，西山……早上，他跟著城裡的人疏散到郊外（頑固的叔父不願離開他的財產，仍然留在城裡），躺在麥稭上看藍天，將所有的想望，寄託在一個遙遠的虛幻中；黃昏時，他又返回城裡，準備連續第二天單調的生活。

三個月前，正當原野上的映山紅開始凋謝的時候，一群敵機挾著沉重的、預兆著死亡的聲音來臨了。當他在警報解除後返回城裡時，他已經失去了堂叔和一個讓他棲身的家。於是，他便流落在這個城裡。

四

現在，他向著他住宿的地方走去……

那是一間頹敗、古舊而狹小的屋子。在一個陰暗的街角對面，愁慘而昏朦的街燈，在朽木燈柱上，不安地搖曳著。這屋子偶爾顯出一個朦朧的影子，其餘的時候，便深藏在黑暗裡。它的外面，伸出長而低的屋簷，參差不齊的瓦面上，壓著許多磚塊；因為漏雨，當中樑頂上還蓋著一塊銹蝕的鐵皮，綠苔和一些不知名的植物，生長在那些縫隙裡；板門上，貼著兩張褪色的，下角已被撕去的春聯。

這間屋子，祇算是一間最下等的客店——其實，這樣稱呼並不能表達它的全部意義。裡面，有一個矮矮的，簡陋地用木板架起的小閣樓。祇要輕輕地在上面走動，一些塵埃和蟲蛀的細層，便會從那些板隙中飄落下來；瘦弱，患著氣喘，站起來宛如一隻空蟬殼的店主李三爹和他的獨生女兒小桃子住在上面。他是一個好好先生，軟弱得太易感動。不過，當晚上到達一個他所規定的時刻時，他會不聲不響地在閣樓的旁邊伸出手去熄滅吊著的電燈。十三歲的小女兒除了忙兩頓飯，便從早到晚呆坐在簷下的小矮凳上，看管著攤子上的紙煙、纏飛著大頭蒼蠅的糖果、白鐵皮口哨，和會叫的小泥人。這條小街是通到前面一所小學校去的，她可以做孩子們的生意。

除了他們父女，這狹小而骯髒、堆掛著雜物，發著惡臭的屋子裡，還住有七個客人。德高望重的蔡半仙住在底層靠左牆，他的籍貫和他的經歷一樣曖昧；這裡的人祇知道他是北方一個頗有名氣的大學裡出來的，學政治，卻在財政機關裡幹過幾年荐任科長；而現在，他在金碧路一家酒店門邊擺一個活動的測字攤，常常拉住路人的衣袖奉送手相。每天，他都帶有幾分醉意回來。如果湊巧的話，他便要求他的鄰人給他拉一段「八大鎚」，於是，他拉長了臉唱著：「想當年，在洞庭，消遙……」眼睛無神地透過淡黃色的近視眼鏡，仰望著屋角，幾乎每次他都重複著這齣老調。這種事情常常使睡在他上鋪的汪麻子大為不滿。汪麻子是做小買賣的，在一家油炸糖食店裡批來一些油條酥餅，在街上叫賣。收入雖然微薄，但他感到很滿足。他那不整齊的黃牙齒，像是要將他要說的話咬住似的，說起話來含糊不清。碰著這種時候，睡在右面牆角的琴師馬鬍子，便會因他咕嚕而惱怒起來，然後在他的妻子身上出氣。而那個臉色蒼白的小女人，彷彿她的嘴除了吃飯和嘆氣之外，便沒有其他用途似的沉默著，整日愁眉苦臉地看著人。她每天跟在她丈夫後面，到那些茶樓酒館去賣唱，有時，到旅館的天井裡，逗引那些喜歡哼兩句話的客人做成一筆交易。這幾位，已經佔去這屋子的一大半面積了，祇剩下前面一些空隙，擠放著兩張狹小的板床。

右面的一張屬於一個報僮。他是一個二十歲左右的年輕人，相貌端莊，鼻孔很大，身材並不高，卻很壯健；皮膚茶褐色，舉止和談吐都顯示著受過一些教養，但性格有點暴燥，容易衝動。他每天晚上回來，總要向住在這屋子裡的人報告戰爭和時局的動態，然而，他卻往往因而激動得如同一隻被囚禁的野獸似的咆哮起來。他對面的那張床，上層住著一個年紀和他相彷的男孩子。他有著和其他流浪者相同的遭遇，戰爭使他失去了親人和家。他喜歡讓自己沉湎在苦痛的回憶裡，掩蓋著自己的熱情。他的身體很壞，臉色蒼白，生長著一頭柔軟而烏亮的頭髮；眼睛裡有畏怯的顏色，和他的笑一樣憂鬱。一個由肥皂箱改成的小木盒，就是他的全部財產。他蹲在地上替過路人擦皮鞋，從不計較報酬，他祇是低著頭擦著，等到客人將錢丟在地上，他才匆匆地將它塞進口袋裡。總之，他是一個懷著恐懼心情生活的人。在他的舖位下面，就住著在前兩個多月搬到這兒的范聖珂。

這個晚上，李三爹將小閣樓下面的那盞發出昏黃色調的燈，延長一些時候熄滅，因為這幾天的天氣實在太好，接連著幾天瘋狂的轟炸，夜市收得比較遲的緣故。蔡半仙剛唱完他的八大鎚，正坐在床邊張著嘴使勁的搓腳趾。汪麻子憤憤地轉過身體，面對著土牆睡了。馬鬍子掛好胡琴，鑽進布帳裡面——他的床外，由小閣樓的木梯到土牆上拉著一張污黑的布帳，其實，睡在上舖的人祇要探出頭，便可看個一清二楚——向那小女人咕嚕著。不過，他仍高聲和門邊的報僮談論小西門被炸的消息，後來竟將話題轉到范聖珂身上。

他吁了口氣，憐惜地說：

「這孩子挺可憐的。」

「可不是，」蔡半仙接著說：「他的堂叔被炸死之後，在雲南祇剩下他一個人了。」報僮發出一種奇怪的顫聲，將身體縮進冰冷的被褥裡。緘默了一陣，他說：

「有一次他含糊地告訴我，說他的家在安南。」

「怎麼，是貴州的安南嗎？」馬鬍子在布帳裡問。

「不是，在外國。」那個蒼白的小女人輕聲告訴他。

「你懂得個屁！」馬鬍子突然反轉身，惱起來：「你祇懂得吃，喝，睡覺；在客人的面前荒腔走板！」

「呃……我說老馬，安南是在外國。」蔡半仙一半緩和，一半中肯地說：「那邊的娘兒們才漂亮呢……」正當測字先生有條不紊地描述安南女人的時候，小閣樓上的李三爹乾咳了幾聲，插嘴了：

「信都沒辦法寄，我替他收到兩封退回來的。送信的小長發說那邊啊，甚麼的……鬼子給佔領啦！」

「嗯……」

「問題可來了！沒有接濟，沒有做事，那麼以後他怎麼過活呢！多少也總得……」

「這，祇有看老天爺的意思了，現在這個年頭誰敢說明天。南門下賣燒餌塊的老方，我是他的老主顧；今兒早上出城的時候，還跟他打哈哈，他的生意忙得翻了攤，天曉得，才半天工夫，辮子就翹掉啦！屍首燒得焦黑——喏，就連我們這位預識天機的『半仙』，也保不住他下一個時辰吶！」

「呃呃呃，我說劉老弟！」蔡半仙伸著瘦長的頷子，急急地向報僮說：「怎麼又扯到我頭上來了，亂世人啊！管得了這許多。如果不是為了掙一口氣，吃兩餐飯……」他太息起來：「你還不是在唸你的電機工程，那還用得著老清早忙得像個兔崽子似的去送報嗎？那麼，汪麻子也該在家鄉種地，討媳婦；小歐也用不著尷尬地低著頭跟人家擦皮鞋，而我呢——呃，也快要當分局長囉！」

擦皮鞋的歐品聰始終沒有說話，他有善良的性情和沉思的習慣。這時，他在想：蔡半仙說的對，如果不是為了抗戰，他還不是和所有的人一樣有慈愛的親人，溫暖的家和美麗的夢境嗎？

及至蔡半仙將話說完，他才想到這些話是由范聖珂的問題上牽引過來的。於是，他用一種囁嚅的聲音，想表示自己的意見。但，他突然止住了。

木門咿呀地響了一聲，范聖珂抖瑟著身體走進來。

屋子裡接著落下一片沉默。

范聖珂站在門邊，向屋裡掃了一眼，再返身推上門閂，疲憊地倒在床上。用手蒙著自己的臉，他微微發出一聲低弱的呻吟。剛才，他已將身上典當所有的衣物剩下來的最後一張紙幣，丟在聚賢茶館的木板桌上了。前面卻橫著一串灰暗而渺茫的苦難日子。他將要怎樣讓自己的肉體繼續生存下去呢？他的信心和自尊第一次受到損害，他想到這些可怕的事情，他幾乎要為自己而癲狂起來……

燈熄了。屋子裡的人全入睡了。黑暗的牆角裡，發出均勻而難聽的鼾聲，汪麻子不斷地說著含糊不清的夢囈。他脫去破棉襖，把身上那張薄棉被四周拉緊，風的冷舌嘲弄似的向門縫鑽進來。在他再度輕聲喟嘆之後，上舖的歐品聰用關切的聲音問他：

「你還沒有睡？」

「睡不著！」他反問：「你呢？」

「和你一樣。」

……

風在門外呼嘯著。

第十九章

一

颳了整夜的西北風，第二天的天氣變得更陰霾了。烏黑的雲塊幾乎緊挨著地面，低低地向著這座城壓下來，太陽鉛灰色愁慘的亮光，無力地落在那些街道、樹梢、灰褐色的瓦背和土牆上；陰濕的氣流使人感到窒息和難受。這種天氣，一望而知要接連著好幾天，如果再久一點，那便要變成飄落個不停的霉雨了。

雖然是壞天氣，但，人們過度緊張的心情卻反而鬆弛下來。這樣，他們便用不著半夜爬起來，預測著明天是否會掛燈籠[1]；他們便可以安安穩穩地睡個懶覺，然後再用一種生疏的舉動去盡力追尋和摸索那已失去的生活。於是，街道上又可以看見三五成群在嬉笑的學生，匆忙地走路的公務員，趕市集的棉布攤販，零食販，還有那些賣菜的鄉下女人，和將這座城市在酣睡中搖醒的馬隊；菜市上，又擠滿了精明的為了價錢太貴和菜販吵架的主婦，茶館裡又坐滿近來難碰頭的熟人；繫著哨子的鴿群，掠過了屋背繞著城牆旋飛著，奏出一串顫動、輕柔而嘹亮、歌頌著神秘天籟的哨音……

范聖珂剛走近夢的邊緣，就被屋子裡發出的那種按著規律的騷動聲和辛辣刺眼的柴煙鬧醒了。當送報的劉琤用一種敏捷的動作拉下掛在床頭的帆布袋，走出去以後，小桃子爬下了小閣樓，在灶口生火，將這低矮而狹

---

1 掛燈籠：即預行空襲警報。

窄的屋子灌滿了柴煙；然後半睜著那雙被薰得紅腫而仍含著睡意的眼睛，忙著將攤子在簷下擺起來。直到李三爹蹲在門外弓著腰嗆咳的時候，她再返回屋裡，將幾把松毛塞進灶口，開始燒一鍋足夠她和她父親吃一天的碎米紅薯飯。汪麻子和測字先生幾乎是同時起來的，因為前者笨拙的身體爬下床架時，總要將希望多睡一會的後者弄醒。不過，測字先生是很能容忍的，雖然他有醒後不能再睡的習慣。漱洗後，汪麻子搖著笨重的身體到糧食批發店去了。而蔡半仙，則捧著一隻泡著熱茶的細磁茶壺，一口一口地喝，然後在小桃子的身邊蹲下來，將那些測字攤上用的小紙捲打開，用最適當的語句，向她講述這個字的意義。

平時，在這個時候，歐品聰便會提著小木箱，在別人不注意的時候溜了出去。可是這天早上，他卻動身特別遲，等到琴師帶著他的小女人出去吃早茶，他才靦腆不安地向平躺在床上發楞的范聖珂低聲說話。他的聲音中，有一種激動的情感在震顫著，以致他那薄薄的唇皮，也跟著抖動起來。他說：

「你願意和我一塊兒出去麼？」

「我……」范聖珂不解地注視著他。

「呃，我們可以走走談談，一個人太孤獨。」

「你不是還有工作麼？」

「不要緊，碰巧了才會有，」他笑笑。「我是不會向別人兜生意的。」

「我怕我會打擾你呢！」老漁夫的兒子用著並不純正的國語說。

「不會的……」

二

他們兩人走在路上，看來十八歲的范聖珂要比和他同年的同伴高大。破舊的灰布棉襖顯得有些蠢笨和臃腫。他挺著腰，邁著寬大的步子；他的同伴走在他的左旁，不斷地加急他的腳步；轉入大街後，提著小木箱的開始喘息著說話了：

「在很久以前，我就想邀你出來談談了，可是，直到現在……」自從范聖珂由前街好心而愛管閒事的樂生姆引領到這間客店來之後，他就開始注意著這個沉默而憂鬱的小子。他發現他有一種不能使人覺察而和自己契合的東西，鼓勵著他去和他接近；而當他看見對方注視著自己時，他又吶吶不言了。今天，他終於照著自己的心意將他邀出來，而且竟然坦率地將自己的情感向他表露了。說完話，他發現范聖珂側著頭看他，於是他皺皺眉，懇切地接著說：

「說實話，我在替你擔心呢！」

范聖珂突然將腳步停了下來，直直地瞪著他的同伴，歐品聰看到他這種神態，不禁惶惑起來。他楞了一陣，才怯怯地問：

「我不該說這句話嗎？」

「……」

「對不起……」歐品聰愧疚地低下頭說：「你知道的——我……」

「別說了！」范聖珂截止了他的話：「你對我的關懷我很感激，祇不過，我說不出來——我的國語……」

歐品聰的眼睛明亮起來。

他們向熱鬧的市街裡走，步伐自然而然地緩慢下來了，各人被各人的思想佔據著。歐品聰不時用溫暖而充滿愛慕的目光，向他身邊的同伴窺視，不自覺地在神情上顯示出一種在知己的友人前面傾吐自己的情愫的喜悅。而范聖珂，他眺望著前面，閉著緘默的嘴，心靈中產生一種神秘的感動……

這一天，他們默默地生活在，一起，除了互相交換一個會心的微笑之外，范聖珂始終以親切而愉悅的心情，細心觀察著他的同伴工作。同時，一種慾望在他的心中浮動起來，他甚至要想去幫助這位正脹紅著臉工作的朋友了。不過，歐品聽似乎已察透他的心意，因此他抬起頭，以一種蘊蓄著無限熱情的目光向他投視一瞥，再低下頭。

三

霧靄在城市的背後升起，慢慢地向著這些街道圍攏來，將眼前的景物凝固於沉厚而潮濕的，半透明的氣體中了。

傍晚，歐品聽破例地拉著范聖珂走進一家在被炸的廢墟上搭起來的小吃店裡，吃了一頓比往常豐盛的晚飯。而且吩咐夥計給他們來兩杯瓦瓶酒。他們有點近乎狼吞虎嚥地吃著。歐品聽的酒量顯然並不好，紙在唇邊抿了兩口，臉上已經泛紅了；及至他喝完了杯中的酒，身體已經微微有些把持不住地晃動起來。但神志上卻很清醒，祇是被酒精麻木了的舌頭，說起話來有些異樣而已。他低下頭來思索了半天，才遲鈍地抬起來，抑制不住地向范聖珂結結巴巴地說：

「你，你願意和我……一起……幹，幹這種下賤的……事情嗎？」

「……」范聖珂垂下頭。

「啊！我，我不該向你說的……」他痛苦地以怨恨的聲調說下去：「在最初……劉琤勸我做……我感到這是污辱我……現在，還是一樣令我難受——我，我不敢去兜生意！討價還價！我整天低著頭——我……」

他開始低聲啜泣起來。

范聖珂有點驚慌地將座位移近他，為難地看著這位朋友。他極力想尋找一些最好的辭句去勸慰他。正當他要向他說擦皮鞋並不是一件值得羞恥的事情時，這位朋友已經停止抽泣，用一審慎而平靜的聲音說話了：

「我知道，同情和憐憫會傷害我們。但：請看在這一點上吧——切都為了要生活啊！這種下賤的……」

「你為甚麼要這樣想呢？」范聖珂急急地打斷他的話：「用勞力去換取金錢，是一件可恥的事情嗎？」

「你不認為這是一件苦事？」

「苦，並不僅僅我們兩個人，這就是戰爭！老實說——我們太懦弱了，這些生活會把我們鍛鍊得更堅強一點！」

「我相信你，可是目前——」

「對了，就是目前。」范聖珂咬著嘴唇：「坦白給你說，我身上沒有一分錢，已經花完了。」

「那麼，你應該同意我的建議。」

「又有甚麼用呢！」他憂戚地凝望著這位熱心的同伴。「這些都是需要錢的，比如木箱、毛刷、羢布、鞋油，還有其他應用的工具……」

「祇要你答應，這些儘可放心。」火燄在這位臉色蒼白的年輕人的靈魂和眼睛裡燃燒起來，他噙著眼淚笑了。

四

自從那個晚上，歐品聰將這個消息和自己的心意告訴劉琤之後，這屋子裡的人便瞞著范聖珂舉行了一次秘密會議。第二天早上，李三爹悄悄地找茶館隔壁的老木匠給他做一個長方形小木箱，將一隻舊木屐釘在上面，再用一條折斷的皮帶在箱背上加裝一個提手；其他的用品是由大家湊錢在南校場的雜貨攤上買來的，如果不是小女人咕嚕了幾句話，琴師幾乎捨不得那把已經用舊了鬃毛板刷拿出來；蔡半仙第一次那麼認真地在曆書上給他找一個吉利的「成日」，而且還慎重其事地在小木箱的旁邊，貼上一張寫著「開張鴻發」四個字的紅紙。

沒有甚麼事情比那個早上更使范聖珂感動的了，當他醒來發覺那個小木箱放在自己的床邊時，除了含著一個神秘笑意的歐品聰，屋子裡所有的人都有計劃地躲藏起來。

「這是他們送給你的。」歐品聰安靜地對他說。

「那麼人呢？」

「他們害怕看見你，全躲開了。」

從此，他便開始這種生活。他開始體驗到，富足並不就是幸福；他陶醉於工作的熱情；開始接受到人群間真摯的愛的培育，他的生命在友情的撫慰下，漸漸地茁壯起來。

五

在同一個時候，在越南海防。老漁夫將「兆和號」永遠支撐在乾涸的河床上，因為他不願意自己的船替日本派遣軍裝運掠奪來的糧食。

自從他的兒子回國之後，他便和他那可憐的妻子，朝夕期待著兒子平安的消息，一天，一天……七個月在他們的想望和夢魂中流過，太深的罣慮和愁慘的生活催使他們衰老了。於是，那位母親整天連接著一個冗長而永不休止的祈禱；老漁夫則在信賴中尋求慰藉，他確信——像他確信著自己一樣，他的兒子終有一天會帶著一個輝煌的成就，回到他的身邊來。

而，在另一個地方，那個美麗的園子又回復了十年前的景象：去冬的殘葉鋪蓋在小徑上，花樹在亂草中生長，花圃的輪廓像那些歡樂的記憶一樣模糊了，噴水池裡的水已經變成暗綠色，水面浮動著一些枯萎的、蒙著塵埃的樹葉。園子的小女主人，在一個她心中劃定的最後的日子——一個月前——，帶著悽惶而哀怨的心情，戰慄地去開啟欄門上的信箱，她仔細地分辨那些信上的字跡，終於，她在心底絕望而悔恨地輕喟著：

「完了，這是最後一次了！」

她重新謹慎地將它鎖起來，同時，也鎖上自己的心靈。

第二十章

一

這年的冬天，黑暗而寒冷。戰事和氣候同樣使人戰慄。

日軍在準備第三次進犯長沙之前，竟有聲有色地在舞臺上表演了一次神奇而驚心動魄的魔術。幕開了，陰險狡猾的魔術家鼻子下面的仁丹短髭動了一動，那頂黑禮帽裡，飛出一隻到華盛頓去的和平白鴿[1]，背後卻伸手去搜刮整個西太平洋。

十二月七日，西半球仍在甜美的睡眠中，美國國務院正在研究日本對美國十一月二十六日通諜的覆文，百老匯在排演「使世界震驚」耗資百萬金元的大歌舞劇；軍火商正夢見軍火漲價。但，就在這個時候，美國的觸角珍珠港已經變成火海了！

同時，在東半球，第一批重磅炸彈落在九龍[2]。世界隨之被捲入戰爭的漩渦裡。

1 和平白鴿：指日本特使來栖三郎。十二月七日，來栖與野村大使向美國國務院提出日本對美國十一月二十六日通諜的覆文，未及兩小時，日本即以「帶甲的拳頭」進攻珍珠港。

2 與珍珠港事件同時，日軍開始進攻香港。

二

劉琤坐在床邊，高聲朗誦著他賣剩下來的一張號外，屋子裡的人靜靜地圍坐在他的周圍，傾聽著。昏黃的燈光落在床架，他們的肩頭和呆板的臉上。

唸完了最後一個字，那張土紙印的號外在他的手中被撕得粉碎，他憤憤地將捏著的紙團重重的摔在地上，然後垂下嘴角，向所有的人瞠視了一週，凜然地說：

「哼！二十五年前的滋味還沒有嘗夠呀！媽的！祇有一個辦法，喏，祇有子彈在那些傢伙的腦門上鑽進去——就這樣……」

「老弟，國際局勢的轉變對於我們是有利的呢，」蔡半仙用袖口去揩拭著眼鏡，平靜地分析著：「這一來，鬼子就得在我們這邊分散它的兵力了……」

「嗯，這倒是實在話。」馬鬍子一知半解地附和。

「有利，有利又怎麼樣？咱們這種思想早就該活埋啦！」劉琤暴燥地叫喊起來：「倚賴別人會有好收場嗎？還記得『李頓調查團』[3]吧？他的報告書裡，雖然承認日本侵略，一面還勸告我們承認日本在中國的特殊地位呢！仔細想想好了，這是甚麼意思？還不是『殺野猪還願』，倒霉的是誰？」

「那你也得承認咱們在打硬仗呀！」

「可不是，光嚷嚷有個屁用！」

---

[3] 李頓調查團：九一八事變後，美國曾向英國提議，制裁日本的侵略行動，但英國祇求保持自己的利益，不願採取任何行動。因而由國聯派了個敷衍性質的調查團，來華調查。

「啊！我求你積積德，別提咱們，咱們那還算是人。」劉琤刻薄地說，滿臉鄙夷之色。

「呃，我說老弟，說話可是要一刀過，兩邊分明。不是人，那是甚麼意思？」

「沒意思，憑咱們這份材料，還夠得上說甚麼『抗戰到底』，甚麼『全國總動員』！笑話！」劉琤發出一聲短短的乾笑，惡聲惡氣地繼續說：「說你吧！半仙，你每天除了油嘴滑舌地去騙那些可憐人，還幹了些甚麼……好，麻子哥撇開不提，咱們的馬二爺呢，嚇！勁大了，拉拉胡琴，溜溜腿，打打女人，這就完事了。哦！別漏了咱們這兩位……」他回轉身，鄙夷地向范聖珂和歐品聰瞟了一眼，他倆這種近乎麻木的緘默使他暴怒，他想找幾句最尖酸刻薄的話去罵他們，但，他又忍住了。他驟然感到昏亂起來，拉拉衣襟，自管自地走出門外去。

屋子裡沉靜了半晌，李三爹拾起地上的紙團，第一個先離開這個不愉快的局面。琴師沒趣地打個呵欠，拉著他的女人鑽進布帳裡，不甘心地將碰著他頭的胡琴掛到另一個釘子上，借故在小女人身上找錯兒發洩。測字先生自怨自艾地嘆息起來，他想：假如自己不近視，那個晚上跟著那些人上山，今天就聽不到這些氣話了，其實……他真想將自己科長不幹逃出淪陷區這件事情重述一遍，證明他蔡某人是愛國的忠貞份子。范聖珂和歐品聰卻不約而同地站起來，推開木門。

三

街上很黑，冷風鑽進他們破爛的棉襖裡。在橫街菜市轉角，他們追上了在路上漫無目的地走著的劉琤。祇互相看了一眼，三人便走在一起。

「我們還在鬼混些甚麼啊！」走了一段路，報僮才以喟然感慨的聲音說。

「……」

「這也算是在生活嗎？」說話的高聲嚷著：「跟畜牲有甚麼分別！」

「……」

劉琤突然狠狠地停下來，臉色陰沉地怒視著他們。

「——你們沒有意見嗎？」他揮著手：「是啞吧？還是聽不懂我的話？」

一陣輕微的痙攣掠過范聖珂和歐品聰的全身，然而，他倆仍舊緘默著。劉琤忍無可忍地幾乎要將他那因激動而顫抖的手指點到他們的鼻尖上，用粗鄙而憎惡的語氣將詛咒在緊咬的牙縫中迸出來：

「你們這兩條軟骨蟲！」他悻悻地扭轉身，匆遽地折入另一條黑暗的街巷裡。

報僮走遠了，歐品聰才用怯怯的聲音向他的同伴說：

「他從來沒有這樣過呢！」

「會平靜下來的。」老漁夫的見子堅決地說：「總有這麼一天，我們會向他證明，我們並不是軟骨蟲！」

「我們一定會的，如果我跟著你在一起的話。嗯，一定的。」歐品聰展露出一個微笑，他下意識地將胸膛挺起來。雖然冷風仍在他的衣袖破洞和領口無忌憚地向體內鑽進去，但，他仍傲然地跟著他的同伴邁著整齊的步伐，還不斷認真她，用拙劣的姿態更正踏錯了的步子，嘴裡不厭煩地重複著這句話：

「嗯，我們一定會的——來，左右左！左右左！」

四

很顯然的，劉琤並沒有平靜下來。他用冷漠而輕蔑的眼光，去看那兩條「軟骨蟲」，而且還帶著點兒「恥與為伍」的神氣。同時，他儘量避免和他們接觸，他變得緘默了。這大半年來的患難生活，如果說范聖珂和歐品聰漸漸了解他的話；那麼對於他們，他會了解得更深。他和范聖珂一樣用深摯的友情去撫慰著自憐而憂鬱的歐品聰，而用另一種心情去接近老漁夫的兒子。但范聖珂那種冷酷的緘默，會使他激怒，不過，很快地就會平伏下來，隨後，他便會愧疚地請求這位並沒有生氣的朋友原諒。然而這一次，卻出乎他們的意料之外，連他自己也在內。

局勢愈來愈緊。

曾經在越南局勢危急，為了維護本身利益獻媚日本人而封鎖中國西南大動脈的不列顛帝國，現在，也為了他的「東方之珠」以及「糧食倉庫」發愁了，而且，竟然厚著臉皮請求中國政府派軍入緬協防。但，紳士卻要掌握指揮權，這大概就是所謂「尊嚴」的詮釋吧。

五

這幾天，昆明到了不少隊伍，都是準備開入緬甸的。其中屬於第六軍的一個團，已經在凌晨出發了。街道上，小巷裡，到處都充塞著這些過境部隊。因為他們在入夜之前，尚未找到合適的宿營地，便倒在路邊和屋簷下面過夜；尤其是幾條僻靜的街道和廟宇裡。

傍晚的時候，范聖珂和歐品聰提著他們的小木箱轉入這條小街時，就發現如上所說的那種情形：街口站著兩個衛兵，倒掛著槍，在吸著手捲的錐形祇煙；好些士兵坐在街邊的石階上解綁腿，或者圍在牆角聊天，有的已經躺在彈藥箱和包裹上。聚賢茶館比往常更熱鬧了。二牛子爹親熱地招呼著那些掛著「馬龍頭」和領花的官兒，因為他知道「老總」們的脾氣，除了一些窮丘八拿了水壺來討些開水之外，他們是絕不會少付一文錢的。

小街顯得更狹窄了。

范聖珂他們所住的那間殘舊而黝黑的屋子外面，當然也不例外。尤其是因為它的上面伸出很寬的屋簷，所以那扇斑剝的木板門旁邊，已經被那些軍毯、木箱、布袋，和一大堆炊事用具佔據了，祇留出一條狹小地方讓屋裡的人出入。旁邊，架著四挺外面罩著一層帆布槍衣的重機槍。雖然踡臥在週圍的士兵還沒有睡，而他們彼此都緘默著。其中一個深深地吸了一口煙，然後將那枝祇剩下小半截，曾由幾個人輪流抽吸的煙蒂遞給旁邊的人；那個人謹慎地接過來，謹慎地用拇指和食指的指尖捻著，貪婪地吸一口。燃燒的煙頭在黑暗中發出一點螢螢的紅光。有人在冷冽的寒風中嗆咳……

一個高大而面貌瘦削的官長靠坐在板門上，他的腰帶邊上掛著一把銀鞘的「軍人魂」[4]，領口的領章在對面街角的路燈照射下發光。他昂著頭，出神地凝望著天。他的腿很自然地在地上平伸著，腳上的那雙馬靴，很久沒有揩拭過了，上面沾滿了已乾涸的泥漿。當范聖珂和歐品聰正想跨過他那橫著的左腳進入屋裡時，他很快地將腳收回。

「對不起。」范聖珂低聲向他招呼。

他沒回答，眼睛仍凝望天空，又將他的左腳緩緩地伸出來。

推開虛掩的木門，他們走進屋裡。也許是時間還早，所以其他的人都沒回來。范聖珂有意無意地向心驚膽戰地呆坐在木梯邊的小桃子發問：

「小桃子，三爹呢？」

「在，在澡堂裡，」她站起來，指指門外，畏怯地輕聲說：「外面全是大兵！」

他像是察透她的心意，微笑起來，說：

「嗯，他們是開入緬甸的遠征軍，明天一清早就開拔了。」

「走了還有來的嗎？」

---

4 軍人魂：軍校畢業生佩用的短劍。

「還多著呢，一共兩個軍——你知道嗎，兩個軍？……呃，我告訴你：一個班十六，一個排便是四十八；一個連就有……」歐品聽興奮地伸著手指，用那種不知在甚麼地方聽來的「三三制」公式向小桃子計算著，在他算到一個師有三千八百八十八個人的時候，他突然轉換了小心的語氣低聲問：

「你怕甚麼？」

「外面，那個，呃，穿皮靴子的人……」她吶吶地回答。

「他怎麼樣？」范聖珂扔下正抹著臉的毛巾，急急地走向她：「你說他怎麼樣？」

「他，他問我要一碗開水……」

「哦，那有甚麼關係。你沒給他？」

「我不敢。」她搖搖頭：「他，他又……」

他們同時回轉身。

「他問我這裡住幾個人……」

「是不是想住進來？」

「……」

「後來你怎麼跟他說？」范聖珂索性在蔡半仙的床邊坐下來。

「沒，沒說，我不敢——我怕！」

「後來呢？」

「他不說話，走，走出去了。」

范聖珂沉思了片刻，站起來，向大門走去。

門外的人機警地收回他的腿，但，范聖珂並不走，卻在門檻上坐下來。

「您願意進來喝一碗米湯嗎，官長？」他誠摯地向靠坐在地上的人說。

那個人回過頭，深陷的眼睛在帽沿下面發光，祇看了范聖珂一眼，他又回復了先前的姿態。

「不用了，謝謝。」他淡漠地回答。

「那麼請進來坐坐？」

「反正都是一樣。」同樣是淡漠的聲音。

「不過，外面風很大，您冷吧？」

「冷？」那個人笑著將眼睛閉起來。「軍人的生活就是這樣的，我生長在北方，這點冷，我受得了。」

范聖珂默然了，心底升起一種難言的愁緒。

「你是南方人吧？」相隔很久，那位官長才開始說話。

「嗯，不過，我的心卻在北方。」范聖珂垂下頭回答。歐品聽不知在甚麼時候已經坐在他的身旁，靜聽他們談話。

「在北方？」官長回頭去望他。

范聖珂抬起頭，和那位官長在燃燒的目光交視了一瞥，笑了。他轉換一種羨慕的語調說：

「一粒星，您是少尉？」

「不！是少校連長。」那個人也笑了，用手拉拉腰帶，回答說：「已經幹了好幾年了。」

「少校？您的年紀很輕。」

「這種光線你看不清楚，」少校的眼睛垂下來。「我的心已經很老了。」

「因為您有一段痛心的回憶？」

「每一個中國人都一樣。」

這之間，經過短短的嘆息和沉默。歐品聰站起來，讓小桃子走過，她捧著一碗冒著熱氣的稀飯。親切而有點畏怯地遞到少校的面前……

「連長！」范聖珂提醒他。

少校睜開眼睛。小桃子這種突如其來的舉動使他昏惑起來。他怔了半晌，才接過她手上的碗。同時，他握著小桃子的手，用激動而抑制的低聲向她說：

「小姑娘，你怕我嗎？」

小桃子誠實地點點頭。

少校眸子裡的光輝消散了，他失望地放下她的手。

「假如有一天我回到家裡，親人們也會害怕我的……」他喃喃地自語著：「我還有一個年老的母親，和一個……」

「她們現在在那兒？」

「在關外，」少校沉湎於回憶中。忽然問：「你們嚮往過那個地方嗎？」

「當然，每一個中國人都一樣！」范聖珂以適才少校的話回答：「總有一天，我們要回到那兒去的。」

「你確信我們能夠嗎？」少校顯示著一份煥發的情緒注視著他。

「每一個中國人！」他再堅定地重複一次。

連長愉悅地笑了。歐品聰始終默默地坐在一旁，直到他們的談話告一段落時，他才將要說的話說出來。

「碗裡的粥涼了。」

「讓我替您換一碗。」范聖珂拉起靠坐在兩膝當中的小桃子，正要欠身去接少校手上的粗磁碗，少校已經霍然地站起來。他抖抖身上的衣服。他們跟著讓開一條路，懇切地說：

「讓我們一起到屋裡去談談吧，我相信您不會再拒絕這個要求。」

「好吧！」連長欣然應允了。

第二十一章

一

那夜，他們殷勤地接待少校住在屋子裡。

范聖珂和歐品聰擠在上層睡，讓少校睡在下面的床位上，少校本來要睡到外面去的，因為明天清早他的部隊要開拔，但終於拗不過他們——包括屋子裡所有的人——所以祇好住了下來。在他再度出去巡視值夜的哨兵之後，他很快的熟睡了，發出酣暢而輕微的鼾聲……

范聖珂一夜沒有好好的睡，板門的縫隙才透進一線灰白色的微光，門外已經騷動起來了。少校很敏捷地起來，將那雙襪底破著洞的腳，伸進那雙冰冷的皮靴裡，邊扣著衣鈕，邊用手去掛著皮肩帶。

「要出發了嗎，連長？」范聖珂跳下床架，向正在束著腰皮帶的少校說。

「嗯，馬上就走。」少校笑著回答：「來，讓我們握握手。」

「今天晚上住在哪兒？」

「可能在黑林舖，我們在那兒集中後再到安寧上車。」

「啊……我們能夠找到您嗎？」范聖珂從昨夜開始，就想向這位連長說一句話。該怎麼說呢？他想了一夜。現在，他還是沒勇氣說出來，祇是不安地望著他，等候一個還有一線希望的回答。

「在我們出發之前，當然可以。」連長認真地拍拍他的肩膀，熱誠地說：「我很歡迎你們來看我呢。」

「連長，我們一定會來的。」他應著。

「哦，我忘了告訴你們我的番號，」拉開門閂，少校突然回轉身，說：「記著：第五軍，二百師，五九九團，第一營，機槍連。」

「還有您的姓名？」他追問。

少校笑起來。

「我叫方漢夫，您呢？」

「范聖珂。他叫歐品聰。」

外面響著哨聲，隊伍很快地集合出發了。少校深摯地向站在簷下的他們瞥了一眼，回頭走在那些黑黝黝的隊伍後面……

二

那天，范聖珂的神情很壞，沒有睡好固然也是原因。而最重要的，卻是在懊悔他的那句話沒有說出來。

歐品聰暗暗地對這位同伴納罕。

中午，他實在按捺不住了；內心那個強烈的想望使他發狂，一個潛伏了很久而不斷在消耗著他的熱情的意念，又重新在他的靈魂中茁壯起來，使他整個生命像風暴裡的雷電似的，在這個混沌沉黑的天體中閃現，同時發出一種激昂而悲壯的，心靈的狂吼。

「你曾經說過，我們永遠要生活在一起！」他突然嚴肅地詰問他的同伴。

「是的，我說過。」歐品聰狐疑地望著他。

「如果我們要離開這個地方呢？」

「你總得告訴我去哪裡吧。」

「你先別問，我祇要求你說：走！或者說：不走！」

歐品聽注視著他那閃射著火焰的眼睛。於是，他振作起來，充滿了力量地吐出一個短音：

「走！我跟著你走！」

他激動地搖著他的臂膀，興奮地說：

「我知道你會這樣說的，我們一定要走啊！幹嗎還呆在這兒？幹嗎不睜開眼睛，看看我們的前面！」

他們向西門走去……

三

出了西站，公路向著前面的高地伸延著。

這是一條足以象徵著東方精神，全長九百九十八公里的滇緬公路的起點，它跨越湍急的瀾滄江，怒江，以及巍峩蒼鬱的高黎貢山橫斷山脈；它是由十幾萬中國民工用他們的手，血和汗，在一個比用最新式的機器去開拓還要快上一倍的時間內築成的。物資、器材、燃料和軍用品，由那些運輸車輛，日以繼夜地沿著這條公路，——宛如一條跳躍的動脈，將一些鮮紅而灼熱的血液，從緬甸向西南大後方流進來。

他們坐在馬車上。趕車的是一個十五六歲的女孩子。她梳著辮子，面孔和手上的皮膚，被風吹得那麼乾燥，而且凍裂了。她一面揚著手上的竹鞭，一面在牙縫裡發出一種催促著這匹瘦馬的哨音。這種馬車在昆明郊外，是一種最便利的交通工具。車座兩邊，裝著兩隻已經破爛的汽車輪胎，輪胎補結太多，使車子永遠在一種輕微而均勻的震顛中。車上，有兩排狹小的座位，和一塊千補百結的布蓬。它們通常停放在東門車站外，馬夫用那種千篇一律的話去兜攬客人，直到坐滿了一個規定的人數才肯走。現在，它正沿著公路，向離城四公里的黑林舖緩緩走著。

在路的兩旁，隨著這輛馬車向同一個方向走的，是兩行走不完的行軍隊伍。天氣雖然那麼冷，風雖然那麼淒厲，而行列裡的士兵卻流著汗。他們挑著或揹著沉重的裝備和彈藥，以致他們都低著頭。腳步踏在路邊的泥地裡，揚起一片塵土……

范聖河和歐品聰沉靜地橫坐在馬車的後座上。呆呆地望著路旁的隊伍，同時陷入一個深沉的、憧憬著未來的思想裡……

前座穿著一套沾滿油漬工裝的機匠，在黃土坡下車；上來兩個醜陋而嘴裡喋喋不休的女人，她們張家長李家短地議論個沒完。馬車在黑林舖的一條叉路口停下來。

前面拐角處，有一排矮小的竹棚。情形更紊亂了，路邊和店舖門外，士兵們坐在地上休息，剛剛抵達而尚未安頓下來的擁擠在路上，一個紅著臉的值星官粗暴地向著那些隊伍叫嚷……

他們跳下馬車，茫無頭緒地在路邊站立一會，然後走近叉路邊一隊在準備集合的隊伍，向著一個寬臉、黧黑、背著一挺輕機槍的下士詢問：

「班長，你們是二百師的嗎？」

那個人搖搖頭，說：

「我們是第六軍。」

又遲疑了一陣，他們跑到拐角的小店前面，去問一個頭太大或者是帽子太小，高大而骯髒的炊事兵。他正在抽緊炊具挑擔上的麻索。聽完了范聖珂的問話，他聳起眉毛，有些惡意地反問：

「你找二百師幹啥子？」

「我要找一個人。」范聖珂熱望地回答。

「找一個人？哈……」這傢伙像一頭貓頭鷹似的笑起來。他向身後的人叫著：「這兩個老百姓要在二百師裡找人吶！」

邊上走過來一個操著一口純粹湖南話的士兵，他橫了他們一眼，大聲說：

「呃，你們聽我講，二百師人太多囉！我看你們最好到師部去翻一翻花名冊……」

「對啦！你們找姓甚麼的都有，儘你們選。」

正當他們尷尬地走開時，一個小號兵跟著他們走過來，熱誠地問：「你們要找第幾團——知道番號嗎？」

「五九九團。」范聖珂謹慎地回答。

「啊，是我們團部……第幾營？」

還不讓他們回答，那個骯髒的炊事兵狠狠地走過來，嘲弄地撥弄著小號兵的帽子，笑謔而帶有點威脅意味地說：

「小龜孫子，你給老子吹『打打的』去吧！不然，等會兒張軍需瞧見了又要吃乾醋。弄到後來嘛——屁股倒霉。」

「伙伕頭兒！」一個沙嗄的聲音插嘴道：「你管人家幹啥子嘛，說不定人家老百姓要招小龜兒子去當駙馬吶！」

「駙馬？哈……」

小號兵將頭上的軍帽拉拉端正，無可奈何地將頭回過來。

「第幾營？」他繼續問：「第一營機槍連。」范聖珂吶吶地說。

「哦，第一營機槍連。」他重複地唸著，伸手向前面指示著說：「喏，前面大概一千公尺，右面有一條小路，進去就可以找到第一營，他們今晚上住在那個村子裡。」

范聖珂同歐品聰懇切地向含著憨笑的小號兵致謝。離開之後，還聽見剛才笑小號兵做駙馬的那個沙嗄聲音說：

「郎個？小龜孫子，格是他家沒得姑娘。」

於是他們又哄笑起來……

四

三小時後，范聖珂和歐品聰——這兩個到黑林舖去招駙馬的老百姓——回到城裡，他們雄糾糾地在街上走著。這種傲然的意態是由於他們已經換上了一套陳舊的灰布棉軍服，頭上壓著一頂帽沿捲曲的軍帽：雖然有些不稱身，但比起其他的士兵們所穿的軍服，要算是很合身的了。腰上，束著一條因保管不良而現出幾塊水斑的皮帶，腳上，綁腿打得很難看，很低，而且當中的一段已經鬆脫下來了。

踏進一家小理髮舖，他們在那張漆著白漆的木搖椅上坐下來，向前面那塊邊上已經起了黃垢的鏡子裡反映出的理髮師命令著，用一種堅決而攙有些兒矜持的聲音：

「剃光頭！」

三小時前，當他們按照著那位好心的小號兵所指示的方向，在一個小村的平場上找著那位方連長時，他正在樹底下低頭仔細地捲著手中的煙葉。衛兵將他們帶到少校面前，少校驚異地說：

「啊！你們真的來了。」

「我們早就說過一定會來的。」

少校將那根捲好的煙草啣在嘴邊，張開手臂用力地拍著他們的肩膀，然後返身走在他們的當中，手圍在他們的背後，笑著說：

「好極了，現在我們到茶館裡去坐坐，晚上我還可以請你們吃頓大鍋飯。我們連部太窮了，吃不起小廚房。」

他們和少校對坐在靠著土牆的板上。連長在那把長木凳上斜著身體，擱在桌上的右手不斷地旋轉著茶碗。從坐下來開始，他一直在說話。後來他發覺這兩個年輕人默默地將含滿了憂慮的眼睛在望著自已時，他溫和地說：

「你們有甚麼心事？」

「……」他們緘默著，祇是以一種奇特的目光注視著對方。

少校收斂笑容，向他們俯過身體，低聲問：

「你們是不是有甚麼事情要找我幫忙？」

「……」

「說出來呀！」

「……」

「怕甚麼！說呀！」

他們互相望望，又將頭垂了下來。

緘默著。

范聖珂思索了很久。他想：如果現在再不將這句話說出來，便要失去機會了。於是他猛然抬起頭，但：當他發現少校正用嚴厲的目光注視著自己時，又感到畏怯起來。

「連長。」他囁嚅地說。

「說！」少校展露著熱望的笑意：「話悶在肚子裡不難過嗎？」

范聖珂再猶豫了一下，終於困難而羞澀地將心裡的秘密說出來。他怯怯地說：

「連長，您看我，我們能夠……去——當兵嗎？」

「啊！我還以為是甚麼大不了的事情呢！」少校鬆下一口氣，一種激動的情緒，使他伸手猛力地搖撼著這兩個被他的舉動驚駭的年輕人。他狂放地笑著說：「那還不容易，誰能阻止你們呀！」

「我們的能夠嗎，連長？」他們同聲重複著。

「當然是真的囉。」

「那麼您可以帶我們一起走了！」

少校停止了笑聲，認真地看著他們。想了一想，他平靜地說：

「那怎麼成呢！咱們馬上要開到緬甸去作戰；你們都是沒有受過訓練的老百姓。打仗，可不是鬧著玩兒的！」

「剛才您不是說我們能夠嗎？」

「能倒是能，不過我是說：你們最好先去投考後方的軍事學校，然後……」

「連長！」范聖珂截斷他的話：「您真的不肯收留我們？」

「我說小老弟，沒有受過訓練的人到前方去，呃——你們的小命不想要啦？」

「我們不怕！」

「目前不是怕不怕的問題，」少校耐心地向他們解釋著：「問題是你們到了那邊也幹不了甚麼！你們要知道，這是軍隊。」

「我相信，您總可以給一點我們能做的事情讓我們做，我們可以慢慢的學，」范聖珂摯切地作一個乞援的表情，向少校懇求著：「即使是當一個傳令兵或者勤務兵——我們也幹！」

少校瞇著眼睛，搖搖頭。

他們繼續不斷地向這位有點兒固執的連長保證和宣示他們的誓言，同時說了好些不必要的廢話，最後，他們感到失望了。范聖珂驀地激忿起來，顫動著老漁夫的聲音說：

「就讓我們做個炊事兵吧！連長。」

少校終於被這兩個年輕人的熱情和執拗的意志深深地感動了，他伸手去撫摸著下巴上短密的鬍髭，定神思量了片刻。在他放下手時，他已經決定收容這兩個「新兵」了。他雖然沒有說，但在他的眼睛和整個神態上，他已經將自己的心意表露了出來。

隨後，他們在一個肥胖的特務長那兒領到棉軍服，腰皮帶、布鞋、綁腿、和太小的軍帽；同時少校吩咐他們立刻回到城裡辦完自己的事，最遲在明天早上五點鐘之前趕回營地來。

五

那天晚上，除了過年渡節，李三爹的那間小屋子就難得那麼熱鬧過。大夥兒圍著一張借來的八仙桌，盡情地吃喝著。這是蔡半仙的主意，在他知道這兩位擦皮鞋的小老弟已經去當兵的消息，之後，他向這屋子裡的人湊錢擺了一桌滿像樣兒的酒席，為他們餞行。菜是由小女人和小桃子在灶頭七手八腳地忙出來的；因為地方太小，所以他和李三爹、琴師、劉埒分坐在兩邊木床上，讓這兩個「兵大爺」坐在上位。小桃子和小女人對坐在靠門的木凳上。

蔡半仙舉起那瓶在街口雜貨店賒來的瀘州大麯，將那些杯子斟得滿滿的，然後慢條斯理地站起來，乾咳了一下，他搖頭擺腦地說：

「古語說得好，國家興亡，匹夫有責。呃，現在咱們這兩位小老弟也效當年班仲升，來一個歎曰：大丈夫當效傅介子張騫，立功異域取封侯，安能久事擦皮鞋乎！……善哉，善哉。這種精神，實在是可嘉，可佩。呃……」他把話頓住，向馬鬍子和李三爹作一個苦臉，喟然長嘆起來：「唉！咱們是不中用囉！老囉！祇有瞧你們的囉！……呃，今天我蔡某人代表在座的向你們敬一杯，祝你們：旗開得勝，衣錦榮歸……」

「到那個時候咱們再一起痛痛快快地喝個明白！」馮鬍子揚著眉毛，高聲補充道：「來！咱們乾杯！」

於是，大家喝掉杯子裡的酒。

蔡半仙又重新舉起酒瓶，將那些杯子斟滿。

……

夜深，每個人都帶有些兒醉意了，臉上發出緋紅的光澤，同時感到有點悶熱。汪麻子在他們快要吃完的時候走進來，現在他正坐在小桃子讓開的座位上，仔細地嚼著盤裡的雞骨，和一些吃剩下來的湯汁。小女人靠近她丈夫的身邊，默默地望著這兩個滿面通紅的新兵；她也吃了一些酒，顴上染著一層淡淡的紅暈，使她更顯得嬌弱而慵懶。馬鬍子的嘴邊閃著油光，他看看光了底的盤子，肥厚的手掌似乎有點失常地揮動著，做出一些不必要的動作，來輔助他酒後說話時所表達不出的情緒。李三爹是個很好的聽眾，他總是點點頭，漫聲應著；在對方激動時，他便發出一聲悲天憫人的喟嘆。蔡半仙是醉了，不過他仍瞠視著對座的琴師，蹙著眉，垂著唇角，落入一個悵惘的沉思裡。

這樣，似乎忽略了內心正受著殘酷折磨的劉琤，他一直沒有說話。今天所發生的事情使他感到太意外了。他不是曾經用一種輕蔑而鄙惡的聲調，罵這兩個擦皮鞋的是軟骨蟲，而且恥與為伍的嗎？可是，現在這兩條軟骨蟲居然變成被人歌頌的英雄了。而自己呢，還是一個送報的。所以當測字先生說到：「咱們不中用囉！老囉！」這些話時，他幾乎要衝出門外去。然而他發覺自己已經失去了一切力量，祇能低著頭，牢牢地被固定在床上。

在這些人之間，祇有范聖珂覺察和了解他的思想。不過；他祇是用一種同情的摯愛，和勸慰的目光，看著這位不幸的朋友。身邊的歐品聰，卻被小桃子拉住他的手，要他講解他所知道的軍隊裡的情形。於是，他便將今天到黑林舖去的經過告訴她。最後他問道：

「小桃子，你怕我嗎？」

「是啊！我害怕得很呢！」她天真地將頭伏在他的膝上。

飯後，在范聖珂與歐品聰分送他們帶不走的衣物時，劉琤悄悄的推開門閂，走出去了。他漫無目的地在那條黝黑的小街上走著……

范聖珂突然發覺劉琤不在屋裡，於是他不安地詢問坐在門邊的小桃子：

「小桃子，你看見劉琤出去的嗎？」

「好一會兒啦！」她回答。

他拉著歐品聰匆遽地走出門外……

他們在路上跑著，一面叫喊著劉琤的名字，走入茶館和許多他可能去的地方。他們失望了，時間不容許他們繼續尋找下去，因為在五點鐘之前，他們必需要趕回黑林舖。而且馬車早就沒有了，他們不得不步行到那兒去。

返回屋裡，他們以無限依戀而悽痛的心情，向含著眼淚的李三爹和其他的人道別。臨行前，他們用力握著蔡半仙的手，請求他代為向劉琤轉達，說他們無法向他辭行。

在默默的祝福中，這間小屋子，這條小街道，這沉在睡眠中的昆明城，在他們急速的腳步後面漸漸隱沒了。起先，他們祇是默默地走著，後來腳步越邁越大，竟輕輕地唱起進行曲來……

六

「喂！站住！」當他們走過土崗的高地，後面傳來急促的腳步聲，那個人一邊叫著，一邊向他們跑過來。他們立刻認出是劉琤的聲音。

於是他們連忙返身迎著他跑過去，他們緊緊的擁抱住了。

「能原諒我嗎？」劉琤慚愧地喘息著說。

「別提！過去的讓它過去好了。」范聖珂揑緊他的手：「這麼晚了，你還趕來做甚麼？」

「再晚，我也得趕來的……」

「是為了跟我們話別？」

「祇猜對一半！不過……」報僮囁嚅著：「最主要的還是來向你們解釋解釋。」

「你以為在我們之間發生過甚麼誤會？」

「當然啦！你們絕對忘不了我曾經侮辱過你們，其實……」

「我很瞭解你，」范聖珂阻止他說下去，接著說：「你並不是說我們是軟骨蟲；而是警惕我們，不要我們變成軟骨蟲！」

「啊！你們還是痛痛快快的罵我吧！」他痙攣起來，用手蒙著臉，將身體轉開去，喊道：「罵吧！軟骨蟲是我啊！」

范聖珂抓住他的身體，用力地扳過來。他憤怒地厲聲詰問：

「怎麼，你承認自己是個懦夫？」

「不！我不是！」他昂起頭，反抗著，聲音尖銳而粗野。

「那麼你為甚麼還……」

「——所以我才趕來呀！」

「你也要去嗎？」歐品聰現在才開始說話。

劉琤用力拉下頭上那頂便帽，急急地說：

「瞧瞧我的頭髮。」

「你也剃了！」歐品聰叫起來：「那麼你已經決定了？」

劉琤堅決地點點頭。范聖珂笑了，他出其不意地伸出拳頭捶打報僮的胸膛，興奮地說：

「我早知道你不是懦夫，我們都不是啊！」

「那麼我們馬上回城去！」歐品聰說。

「為甚麼？」

「你不要收拾你的東西嗎？」

「算了，還收拾甚麼！」

「怎麼啦！」

「我不是已經把自己帶來了！」劉琤傲然地說。

「聖珂，你以為連長會不會……」歐品聰憂慮的聲音。

「到黑林舖再說吧！」范聖珂略一遲疑，隨即挾著他們的手臂。「我想連長一定會答應的。」他們三人緊緊的拉著手，勇敢地邁開步子向前面走去……

後面的天角，已經隱隱透亮了。

風，在壙野上吼叫著。

第二十二章

一

一九四二年的一月下旬。

戰爭在激烈地進行著……

珍珠港事變的第二天，日軍在馬尼拉西南的魯班島登陸。十日佔領呂宋島的北部。二十日岷答峨島達佛港陷落。四日後，日軍在強大的海空軍掩護下，登陸仁牙因灣，以及馬尼拉港東南阿提摩南以北三十里的毛班，企圖直撲馬尼拉。二十五日，美菲聯軍大反攻，反被北路日軍輕捷部隊與輕坦克部隊挫敗，以致馬尼拉在南路日軍由阿提摩南夾擊下，陷在鉗形的夾口裡。

於是，麥克阿瑟將軍指揮的美菲軍隊，退出馬尼拉及加維特港，退到巴丹半島與柯里幾多要塞，展開菲島的最後據點保衛戰。

而在香港方面，英軍祇支持了十八天，終於在聖誕樹上五色燈光閃耀的晚上，這顆東方之珠已屬於另一個新的主人了。

二

在滇緬國境邊緣。

一月快過完了，晴空碧藍，像初夏一樣溫暖。

原野上，微寒的風吹拂著。它輕輕地拂過遠處的竹林、草場、小河。魚在河心跳躍……

朝陽將天角和河水，染成一種令人愉快的、夢幻般的紫羅蘭色。樹叢背後顯得陰暗，四週籠罩在透明的薄霧中，沉靜，幽遠。前面的山巒，林木迷濛如帶，隱隱聽到晨鳥的啼叫……

他們在河岸上，將身體深深地隱沒在一條乾涸的、晨風吹拂不到的小旱溝裡。他們是機槍連第三排的士兵，今天他們獲得半天的閒暇，洗滌他們的衣服。

潮濕的襯衣、內褲，和那些破得不能再破的襪子，掛滿岸邊的小樹枝，或是在草地上。他們和其他一般隊伍一樣，補給是很壞的，通常在夏天才領到去年冬天的棉軍衣，冬天卻發來不能禦寒的單衣；所以，他們能在這個天氣穿著棉衣，已經算是很幸運的了。不過，軍服縫製得很壞。裡面的棉絮，已漸漸墜到下面來，以致棉衣的上面是空的，下面卻顯得很臃腫。他們常常要將它倒過來，用力地抖著。除了一套破舊的棉軍服，他們僅有一套發黃的粗布襯衣，當他們要洗滌這些發臭的衣物時，就必須在身上脫下來，洗淨曬乾了再穿上去。現在，風吹得的確有點兒冷，所以都躲在這條不大寬闊的小旱溝裡。

太陽升上來了，霧靄消溶在清新的氣流中。

小旱溝西端，有幾個士兵，已開始脫下他們的棉軍服，仔細地在那些線縫裡捉虱子，用大姆指的指甲擠破透明而呈橢圓形的虱卵。

第九班的那個方臉中士班長邊捉邊數著：

「哦，哦，十八……十九……二十……」他用起著小紅疹的粗手臂，碰碰身旁的副班長說：「老田，你捉了幾個？」

被稱為老田的副班長，正反手抓背上的癢。他的面色微黑，鼻樑扁扁的，嘴厚而闊，雖然已經快三十歲了，還常常用衣袖去揩鼻涕。他是貴州西北一個小縣份裡的鄉下人，方臉的陳班長有時為了表示親暱，叫他一聲老田，大多是隨著士兵們稱呼他的諢號：「苗子」。

「苗子」憨直地向陳班長看了一眼，傻笑著說：「多得很呢，又肥又大——我忘記數了！」

「二十四……二十五……」中士班長繼續數著。

「我的乖乖！咱們身上，快要變成動物園了。」劉琤使勁地吐一口吐沫，在鞋底揩拭指甲上的血跡，調侃地，說：「總有一天，大頭蒼蠅也要在咱們身上下蛋的。」

「嗯，一定會。」歐品聰應著。他伏在草地上，凝神瞧著旱溝裡的同伴，不時回過頭來，看看樹枝上的衣服。

范聖珂在他的身旁。他舒暢地將身體靠著溝壁茂密而柔軟的草茵，合抱著手，軍帽低低地壓在額上，眼睛像是要想窺透些甚麼似的瞇著。無疑地，他珍惜著這半天的空暇，讓心靈在這靜謐中，慢慢地回味著那已逝去的歲月：去想想那溫暖的家，以及那個美麗的戀人……他在想，春天，海防的鳳凰樹已經開始發出嫩綠的新芽，父親大概又每天忙著到碼頭去點收玉蜀黍和接洽定貨了；母親呢？大概管理這個家之外，又得分出一些時間來祈禱——他繼續想：想河內吧！小貝爾家的週末舞會，恐怕是不能再舉行了。那麼小貝爾，艾塞克和羅契爾他們現在又怎麼樣了呢？已經進入集中營？抑或——噢！不會，報上曾刊載過自由法軍在滇西的消息，或許他們已經退入中國了。啊！差點兒忘了，蓮黛安曾經說過她的叔父是滇越鐵路的幫辦，而且她的父親準備舉家遷入雲南的……想著，想著，紅河的流水彷彿又在他的眼前浮動起來。他隱隱地聽到流水的低語，是那種荒謬而詭譎的聲音啊！姨媽的眼睛，烏牙，亞里，都在他的記憶裡閃現出來了。漸漸地，這些印象開始糢糊，變形，而溶合於一片黑暗裡。接著，谷蘭在黑暗中出現：蒼白的臉，幽怨的眼睛，沉肅的唇角；她靜穆地向著前面崗頭一條通到那幢灰白色的神道學院去的小徑上走著，風和徑旁的樹枝扯碎她的衣角……

「啊！你不能！不能！」他不由自主地失聲叫喊起來。

「怎麼了？」歐品聰慌忙伸手去，壓住正欲躍起的范聖珂。

他昏惑地重又倒下來，那是一個幻象啊。當眼淚沿著臉頰滑落下來的時候，他才知道自己哭了。

「怎麼，你哭了？」歐品聰返身跳進旱溝，輕聲問。

「啊，不，不是。」他慘然地浮起一個生澀的笑，將頭垂下來。

「你在想家？」他低促地問。

「……」

歐品聰沒趣地回過頭，在耳邊抽下一根嫩草，放在嘴角輕嚙著。半晌，范聖珂深沉地吁了口氣，含糊地自語著：

「我在想一個女孩子。」

「是愛人？」歐品聰偷窺著他，故作輕鬆地問。

「嗯……」他迂緩地重複道：「是愛人。」

「她一定很美麗。」

「嗯……很美麗。」

「在哪兒？」

「在越南，紅河的旁邊。」

「她不給你寫信嗎？」

「是我沒給她寫信，在越南的時候。」

「那麼，你回國後就該寫信給她呀？」

他的臉隨即陰暗起來。停了停，他繼續說：

「我曾經寫過許多信給她，同時，我也收到……許多信！」

「那不是很好嗎？」

「可是……」他用冰冷的聲音回答：「那些信是無法寄遞而退回來的。」

「……」

「三十四……三十五……」班長喃喃地數著。

「好呀！一堆三個。」

劉琤也跟副班長一樣光著身體，將棉褲脫了下來，馬尾草在逗他發癢。旱溝那邊的人，擠做一堆在打盹。二等彈藥兵張洪光，一邊運用他那笨拙的手指，在襯衣領口上拉著針線，一邊低唱著一些過了時的，陳舊的軍事教育歌。他是一個身材短小，刻苦，有點憨氣的人，從來不發脾氣。如果說因為他是一個二等兵的緣故，那麼這個猜想是錯了。據他說——沒有甚麼比他說的話更真實了——十年前，他已經在張發奎的部隊裡當上士班長。的確，他的動作和兩聲「立正」「稍息」，要比苗子強得多。所以在出操時，他總是被叫出來示範的。那個時候，他便會紅著臉在排尾走出來，凜凜然地做著那些熟練的動作，倘若士兵因此而取笑他，他最多也不過似笑非笑地將那上面長著幾條鼠髭的嘴唇微微裂開而已。當范聖珂、歐品聰和劉琤在那個晚上趕到黑林舖之後，少校便將這三個「老百姓」插進第九班：因為出發前碰巧有兩個士兵開小差，另外一個患惡性瘧疾死亡，他們正好補上這個缺。機槍連按編制是三排九班，每班有德製馬克沁重機槍一挺，可是在半年前一次戰役中毀了一挺，直到現在還沒有補充起來。這樣，第九班便無形中變成補充班了。平時，連長總是命令張洪光抽空給這三個老百姓上特別操。當別人休息的時候，他便神氣活現地站在他們面前，高聲喝著：「槍上肩」「槍放下」的口令。

現在，張洪光將縫補好的衣領套在膝蓋上，拉拉平，有點忘形地用他那平板的嗓調唱起來：

步哨手中不離槍。

眼睛直視正前方……

「張洪光！」班長不耐煩地瞟他一眼，叫著：「這些聽了就想睡覺的歌，留著晚上唱吧！再唱我就揍你！」

「真的，討厭死了。」苗子附和著。

「好，我一定不唱。」他諂媚地裂開嘴，央求道：「那麼讓我唱一個……『大刀向』吧！」

打盹的給鬧醒了，眼睛半開半閉地盯住他，粗野地說：

「滾你娘的臭蛋！你再唱，老子就把你扔進河裡去！」

「呃，朱金寶說得出，做得到，不信你就唱唱看……」另一個威脅地補充著。

「好！一定，我一定不唱。」他聳肩笑笑，低頭縫他的袖口。然而，不多一會，他又不由自主地輕聲哼起來……

……

張洪光的歌聲漸漸低沉，依照他的習慣，在他要想結束的地方拖長幾拍，這支歌便算是唱完了。然後將針線小心地別在軍帽裡面。他做事十分謹慎，這是誰都承認的：雖然身上的棉軍服已經髒得像抹布，但他的領口，卻永遠墊著一塊潔淨的白布條，從來不會忘記扣上風紀扣。帽子總戴得端端正正的，帽沿每邊「空三個手指」。現在，他跨出旱溝，去替別人翻動樹枝和草地上的衣服，再伸伸懶腰，然後跳下旱溝，在劉琤和范聖珂之間的空隙處，促膝坐下來。突然，他感到無聊，很想跑過去替朱金寶挖挖耳朵，但，他想起剛才對方那副「吃不下，吞下」的神氣，又打消了念頭。

「老劉！」他忽然向劉琤說：「你說英國人甚麼時候才讓我們入緬甸？」

旱溝裡的人馬上對於這個問題發生興趣，中士班長緊接著說：

「媽的！在這兒待命已經快半個月了。」

「大概要咱們把虱子養肥了，才給我們進去吧！」

「奶奶的，不然老子們正好趕上第二次長沙會戰！」朱金寶坐起來，睜著脹滿了紅絲的胡桃眼，暴燥地叫著：「整天待命，待命，待他媽的命！」

「打死了拉倒，就是這種洋罪受不了！」

「尤其是在這種鬼地方，女人都沒有一個。」

咒罵聲沒停，各人發表著各人的議論，歸根結底，他們寧可原諒這個地方沒有女人，也不肯減少對英國人的詛咒。

「說了半天，究竟甚麼時候才能入緬甸呢？」張洪光這時才找到說話的機會，將話題由擺夷女人身上拉回來。

於是，大家都緘默了……

范聖珂靜靜地站起來，他和歐品聰談到谷蘭之後，便一直沒有再說話。現在，他以一種憤慨的聲調說：

「等到英國人知道自己不中用，等到緬甸淪陷，我們就可以進去了。」

第二十三章

一

在國境線上待命了二十五天的第五軍，終於接到英國人要求火速入緬救援的請求。這是二月的中旬，當仰光告急的時候。

半月前，英方派遣第六軍四十九師和九十三師入緬，協防緬東泰國邊境。但，由前越南派遣軍司令飯田祥二郎指揮的日本第一五〇、十八、三十三、和五十五師團，共擁有十萬裝備優良的皇軍陸戰隊，在元月底攻佔莫爾門。接著，在二月八日的深夜，強渡薩爾溫江。同時，第五十五師團全部組成快速部隊，控制了仰光。

這時，紳士們張惶失措了。英軍司令亞歷山大將軍和他的幕僚，經過一次僅有五分鐘的軍事會議，不得不尷尬地用急電請求屯集在緬甸邊境的第五軍入緬增援。然而，這個「聰明的」決定已經太遲了。當第五軍的先頭部隊抵達臘戍時，仰光已經在燃燒中了。城的四週，升起濃黑的菌形煙柱，甘肅油礦局的器材，幾千輛裝滿軍用物資的西南運輸處的新卡車，以及八萬多桶的汽油，在火焰中焚燒著，爆炸著。

英國人並沒有將這些物資計算在他們的損失上，因為這些都是中國政府根據租借法案[1]向美國訂購的。在仰

1　租借法案：自法國戰敗之後，英國在歐洲的地位，日見微妙。其後，巴爾幹戰爭結束，英國在歐陸更無立足之點。地中海東部，以及中東、近東，均岌岌可危。英國倘若戰敗，則西半球亦將受德義的威脅，這是美國來自大西洋的威脅。在太平

光聽見砲聲之前，英軍已經安全撤退了。在撤退前，如同他們在新加坡撤退時一樣，實施「焦土政策」，故此，他們祇不過損失一個屬於緬甸人和幾萬華僑的城市。那不能算是太嚴重的，世界上還有許多太陽照得著的地方！

二

第五軍二百師越過瓦城——曼德里，向仰光推進。

情況沒有比這條公路更壞的了。混雜，紊亂，騷動，癲狂。撤退下來的英軍軍用車輛像一條淺而湍急的激流向後方流著。引擎蓋，駕駛室外的腳踏板，甚至堆疊得不能再高的帆布蓬，都爬滿了人。車上的人蓬著頭，鬍髭快要遮蓋住他們那瘦削而深鬱的臉，疲乏地垂著頭。一輛卡車的前輪翼上坐著一個腿上受傷的少尉，他將整個身體伏在引擎蓋上，雙手緊捏著前燈的鐵環，腿垂在車邊；傷口的血滲透了那條腳管旁已撕裂的長褲；血漬已經變成紫黑色，而且被厚厚的灰塵糢糊了。軍官們丟了軍帽，肩章已經脫落，敞著衣襟。如果車輛不被前面徒步的人扔在地上的雜物所阻礙，而使車上的人跟著顫動的話，他們就更酷似快要陳腐的屍體了！但，倘若是在英倫，情形又該兩樣了。他們是大學生，商店職員，醫師，小商人，或者有些還是承襲爵位的紳士。可

洋上，德義日三國同盟條約使歐亞戰爭混而為一。中國若不幸為日本征服，則美國在太平洋上，亦將遭受極大危險。美國為將來能同時對付這兩個危機起見，除掉兩洋海軍而外，並須積極援助中英兩國。所以美國政府擬定了一個租借法案，於一九四一年一月十日由參議員巴萊與眾議員麥柯馬克，分別向參眾兩院提出，經議會修正通過。三月九日，民主國援助法乃由羅斯福總統簽署而成為正式法律，並立即付諸實施。

是，戰爭使他們變了形。拿目前的情形來說，簡直就是一堆在呼吸的木乃伊。那麼灰黯，沉肅，猶如許多掛在馬車上的風雞，搖晃著……

野戰砲隊的車輛走完了，後面是一群群和部隊散失的小隊伍。他們的腳沉重地在路上拖起灰塵，沿路解下子彈盒，背囊，空水壺，上衣，甚至塞滿了泥土的自動步槍也拋在路旁。他們悽惶地向曼德里撤退。其中有不少負傷的，由人攙扶著。再後面，便是許多跟著撤退的難民。

公路上瀰漫著令人窒息的塵土。喇叭聲，金屬撞擊聲，咒罵聲，還有使人戰慄的呻吟聲。

一個瘦弱的中士伍長突然倒在路旁，痙攣著。一個救護隊員靜靜地在他的身旁過去。

二百師迎著這些退下來的英軍沿著公路向仰光前進，翻譯官不斷地向他們探聽前面的情況。

「日軍在……啊，大概在同古外圍五十里吧！」一個赤裸著上身的士兵為難地回答：「第二線和砲隊撤退了，我不能守住塹壕，不是嗎？上帝會原諒我，我總不能讓日本人剝我的皮呀！」

「很難說，恐怕日軍已經佔領同古了。另外的我不能告訴你，我們接到的命令是撤退。」這是一個矮小的少尉通訊員的回答。

「噢！你們不能再看見它了！」肥胖的中校聯隊長並沒有還禮，他將翻譯官的水壺喝乾以後，虛張聲勢地叫著。同時，在遞給他的煙盒裡貪婪地拿了幾枝煙，立刻點起一支，深深吸了一口，說：「我是最後離開同古的，呃……」他拍拍腰帶上的手槍：「我用這傢伙打倒幾個鬼子。呃，三個以上，這是最保守的估計……」

「如你所說，日軍已經逼近這兒了！」翻譯官關起空了的煙盒，謹慎地問。

「呃——唔……」他含糊地咕嚕著，轉身走了。

二百師仍然向著情況不明的同古前進。

最後撤出同古的英緬軍狼狽地過去了。那些戴著寬邊呢帽，腰上繫著一把月形緬刀的土著軍，不解地瞠視著這些迎面開向同古前進的中國軍隊，間或有幾個還打著一些不必要的手勢。那實在是一件頭痛的事情，二百師無法在他們那兒獲得較確實的消息，隊伍仍沿著公路前進著……

「我們不會走進鬼子的袋口吧！」連附張雲東喃喃自語。眼睛在那頂德式鋼盔下面瞇成一條縫，一種森嚴而多慮的光芒在裡面透射出來；眺視著前面寂靜的，在陽光下閃耀的原野，茅屋，以及樹木密茂的小山崗。

他的身材不像一個南方人，高大，闊肩，凸出的前額與雙顴之間藏著一雙威嚴的眼睛；濃黑的眉毛不時聳起來，垂直的鼻子下面，除了兩片血紅的嘴唇之外，該全是屬於那些被剃得發青的短髭了。他很少在別人面前露出笑容，他的神情和他那蠻橫的個性，一樣使人無法察知。他是機槍連的連附。在平時，連附是負責教育的。而他對於任何事情都一絲不苟，所以士兵們對於他，實在是太壞了。他們都稱他為「狗熊」。這個名詞在軍隊裡就和「寶貝」一樣，有著幾十種不同解釋。不過，形容他卻似乎很恰當。當那三個「老百姓」補進第九班以後，他處處為難他們。他常常在張洪光替他們三人上特別操的時候，悄悄地站在一旁監視著。如果他們的動作太遲鈍，或者不正確——尤其是操慢正步，他便氣勢洶洶地跑過來，用力將拳頭捶在他們的胸膛和肩背上，喊著「重來」。直到他認為滿意為止。現在，隊伍走過一塊青石路碑，上面刻有離同古二公里字樣。但，四週的靜寂使他懷疑起來，於是他又重複地喃喃著：

「我們不會上鬼子們的當吧！」

「絕對不會，」連長回答：「在未和我們接觸之前，鬼子們怎麼也不敢分散正線的兵力的。那可不是一樁好買賣呀！」

爬過小崗頭，同古在前面出現了。紅色的鐵皮瓦，葱籠的樹木，耀眼的白堊粉牆；前頭路邊有幾個小黑點在蠕動，尖兵已經進入同古市街了。方漢夫連長命令第二、三排停止前進，在同古外圍選擇陣地；同時，命令跟隨斥堠班進入同古的第一排，在探明情況之後，立即發出信號。

機槍在一個最迅速的時間依著地勢支架起來。連長和「狗熊」蹲在一個小丘後面。

少校放下他的望遠鏡，看看腕上的手錶，急燥地抱怨著：

「那些王八蛋！比兔子逃得快，日本鬼子都趕不上吶！」

「我敢打賭他們在同古沒有放過一槍。」連附接著說，他彷彿等得有點厭煩，微微伸直身體：

「如果鬼子知道我們摸進同古，離他們還有幾千里，嗯！說不定還要遠一點，這一副提心吊膽的樣子，真不知要笑成甚麼樣子。」

十五分鐘過去了。

突然，一個燃燒著的綠球，在同古的市街上升起來。

「繼續前進！」連長站起來，大聲命令著。

他們沿著公路，進入空虛的同古。街道上，百葉長窗和木門緊閉著，偶爾在漆黑的門裡，走出一隻餓得發慌的貓，驚惶地躲在門邊，向街心張望。路上鋪滿了在倉促間遺下的物件：張著口的衣箱，皮鞋，帆布囊，嬰兒的搖車，雨傘，衣服，和那些骯髒的炊具。

隊伍急速地越過那些癱瘓而死寂的街巷，走出了同古。正當繞過右旁一所矗立著金黃色佛塔的寺院時，前面槍聲響了。接著是一排排緊密的機槍聲，而且，很清楚地聽到日軍所使用的三八式步槍的回響……

「散開！建立陣地！」連長機警地跳下一條壕溝，指揮著。

槍聲愈來愈猛烈，斥堠班和第一排開始向後撤了。當他們搜索著前面的高地時，便遭遇著一隊敵人的搜索兵。

於是，戰鬥在同古外圍展開了。

三

澄黃中透著紫羅蘭色的霧靄，在前面高地的背後，漸漸減退它的色澤，在遠處，穿過那些被彈片劃破和砍斷的小樹枝，隱隱地窺見日軍的陣線，在黯淡的黃昏中，急激地移動著。火力密得使人無法抬起頭，祇聽見身旁的泥土被子彈擊中而發出一種叩擊墓門似的響聲。

「他們像是在撤退呢！」連附用左姆指頂起額上的鋼盔。

「不會！」連長肯定地欠身在小丘背後站起來，凝視著小土崗，說：「咱們的地形太壞了，他們祇要一排人，就可以守住高地的隘口……我看，恐怕是他們的主力趕到了吧！」

「嗯……已經七個鐘頭了。」連附跟著站起來：「如果這樣下去，明天早上他們準會向我們猛攻的。」

「說不定還要早。」

「你說他們會在今夜……」

「嗯……」連長咬著上唇應著，隨即返身走進掩體裡。

……

似乎要比連長的預測還要早，在同古以及它週圍的原野沒入黑暗的時候，日軍小口徑的速射野戰砲已經在陣地和第二線上爆炸了。這種戰術顯然和他們的習慣不同，因為這是一個極不利於攻擊的時刻。

泥土，木屑，在煙塵中飛揚。重機槍在接著一次要打完一排彈帶的長射擊……

屬於第一營的步兵第二連在左翼，和他們機槍連一樣，已經開始向後運送傷兵了。機槍連第五號機槍燬了。陪葬的是第五班全體士兵。火線上火力愈來愈激烈，倘苦在三小時內不能將它壓下來，恐怕將要發生肉搏戰了，因為雙方第一線的塹壕幾乎要接近手榴彈投擲所及的距離。而五九九團的第二營，山炮連及迫擊炮連卻被混亂的英軍阻塞在離同古十餘里的山道上；先頭後援部隊在計劃渡河，橋已讓敗退下來的英軍破壞了。

連長放下話筒。左翼的情勢很壞，那個暴燥的第二連連長，用沙啞的聲音要求他撥調兩挺機槍。他憂戚地咬著嘴唇，目光如炬。照明彈的火焰舐吮著發熱的槍管，充血的眼睛，和那些倒在彈坑邊冰冷的屍體。

驀地，一個黑影踉蹌地由掩體外衝進來。

「報，報告……」他乏力地將身體靠向邊上的土堆，痛苦的喘息著說：「排長……排副……陣，陣亡……」

那個人猝然倒在地上。

連長急忙跪下去，將他的身體扳轉過來，在黑暗中低促地問：「你是第幾排？」

「……」沒有回答。

「第幾排？」他搖撼著他的身體。

「……」

照明彈又在空中燃燒起來了。慘澹的光芒在那個士兵慘白而被扭曲的面孔上跳躍著，連長的手上身上沾滿了血漬，血還不停地從他那破裂的衣襟內滲出來。連附伸手將他垂在肩上的頭扶起，又讓他回復原先的模樣。

他痛惜地說：

「啊，是三排的朱金寶！」

「那麼……」連長霍地站起來，卻被連附阻止了。「讓我去！」他說。

然後提起身邊的木殼槍，低頭走出掩體，向交織著火網的陣地上爬過去……

第二十四章

一

他們在喪失理智的英軍破壞鐵橋之前過了橋，但不知道半小時後第二營被阻在河對岸。輸送連除了給他們補給不太充分的彈藥和幾箱手榴彈之外，還給他們帶來一個值得欣幸的消息。那是說：祇要他們能夠支持兩個鐘頭，援軍便可以趕到增防了。

營長命令道：寧可留給第二營一個空戰壕——就是覆沒的意思，也不能退。因為增援在撤退以後，往往是無濟於事的。

一小時在機槍連傷亡慘重的情勢中過去了。

一個半小時過去了……

現在，已經是接近第二營趕到的時刻了。日軍曾經有兩次以上向第一營的核心猛撲，而衝過來的日軍卻一個接著一個地在機槍的掃射下倒下去，倒下去……雖然連附已經負傷，第一排排長和第三班正副班長陣亡，負傷的槍手已經用他的左食指扣扳機了，他們仍堅守著這條塹壕。

突然，一個使人驚駭的事情發生了。三八步槍的槍聲在火線右側的佛寺中響起來。被包圍了嗎？除非鬼子們繞過這個土崗。然而在這沉黑的夜晚……顯然是不可能的。

這實在是一個不可解的迷惑。

連長立刻命令右翼的第一排緊縮成一個半弧，致使他們不得不減弱正面的火力。這種情勢，假如再不能獲得有力的接應，恐怕真的要給第二營留下一條空的戰壕了。

在掩體的入口，連長用手彎去抹著額上的汗，磨著牙齒，心中異常焦燥。「狗熊」吊著用綁腿包紮著的左胳膊，凝視著他好一會，才用沉重的聲音說：

「我們準備留給第二營一條空戰壕嗎？」

「我沒有考慮過撤退！」連長厲聲回答。

「其他的辦法呢？」連附試探地問。

連長沉默地移開眼睛，眺望著寺院和佛塔的黑影。連附說：

「假如我們不設法殲滅寺院裡的敵人，那麼天亮之前，我們留下的空戰壕不是給第二營，而是給鬼子們了！」

「哦，你想……」連長回頭懇切地注視他。

「給我一挺輕機槍！」他堅決地請求道：「幾個手榴彈和一班人！」

「你不能去，你已經掛彩了！」

「但是我還沒有死！」笑意在他的唇角浮現起來。

他們互相默視片刻，然後一同彎身向第三排的陣地走去……

二

「給我一個機會，連附！」當連附決定派第八班襲擊佛寺的時候，范聖珂舉起他的手，懇求著。

「還有我！」歐品聰和劉琤的聲音。

「不成，你們是新兵！」連長沉下臉，反對著說：「這可不是鬧著玩兒的。」

「除非我們缺乏這種勇氣！」范聖珂不以為然地叫著，忘了一個士兵對官長說話時應有的禮貌。

「打仗並不是光靠勇氣！」

「那麼留我們在這兒又有甚麼用呢？」范聖珂接著說：「現在每個班裡都需要人；讓我們去，還可以省下三個老兵來補充。這樣總比等死好得多吧！」他並不因連長的迫視而在他那嚴峻的眼睛中移開，他理直氣壯地大聲說著，最後，他熱望地緩和下來：「連長，讓我們去！或許我們的運氣還不壞呀！」

連長緩緩地將手放下來，拉拉腰帶，終於深摯地笑了。

「好！我給你說服了——不過，可要當心啊！」

砲彈在空中拖著一個悲慘的尾音，落在他們後面不遠的樹叢中，爆炸了。翻騰起來的枯枝和泥土，散落在他們的頭上。接著第二砲……第三砲……

五分鐘後，臨時組成的突擊班爬出塹壕，向後面公路邊匍匐過去……

子彈在他們的頭上嘯叫。

連附在前面。為了減少左臂因磨擦而起的痛楚，他側著身體，困難地在路面上伸著他的右手拐，所以他不得不將力量加在左腿上。後面是班長蔡忠和那個喜歡替別人起諢號的副班長羅福剛。他們不時停下來，回頭看看落在後面的高個兒楊明傑，三個「老百姓」和其餘五個士兵。他們要想從同古市街的邊緣越過公路，然後繞過一片稻田，再爬近佛寺的後院。以後呢？他們完全沒有想過，祇是直覺地意識到該怎樣平安地穿過公路和毫無掩蔽的稻田。

當第一聲槍聲在高地上發出，這三個「老百姓」正在隊伍行進中。那時他們所感受到的驚慌正如每一個初上火線的士兵一樣。但在一個極短的期間，又平復下來了。及至第一排和斥堠班在高地上退下；及至他們的同伴在一個短短的呻吟聲中倒在他們的腳邊，一切官能的反應似乎在他們的身體上已經麻痺而鬆弛了。於是他們匆匆地將這個在幾分鐘前曾經在詛咒，或者還在講笑話而現在放棄了一切權利的同伴移向旁邊，然後補充著這個可能在一瞬間便要更換的位置。在那時，他們所能意識到的並不是「死」，而是怎樣地「生」。但，求生並不是怯懦。——現在，他們三個人匍匐著，跟在副班長的後面……

日軍機槍一次長射擊剛剛終止，他們敏捷地衝過被火力封鎖的公路，悄悄地爬過五百碼寬闊的稻田，集中在寺院背後一條溝壑裡。屏息了一會，連附沉下聲音說：

「他們祇有一挺輕機槍，彈藥一定很缺乏，你們聽，從來沒有發過十發子彈以上的長射擊。」

「我想：最多也不會超過五支步槍。」班長接著說。

「他們究竟是甚麼人呢……」

「管他！總之是敵人，那是不會錯的。」連附將木殼槍換上一個塞得滿滿的長彈夾，抬起頭命令著：「現在，我們分三路圍過去。蔡班長帶劉琤，歐品聰和這兩個弟兄向左面土牆搜索過去，羅副班長帶他們沿著水溝轉到右面竹林下面；楊明傑和范聖珂跟我來。如果發現了他們，千萬別開槍，扔手榴彈就夠了，聽見我的槍聲再衝進去。好，散開！」

他們隱沒在黑暗中。

風不安地從高地上挾著難聞的火藥氣味滑下來，騷動著佛寺右側的小竹林。神秘的射擊者在佛寺的前院散落地向著機槍連的半弧形陣地發射。正線的火力漸漸緩和下來了，但，速射野戰砲正瘋狂地吼著，爆炸的閃光染在佛塔圓頂鍍金的飾片上。

跨過一條矮竹籬，在空中發出一個閃光之前，連附機警地躲在一條粗木欄後面。楊明傑提著彎彈夾的輕機槍，同樣地走了過去；范聖珂正要舉步，前院發出一聲猛烈的爆炸聲，繼之而起的，是痛苦的呻吟，和忙亂的腳步。

在這種情況下，他祇好將身體掩藏在籬旁幾株小樹後面。他看見連附和楊明傑的身影已經走過小道，而且伏在佛塔的石階上了。隨即，火光在他們的槍口噴吐出來。顯然的，他們已經發現他們的獵物了。這時，土牆和小竹林接連發出槍聲。

連附在石階上緩緩地將身體抬起來，但，一個龐大的黑影，在佛塔的另一端，蠕蠕地走近他的身後，而他並未發覺，還在凝神於前院平臺上頑抗的幾個神秘敵人。聖范珂要想叫喊，然而，已經遲了，黑影已經舉起他的手。在這間不容髮之際，范聖珂匆遽地舉起槍，幾乎是與槍聲同時，黑影和連附的身體一起滾跌在石階下……

砲聲沉寂，槍聲又緊密地在火線上響起來。

照明彈又升起來了。范聖珂瘋狂地向佛塔飛奔過去……

連附俯伏在階石上，鮮血從他的肩頭迸流著，身邊橫著一把沾滿血漬的緬刀。下面倒著一個披著黃袈裟的緬甸僧人，他的頭貼在平臺的石板上，不住地在血泊中擂動。

范聖珂撲倒在連附的身邊，扶起他的身體。

「連附！連附」他喊道。

「當心背後！」驚魂甫定的楊明傑回頭警告著他：「他們會當你做活靶子打呢！」

「……」

照明彈熄滅在遠處樹叢的後面，一切都沉沒於黎明前深沉的黑暗裡。范聖珂將連附的身體倚靠在那個僧人的屍體上，然後拿下他手上的木殼槍，向佛塔的左端繞過去……

在十分鐘前，羅副班長在小竹林下，正對著佛院前的幾個黑影發楞。因為他們之間有一個手榴彈投擲不到的距離。驀地，手榴彈的爆炸聲響起來了，破片飛掠過他們的頭頂，接著，佛塔下面的輕機槍吼起來。

「上去，哥兒們！」他首先爬出竹林，輕聲向身後的同伴說。

神秘的敵人被包圍在核心了，正當他們得意忘形地向著機槍連的右翼騷擾時，蔡班長的手榴彈已經離開他的手，落在他們的面前，將半數以上超度到西天了。其餘的陷在驚惶紛亂中。緊接著，緊密而灼熱的機槍子彈已經貫穿他們的腦，罩著「慈悲」的黃袈裟的胸膛，以及緊握著三八步槍的臂膀。其中一個可悲的幸運者，悄悄地爬開這死亡的前院，向佛塔的另一邊摸過去……

接著，緬刀在連附的背上重重地砍下來。他完成了「最後的傑作」，倒在連附的下面。

現在，佛院外面的伙伴們一步步地收緊這個袋口，剩下來的幾個僧人躲在那些屍體和石杆之間頑抗了幾分鐘，相繼地退出前院，向佛塔左面唯一的退路衝過去……

范聖珂離開連附，他的內心被強烈的復仇火燄燃燒著，一種野性的激動使他昏亂地向這條路摸索過來……逃亡者的背後突然發出槍聲。

「啊呀……」走在後面的一個沉重地倒在平臺上。

「站住！」范聖珂向前院退過來的人影喝著。食指緊扣在扳機上。

沒有回答。那幾個僧人怔了一下，繼續向他站立的地方撲過來……

節奏單調的聲音，在他緊挾在腰間的木殼槍的槍口迸發出來，火舌舐著外面的黑暗。

突然間，沉默。

寬廣的寺院又沉寂下來了……

前面火線的上空又升起照明彈。班長和副班長等九個人同時進入寺院。

他們回到連附的身邊。創口上流下來的血已經將那個屍體上的黃袈裟染紅了。連附疲乏地睜開失神的眼睛，瞠視著空中的火球。面色灰白，沒有血色的嘴唇不住地顫抖著，似乎盡力想笑。

「我聽見槍砲聲，也聽見寺院的鐘聲。」沉默了片刻，連附嗄聲說。聲音出奇的平靜，使人不敢置信，這是由一個負傷的人在垂死前說出來的。「生命是那麼短促，但，每一瞬都是永恆。我的母親是一個虔誠的佛教徒，而我卻說除了真理和自由，我沒有信仰……現在，我選擇了這塊她的信仰所寄託的地方……」停了停，他困難地向他們環視一週，繼續說：「你們走吧，連上正需要你們……」

「連附，我們該留下人來照顧你。」

「走！一個也不許留！」他激動地叫喊著：「知道嗎？這是命令——走！」

「是！連附。」蔡班長和他們一起站起來，向他敬禮。然後走出前院。連附在他們的身後用別人聽不見的聲音說：

「我要看著你們走。我想，我應該留在這個地方。」

照明彈熄滅時，連附的頭垂向右肩，嘴上留著一個滿足的微笑，死去了。

三

突擊班返回陣地後，機槍連重又伸直右翼的半弧，增強正線的火力，但，祇剩下一排人了。連長一面包紮被破片擦傷的左手，一面咬著牙根，充血的眼睛向微微發白的天角凝視著。

第二排排長蹶著腿走近他的身邊，憂慮地說：

「彈藥快完了，我們連一個手榴彈都沒有。」

連長將眼睛移到他的臉上，肅穆地諦視了一會，堅決地說：

「無論如何咱們也得守到六點鐘！」

「假使……」

「沒有假使！」連長嘶啞地宣示道：「打完了最後一顆子彈，上刺刀，衝過去！」

……

戰爭進入第十六個鐘頭。彈盒全空了，每挺機槍祇剩下半排子彈，死亡的人數已經三倍於活著的了，他們珍惜地發射每一顆子彈。

但，事情顯然是令人絕望，天角已經透出朦朧的光暈，大地的輪廓若隱若現地在薄霧中呈現，後面的同古以及更遠的公路，沉寂得有如九月的晴空。

經過一次短短的聯絡，第一營的連長們看著腕上的錶，數著：

「三十七……三十六……」

「十四……十三……」

「還有五秒鐘！」連長方漢夫抽緊腰帶，用一種冷酷而凜然的聲音，向陣地中的士兵們命令著：「上刺刀！」

他再回頭注視著身後神態嚴肅的號兵。

「預備……」他叫著。

啊！天！——奇蹟出現了，正當他將要把下面一個字叫出來的時候。信號槍在同古後面的矮樹叢中響起來。

他猛然回過頭。及至他證實眼前的事物並不是幻象時，他的手隨著癲狂地在空中揮動起來。

「噢！上帝！他們總算趕到了！」接著，他抑制著眼淚，悲壯的顫聲在牙縫中迸出：「咱們留下的不是一條空戰壕！咱們還有一排人——一排人！」

第二十五章

一

慘烈的戰爭在進行……

三月中旬，同古保衛戰已連續十晝夜了。

在十八日夜裡，剛由火線上換防下來的五九九團和騎兵團，又被調到庇尤河掩護英緬第一軍的一、二旅撤退。右翼防衛伊落瓦底江的英緬軍的戰鬥力實在使人懷疑，他們擁有兩個步兵師和一個精銳的裝甲兵旅，而仍未能截擊戰鬥力薄弱的日軍第三十三師團。直到第四個早上，才結束庇尤河前敵戰。

同時，獲得第十八師團增援的日軍第五十五師團，傾全力進攻兵力已分散的二百師。拖著怪聲的一五〇公厘重砲，使同古不能留下一尺高的土牆。

初夏的原野罩著黯痖而焦黃的顏色，陣地上蒙著一層沉厚的煙硝；士兵在詛咒著，官長在詛咒著，沒有一個人滿意亞歷山大——緬甸戰區總指揮這種自私、幼稚而近乎愚蠢的戰略。

血戰八晝夜，二百師終於被迫放棄了同古，向平滿納轉移。

從三月的最後一天開始，第五軍參謀部計劃著在平滿納的狹長地帶，來一次決定性的大會戰。同日，新編第二十二師便執行平滿納外圍的消耗和吸引敵人的任務，和日軍第五十五師團週旋了十日；正當時機成熟的時候，右翼英軍突然撤退薩拉瓦，以致右後受脅而放棄會戰。

這是一次最糟的戰役，紛亂的情形使人無法想像。指揮官失去了理智與對情勢沉著果斷的統馭力，友軍失去聯絡，沒有彈藥，沒有糧食。在這陌生國度裡的中國遠征軍，雖然已盡了最大的努力，但，這危局似乎已經無法挽回了。

成群的英國軍隊，緬甸土著軍，和那些包著頭巾的印度孟加拉野戰軍，從那些戰壕，那些村莊，那些離開火線幾十里的城鎮，沿著所有通到後方去的道路奔逃。砲車上擠滿了人，後面拖著的山砲丟了。騎兵零零落落地疾駛而過，衣冠不整，臉上蒙著灰塵……他們在撤退，潰竄，逃亡；他們唯一的任務是破壞所有的橋樑——在他們通過之後，使那些「該死的中國軍隊」，不得不將他們的輜重，自動破壞在河那面……

危急中，六十六軍新編第二十八師及第三十八師入緬增援。第五軍第二百師及新編第二十二師的一部，撤到麥克提拉和雅美丁。第九十六師則留在平滿納拒敵，這樣，情況才漸漸穩定下來。

二

四月二十日，原野在亞熱帶初夏的陽光下閃耀著。沒有風，祇有灰塵和悶熱。

五九九團的士兵赤著胳膊在構築工事。碩大的馬蠅在頭上嗡嗡地震著翅膀。歐品聰將手上的鐵鍬插在地上，緩緩地伸直身體，用手拐碰碰身旁的范聖珂。他躊躇了一下，憂慮地說：

「你以為劉琤會和我們散失嗎？」

范聖珂跟著站起來，用手臂去揩拭額上的汗，用含有些兒憂鬱的語氣回答：

「這很難說，不過他腿上的傷並不太嚴重，假使在這個月內我們不再調動……」

「你以為是這樣？」

「但願如此。」范聖珂微微地笑了笑：「其實，這句話連上帝都不敢肯定。那還要看伊落瓦底江那邊的英國軍隊怎麼樣了。」

「希望他們這一次，千萬別像在平滿納那麼沒出息。」

可是，在半個鐘頭之後——那是說當他們將機槍陣地完成之後，一個使他們聽了破口直罵的命令在長官部發出了。理由十分簡單；因為巴唐告急，所以亞歷山大請求第五軍第二百師，新編第二十二師及第六十六軍新編第三十八師去援救。

「英國軍隊究竟在搞甚麼鬼啊！」歐品聰忙著整理背囊，抱怨著。

「你忘了嗎？」范聖珂惡聲惡氣地揶揄道：「這是他們的習慣呀！不然，戰爭上就沒有「掩護撤退」這個名詞了。」

「這些龜兒子！」

「這一來，劉琤是……」

「聽天由命吧！」范聖珂拍著歐品聰的肩膀，勸慰地說：「或許我們還有見面的機會。」

三

部隊開拔了，五九九團走在新編三十八師的後面……

這實在是有史以來最大的一次惡作劇。也許這就是紳士們在緬甸留下最後的一個幽默吧！而了解這個幽默的；是緬甸悲慘的命運。

巴唐找不著一個敵人。

三十八師越過巴唐。當五九九團抵達時，他們已經佔領仁安羌，救出被圍的七千英國兵。但，就在這個時候，羅依考地區的情勢卻隨著緊張起來了。雖然新編第二十二師尚未開赴巴唐，因運輸困難，無法增援，待二百師由橫貫鐵道線抵達唐吉時，日軍快速部隊的主力已經突破雷姆列，向臘戌挺進了。

臘戌失守，後方退路被截斷，中國遠征軍蒙著恥辱在日軍的追擊和緬甸僧人的突襲殺掠中，渡過伊洛瓦底江，徒步向緬北的原始森林總撤退……

他們離開那些葱綠的山巒田畝，白堊粉牆上蓋著紅鐵皮瓦的小村落；他們的腳在淌過的土地上留著腳印，彷彿是使日後易於找尋似的；他們走著，向著前面那座飢餓、疾病、死亡的黑暗莽林走著。直到他們回過頭來向身後的緬甸原野投出最後一瞥時，他們的眼睛已為淚水所糢糊了。

他們咬著牙，悲憤地從牙縫中迸出他們用血和生命作證的誓言：

「我們還要回來的！」

第二十六章

一

行列在沉默中進行……

這一條堅強的人流，蘊蓄著仇恨，走向緬甸北部蔥鬱而詭譎的森林，如同在可悲的暗窖中，蠕蠕地探索著……

他們懷著一個共同的意志和信念，默默地走著。五月的烈日在他們的頭頂上蒸曬，沉重的背包和胸前的子彈袋使他們彎垂著肩背，被堅硬的皮鞋磨起水泡的腳在地上拖著，揚起一片令人嗆咳的塵土：有幾匹背上堆壓得滿滿的騾馬，走在他們的中間……

他們有半數以上是屬於第五軍新編第二十二師的，還有些是與部隊散失的友軍和難民。其實，部隊的官長在戰爭的潰退中，對於士兵並不能起甚麼作用，在這個行列裡，沒有團，沒有連；沒有官長，沒有命令。一切都憑著個人的自由意志去決定。雖然這樣，他們依然是合為一體的。那是指他們會自動地輪流著替走在前面揮著緬刀開路的同伴接換這份工作。因為前面沒有道路，他們祇執拗地憑著一張摺縐的軍用地圖上所指示的方向前進。他們相信總有一天會跨越這佈滿死亡的野人山，到達印度，在數天前，他們的部隊原是按著計畫，向滇西國境撤退回國的，然而，當他們抵達邊境時，戰局的急轉使他們驚愕，敵騎已經在怒江西岸出現了；所以他們祇好轉道向印度撤退。於是，亞洲地圖上那條劃著曖昧虛線的中緬未定界——山勢陡峭的庫芒與傑布班山之間，透出一道舉世矚目的光輝。

日子緩慢地在他們的腳底下爬過……

第二十日。雨，已經接連下了五天，從來沒有停過。雨點從那鉛灰色的像殮衣般愁慘可佈的天空飄落下來，再透過那層罩著密茂而高大的橡樹枝葉，落在那些陰濕的草叢裡，落在那些潤葉齒邊的植物上。吸血的螞蝗爬在他們的頸項和腳踝上，比馬蠅還大的毒蚊在他們的身邊盤旋，隨時還得提防著野獸的突襲……

這是一座多麼不可思議的莽林啊！

他們繼續前進。緬刀在那些樹與樹之間蔓纏的亂枝上砍下去，衣服被荊棘扯破，鮮紅的粘液在裂開的指縫間滲出來。除了一套碎片似的衣服及手上那桿用作扶杖的槍枝外，所有的配備全扔掉了。頭上的鋼盔被柴煙薰得焦黑；在它的陰影下面，露出一張張可怕的臉孔；黝暗，瘦削，失神而深陷的眼睛，瞠視著前面，宛如一群但丁地獄裡的幽靈。

二

森林中的夜晚，如同所有的夜晚一樣，天很早就黑下來了。

他們散落在四週，糧食早已完了。他們已經嚙嚼下最後一塊粗淡無味的馬肉，開始以野菜和芭蕉莖充飢了。有幾個枯瘦的士兵在大樹底下升起篝火，在鋼盔裡煮著一條切成小塊的軍用皮腰帶，火燄在他們的臉上跳躍著。

靠在大樹凸出地面的粗根，平坐在地上的那個士兵，顯然對於這種令人發笑的幻想不感興趣。然而，他卻有點不耐地睜開眼睛，向對坐在前面、正撥弄著柴火的同伴注視了一回。終於說話了，聲音黯啞而單調：

「張洪光，你在白費力氣啊！」

「怎麼？」他抬起頭，向說話的范聖珂看看。「你以為牛皮不能吃嗎？」

「別瞧我！」坐在右邊的歐品聰在膝頭上抹去鼻端的雨水，對用眼色向他徵求同意的張洪光解釋著：「我並不準備吃你這些牛皮塊，我是在烘乾身上的衣服。」

「你呢，副班長！」

「苗子」搖搖頭，用手輕撫著身畔的輕機槍。

「等一下你們會後悔的。」他沒趣地綯綯眉頭，自語著。繼續低下頭去撥弄在鋼盔底下燃燒的樹枝，但又忍不住偷偷地向這三位固執的同伴偷窺著。

沉默。遠處有人在呻吟……

他們是在卡薩一次掩護戰中留在後面的，陳班長和五個第九班的弟兄被砲彈埋葬在塹壕裡。在日軍五十五聯隊的騎兵衝過來的前一刻鐘，他們才放棄陣地。倉卒地退下來後，便被裹進這行列裡。

驀地，副班長像個小孩子似的傷心地痛哭起來。

「連上的人不知怎樣了……」他喃喃地喊著。

「副班長，」張洪光笨拙地說：「他們已經平安回國啦。」

「一定的，聽說是跟第六軍一起在八莫退到騰衝了。」

「那麼，我們不能再看見他們了……」

「你不是曾經說過，我們還要回去的嗎？」范聖珂故意地說：「回去的時候，總能夠見面的，除非……」

「除非我們打不回去！」歐品聰會意地低聲接下去。

果然，這些話比一萬句安慰的話在這位憨直的副班長聽來更發生作用。

「是我說的呀，我們一定會打回去的！」他激惱地向他們環視一週，厲聲叫道：「你們不相信嗎？」

他們笑起來。

隨後，又平靜下來了。范聖珂依然閉目默想，歐品聰在烘他的衣服，張洪光煮著他的牛皮塊：副班長伸出他的手指，輕輕地觸摸著輕機槍的扳機。

雨，繼續在下，猿啼和狼嗥在週圍的黑暗中呼應著……

「現在，劉琤真的和我們散失了。」歐品聰喃喃起來。

「還去想這些幹甚麼！」范聖珂懶懶地收起他的腿，冷冷地說：「那個山頭人[1]說：假如明天在正午之前沒有暴雨，我們就得過『龍谷』了！」

於是，沉默又在篝火邊上伸展開來了。

「龍谷」佔據他們整個的思想。一種恐佈的，可怕而怪誕的想像在他們的心中浮現，直到夜深，他們才在飢餓和疲憊中，沉迷地伏在篝火旁睡去。

張洪光感到有點孤獨，他落漠地看看踡睡在地上的同伴，一邊貪裝地嚙咬著手上那塊堅韌的牛皮，暗自思忖著那個不可測知的未來。

真的，還去想這些幹甚麼呢。他想范聖坷說的話，又心安理得地在他那片難看的嘴唇上浮起一層含有解嘲意味的笑意，然後將那些能夠驅除毒蚊的艾草塞進火堆裡，在歐品聰的腳邊睡下來。

---

1 山頭人：居住於野人山上未開化的喀欽族野人。

三

龍谷是橫亙在孟拱河谷（Mogaung valley）和胡康河谷（Hukawng valley）之間的傑布班山的一個狹隘谷口，也是一個進入胡康河谷的要道。在通過驚險可怖的山谷時，人們的命運便戰慄在死神的黑影下面，倘若那屬於喀欽族野人們的雨神震怒的話，急激的山洪便會在一瞬間吞噬了整個狹谷。在越過龍谷之前，那個替他們作嚮導的山頭人先用幾個光滑的羊蹄跪在地上卜卦，喃喃地唸著咒語，同時，絕對禁止說話，甚至咳嗽和呻吟聲他都以為會觸怒雨神。然後，他撿拾著地上的羊蹄站起來，和那位懂得幾句喀欽話的譯員生澀地笑笑，咕嚕著。

譯員拙劣地捲著舌頭和他談話，同時做著一些不必要的手勢。

「額亞！額亞！」山頭人裂開那張被刀劃得滿是疤痕的嘴唇點著頭。

「好啦！」譯員返身向所有的人宣佈：「我們馬上開始過龍谷……」

騷亂在群眾中蔓延開來……

「還有……呃——各位同志……」譯員張著手嘶叫。

「不要鬧！」

「嘿！憑哪一門要我們相信這幾個羊蹄……」

「靜一靜吧！這些龜孫子。」

「啊！老天爺，以後下四十天四十夜都可以，今天可下不得。」

「聽著呀！各位……」譯員搖著手，竭力拉直他的嗓子喊：「還有，呃……」

「不要鬧！」一個蓬著頭髮的少校咆哮起來，他憤懣地在腰間拔出手槍，向天發射。

嘭……

死一樣沉寂。譯員怯怯地向那個少校溜了一眼，結結巴巴地說：

「請……請各位……特別注意，在過龍谷的時候，不，不許說話。」

「為甚麼？」有人反對。

「沒有為甚麼！不許說就是不許說！」少校在人群中走出來，叉著手，對站著發楞的譯員呶呶嘴唇：「說下去！」

「呃……」譯員嚥下一口涎沫。「這……這是帶路的山頭人說的。呃，這……這是他們的迷信，這些事情，呃，就和我們小的時候不敢站在墳頭上小便一樣……」

笑聲瞬即在人群中傳播開來……

行列沉默地爬越過龍谷，雨點飄落在他們上……

前進，前進，在饑餓與死亡中前進。

六月過去了。情形愈來愈壞，三分之一的伙伴因為沒有醫藥而倒下去。吃下那些樹皮草根而引起的消化不良症折磨著他們。大多數還活著的都患缺乏肝質的夜盲，四肢衰弱而乾癟地痙攣著，被蚊蚋和螞蝗咬壞了的小腿可怕地浮腫起來……然而，這灰色的行列仍一步一步地在這被森鬱的荊莽所掩蔽的野人山中蠕行著。

雨，仍然令人發愁地下，沒有停。

曾經有幾次，他們隱約聽見飛機聲，雖然他們也意識到這可能是在甚麼地方派來找尋他們的偵察機。但，卻無從聯絡。他們祇能絕望地仰著頭，看著那些枝葉繁茂的樹頂，以及散碎的，灰黯的，隱在枝葉縫隙中的天空。

爬過傑布班山，他們走下胡康河谷低窪的盆地，橫渡緬北的更宛江（Chindwin R.）的支流大宛河

（Tawang R.）和大龍河（Tarung R.）再越過矗立在前面的野人山（Yeh-Jen-shan）的主脈。便可以到達東印度突出的尖角了。

七月中旬，行軍的第七十天，他們在野人山上。

死神盤旋在他們的週圍，幾乎每分鐘內都有人像朽木似的倒斃在腳下深可及膝的泥濘裡……

第二十七章

一

一個沒有光亮的晚上。悽慘，單調。

篝火在他們中間燃燒著，潮濕的樹枝在火中吱吱地發著叫聲。身體的泥濘和地上的泥濘分辨不清的張洪光，蹲在篝火旁邊，他和陷在極度憂慮中的范聖珂一樣，正向著平躺在一幅已經破爛了的雨布上，發看高熱的歐品聰凝神注視著。「苗子」副班長在幾天前已經離開了他們，消失在這座黑暗的山林的背後了。現在，應該說是這一天的下午，歐品聰突然染上與許多離去的伙伴們相同的症狀。起先，范聖珂和張洪光輪流地揹著他走，但，當黃昏的白霧在莽林中升起來之前，他們精疲力竭地癱瘓下來。對於歐品聰這種昏迷的睡眠，他們本能地由那已經麻痺的意識中，引起一種不可克制的恐懼。他們蹲在篝火邊，默默地注視著他那枯槁、低陷、為高熱所燒灼的雙顴，以及充血而乾裂的唇角……

他們遠遠的被遺留在行列的後面了！

夜深了，雨滴聲彷彿死神在躑躅。

篝火漸漸熄滅，餘燼中透著淡淡的紅光。

「多麼黑暗的夜啊！」病人突然發出含糊的聲音。

范聖珂在膝上抬起頭，錯愕而迫切地急急呼喚：

「品聽！品聽！你醒了嗎？」

「嗯，我醒了。」

「啊！我的天老爺。」范聖珂顫著聲音喊叫起來，將身體向他挨近。

「別過來！別過來！」病人驚駭地警告著。

范聖珂輕微地痙攣了一下，緩緩地收回他的手。「天！他好起來了……」張洪光喃喃著，一邊忙亂地將樹枝堆在篝火中。

「離開我，遠些……遠些……」歐品聽繼續瘋狂地叫著：「我，我會傳染你們的！」

他們痛苦地屏息著。

篝火又燃燒起來了，火燄不安地向週圍伸舐……

歐品聽終於乏力地倒下來。喘息了片刻，他歉疚地嗄聲說：

「聖珂！」

「嗯……」

「你們在我的身邊嗎？」

「嗯……」他們互相注視了一眼，同聲回答：「是的，我們坐在你的旁邊。」

他悽然發出一聲乾笑，然後屈著左臂，試著要想坐起來。

范聖珂要過去，卻被他的聲音阻止了，他大聲叫著：

「別管我！我自己能夠坐起來的。」說著，他端坐起來，瞳孔放大的眼睛可怖地瞠視著前面，他伸手向前探索。

「你要甚麼？」范聖珂困惑地問。

「啊！前面是火，」他疲乏地笑了：「多麼溫暖呀！你們知道我家鄉下雪的冬夜嗎……」他呆鈍地仰起頭，回憶著：「我們搶著在火盆中爆跳出來的玉米，花貓老愛偎著媽的大棉鞋打盹，連夢裡都記著，明兒一早去敲河面上的冰……」

「……」

「聖珂，」他忽然問：「你也在回憶嗎？」

「是；是的……」他忐忑不安地回答。

「我知道，你在想在越南的愛人，是嗎？到了印度，你可以寫一封長長的情書給她，我敢打賭，她一定能夠收到的。」

「……」

「張洪光，」他繼續說：「你呢？呃，你除了『三操兩講』，就是『步哨手中不離槍』，其……他的，你……」他開始劇烈地喘息起來。

「你累了，你應該休息呢。」張洪光止住他的話，關切地說。

「是的！我是應該休息了。」他意味深長地笑笑，神情在熊熊的火光中煥發起來。他安靜地說。「但是現在我要說話，你們忘了嗎，連附說的：生命多麼短促啊！」

「品聰，好好的休息吧！」范聖珂的嘴角被內心中泛起的預感所包含的苦痛扭曲了。他抑止不住靠近他的身邊，伸手去擁抱著他的朋友，叫道：「別胡思亂想，你會好起來的。我們會繼續走，不是嗎，我們已經看見大雪山了。」

他的手無力地支撐著范聖珂的身體，搖搖頭，低弱地說：

「——哎，我很明白，我是……」

「別說下去！」他急急地用力將他的身體靠著自己的胸膛。

「啊……」他盡力忍耐著一次痛苦的嗆咳，摯切地要求著：「聖珂，答應我一個要求……」

「好的，你說吧！」

「這是，最後一次了，呃……」他的呼吸困難起來，額上已滲出大滴的汗珠了。他接著說：「如果，以後你看見了劉琤，呃，告訴他……」

「……」

「……告訴他，我，我和班長他們是在卡薩打死的……」他靦腆地在肌肉鬆弛的嘴邊，露出一絲羞澀的笑，說：「不然，他一定會笑我的……」

范聖珂木然地注視著篝火，情感和一切官能的感覺，似乎因心靈中對這個將在一瞬間離去的朋友的罣念和痛惜而失去意義了。他不發一語，緊緊地擁抱著他。

顯然是經過片刻內心的紛擾，歐品聰緩緩地合起他那雙暗澹的眼睛，伸出他那戰慄的手，痙攣著嘴唇。最後，他才困難而生澀地迸出一句話：「握……握住……我……我的手！」

當范聖珂和張洪光接著它時，他的頭在他的肩上跌下來。

篝火再次在沉沉的長夜中熄滅，在張洪光悲不可抑的哭泣中，范聖珂仍緊抱著歐品聰那漸漸冷僵的屍體……

二

曦光濾過枝葉，在那些疏落的縫隙中，變成無數紅色的光條，斜斜地射進林裡來。這是他們在莽林中第一次看見的陽光。

范聖珂和張洪光對跪在地上，用槍托在那浮鬆的地上，替歐品聰在一株大橡樹下面挖一個狹小的墓穴。然後，將泥土撒在他的身上。在他的墓頭，他們插下一枝用細藤紮成的墓架，將他的鋼盔掛在上面……

用緬刀在橡樹上砍出一個流出乳白色液汁的記號，范聖珂靜靜地佇立在墓頭；淚，由他那乾涸的心靈裡流出來，他輕聲說：

「品聰，我們並沒有分開，你還是我們之間的一個。」

他們悽惻地轉身走了，同時不斷地回轉頭。直到這個小土丘，這株大橡樹，漸漸地在他們的後面為那些叢密而雜亂的樹木所隱沒。

七月完了，他們爬出這座黝黑死亡的山林，到達東印度布拉馬普得拉河（Brahmaputra R.）以及東印度鐵路邊陲終點的小鎮——列多（Ledo）。

第二十八章

一

復仇的種子在印度比哈爾省焦灼的驕陽下，如同火燄對於煉爐中的鋼鐵溶液似的，孕育無比的生機。

他們生活在藍姆加（Ramgarh）。

軍區裡的生活永遠是那麼緊張，那麼刻板，那麼枯燥而單調。雖然在假日中，他們可以將口袋裡的幾盾盧比盡情地花費：他們在藍姆加的街市上遊逛；在合作社裡吃燒鷄，喝啤酒；他們在離開軍區一百多英里的菩提伽雅（Buddha Gaya）[1]那幢充滿歷史意味的古老的寺院裡，虔敬地向那位中國老和尚買套在頸項上的花圈，印有佛像的菩提葉，和那些斑剝的印度古錢；他們在哈薩里巴，在蘭溪；在那些昏暗地下室酒吧裡，張著嘴看裸體舞；他們到那些身上塗擦了難聞的橄欖油的印度女人那兒去發洩情慾……

……

這時，祖國的戰爭在艱苦中進行。

黃帝子孫們的血，流在太行山，流在大別山，流在蘇北淮東；流在雷州，沙市；流在鄂西，流在怒江悲憤的激流裡……

---

1 菩提伽雅：為佛教始祖釋迦牟尼證道的地方，唐玄奘曾來此取經。

這之間，中國唯一的國際大動脈——滇緬公路——被切斷了。但，機群從印度日以繼夜地將美國羅斯福總統於一九四一年三月十一日咨請國會批准而簽定的租借法案（Lend Lease Act）中援助中國的物資、武器、糧食，越過喜馬拉雅山的駝峯，輸送到大後方……

二

一九四三年十月。史廸威將軍在檢閱司令臺上，顫抖著手臂，叫著：

「我們要儘速返回緬甸，打通中印公路。為了要復仇，我們要打回去！為了要減輕駝峯的耗油量，我們要打回去！為了更有效地將更多的作戰物資運入中國，我們要打回去！」

於是，反攻開始了。他們離開這曾經被他們詛咒過幾千幾萬次，而以後回憶時卻會引起深沉惆悵的軍區——藍姆加，向緬北叢林進發。實際上，戰鬪開始在七個月以前，屬於駐印軍新一軍[2]新編第三十八師的先鋒部隊，已經將侵入印度邊境和盤據野人山的日軍第十八師團逐下胡康河谷，並肩負著掩護工兵修築中印公路工程的任務。

除夕前夜，他們揚威於大龍河右岸。

那些自炫為「所向無敵」的，掛著「神符」和圍著「千人縫」的皇軍第五十五聯隊四百個大和民族的武士全被殲滅。他們佔領于邦（Yupong），解除了被敵人重重包圍於核心，在彈盡糧絕中，困守三十六天的臨濱（Ningbyen）之圍。

繼續進軍。

---

2 新一軍：佔領密支那後，緬北戰事暫告一段落，駐印軍利用這個時機重新整編，新一軍分為二軍——新一軍和新六軍。

佔領了喬家（Nchaw Ga）。日軍在倉皇中，將重兵集結在大奈河（Tanai R.）北岸，死守太柏卡（Taihpa Ga），以及大龍河東岸的陣地。三十八師一一二團分一部兵力壓迫敵軍正面，一一三團和一一四團則分左右翼迂迴敵後，截斷退路；迫使日軍放棄陣地，向西南孟陽河一帶潰退……

三月的第一天，三十八師佔領太柏卡。

同時，二十二師由列多開入胡康河谷，加入戰線。佔領胡康以西的太洛河谷（Taro valley），再向東和三十八師會合，克復孟關（Maingkwan）。

三十八師迂迴部隊攻克孟關後，兼程向胡康河谷最後的據點瓦魯班（Walawbum）急進。左翼方面，由密里爾准將率領，曾在瓜達康納爾、新幾內亞、和西南太平洋其他地區作戰的美軍混合大隊，以及勃朗上校訓練指揮的中國駐印軍戰車第一營，用兩具開路機從叢林中開拓一條秘密的道路，包抄瓦魯班的後方。

三月九日，戰車衝過瓦魯班草原，十八師團在履帶下面「無言凱旋」了。

十七日，三十八師克復橫貫胡康與孟拱河間的傑布班山邊的丁高沙坎（Tingkansakan）。結束胡康河谷戰役。

繼續追擊。

三十八師和二十二師，分路掃蕩孟拱河谷的傑布班山隘口及以南的拉班（Laban）。夾擊下，日軍終於在二十八日放棄沙杜渣（shadutzup），向左右潰散。

戰鬥的四月，雨又開始在那陰霾而灰黯的天空中飄落下來……

輜重部隊被阻在後面的泥濘裡，南高江的江水向兩岸泛濫；前線沒有重砲，沒有戰車，沒有充足的彈藥和糧食補給；空投飛機忽隱忽現地在雨霧中盤旋著……

士兵們一步一步地拔起埋在泥沼裡的腳，前進。

四月下旬——這中間隔著一段多麼悠長的日子啊！沒有戰鬥的日子——二十二師進佔瓦拉渣（walazup），緊迫馬拉關（Malakawng）；三十八師一一三團也直撲大龍陽（Tarongyang），蠻賓（Manpin），兩路圍攻緬北第一個重要戰略據點——加邁（Karnang）。一一四團則在南高江岸，滲入庫芒山，向孟拱（Mogaung）突進。

三

現在，是緬北雨季的五月中旬。

孟拱河谷的戰鬥在進行，很緩慢，簡直陷於膠著的狀態中。

整訓完畢的新三十師，以及由國內空運入緬的十四師和五十師，開始加入戰線了。

在四月末尾，正當二十二師和配屬的五十師第一四九團在孟拱河谷掃蕩庫芒山殘敵，進迫加邁的時候，由三十師八十八團、五十師一五〇團、和美軍步兵團所組成的中美混合隊，在孟關草原結集，悄悄地向東南海拔六千尺的庫芒山叢林中挺進。這是一支在執行史迪威將軍秘密計畫的奇兵，在進行一次出乎敵人意料之外的戰鬬——開闢緬甸第二戰場。

他們沿大奈河南下，直到傍利才接觸日軍一個加強中隊。而這些聰明的傢伙卻用一種曖昧的，並不明顯而彷彿保持著一種搜索行動的姿態，使鬼子誤認為他們在策應孟拱河谷左翼的攻勢。同時，另一支精銳部隊亦由孟關經帕巴、內丁、傍利，和前面的混合聯軍會合，於是密支那外圍的日軍全被殲滅了。

他們向密支那推進，出奇的寧靜，沒有遭遇過一個敵人。密支那的日軍，顯然沉迷在甜夢裡。

他們穿過距離密支那十餘里的沙勞米陽、瓦塔浦……

四

現在，是緬北雨季的五月中旬。

在瓦拉渣，南高江的急流上浮著薄霧，噪聒地響著……

時候已是黃昏了，右岸林木間散落地支架著的帳幕裡，透出黃昏的煤油燈光；雨停了，幕簷在滴水。直屬總指揮部的兵工營汽車修理連的士兵躲在裡面嘆氣，不斷地找些事情來詛咒。在以前，他們跟著步兵推進，在太柏卡，在丁高沙坎，這些都是多麼活躍而有生氣的日子啊！可在現在，他們卻被這倒霉的雨遺留在後方了，還有那些堆塞著發銹的輜重。

在河岸旁邊的小高地上，用那種深藍色人造絲空投傘拉起的營幕裡，馬燈掛在支撐著的木柱上，黑煙在火燄的尖舌上冒出，升到那早已薰黑的幕頂，帳幕裡充溢著一種衣物因腐爛而起的惡臭和潮濕的泥土氣息。

伏在左角由他們自己製造的拙劣竹床上寫日記的范聖珂仰起頭，對剛從外面提著褲管走進來的那個瘦削而身材短小的同伴說：

「老陶，請你將馬燈扭大一點。」

老陶低著頭沒搭理，使勁地在一張空投包底下的毛墊上擦著腳上的泥漬，然後不置可否地向他自己的床位走過去。

「還寫些甚麼屁日記！在學校裡我最厭煩這些東西，呃……」坐在范聖珂對角床上捏著腳趾的大個兒，不同意地歪著嘴唇。他用一種調侃的聲調懶懶地說：「真是，你們說多麼無聊！」

「整天的下雨，下雨，下雨……」另一個補充道：「你就記下這些好了。」

「別忘了每天小便的次數！」

緘默了半天的老陶看看那盞顯然已經扭得太大的馬燈，惡意地吐著吐沫。

「就像我們整天吃牛肉罐頭一樣，吃多了，就是山珍海味也會厭的。」

「可不是，八輩子吃不著我也不想它。」

范聖珂停了下筆，仔細地聽著這幾位同伴的宏論。隨後，他也感到有點不耐煩起來。不過他祇靜靜地將日記塞在枕頭底下，靜靜地將馬燈鈕旋小，然後靜靜地在床上躺下來。

「這樣，總不會感到無聊了吧。」他冷冷地說。

營幕裡跟著暗下來，火舌在那沒有揩拭的燈罩裡顫抖著。

大個兒狠狠地從床上跳下來，故意將燈光扭亮。他粗野地叫著，白沫在他的嘴角飛濺出來。

「你是甚麼意思？」他威嚇地叉著手，站在范聖珂的床前。「你說，甚麼意思？」

「你以為有甚麼意思呢？」他將手枕在腦後，平靜地回答。

「為甚麼要扭暗燈光？」

「假如我扭得更大一點呢？」范聖珂露出一個溫和而輕蔑的微笑，補充著說：「你應該重複你的那句話：『團體生活沒有個人自由』，那就對了！」

「哼……」大個兒眨眨眼睛：「扭大一點?有種你試試看。」

范聖珂猶豫了一下，終於沉著地站了起來，順手拉拉腰皮帶。在神色上，他並不激惱，因為他沒有這種習慣，他祇略為矜持地瞇著那雙被濃黑的長睫毛半掩著的眼睛，在那微微攙有些兒憂鬱的瞳孔深處，透視出一些驕傲，固執而熾烈的光芒；有教養地掀著嘴角。他的姿態淡漠，但內心顯然無所畏懼——自從劉琤散失，歐品聰永遠離開他之後，他變得沉默和孤獨，開始為那種難以理解的情緒所困惑。由於厭倦這種後方部隊的平凡生活，使他的言行舉止，深深地引起大多數人的忿懣。況且，他是由「步兵」裡調補進來的，（在中國的軍隊中，步兵和技術兵種有著很大的差別。）更加深了他們對他的偏見。現在，他這種姿態，正是他那馴良而不肯屈服的心靈，在這種境遇中，所表現的一些他自己需要表現的性格而已。

他走近大個兒的身邊，若無其事地伸手去旋轉馬燈的燈鈕。

濃煙又在火舌上冒起來……

老陶和另一個方臉的傢伙幸災樂禍地屏息著，等著觀看一幕將要發生的好戲。

大個兒粗鹵地用手扳轉范聖珂的身體。

「奶奶的！」

「放手，」聲音依舊是那麼平靜：「你知道我是不會罵人的。」

「甚麼東西！」

「我是上等兵，班……長。」他回答。

五分鐘後，這場戲便完了。范聖珂回復他的姿勢，躺在床上沉思；大個兒縐著眉頭，津津有味地搓腳趾，同時不斷地轉動著眼睛去偷窺旁邊的下士機工陶志遠，和斜角上閉著眼睛龍鬍鬚的周得海。因為剛才那種情形，實在使他太難堪了，幾乎無法收場。他在范聖珂的面前僵立了好一回，自尊和權力彷彿在一瞬間離開了他。所以，當這個倔強的上等兵忽然歉愧地向他伸出手，請求饒恕的時候，他簡直要為這事顫慄起來了。范聖珂那種誠篤而並不誇大的舉動感動了他，幾乎是挾著一種力量，強迫他承認自己由衷的對他產生一種欽慕之情，使他不得不用同樣的口吻解釋著一些毫無意義的理由。他們緊握著手，久久不放。

「這種天氣弄得大家的脾氣都很壞。」上等兵說。

「我也是的，我常常連自己都管不牢。」

范聖珂將燈光扭到一個適當的光度，在床上坐下來，沉下聲音說：「我並不喜歡接近一個沒有個性的人，就好像我厭倦平凡的生活一樣……」

外面的雨，愈下愈大。

吉甫車的聲聲音由遠而近，防滑鏈條在翼子板上拍動著，車燈照過岸邊的營幕，在前面不遠的空場上停下來。

大個兒掀開帳幕上的小格窗布幔，向外看看，忍不住咒罵起來：

「這些鬼，防滑鏈條鬆了，他們還在開呢。」

「如果不這樣，咱們工務組的焊工，生意還會那麼好嗎？」下士機工有神沒氣地接著說：「他們怕甚麼，車子壞了有人修理，雨季一過又得換新的啦！」

「這些鬼！」

……

那輛防滑鏈條鬆脫的吉甫車響著怪聲走了。半晌，連部那個綽號叫做「小騷貨」的小勤務兵鬼鬼祟祟地拉開帳幕的門角，將頭探進來。

他吶吶地說：

「范聖珂，連長叫你。」

范聖珂隨即在床上跳起來。

「你知道是甚麼事情嗎？」他問。

「鬼才知道吶！雨這麼大。」小騷貨搖搖頭，雨水從帽簷滴在他的鼻子上。

「說不定是因為我們剛才吵嘴……」大個兒咬著唇皮說。

「不會的，連部離我們那麼遠！」

「那麼，讓咱們一起去吧！如果是，我會向他解釋的。」

大個兒話還沒完，范聖珂已經披著大雨布，走出去了。

五

連長的手指在一張用彈藥箱搭成的木桌上輕輕敲著，馬燈的燈光照著正中的幾張公文祇，和一盒散開的發霉的V字牌香煙。他正低著頭凝神於一張自製的簡明地圖，另一個手無意識地撫摸著下顎和唇上那些沒有修刮過的鬆髭。他的雙顴緋紅，頭髮很稀少。思索了好一回，他才抬起頭，嚴厲地注視著站在面前的范聖珂。

「你能夠接受這個危險的任務嗎？」他簡短地問。眼睛仍停留在他的臉上。

「當然！連長。」他堅決地回答。

「很好，我知道你一定能夠。」說著，連長在行軍床上站起來，雙手插進夾克袋裡，開始在范聖珂的身後來回走著。停了停，他重新坐下來，燃起一支濕了半截的紙煙，皺皺眉繼續說：

「我希望你能夠了解我，因為這個決定沒有半點惡意……」

「……」

「你相信我嗎？」

「是的，連長。不過——」范聖珂向前挪動他的右足，低促地問：「我能夠知道這個任務的內容嗎？」

「我正要告訴你，」連長用腳跟踩滅煙蒂，嚴肅地說：「這是一次有計畫的突襲，在明天早上六點鐘之前，你和其他的突襲部隊在沙杜渣集中，降落密支那。我們營裡要派一個爆破排，一個槍械修理班，和一個汽車搶修組，這個搶修組按命令上的規定，祇有兩個人……」

「兩個人？」他重複著。

「呃……另外一個人，我還在考慮。」連長解釋著：「你知道，這是一件很危險的事情，偷襲敵人的後方，所以，我們派出去的人，除了要能夠發揮高度的工作效率之外，還得要具備豐富的戰地經驗，才能擔負這種任務。」

連長翻開桌上的公文，繼續說：

「你們最重要的任務，是在降落之後，在一個最短的時間之內，搶修敵人丟下來的車輛，供給我們的地面部隊使用。同時記著，你們是屬於密里爾指揮部的，一切事情可以向聯絡處請示……」

「報告！」

他們同時回過頭。大個兒披著濕漉漉的雨衣走進帳幕，謹慎地向連長敬禮。

連長注視著他，說：

「張秉廉，有甚麼事嗎？」

「嗯……」大個兒囁嚅著回答：「連長，請派我跟他——一起去吧！」

一縷笑意在連長那威嚴的薄嘴唇旁邊顯現出來，他低聲問：

「這是誰告訴你的？」

「這——嗯……」他憨直地紅著臉回答：「我在帳蓬外面聽見的。」

連長略為思索了一下。

「好吧！」他站起來，隨手拿一支煙啣在嘴上，吩咐道：「馬上去準備你們的工具和武器，明天早上五點鐘出發。」

「是！」他們答應著。規規矩矩地敬禮，然後一起走出去。

第二十九章

一

五月十七日早上，密支那的日本守軍安靜地在樹蔭底下打盹。夢裡有富士山、櫻花、和貓一樣溫馴的日本女人……

他們彷彿聽見紅頭蒼蠅那種討厭的嗡嗡聲……

大編隊的米契爾B-25式中型轟炸機已經由馬魯（Moian）和喬哈特（Jorhad）基地飛過來了。炸彈在那些發著閃光的傢伙下面一排排地落下，爆炸，燃燒。

四圍隨即升起煙柱，野馬式戰鬪機衝下來，又在迷漫著的塵土和煙霧中旋飛上去，機槍在它們的兩翼冒火，噴出一絲絲白煙……

一批走了，又來一批。依然是轟炸，掃射……

接著，山砲和野戰砲彈落在他們的頭上。隱伏在昇尼（Seingneing）叢林中的中美混合突擊隊，在山坳後面，分路問密支那外圍的遮巴特（Charpate）和離城四哩的帕馬地機場突襲。日本守軍慌亂地滾進塹壕應戰，泥土在他們的身邊跳躍起來；來不及呼喊，機槍子彈已經貫穿他們那光赤的背脊。

爭持了三小時，突擊部隊已經越過機場的封鎖網，於是日軍向密支那伊落瓦底江邊潰退，遺下完整的機場，以及充實的糧食彈藥庫。

在這個時候，由孟關和沙杜渣空運的新三十師第八十九團，和其他的特種技術部隊也冒著猛烈的砲火在帕馬地機場強迫降落。

密支那攻城戰展開了。

第三天，一五〇團在日軍頑強的火力威脅下迫近城郊，佔領了西火車站。

同一天，日軍的重砲開始在帕馬地機場上空狂吼。這顯然是由孟拱線上調來的，黑煙幕彈將密反那包裹在裡面。而向左右潰散的日軍，卻在他們砲火猛撲之間，迅速地重新集中佈署，切斷一五〇團的補給線，致使突擊部隊被迫放棄已佔領了兩天的西車站，造成一次傷亡慘重的突圍，退出城郊。

日軍雖被夾擊在伊落瓦底江和中美聯軍之間，但仍獲得孟拱和八莫夜間偷渡的增援，因此，戰爭由突襲而轉為陣地戰。雙方的陣地接近到十碼以內，投擲出去的手榴彈往往被對方投擲回來。城郊一個小高地曾經展開三次以上的肉搏戰，鬼子利用大樹做掩蔽，狙擊機槍巢躲在叢密的樹頂上，他們在用鋼軌和鐵條構築的工事裡頑抗。

五月的最後幾天，就是這樣拖延下去……

密支那戰事已進入決定階段了。

自從六月中旬以後，地面部隊停止了大規模的攻擊；僅保持著小部隊與斥堠的接觸。最惡劣而慘烈的時期已經過去了。戰線上七五砲和一五五砲隊日以繼夜地向密支那城區猛轟，空軍曾經和日本零式機發生過幾次小空戰，卻以壓倒的優勢控制著密支那的領空；同時，P-40戰鬥機封鎖著伊落瓦底江和八莫至密支那的公路補給線，現在，奉三十三軍團命令死守的四千個日軍，祇剩下七百人了，但這些鬼仍在那些堅強的工事裡掙扎，小心地發射著子彈。

原擬由孟拱調返密支那增援的日軍五十六師團所屬的三個聯隊，在整裝待發之際，卻被二十二師在孟拱殲滅，殘軍向曼德里間的河谷潰散。

二十二師佔領孟拱後，以一部份兵力向密支那推進。同時，滇西國軍的攻勢，使八莫方面的日軍不敢分散他們的兵力。就這樣，死守密支那幾百個「武運長久」的「武士」祇好愚頑而固執地等待一次可悲的解脫了。

爭奪戰拖延著……

二

七月的末稍，密支那攻城戰已進入第十週了。

密支那的黃昏是非常迷人的，尤其是在這個像擺夷少女眼眸似的誘人的七月。

在帕馬地機場附近，三十師司令部旁一棵高大、光禿、樹皮被彈片撕裂了的獨立樹下面，范聖珂和大個兒班長靠坐在一個掩體的土堆上。天角被落日和戰火所燃燒，遠處輕淡地蒙著一層半透明的玫瑰色的霧靄，以致他們的身體和臉孔上也抹有這種色澤。他們默默地坐著，不發一語，定神向密支那城區的方向望去。後面的山砲又開始它那種摧毀性的連射擊了，砲彈成群的在他們的頭頂飛過……

「今天我碰見三十師的李參謀，」大個兒用手拐揩去額上的汗，愉快地說：「你認識他嗎，那個蠻漂亮的傢伙。」

「哦，在藍姆加我常常跟他在一起游泳，那時他在軍官隊裡。」范聖珂興奮地問：「他告訴你些甚麼？」

「太多了，我們足足談了半個鐘頭，」班長搔搔鼻子，說：「十四師已經過江，九十團今天從利都空運來了；他說八十九團已逼近火車站和印度廟，戰爭最遲在一個禮拜內結束。你沒聽見他說這句話時的聲音和神態，多麼自信。」

「再不結束也夠丟臉了，我們有五倍於敵人的兵力，優勢的空軍和砲隊。」

「原諒他們。鬼子的工事實在太結實了，一五五大砲也轟它不垮呢！他們都是將陣地挖近那些工事，祇有幾碼距離呀！奶奶的，我敢擔保世界上沒有距離比這更近的陣地戰！你說怎麼樣，摸到了，他們就將手榴彈塞進那些機槍洞裡面去！」

夜了，他們繞過英軍的高射砲陣地，回到他們的掩體裡。

范聖珂借著照明彈的亮光，開始伏在彈藥箱上寫著他斷斷續續的日記。

他寫著：

輸送隊的吉甫車昨夜又毀了一輛。駕駛兵死在方向盤上。

聯絡官伸手去摸摸被炸碎的水箱，聳聳肩，對我說：他不了解這些事情，因為美國兵駕駛的彈藥輸送車，沒有開入第一線的習慣。

沒有任何一種生活，比坐在掩體裡聽砲響更單調。吃早飯時，通訊聯絡處後面落下幾發砲彈，弄得湯裡全是泥土……

這兩天，每個人都非常注意口令和顏色帶（分辨敵我的標誌），顏色每天更換。因為日本散兵在夜間到處騷擾。他們穿著我們的軍服，沒有武器，按時混進野戰醫院裡吃飯。前天還殺死一位美軍上尉，因為他用手槍向這些鬼子交換日本旗。

我們在三小時內將那輛被炸毀吉甫的變速箱卸裝在九號車上，但願那些駕駛老爺不要再用腳去調換排擋。在這七十天中，我們已完成二百次以上的修理和檢查了，我真想在他們的擋風玻璃上用紅漆註明載重量，以及「踏下你的離合器」。

明晨全線拂曉攻擊，騾馬輜重營直到現在還沒有將彈藥運完。我寧可三天打不出噴嚏，也不願聽大騾子高昂斷續而令人不快的怪叫。今晚輸送隊的車輛全部出動了，救濟車也不例外，他們祇給我們留下那輛鋼板已折斷，聽起來像是祇有半數汽缸爆發的五號車。

耶穌基督保佑他們……

「那一個？」

范聖珂正要繼續寫，站在通往師部的小路邊的步哨突然厲聲吆喝起來：

「不要動——那一個？」

「我一個，」一個俏皮的聲音回答：「龜兒，那樣兇幹啥子嘛。」

腳步聲和輕輕的口哨聲向掩體走過來……

那個有著一雙狹小的三角眼和一張油嘴的輸送隊傳達兵，倒掛著槍，彎著腰出現在掩體的入口。

「又是甚麼事兒？」大個兒不自然地問。

「張班長，」他裝模作樣地吁著氣，輕聲回答：「麻煩又來啦！」

他們半信半疑地瞧著他。

「三號車在營指揮所前面的岔路上拋錨了，」他說：「假如今天晚上不把它拖回來，明天這輛車子準變成蜜蜂窩。」

「這是隊長的意思嗎？」

「隊長？」他狡猾地聳肩笑起來。「全上去啦！隊裡祇剩下我和伙伕頭聽電話。你們不知道吧！如果明天攻不下來，我們就得在這兒過中秋了。」

說著，他又輕輕地吹著口哨走了。

沉思片刻，范聖珂提起床上的衝鋒槍，向大個兒提議：

「讓我去跑一趟吧！」

「單獨行車太危險了，而且在晚上，萬一碰著……」

「怕甚麼！」范聖珂將手上的槍舉了舉，急急地截斷他的話：「碰著就幹，我還找不到這種機會呢！」

「但是五號車太靠不住……」

「我看我的運氣還不至於那麼壞吧！不是嗎？營指揮所離這兒祇有一點兒路，我可以慢慢的開，慢慢的開……」范聖珂將兩個手榴彈掛在褲帶上，用眼睛去安慰那顧慮太多的大個兒班長。走出掩體，他再回轉身體，以一種迂緩而含有笑謔成份的聲調唸著：

「我要用蝸牛迂緩的腳步
跋涉萬里關山
萬里無盡的路……」

接著，他匆遽地返身隱沒在黑暗中。

三

穿過師部外圍的步哨警戒線，范聖珂在矮樹叢後面的停車場上就擱了一些時候，因為五號車實在太壞了，他累出一身汗才將它搖發動。放下前面擋風玻璃，他將槍插進車邊一個由中型指揮車上拆過來的皮質槍套裡，然後小心翼翼地循著崎嶇不平的牛車路開駛。

引擎無力而不規則地在那排氣管的裂縫中發出一種負重的，彷彿將要整個鬆脫下來似的嘈聲，同時冒著刺眼的含有過多油分的濃煙……

五號車在黑暗中蠕行。他謹慎地駕駛著，機警地偵察著夜風外擺動的樹影和所能聽到的可疑響聲。

火線上一片窒息的沉寂……

明天準有好戲看了！他想：攻下密支那，打通保密公路[3]就可以回國了。天！多麼長的三年啊！想想昆明吧：小桃子已經十六歲了，說不定也有了婆家；還有三爹，擺測字攤的蔡半仙，賣油條大餅的汪麻子，馬鬍子。呃，還有那個小女人。他們一定看見過劉琤；嗯，假使他們問起歐品聰，我要怎樣回答呢？

范聖珂一邊轉動著方向盤，一邊暗自思忖著。車子繞過通訊聯絡站，轉回師部前面一條小河邊的車路上。驀地，一個人影在路邊衝過來。

「站住！」他趕忙將車剎住，敏捷地在皮套上抽出衝鋒槍。

「是我，是我啊！」

「噢……」他將槍插進皮套裡。「假若你再慢一點回答……」

「可不是，假若我再跑慢一步，也許追不著你了。」大個兒在右面的空位上坐下來，熱衷地說：「我是由師部前面的小路追過來的，傳令兵們都喜歡走這條路。」

「你不準備在今晚上睡個好覺嗎？」

「怪事，以前有槍砲聲，嫌吵！現在沒有了，反而睡不著。」

---

3 保密公路：由雲南省保山縣通往密支那的公路，在緬北戰事發生時修築，後因中緬公路貫通，乃停止使用。

他們會心地微笑起來。

車，繼續向密支那蠕行……

越過一片廣闊荒涼的丘陵地，以及空洞、禿頂的茅舍村落，車路蜿蜒進入稀疏的林木裡。車在狹窄的小路上摸索著，輪子不斷地滑到路旁的水溝裡，再困難地爬上路面，以致他們的身體跟著左右搖擺。在小樹林的出口，他們遇著了輸送隊的回程車輛，他們彼此停下來打招呼，交換幾句話。

「三號車就在前面不遠的蘆葦叢旁邊，」紅鼻子隊長坐在最後一輛車上，他無限委屈地向他們伸過頭愧疚地說：「我們沒帶拖車繩，不然，在這個時候，我不會來打擾你們……」

大個兒笑著嚷起來：

「得了，得了。總之瞎子吃餛飩，肚子裡有數就成了！」

「好！讓咱們回去烙幾個餡餅，燒一鍋稀飯等他們回來。」

「這才像話！」

四

范聖珂將車子停在一座小浮橋前面的空地上，然後提著槍和大個兒一起向蘆葦叢走過去。

他突然停住腳步，伸手去按著茫無所知的大個兒。「是誰？」他大聲問：

「自己人，」向他們走過來的那個人嗄聲回答：「騾馬輸送連過去了，靜得使我蹲在車底下直打哆嗦。」

「甚麼毛病？」

「離合器燒掉了。」

「你裝得太輕啦！」范聖珂站在車前，調侃地說：「美國應該為你們發明能載重三噸的小吉甫。」

「那還算多呀，」那個駕駛兵靦腆地申辯著，「連拖卡才一起裝了八十發迫擊炮彈，有一次我裝過一百多發……」

「現在那些炮彈呢？」

「一匹騾馬加一發，全帶光了。」

「嗯……」

那傢伙發出幾聲乾笑。

「要不然，你們還得上去一次呢！」

解下拖卡，他們將三號車倒過頭，再推到五號車的後面；然後用鋼絲繩扣緊它那將要脫落的保險槓，另一端繫接在五號車的活動掛鈎上。

然後，他們同時站起來，準備到蘆葦叢那邊去推拖卡。

噠嘭……

三八步槍粗戛的聲音在草叢裡發出，彈頭在輪胎鋼圈上跳起來。

噠嘭……噠嘭……

子彈在他們的身邊嘶嘶而過……

「散開！」范聖珂低促地警告著他的同伴。他從容不迫地將擱在地上的衝鋒槍挾在腰間，向草叢作一次猛烈的長射擊。

發出一聲尖銳而短促的呻吟，蘆葦叢隨即騷動起來……

范聖珂接連一次掃射，他的手臂和肩膀跟著槍口冒出的火舌抖動；當彈夾裡的子彈打完時，他將身體滾倒在傾斜的路邊，迅速地換上一個塞得滿滿的長彈夾，繼續伏在輪胎旁邊向那邊發射。

靜止，和死一樣沉寂。

「大概是報銷了！」

大個兒憤怒地咕嚕著。他俯伏在范聖珂的身後，旁邊是那個焦燥的駕駛兵，因為他們的槍還放在車上，所以當紅色的火舌在范聖珂腰間的衝鋒槍口噴吐的時候，他們感到十分懊惱。現在，沉靜下來了，他向正竦然凝視著草叢的范聖珂說：

「全給你超度光了！」

他回過頭，嘴裡輕輕地吹著哨聲制止。

「完啦！我們還等甚麼？」大個兒不以為然地略略將嗓音提高。

他再回過頭，含有幾分斥責意味地沉下聲音說：

「祇要那裏面還有一個鬼，祇要你們動一動……」

這中間隔著短短的沉默。

暴燥的大個兒開始昏亂起來。他忽然不顧一切地走過去拿下放在坐墊上的槍枝……

這種鹵莽行動立刻起了反應，敵人顯然沒有移動過位置，槍聲清晰地從蘆葦叢裡發出。

「當心！」

范聖珂的聲音被第二發槍聲所掩蓋。大個兒竟毫不在意，他已經提著槍彎著腰走過來了。就在這個時候，一個沉重的金屬體落在他的前面，范聖珂聽到它落在地上碰擊著砂石的聲音。

他低促地驚叫：

「臥倒！臥倒！」

大個兒仍向前走過來……

在這危急的一瞬間，范聖珂一躍而起，衝上去猛力將他推跌在地上。

爆炸的巨響震撼著這沉黑的夜，血紅的閃光在他們的整個身體，狹小的碎石路面，以及更遠的浮橋上跳躍，破片在空氣中劃出一種令人戰慄的呼嘯……

范聖珂倒在血泊裡……

第三十章

一

緬北的戰事延續著，駐印軍由八莫直下壘允（Loiwing）、卡的克（Kaibtik）。聖誕節過後的第三天，一輛中型救護車離開第七十三後方醫院，以一種適度的速率向新平洋機場駛去。駕駛座後面的排椅上，擠坐著十四個傷殘的兵：在最前面的，是一個瘦小、蒼白、微張著嘴的砲兵，他正以一種神奇而忐忑不安的神情微昂著頭；他的眼睛已經瞎了，眼眶可怕地陷進去。他的旁邊是一個被炸斷了臂膀的中尉，他的臉頰和頭頸爬滿了難看的疤痕；他顯然落在沉思中。他的膝旁，是幾個被截斷雙腿而尚未裝配義足的士兵，其中兩個垂著頭，隨著車子的顛簸搖晃著。他們的對面，一位班長佔據了大半段排椅，他平躺著，微合著眼睛，似乎在竭力忍受著痛楚。他的脊骨被一片鋒利的砲彈破片砍斷了。他的下面，幾乎是完全相同的，悒悒地坐著幾個肢體殘廢，禿著頭頂，面目粗黑的傷兵。在這許多人之中，范聖珂要算是一個最完整的了；他坐在靠著後車門的帆布包裹上，眼睛靜靜地由兩片橢圓形的車窗中望出去。

他已不能憶起那夜發生的事情，像是他並未經歷過這些事情一樣——他躺在一張沾滿了棕黑色血漬的帆布擔架上，被抬進密支那帕馬地機場附近，那用簡陋的帳幕搭成的野戰醫院手術室裡。

一小時後，他又被抬出來了，並不如那些有經驗的擔架兵所說，要抬到陣亡將士墓地去，而是被抬到一條長而貫通的，放置著過多病床的病房裡。

他沉靜地躺在病床上，發著高熱，陷入昏迷狀態中。

「他不會活得太久的。」

護士們這樣說，每當為他探過溫度以後，總是絕望地搖搖頭。後來竟在每個鐘頭內探望一次了。因為在這樣炎熱的氣候裡，死人很快便會腐臭的。可是，神蹟降臨在他的身上，第五天，他的體溫開始減退了，但還是依賴注射供給他所需要的生活營養；除了那低弱的呼吸能證明他的生存之外，他就像一具屍體。外科醫生在他的診斷書上註明，他很可能失去記憶；因為破片擦穿他的左額，傷及腦神經。雖然這樣，仍有一點值得慶幸，那就是他已跨過死亡的黑門，再回到這個世界上來。

當他被送到後方醫院去療治時，他已經能夠從床上坐起來了。然而，他的病狀並沒有甚麼進步。他祇是靠坐著，張著空洞的眼睛在呼吸。

多麼單純呀！假如人生就是如此，那麼聰明的人再不會想出上帝創造萬物的奧秘，及先知預言似的謊話，去哄騙那些善良的人去互相殺戮了。而最近的日子裡，他已經能夠慢慢地運用他的思維了；但，思想對於他，就彷彿靈感對於詩人一樣，祇是偶爾浮現；而他則從未在他那空虛的心靈中將它攫捉過，而且也不想去攫捉。

現在，他的名字被列入一張名單裡，遣送回國。

二

這天晚上，他重又返回曾經那麼勇敢地抱著一個狂熱的想望而離開的城市——昆明，被送進一幢由一所廟宇改成的榮譽軍人療養院。

也許因為他是一個最完整的傷殘者，所以他常常被分派擔任許多雜役一類的工作。這是那位膚色微黑，兇暴而乖戾的軍官為他指定的。在療養院裡面，神的權力也不比這個人更大，他能夠使每一個瘋狂的傷兵懾服於他那殘忍冷酸的注視中。他將那些已死去的名字填在活人的表冊上，到軍需補給站去領取飽入私囊的給養；同時，他盡量尅扣那些尚未離開療養院的人的所得。沒有一個人敢反抗，除非他甘願離開這個地方。

就在這沒有陽光，沒有同情和慰藉的療養院裡，范聖珂身旁的同伴相繼寂寞地離開他，進入一個永恆的緘默裡去。他們那麼痛苦地在那黝暗而骯髒的病床上呻吟，抽搐；但，當他們回憶起這些受折磨的日子時，才意識到這是最真實的解脫。於是，他們停止了呼吸，被那幾個動作熟練的看護兵抬出去，埋葬在一層薄薄的泥土下面。他們滿足於這種最平凡而最莊嚴的儀式，沒有棺槨，沒有碑石；他們祇有一個相同的，長長的頭銜：

——一個為祖國和自由捐獻了生命的人。

三

外面的春天過去了，夏天也過去了……

范聖珂從未離開過這堵灰暗的圍牆。圍牆外邊是一片起伏的土丘。矮屋裡那個穿著破軍服的老頭兒，有一種驚人的記憶力，他能逐一地指出哪一座土丘屬於一個斷臂的中尉；哪一座土丘屬於一個失去雙腿的下士副班長；哪一座土丘屬於一個吞下鐵釘、瓦片、帽花，和碎玻璃的瞎了眼的砲兵；哪一座土丘屬於……

「走吧！你並沒有甚麼了不起的病呀。」老頭兒對他說。

他瞠視著土丘，沒有回答。

「去幫人做活，還掙不著兩頓飽飯嗎？」

「……」

「你的家在哪兒？」

「……」

老頭兒搖搖頭，走開了。

有一天，范聖珂真的離開了這堵圍牆，他順著一條牛車道向城市走去。他經過一片成熟的麥田；被秋風吹響的楓林。陽光在大地上閃耀著眩目的光輝。不知不覺間，他被一種由於記憶的重現而潛藏在意識中的力量激動起來。

這是一個多麼熟悉而美麗的地方呀！他愉快地叫喊著。他感覺到，眼前這一切事物是那麼神奇而美好，含有莫大的吸引力似的。

他的腳步開始踏上那光滑而整齊的，在陽光下閃著鱗光的石板道上，彳亍於古舊而寂寞的記憶中。在城裡，他躑躅終日，終於在黃昏前走進那條似曾相識的，狹窄骯髒的街道。他走過那家已經收市的肉舖，那家在櫃臺上買到雲土和春藥的雜貨店，那家嘈雜的茶館；當他走近那間低矮朽舊的木屋時，他站住了。凝思良久，他看看那扇斑剝的木板門，烏黑的屋簷……

他突然感到昏亂起來。

他記起：出海的漁船，梅家兄弟的足球隊，皮廠，畫板，杜美鐵橋，谷蘭，亞里的嘴，吝嗇的叔父，紅燈籠……

驟然，整個天體在他的腦中旋轉——他被一個洶湧的，回憶的浪潮所淹沒了。

他伸出那微顫的手去推開那扇木門。

開門的是一個高瘦的中年漢子，他上下打量著他，惡聲惡氣地問：

「你找誰？」

他向黝黑的屋內望望，以一種並不發於自己的意志、深沉而瘖啞的聲音回答：

「李三爹。」

「我們不姓李。」

「馬鬍子？」同樣的聲音。

那個人搖搖頭。

「蔡半仙呢？」

「你說吧，還有誰？」那個人刁難地說。

「小桃子？」

「甚麼？」

「小桃子，」他重複著，毫無表情：「三爹的女兒。」

「啊……」主人摸摸下巴，「她在大雜院的東院裡。」

「大雜院？」

「做妓女啦！」

「做妓女，那麼三爹呢？」他急切地高聲問。

「你要找三爹？」

「是的，」他吶吶地回答：「我要找他。」

那個人獰惡地笑起來。刻毒地說：

「你大概快要找到他了……」說著。他重重地掩上板門。將他留在門外淒涼的黃昏中。

遲疑了一回，他茫然地向橫街上走去……

四

在離那兒不遠的大雜院的東院裡，范聖珂向每一個狹小的窗格和門縫偷窺著，他不敢像其他的大兵那樣在這些地方無忌憚地闖來穿去；他知道妓女們對於他們的取鬧，往往是出於無奈而帶有些兒厭惡成分的。那些情慾被抑制得發狂的大兵們祇會貪婪地在她們的乳房和臀部重重地揑一把，說幾句笨拙的俏皮話，然後拉拉腰皮帶，心滿意足地走了。范聖珂雖然沒有經驗，但，他很了解這種行徑。所以他對於這些事總存有些兒戒心。現在，他依次地向這排屋子走過來……

他終於推開東院角落一間小屋用劣等花祇糊裱過的薄木門。

這是一間祇能放下一張床和一張粗糙木桌的房間，粉牆顯著斑黃的水漬，桌上放著一些化妝品，鏡盒，和幾件鍍銀的擺設，一根太長的木衣架隱藏在陰影背後。

床沿上坐著一位衣冠整潔的軍官。一個瘦小，尚未發育完全，但對於這些事情像是懂得太多而顯得冷漠的小女人斜坐在他的腿上。她將整個身體倚偎在軍官胸前，手彎圍著他的頸。他們正互相用一種猥褻的話笑謔著……

范聖珂遲滯地站在門邊，瞠視著他們。

軍官發覺了，他嫌惡地橫了他一眼，用斥責的聲調說：

「你懂得規矩嗎？」

他沒有回答，祇是定定地盯著那個小女人。

軍官看看他身上的灰布衣服和胸上紅十字，皺皺眉頭。

「呃，我告訴你！」軍官厲聲叫嚷起來：「後方不許你們胡鬧，你不能將在前方的神氣帶到後方來……」

小女人這才回過頭，用手指輕巧地將啣在嘴角的香煙移開，以一種輕蔑的神態，將嘴裡的煙輕輕地噴出來。突然，她那被粗劣的脂粉塗抹得那麼庸俗的臉孔上掠過一陣驚惶的神色；她失措地由軍官的身上站起來。她凝視著他，似乎在懷疑現實的景象似的，她用手去捉住自己的衣襟，沉下聲音低喊道：

「你是范大哥？」

范聖珂痛苦地咬著牙。

「你一個人回來……」她哽咽地問。

「劉琤和歐品聰呢……」

他劇烈地顫慄起來。他很想說幾句話去安慰她，但是他不能夠，他的思想彷彿停滯在那個不可復返的日子裡，那麼迷離飄忽。驀地，他被一種強烈的情緒所襲擊，他蒙著臉，如同一頭受創而憤怒的野獸似的，他絕望地猛然扭轉身體，顛躓地衝出門外去。

那個夜晚，范聖珂再返回那幢灰黯而愁慘的療養院，用一顆被捶擊得粉碎的心靈，坦然地，像拋棄一件無用而且不值得珍惜的東西一樣，等待那個屬於他的終結。

他感覺到，這兒才是一個真正屬於他和了解他的地方，牆外的世界會吞噬他。所以，他寧可靜躺在床上，等待自己的血液漸漸凝固，呼吸漸漸停止；等待那個矮屋裡的老頭兒將他的屍骸埋在那些土丘的旁邊。

那樣，一切都該終結了。

第三十一章

一

戰爭繼續慘烈地進行著。

在整個西太平洋，日本武士們正想用他們的生命，和那些沉默地生活在櫻花島國中的母親和妻子對於他們的牽掛和想望，瘋狂而愚昧地征服他們那不幸的祖國的命運。這些可憐的生物絕對不能了解和平與戰爭，正如他們不能了解愛情一樣。倘若他們那已腐臭的屍體中浮現的靈魂能透察這一個謎，他們包裹著千人縫、神符、「武運長久」旗幟的身體被炮彈所撕碎；他們的母親或妻子顫慄著手，以無淚的悲哭去接受——從那些主宰著他們命運的黷武主義者那兒接受——他們那光榮凱旋的骨灰盒時，他們一定感受到這是一種不能忍受的侮辱。

然而，這一切都是無從解釋的。這情形，就彷彿皇軍被逐出瓜達康納爾島；被逐出阿圖島、吉斯卡島、那尼母島、吉貝爾特群島、瓜加林島、塞班島、關島；被逐出菲律賓；被逐出大琉球……而他們卻要向子民們解釋天皇的神力一樣。

一九四五年八月十日，槍聲靜止了。日本人用濃厚的悲悽氣氛，結束他們的大喜劇。

世界又回復了動亂後難堪的沉寂。

大地在秋天溫暖而燦爛的陽光下呼吸著，荒蕪的田園上生長的野生植物，在那虛幻的緋紅的暗影中搖曳。微風從上面掠過。掠過後面一座座被戰火摧毀的村落和城市；掠過無數富裕或者窮困的家園；掠過無數父母和情人們張開的，在等候擁抱歸來的人的臂膀……

戰爭結束了，整個世界為這個光榮的日子瘋狂起來。讓這次戰爭是最後一次吧！人們這樣祈禱著。一幅美麗而和平的遠景在他們的心中呈現；他們互相用一種幸福和充滿了希望的聲音歌頌和讚美，用含著熱淚的歡笑去緊擁著那未可知的，彩虹和幻夢般的日子。

二

在那幢灰黯的圍牆裡，當勝利的消息被一位剛從城裡回來的護士長傳出之後，突然沉默起來。傷兵們靜靜地低下頭，等到他們在那早已麻痺的心中，意識到這個名詞對於他們的全部意義時，一種激動，挾著那些已失去的戰場生活的回味，緩緩地在心底一個不可知的地方升起，升起，於是他們沉痛地哭泣起來。

就在這個冬天，他們——這些還未等待到終結的傷兵們依次地在一本名冊上，將他們那染上印色的姆指，重重地按在自己的名字下面，然後領到一份數目少得驚人的退伍金和還鄉旅費，離開這堵圍牆。

他們漠不關心地互相看了一眼，默默地移動著腳步，走在各條不同而帶他們到同一個地方去的道路上。道路，在他們的腳底下，向著前面的天涯海角伸延著……

第三部　秋

第三十二章

一

范聖珂終於離開了南京。

其實，他事先是毫無準備的，甚至當他在騷亂的下關車站跨上一列將要啟行的火車時，他還不明白自己為甚麼要離開這個地方？要到哪兒去？

對於一個流浪者來說，任何地方都是一樣的，並無特殊的意義，因此也就毫無依戀。

列車啟動之後，那種難耐的饑餓和寒冷又開始向他襲來了，這兩天裡，他幾乎沒有吃過甚麼東西。他習慣地把身體踡縮起來，緊靠著車窗；同時，不斷地強迫著自己去思想，藉此減輕目前肉體上所感受到的痛苦。這種方法非常有效——至少對他是這樣，而且也逐漸使他覓回那一度失落了的記憶；當他突然記起那些曾經經歷過的事情時，激動得渾身顫抖，如同一個迷失在絕望的黑暗中的人，在現實光亮的鏡子中找到了自己……

車窗外是沉黑的原野，玻璃上結著一層乳白色的水氣，他的面容反映在上面。他定定地注視著：他瘦得可怕，臉像是變得比以前長了，因此他那雙含著仇恨和憂鬱的眼睛顯得比以前更大，更深沉；長而散亂的黑髮覆在頭上，使他看起來十分憔悴。他本來有一頂帽子的，但昨天在路上遇見兩個值勤的憲兵，他們盤查他的身分，當他們發覺他是一個退伍的傷患時，他們把證件還給他，同時帶走了那頂帽子。

「你不能算是個軍人了，」那個憲兵下士說：「最好想辦法把身上這套棉軍服也換掉！」

「是！」他應著，同時習慣地向他們敬了個禮，樣子有點滑稽。

憲兵走了之後，他摸摸頭。他記得有一次也是這樣摸摸頭，是在……他完全想起來了：那是他和歐品聰剃了光頭，興奮地走出理髮店的時候……

在交軌的地方，車廂劇烈地晃動了一下，他的頭碰在車廂上。他端坐起來，向四週望望，這才發現自己坐在火車上，已經離開南京了。

他從城裡步行到下關，並沒有決心到哪兒去，祇是使自己因走動而略為感到溫暖而已，南京春天的乾冷是很難受的，像夏天的鬱悶一樣。

「離開了也好！」他笑了，然後回復原先的姿勢。

他接著想到的，便是一些驟然變得陌生起來的名字：夫子廟、玄武湖、明孝陵、棲霞山、雨花臺——他想到更久遠的事：在越南。那年學校裡的教師在暑假組團回國觀光，一位姓莫的地理教師便帶回來很多雨花臺小花石。那時他是多麼渴望能夠得到一顆啊！

現在，他後悔自己沒有到雨花臺去。

由於剛才這一段回憶，以及火車有節奏的震盪和響聲，他聯想到那年暑假到河內去的情景：母親坐在他對面，他問起過關於姨媽的事……

對座的人不是母親，是一個方臉的上等兵，他穿一件軍用灰布棉大衣，在吃著帶來的饅頭。現在，他小心地咬了一口蒜，蒜皮貼在厚唇上；他發覺范聖珂在注視著自己，目光有點奇怪，於是他望望報祇裡包著的饅頭，笑著問道：

「你也吃一個嗎？」

范聖珂醒覺過來，他隨即搖搖頭。

「謝謝你，」他說：「我一點都不餓。」

上等兵又繼續津津有味地吃起來了。大概是饅頭太硬，嚼累了，他吁了口氣，對范聖珂說：「要明天早上才能到呢！」

「到那裡？」范聖珂問。

「上海！你到甚麼地方？」

「我不知道！」他茫然地答道。

二

去年冬天，范聖珂帶著一種微微激動的心情，離開榮譽軍人療養院，那份退伍金和還鄉旅費很快地便花完了。於是，他便流落在昆明的街頭。

正如他那失落的記憶一樣，他開始在那悲慘的現實中向不可知的未來探索。他在這座城的石板路上來回走著，失神的眼睛呆呆地望著前面，喃喃地說著囈語。有時，他也曾努力思索，希望從那混沌而空虛的，為戰爭所摧毀的謎一樣難於理解的記憶中搜尋到些甚麼；偶爾他看見一個報童，測字先生，或著一個擦鞋的在他身邊走過，他彷彿突然又觸及以往生活的軌跡，竟因而興奮起來，但，隨即又若有所失地走開了……

一個晚上，他餓得癱軟下來，寒冷使他的肢體痲痺。正好有一個部隊在他的面前開過。一種強烈的意念使他在牆角上掙扎起來，走過去用一種熱望而低促的聲音向他們詢問：「同志，能補一個名字嗎？」

還未等到回答，他已經被一條有力的手膀拖進行列裡。他向身旁臉上發著汗光的士兵看看，他笑了，跟著他便邁開步子。

他想：哎！甚麼部隊？管它的！總之是找到了一個吃飯的地方。而且，還用說，正是老本行……

那是一支復員還都的隊伍。

他們向著貴州，湖南，湖北，安徽進發。

他們經過許多被戰火擄掠過的城鎮，和破敗荒蕪的田園村落。在那些刻劃著苦難的人民的臉上，每個人都能了解這些善良而純樸的靈魂，在渴求，在企盼一種並不奢望的平穩而豐足的生活。世界上沒有任何一件事情，能比這些粗笨而黧黑的面容上所流露的心情，憨直而笨拙的聲音，和幾塊破布裡裹著的潔淨的靈魂，更真實而使人感動。他們是無辜的，難道他們沒有權利去接受幸福的生活嗎？戰爭使他們厭倦，使他們更易於滿足；雖然他們仍被囚禁於困苦中。然而，正當他們懷著一個使他們迷醉的希望，用他們那結實而略形生疏的胳膊在腳底下那塊溫暖的土地上拓墾著未來的命運時，新的災禍又來了！血腥的赤流由華北流入中原，流向整個亞洲，給他們帶來一個比最壞的年代更悲慘的厄運。

日本投降後，俄國人並沒有依照中蘇友好同盟條約上的協定，在日本簽訂投降書後三個月內撤出東北。在他們說來，那是「技術問題」；實際上，因為他們要獲得充分的時間，將東北的機器和物資運走；同時將他們佔有的城市交給劫掠東北的八路軍，作為赤化世界的賭本。

於於，內戰開始了……

在重慶召開的政治協商會議失敗了。

馬歇爾特使調解國共紛爭失敗了。

曾遭受八年苦難的中國人民，又開始體味著社會混亂、高物價、和政治寒流的精神壓迫；另一方面，勝利後政府對接收、復員、整編等措施未能盡如人意，加之地方官吏的自滿鬆懈，使他們徬徨起來。當他們被這裡苦悶的現實所折磨而無從理解時，他們便將一切不幸的責任，歸結到政府的身上。漸漸地，他們不知不覺地迷失在共產黨所佈下的政治陰謀和瑰麗的謊言裡。一部份腐化的動搖份子感染了這種毒素，逐漸在政府的內部和社會的各階層中蔓延、擴大。因此，人民的心上蒙上一層陰影，他們開始懷疑和怨恨曾經引領他們渡過一次最大的考驗和劫難的政府；同時，在他們的信仰中，失去了它的分量。

那個部隊繼續向東北開拔，經過南京時，病弱而患著嚴重戰爭病的范聖珂終於被遺留下來。

三

第二天的清晨，當列車在上海北站停下來之後，范聖河茫然地隨著人群走出車站。雖然他並沒有帶著軍帽，但在閘口收票的站員並沒有對他留難。

在車站前面，他又碰見了那個同車的上等兵；那上等兵像是要想向他說些甚麼，但終於祇是招呼了一下便匆匆地走開了。他繼續在那兒站著，直到那陣紛亂漸漸平靜下來，他才舉起沉滯而疲乏的腳步，向前走去。

他漫無目的地走著，但他的心靈中，卻感受到因投身於這個繁華、騷亂而罪惡的都市所起的激動，雖然他仍然不了解自己要到上海來的原因。

接連好幾天，他在街道上走來走去；有時，在那些商店櫥窗外面停下來，入神地流覽著櫥窗裡陳列的貨物；有時，在公園裡靜靜地坐上幾個鐘頭，耐心地看著孩子們在草茵上嬉逐。他完全忘了饑渴——他也曾經吃過一些東西，但他想不起來了。夜晚，他又摸回車站。這是他對這個陌生的都市唯一熟悉的去處，他必須記住，因為他覺得自己可能有一天要離開這兒，去杭州？回南京？或者到別的甚麼地方？

那天晚上，他回到車站的時間比較遲。他發現候車室的長木椅上已經蹕睡著好些流浪漢，其中有幾個支著腿，一邊在吸著撿來的煙蒂，一邊在閒聊著。

「他來了！」他聽見那個瘦子說。

這些人都是每天晚上到車站來過夜的，他認識他們，但他從來沒有和他們之中的任何一個談過話。現在，他選擇了一張空著的長椅，坐下來。當他正要躺下來睡覺時，那個瘦子和一個矮小的傢伙向他走過來了。

「呃；兄弟，」矮子用一種難聽的聲音說：「你是甚麼地方來的？」

范聖珂望望他們，不想回答。

「是不是從部隊裡開小差出來的？」瘦子接著問。

「甚麼？」范聖珂猛然昂起頭，嚷道：「開小差？」

這兩個人被他這種神態怔住了，他卻獰笑起來。然後，他瘖啞地說：

「其實，也跟開小差差不多！」

瘦子和矮子交換了一個眼色，後者繼續問：

「那麼你不怕他們來抓嗎？你還穿著軍服！」

「誰還管我？」他怨恨地說：「他們已經走掉了，他們嫌我有病……」

頓了頓，矮子索性在他身邊坐下來。

「看你的樣子，就知道你有病。」他變換一種較為溫和的口吻說：「你以後怎麼活呢？」

「我不知道！」他含糊地回答。

矮子望望瘦子，似乎在徵詢對方的意見。瘦子摸摸下巴，然後坐在范聖珂的另一邊。

「你願意跟我們在一起嗎？」他試探地問。

范聖珂困惑地望著他們。

「你不想找個工作？」瘦子繼續問。

「我……我能做甚麼呢？」

「這個你放心，祇要你……」瘦子把話頓住，因為對面那個始終注意他們的高個兒，現在已經站在他們的面前了。

那個人穿著一套變了色的灰布學生服，頭髮很長，鼻子凍得紅紅的，樣子相當狼狽。他站在范聖珂的面前，以一種冷峻而惱怒的目光，瞠視著他身旁的兩個人。

「走開！」他命令道：「你們又想打甚麼主意？」

瘦子和矮子無可奈何地回到他們原來的長椅上，懷恨地回過頭來瞟著他們。

「他們是扒手！」高個兒低聲向他解釋著，然後在他身邊坐下來。發覺范聖珂在注視著自己，於是摯切地微笑著說：

「我知道你不是一個壞人——你這幾天還沒有找到工作？」

「我沒有找。」范聖珂誠實地回答，他發覺自己有點喜歡這個人。

「為甚麼？」

「沒有人肯雇用一個曾經殺過人的人！」

「殺過人？你……」

「——在前方！」

「哦，」高個兒鬆弛下來，他說：「你倒會譏諷自己！」

「那是現在，」范聖珂用相同的聲調回答：「以前我對自己祇有阿諛。」

大概是范聖珂這句顯示著教養的話，引起了高個兒的興趣。他重新打量了他一下，然後懇切地說：

「你應該馬上找一份工作，這兒不是你呆的地方！」

「那麼你呢？」

「我也在找工作，不過，麻煩的是我找不到保人——你有甚麼專長嗎？比方電器，或者機械……」

「我在印度學過修理機械。」

「那太好了，」大個兒連忙將口袋裡的一小張剪報掏出來，攤開來指示道：「喏，江灣一家汽車修造廠招考技工，要好幾百人呢，你明天可以去試一試。」

范聖珂微微有點激動，因為在這轉瞬間，他似乎感到生命中的一種神秘的力量，驟然被他攫捉住了。

「可惜我對機械一點也不懂，」高個兒說：「要不然我明天也要去報考的——不過我可以到這家醬油廠裡碰碰運氣，希望他們不要我找保。」

范聖珂將報祇上的那則廣告重讀了一遍，然後還給他。

「你把它撕下來吧，」高個兒熱心地說：「你知道江灣在哪兒嗎？」

「我可以問人的。」

「很遠呢！」

「我慢慢的走，會走到的。」

高個兒注視著范聖珂，咬咬嘴唇，最後，他從內衣袋裡謹慎地掏一隻小祇包。

「你身上沒有錢吧？」他說：「我今天才賣掉一件毛衣，我可以送五塊錢給你！」

「我不要！」范聖珂推開他的手。「謝謝你，你自己留著吧！」

「你用不著客氣，我還有幾十塊，還可以過十來天呢！」

「我真的不要，」他固執地說：「我身上還有一點錢。」

高個兒猶豫了一下，終於把錢放回內衣袋裡去。

「你大概很疲倦了，」他向范聖珂伸出手。「你睡吧，明天祝你成功！」

范聖珂緊緊地握著他的手，感動得說不出半句話。

第三十三章

一

第二天早上，范聖珂被清掃候車室的工役趕起來的時候，高個兒已經走掉了。他在盥洗室裡洗了臉，喝下幾口冷水，然後出發到江灣去。

從閘北走到虹口，他在中山公園前面休息了很久，讓體力漸漸恢復過來，再繼續沿著魏德曼路向江灣走去。太陽出來了，但殘春的晨風仍相當寒冽。他走得很慢，因為即使他被錄取了，仍然要步行回上海的。他走到體育場對面那所修造廠時，時候實在不早了。比他早到的應徵者已經排著長龍，從登記室一直排到大門外，至少也有二三百人。

當他接上去的時候，本來排在最後面的那個人笑起來。

「我還以為我是最後一個呢！」他自言自語地說。

范聖珂淡淡地跟他點了點頭。

「請問你是甚麼時候來的？」他低聲問。

「我也是剛來，」那個人快活地回答：「我女人看見報上的廣告，便把我趕來了——你是幹甚麼的？」

「普通的修理……」

「我是鉗工，不過已經好幾年沒拿過銼刀了！在和平之前，我跑單幫，收入很不錯！」

隊伍向前移動幾步，這位鉗工向前面打量一下，然後用他那特有的愉快的聲音向范聖珂說：「輪到我們的時候，大概天黑了吧！」

范聖珂漫應著，因為看情形是很可能的。

「聽說前面的那些人，昨晚便開始來排隊了，」鉗工像在批評一件與他毫不相干的事：「我才沒那麼笨，我算準了的，」他撫著微微有點凸出的肚子。「所以我吃飽了再來——你呢？」他熱心地問范聖珂：「你現在就去把肚子填飽吧，我擔保別人不會搶你的位子！」

「我也吃飽了。」范聖珂隨口回答。

其實，他的腿已經開始發軟，而且在微微地顫抖了，他勉力支持著，致使渾身沁著虛汗。他木然地站著，不斷地在心中警告著自己：不能發病，不能倒下來啊！因為，他意想得到自己病倒之後的情形……

他們一步一步地向前蠕動，黃昏的時候，才輪到范聖珂，那時他已經虛弱得連站立的力氣都沒有了，他靠在那張登記桌上。

那位疲乏的登記員看看他填的表格，然後篷起眼睛來打量著他。

「你以前是幹甚麼的？」登記員問。

「我……我是當兵的！」范聖珂吶吶地回答，他發覺自己的聲音低弱得連自己都聽不見。

「現在呢？」

「現……現在已經離開部隊了。」

登記員有點不耐煩地向他伸出手。

「把長假證件拿來給我看看！」他生硬地說。

「哦，」范聖珂困難地咽下一口吐沫。「證……證件我，我忘了帶來！我……我以後再補，補繳好了。」

登記員嘟嘟嘴，冷冷地笑笑。

「我看，你的身體……你有病吧？」

「不，不是病，」范聖珂急忙分辯，他本來想說自己好幾天沒吃過飯，但他覺得太坦白了反而不好，所以他衹說是這兩天有點感冒，不大舒服。

「那麼你病好了再來吧，」登記員簡截地說：「來，後面的，快點！」

范聖珂被後面的人擠到一邊了。他手上拿著那張退還給他的登記表，楞了一陣，他才沮喪地回轉身。他望望逐漸暗下來的天色，和空曠的廣場，一種深濃的悲愁驟然把他緊緊地包裹住了；他開始感到絕望，寒冷，以及難以忍受的饑餓。

「我沒有力氣再走回市區了！」他向自己說，然後勉力舉步向前走去。他想，假如不回市區，就得設法挨過這個寒夜。可是這一帶卻異常荒涼。除了廠門對面有一排木房之外，似乎不可能再找到甚麼可能藏身的地方了。

出了廠門，他向對面的木房走過去。那是幾家小商店，大概是為了便利附近的居民而設的，大都經營日常用品這一類的東西。靠邊的是一家比較起來略為寬敞的小飯店，門邊一隻用大汽油桶改裝的爐子，火燒得正旺，蒸籠在冒著熱氣。

「請裡邊坐吧，老鄉，」那位衹有一條胳膊的飯店老闆用一口純粹的山東土腔向站在門前張望的范聖珂招呼著：「有熱包子，饅頭，麵，飯——請裡邊坐！」

范聖珂連忙返身走開，但，衹走了幾步，他陡然又頓住了。因為他的手在衣袋裡觸到一張東西，拿出來一看，竟然是一張五元的鈔票。

「哦！」他激動地低喊起來。他幾乎沒有去想，便馬上明白這五塊錢為甚麼會在自己的口袋裡。

「是他給我的！」

他仔細地看著這張鈔票，視線不自覺的糢糊了起來。

二

讓自己的情緒完全平伏下來之後，他返身走進飯店。獨手的店老闆笑著招呼著他。

「你要吃點甚麼？」店老闆指著牆上的一張大紅祇說：「麵還是飯？喝酒就來個小拼盤！」

「啊，不！我不會喝酒！」范聖珂紅著臉，因為紅紙上並沒有寫明價格；他正想問，一個梳著兩條黑辮子的女孩子走進飯店裡來。

店老闆連忙巴結地迎上去。

「黎小姐，」他說：「開飯啦？」

「祇有我一個人，他們還在學校裡。」說著，他在范聖珂對面一張靠牆擺著的小桌上坐下來。

她穿著黑呢長褲，身上穿著同色的短外套，領子上圍著一條紅色的毛線圍巾。也許是梳著辮子的關係，臉孔微微顯得有點圓；頰上泛著健康紅潤的色澤，把她那雙大而微向上彎的眼睛襯得更加明亮。坐下之後，她望望前面的范聖珂，便打開帶來的那本書。

這家小飯店除了兩個廚子，店堂裡祇有這位斷臂的老闆一個人，照管著事務。現在，他在那隻小窗口吩咐了兩句，順便端一碗麵給坐在門邊的客人，然後再回到范聖珂面前來。

「真對不起，我們人手不夠，」他歉然地說：「你要叫點甚麼？」

范聖珂瞟了那女孩子一眼，因為他發現她在注意他。猶豫了一陣，他終於將手捏著的那張鈔票拿出來，放在桌子上。

「您看著辦吧，」他囁嚅地說：「我祇有五塊錢！」

店老闆微笑著說：

「用不著先付錢，我知道你不會吃白食！」

范聖珂反而感到尷尬起來，他又望了望那姓黎的女孩子，仍然固執地把那張鈔票向前面推。

「好吧，」店老闆把錢拿起來。他問：「完全吃掉嗎？」

他點點頭，誠實地說：

「我餓了好幾天了！」

事實上他吃的不止五塊錢。這位心腸軟的店老闆除了給他叫了一碗臘肉麵，還特意給他端來一盤熱包子。當范聖珂有點忙亂地吞嚥這些食物時，他始終以一種憐惜的目光注視著他；從服裝和神態上，他已經窺出這年輕人目前的境遇了。

最後，當范聖珂把所有的東西都吃完時，他索性在他對面坐下來。

「吃飽了吧？」他問。

「飽了，」范聖珂笑笑。「我很久沒有這麼飽過了！」

「你住在這附近嗎？」店老闆又問。

「不，我是來報考技工的，就在對面！」

「哦，那麼你考取了？」

「沒有！他們說我有病，要我病好了再來——其實我知道自己沒有病，祇是餓壞了！」

現在他覺得餓肚子的確是件很糟糕的事。一位客人要走，店老闆過去收了賬，然後再回到他這邊來。

「你是從部隊裡下來的吧？」

「嗯。」范聖珂應著，然後站起來。

「你要走了？」店老闆跟著也站起來，問道。

「我還要走回虹口車站。」

「要離開上海？」

「不是，」他笑笑。

「我在車站過夜！」

現在，店老闆完全明白了，他懇切地拉住他的手。

「你慢點走，」他注視著他的眼睛說：「假如你沒地方去，就留在俺這兒！俺也正需要一個人幫忙！」

范聖珂疑惑地望著這位神態誠懇的店老闆，低聲問：

「你真的敢用我嗎？我連證件都沒有，又找不到保！」

「別說你，強盜俺也敢用！」店老闆熱切地用右手拍拍空的左袖。「你曉得俺這隻胳膊是怎麼丟掉的？俺以前也是吃糧的——怎麼樣？」

范聖珂突然痛苦地低下頭，店老闆隨即用他那隻唯一的手臂圍著他，勸慰道：

「你暫時試試看吧，工作也祇在吃飯的時間才忙一點，工錢麼……」

范聖珂連忙阻止他說下去。就在這個時候，門開了，一下子擁進來七八個大學生打扮的年輕人。

「好了，」店老闆向他說：「他們來了！」

他們坐下之後，仍然在談論著學校內發生的一件甚麼事情，其中那個體格俊偉的青年人走到那個姓黎的女孩子面前，用一種不大快活的聲音說：「妳還沒有去呀？」

「我正要走！」她隨即站起來。他神秘地在她的耳邊說了幾句話，於是她點著頭說：「我知道，我會說的！」

然後，她向其他的人招呼了一下，便向外走。當她經過范聖珂的面前時，范聖珂看見她在對他發出一個淺淺的微笑；這時，他才發覺這個女孩子的相貌是很動人的。

第三十四章

一

最後一班開往南京的夜快車開了，車站冷落下來了，范聖珂仍徘徊在候車室的門外，因為那個高個兒還沒有回來。

昨天晚上，當他約略將自己的事情說給那位飯店老闆（以及廚房裡的張師傅和助手小王）聽了之後，飯店老闆頗為感動；因為他在開這家「山東食堂」之前，也曾經苦過一段日子，所以他非常同情那些流落異鄉，自顧不暇而仍然能講究義氣的人。晚飯的時間忙過之後，他便叫范聖珂到車站來找那位偷偷送他五塊錢的朋友，同時他聲明願意為他作保。

「你就叫他到俺這兒來好了，」他熱心地說：「反正店裡有的是吃的，到處都可以睡——一個男人在江湖上混，義氣最要緊！你就告訴他，俺喜歡交他這樣的朋友！」

臨走之前，他還塞了兩百塊錢給范聖珂，要他順便在上海把身上這套棉軍服換掉，再帶一條棉被回來。

可是，候車室的燈熄滅了，高個兒還沒有回來。最後，他又走進候車室，那個曾經引誘他去做扒手的瘦子坐起來了。

「昨晚你到哪兒去啦？」瘦子有意味地說：「你的那位好朋友足足等了你一晚呢！」

「現在他人呢？」范聖珂急急地問。

「今晚大概不會回來了！」

「你怎麼知道？」

「我祇是這樣想，」瘦子說：「他平常總是回來得很早的！」

范聖珂又等了一些時候。他責備自己忘了問他的姓名。他想：他也許和自己一樣，已經找到工作了。因為還要趕回江灣，所以敲過了十二點，他不得不離開車站了。臨走之前，他將自己的地址留下來給那個瘦子，希望他能轉告那個高個兒，同時，他聲明過兩天他還要來找他的。

二

走出車站，他一眼便看見那位姓黎的女孩子。

她笑著先向他招呼。

「你晚上沒來吃飯。」他含糊地說。

「學校裡有點事兒，」她安靜地回答：「我到食堂去的時候，你已經走了。」

「現在你要到哪兒去？」他問。

她凝望著他片刻，真摯地回答：

「我哪兒也不去——你的那位朋友找到了嗎？」

「你怎麼知道？」他困惑起來。

「趙老闆告訴我的，」她笑笑，繼續說：「他還告訴我你是越南華僑，還有很多關於你的事！」

他微微感到不快，獨自向前走起來。

「你生氣了？」她跟在他的旁邊，溫和地問。

「沒有——我奇怪你怎麼會對我的事情發生興趣？」

她又笑起來了。

「我也有點奇怪，」她直率地說：「昨天我在食堂裡看見你，你的樣子使我想起一個人……」

因為她的聲調突然瘖啞下來，於是他回頭望著她，發覺她望著自己的腳尖，但很快地又把頭揚起來，眉宇間顯示出她在極力抑制著甚麼似的，神情上有點嚴肅。

「你想起誰？」他好奇地問。

「我的哥哥，」她望著前面。「抗戰的第三年，我和他一起從北方逃出來的。」

「現在他呢？」

「——已經死了！」

「哦……」

沉默。他們越過一條馬路，她才開始向他敘述她的故事：那時他們兄妹兩人是準備到大後方去的，但他的哥哥卻在半途害肺炎死了，她便跟著另一批流亡學生撤到西安去，直到勝利後才回上海。

「現在我在復旦二年級，半工半讀，」她結束了她的話：「我讀新聞系——幹新聞記者比較有生氣一點。」

「你的運氣不算壞呀！」他說。

「是的，比起你來我是幸運的！」她忽然變換了一種口吻：「這太不公平了，像你這樣的人，我相信一定還很多呢！」

范聖珂驟然想起昆明的那所傷兵療養院，不住打了一個寒顫。

「我們還是談別的吧，」他說：「你回過家嗎？」

「沒有，我已經沒有家了——你呢？」

「我不敢去想，太遠了！」他說：「以後我要寫信回去的，我已經有好幾年沒有收到過家裡的信了。」

「這樣說來，你又比我幸福了！」

他們不自覺地已經走到北四川路底，范聖珂才驟然想起自己忘了買棉被和衣服。因為時間已晚，她答應明天晚上陪他到上海來，順便再來找找那位朋友。

「已經沒有車子了，」她說：「我們還是走回江灣吧！」

「你走得動嗎？」

「這句話應該由我問的。」

他笑了，但他突然把腳步停下來。

「我忘了一件事！」

「甚麼事？」她關切地問。

「我還不知道你的名字呢？」

「我叫做黎齡！」她笑著回答：「黎明的黎，年齡的齡！你的我已經知道了！」

第三十五章

一

兩個月過去了，范聖珂始終沒有找到那位不知名的朋友。但，由於生活的安定，他病弱的身體漸漸復元了，雖然他的臉色仍然有點蒼白，可是以前精神上的那種怔忡不安和抑鬱已經完全沒有了。在飯店裡，殘廢的趙老闆將一切店務交託他，由他支配；他也抱著一種報恩的心情，勤謹地工作著。

除了對面的那家修造廠，飯店的生意完全倚賴著離它不遠的復旦大學；有一部份住讀的學生，是在這兒吃包飯的。黎齡就是其中的一個。因此，當晚飯忙過後，飯店就將木板門上起來；除非有些吃包飯的學生要留在裡面喝茶談天之外，這一天的生意便算是結束了。

從那晚一起步行回江灣開始，范聖珂和黎齡在感情上便建立了一層微妙的關係；那種情感是相當複雜的，是同情、憐憫、友誼、愛、以及靈魂上某一種神秘的情愫的契合；他們彷彿很快地便互相了解了，當他們在一起的時候，大家都感到自然和親切，好像是相交多年的老朋友。

儘管如此，在范聖珂的心理上仍然是有點自卑的，直到有一天他發覺自己對黎齡的感情中含有某一種成分時，他忽然有點懼怕起來。雖然他並不明白自己懼怕的原因，但，經過幾天的思考，他寫信回越南家裡的時候，順便也寫一封到河內去給谷蘭。因為在這幾年裡，谷蘭的影子仍然是那麼清晰地在他的心靈中映現，他每做一件事，便聯想起她，於是替她假設，這個時候她可能在做甚麼？

那晚在虹口北站看見黎齡的時候，他曾經把她當作谷蘭，那就是那年姨媽要他們去椰林鎮參加舞會所留下來的印象。當然，這些事情黎齡是永遠不會發覺的。她並不是那種心胸狹窄而多疑的女孩子，雖然還不足二十歲，但由於從十四歲起便開始過著一種悲慘的流浪生活，她漸漸養成了一種冷酷而帶點自私的品性；她熱情，但也冷靜而理智。對於她自己的事，范聖珂知道得並不多，為了避免因回憶而起的痛苦，他也不願意多問；可是關於他的事，她卻非常詳細。因為晚間飯店關門之後，他們時常順著右邊的一條車路步行到江灣鎮上去。

這天晚上，黎齡沒有到飯店吃飯，直到飯店歇市之後才來。她時常是這樣的；有時她提早吃，有時卻很晚才來。

「你還沒有吃飯吧？」他問。

「我吃過了，」她心神不寧地向店裡望望：「方其他們來過了沒有？」

她所指的是時常和她一起來的那幾個男學生，方其就是那個體格俊偉的傢伙。

「他們吃過飯便走了！」范聖珂回答。

「沒留下甚麼話嗎？」

「沒有。」

他們走了出來。黎齡像是有點心事，沉默了一陣，范聖珂終於開口了，這句話是他想了又想才說出來的。

「我覺得你有點怕方其。」他試探地說。

她吃驚地回過頭。他連忙假裝若無其事地避開她的眼睛，向前面望。

「你們以前相愛過的？」他接著說。

黎齡忍不住笑起來了。

「相愛？」她用一種冷澀的聲調說：「他不會愛任何人的！」

「可是我覺得他對你的態度很特別，甚麼事都像是在命令你！」

她勉強笑笑，掩飾心中的困擾。

「大概是習慣了，」她解釋道：「我跟他在西安的時候就在一起，他可以說就是我們這一群流亡學生的領袖，衣食住行，我們都要靠他！」

「現在呢？」

「別用這種眼光看我，」黎齡懇求道：「假如如你所說的：他愛過我，或者我愛過他，那麼，他肯讓我和你在一起嗎？」

范聖珂不再說話。

「他真的沒有阻止過你？」他忽然問。

「除非我阻止我自己！」她堅定地宣示著。但，接著她又吁了一口氣，困難地說：「——聖珂！」

他回過頭去望著她。

她苦惱地仰頭望著天，似乎在極力抑制著甚麼。

「我心裡是有點事，」她掙扎著說：「雖然和他有關，但並不是他——我曾經想到要告訴你，你也許能夠幫助我，可是，我又害怕！我害怕知道了以後……」

他等待她說下去。但，她忽然冷冷地笑起來。

「那是多餘的，算了！」她注視著他，變換了另一種語調：「這兩天讓我再想一想，假如我認為應該告訴你，我再把整個事情告訴你吧！」

「也好。」他回答。

「我走了，」她看看手錶，說：「我要去上海找方其！」

他忽然想起袋裡的兩封信，於是他拿出來。

「順便替我到郵局去寄掉吧，」他說：「這裡的郵政代辦所不收國際郵件。」

她接過信，並沒有看，便放進衣袋裡。臨走的時候，她真摯地說：

「不要懷疑我，我會照顧自己的！」

二

接連三天，黎齡沒有到飯店裡來。

范聖珂開始感到不安起來了。他想：她可能發生了些甚麼事情呢？病倒了？最後，他又想起那晚上她那詭譎的神態。

「她為甚麼不願意告訴我呢？」他不斷地這樣問自己。

因此，那晚上當方其他們來吃晚飯時，他有意無意地說：

「黎小姐好幾天沒來了，是在忙考試吧？」

方其淡淡地回答：

「她到杭州去了！」

「杭州？」范聖珂重複著他的話。

「她沒告訴你嗎？」方其作態地望著他。

他含糊地應著，然後離開他們的桌子。

「呃，老范，」方其在他的身後叫住他：「你的法文很不錯呀！以前聽趙老闆說，我還有點懷疑呢！」

「你怎麼知道我懂法文？」他問。

「我看見你託黎齡寄的那兩封信！」方其正色地說：「其實，以你的身分，你可以設法向教育部請求分發復旦的。」

他那懇切的意態，使范聖珂剛才對他的反感略為減輕了。

「怎麼樣？我可以幫你的忙！」方其繼續問。

「謝謝你，」范聖珂感激地回答：「唸大學我怕我沒有這個能力，而且，請求分發更不是一件容易的事。」

「哼，這就是國民政府的好處，」他輕蔑地說：「容易不容易祇看你怎麼做！我告訴你，」他故作神秘地壓低聲調：「我們都是這樣進大學的，摸著良心說，我們這幾個人沒有一個人是讀完高中的！如果一切照規定，不是比你更難嗎？」

「也許是的，不過，在經濟上……」

方其笑起來。范聖珂發現他的笑和說話的聲音有一股吸引人的力量，雖然他對他仍然有點厭惡，但在另一方面，卻不自覺地發生了信心。

「你以為我們都是靠家裡供給的嗎？」方其懇摯地說：「這些你不用擔心，在我們這個小團體裡，一切都有保障的！」

說著，他回頭以一種徵詢的目光望望身邊的同伴。那幾個年輕人默默地向范聖珂笑笑，證實方其的話。

「而且，」方其繼續說：「黎齡也會替你高興的。」

范聖珂猶豫了一陣。

「好吧，」他說：「讓我先和趙老闆說說看。」

三

祇有一隻胳膊的趙老闆極力鼓勵范聖珂進大學，同時叫他不要為錢發愁，他會盡其所能地幫助他。兩個月相處下來，他已經把范聖珂當作自己的家人一樣看待了；范聖珂的勤勉和善良的品性使他由衷地發出一種父性的愛顧。他已經四十七歲，在家鄉的時候曾經結過婚，但婚後的第二年他便流浪到外面來了；在那二三十年的軍旅生涯中，他從未感到過孤獨，可是在最近的日子裡——當他看見范聖珂在店裡忙碌，在為他管理著繁雜的事務時，他才驀然覺得自己是那麼孤獨，他應該有一個像范聖珂這樣的兒子。

發覺范聖珂不做聲，他摯切地說：

「別再考慮了，你白天去唸大學，晚上還不是一樣可以回來嗎？」

范聖珂感激地向他笑笑，然後把話岔開。

「現在祇是說說罷了，」他說：「手續辦不辦得來還不知道呢！」

黎齡突然在門口出現了。幾天不見，范聖珂直覺地感到她微微有點改變，但又說不出她改變的是甚麼地方。她站在門口，扶著那扇被她推開的板門，並不打算走進來。

「你們要睡了嗎？」她笑著問。

「還早呢，」趙老闆連忙站起來。「請進來坐坐吧！」

「不了，我想跟聖珂說幾句話。」

范聖珂本來已經向她迎過去，現在，他反而有點不自然地回頭向趙老闆招呼了一下，然後走出去。才走兩步，范聖珂便有點迫不及待地問：

「火車才到嗎？」

「甚麼火車？」

「你不是去了杭州？」

她震顫了一下，然後冷靜地反問：「你怎麼知道的？」

「方其告訴我的。」他回答，心中在計劃應該怎樣告訴她關於方其所說的事。

但，黎齡對范聖珂的意態大為詫異。因為她覺察不到半點妒嫉和不愉快的痕跡。於是她含糊地說：

「我……我是去看一位同學的，她病了，她住在杭州。」

「嗯。」他淡漠地應著。

突然，她悻悻地扭轉身，用一種激烈而痛恨的聲音嚷起來：

「你為甚麼要相信我的話呢？」

范聖珂困惑地注視著她。他正要說話，她急急地接下去說：

「你明明知道我是在撒謊！我騙你，我並沒有甚麼同學在杭州……」

「黎齡，你怎麼啦？」他驚惶地捉住她的手，但又被她掙脫了。

「你應該不相信，應該質問我呀？」她昏亂地嚷著：「你問我呀！你不是希望知道一點我的事情嗎——你問呀！」

「黎齡，你先冷靜一下，」范聖珂搖撼著她。「你在說些甚麼呀！」

她悲痛地凝望著他，半晌，才頹然垂下頭。

「算了，」她沙啞地說：「你可以不去問的，知道了又能怎麼樣呢！」

她自管自地向前面黑暗的公路走，他連忙追上去。

「你怎麼了？」他關切地問。

「沒甚麼，」她回頭向他苦澀地笑笑，眼眸裡閃著淚光。「你回去吧，讓我一個人走走！」

「究竟發生了甚麼事？」他急切地追問：「你告訴我呀！」

她不響，繼續默默地向前走。四圍是黑暗的田野，前面上海市空被燈火燃燒起一層紅暈；雖然已經是初夏，但夜風仍然有點涼意。

范聖珂繼續向黎齡訴說著這幾天的思念，黎齡仍然不響，但腳步卻漸漸慢了下來。他那真誠的聲音使她的心靈感到溫暖，同時，也使她感到刺痛。她開始發覺自己並不如想像中那麼堅強，她在一個充滿了情愛和新生意志的想望裡甦醒過來，她彷彿隱隱地窺見未來的、光明而又朦朧的影象，使她激動起來。

「你覺得冷嗎？」范聖珂深摯地問道：「你在發抖呢。」

她驟然把腳步停下來。

「聖珂，」她顫聲喊道：「我想問你一句話！」

他過去面對著她，捉住她的手。

「你問吧。」他鼓勵地說。

「聖珂，」遲疑了一下，她沉肅地問道：「你告訴我——你愛我嗎？」

「當然！我是愛你的！」范聖珂熱切地回答，隨即激動地緊抱著她。

黎齡掙扎著，把頭偏開。

「不要吻我！」她低促地說：「現在不要吻我——我們馬上到上海去！」

「去幹甚麼？」

「去讓你重新認識我！」她用堅決而冰冷的聲音回答：「然後，你再愛我，或者離開我！」

第三十六章

一

從走進這間房間開始，范聖珂便站在這個地方，始終沒有移動過。

他以一種困惑而挾著些兒批評意味的目光打量著室內的陳設：寬大的柚木席夢思床，柚木的櫥櫃和一套式樣別緻的沙發；窗上垂著大花的窗帘，地上舖著棗紅色的厚地氈。總之，它顯得高貴，舒適和溫暖。

「這是甚麼地方？」他回頭向靠在房門上的黎齡說。

「我的臥房。」她生硬地回答。

「你不是住在學校的宿舍裡嗎？」

「有時我住在那裡，有時我住在這裡。」

他忽然有被騙的感覺。他笑笑，故意裝作若無其事地問道：

「你要我來認識的，就是這個房間？」

「它衹是其中的一部分，」她認真地說：「你看，這種氣派，和一個拿政府公費的流亡學生相配嗎？」

范聖珂接觸到她所暗示的那個「謎」了。他不響，又向臥室裡望望。黎齡冷冷地笑了，她走過去，拿起櫥上一隻瓷質的飾物，繼續用那種生澀的聲調說：

「我告訴過你，關於我哥哥的事，」她回頭望了他一眼。「他死了之後，我跟一批學生撤到西安，以後的事，我相信你可以想像得到的——當時的情形正如你所遭遇的一樣……」她沉重地吁了一口氣，把那飾物放回原來的地方，神情微微有點興奮。「——就這樣，他們把我們接到那邊去，結果，一切都改變了！」

「……」

「我覺得我很傻，」她轉過身，注視著范聖珂：「我為甚麼要把這些事情告訴你？真的，我不明白自己！以前我從未這樣想過。他們要我做甚麼，我便做甚麼。我從來不覺得那是羞恥和罪惡，我更沒有想反抗過，我不恨別人，也不愛別人，一切都是逐漸養成的習慣；另外一點，就是一種本能的慾望，使我懂得怎麼樣活下去，而且要比別人活得更好一點。」

「……」

「坦白點說，我不配做一個共產黨員，因為從來沒有信仰過甚麼！我說過的，我自私！」她的情緒逐漸變得激昂起來，她嚷道：「我狡猾！我是一個人，是一個女人，我應該有一個女人的思想；我需要一個人愛我，真真正正的愛我；我希望有一個屬於自己的家——我並不在乎甚麼主義？甚麼信仰？」她頓了頓，跟著笑起來。「你也許不相信，這些思想，是認識你之後才漸漸意識到的！開始的時候，我很害怕，我曾經阻止過自己，可是沒有用，我現在才知道，愛是這樣堅強的——至少，它已經使我堅強了！要不然，我不敢將這個秘密告訴你的。現在，你算是真正地認識我了！我是一個自私的共產黨員，一個職業學生，一個真正愛你的人。」

她把話說完了，范聖珂仍然以一種嚴肅而冷峻的目光注視著她；但，他的心內卻開始感到紛亂和矛盾。她似乎已經覺察到他的心意，僵持了一陣，她驀然扭轉身背著他，用抑制著的聲音說：

「你走吧，我們互相可以忘掉這件事！」

遲疑片刻，一種奇異的力量使他走近她，從後面緊緊地抱著她的腰。

「黎齡！」他在她的耳邊低喊著她的名字，當她激動地扭轉身的時候，他吻了她。

二

她望著天花板：很久很久，才低聲問：「你後悔了？」

他把頭伏在她的手臂上，緊閉著眼睛。

「我知道，我不是一個好女人！」她又說，聲音帶一點悲愁。「你要我告訴你嗎？」

他仍然閉著眼睛，但他卻伸手去捫著她的嘴。

「不要說，」他說：「而且不要告訴我這兒還有甚麼人來過！」

「你在諷刺我？」

「我說的是實話，我也很自私的——至少以後我會變得很自私的！」

她激動地吻著他的臉頰。

「你真的這樣想？」她熱望地問。

「還會假嗎？」

「……」她痛苦地搖著頭。「不可能的！除非我們馬上離開這裡！」

「離開這裡？」

「嗯，」她真切地說：「到別的地方去生活，我們可以……」

「我倒不這樣想，」范聖珂用肘拐支著身體，俯望著她，然後把方其說要幫助他的事說出來。

「如果能夠成功的話，」他說：「我倒希望也進復旦，和你在一起！」

黎齡驟然像是受到驚嚇似的坐了起來，定定地望著他。

「你不高興我這樣做嗎？」

「不！你不能這樣！」她惶亂地阻止道：「甚麼幫助，他祇不過想利用你——你以為我們真的在唸書嗎？天曉得，祇不過是借唸書的名義鬼混罷了！你以為他幫忙是沒有代價的嗎？」她指指自己。「——我就是一個最好的例子！你知道我為甚麼要到杭州去？」

范聖珂楞著，無從回答。

「是他們派我去的——上面的指示，」她用冰冷的聲音說：「要我去陪一個叫做李大威的去遊山玩水。」

「李大威？」他大聲叫起來。

「一個剛從泰國保送回來的僑生，」她說：「家裡很有錢，他們要爭取他！」

范聖珂不再說話，但，在心裡卻在想：李大威，會是十多年前那個小可憐李大威嗎？

第三十七章

一

情慾比激情更可怕，但范聖珂對於它卻是無知的。雖然在軍隊裡，他時常從那些老兵油子嘴裡聽到好些關於男女間猥褻的事，但，他始終保持著一種孩童的稚心，將這種強烈的慾望抑制著。即使以目前的情形來說，他和黎齡之間的關係並沒有繼續維持下去。假如真的有甚麼原因和力量在阻止他陷下去的話，那麼除了道德上本能的自覺之外，就是由於李大威這個熟悉的名字了。

他被這個名字困擾了好幾天，直到他從沉思中覺察到自己幾乎沉迷於這種罪惡的噩夢中時，他決心到學校去找李大威。

那是一個愉快的下午，范聖珂事先已經打聽好，李大威正在第八教室上課；因此在下課之前，他便等候在教室外面。本來，他要想直接到他寢室裡去的，但他又覺得那樣太突然，可能使雙方都感到拘束。他希望能夠先看看他，然後再過去和他招呼。

「他一定已經長得很大了！」他向自己說。他記起小時候的事情：他們在矮牆後面躲著玩，他向他說父親喝的米酒是摻著尿的；他還記得他那雙憂鬱的大眼睛，孱弱而瘦小的身體，以及當他把果食偷偷地從家裡帶出來送給他時，他那種貪婪而惹人憐惜的神態……

下課鐘響了，他連忙躲到廊柱後面。

學生們開始離開教室了，他緊緊張張地窺察著每一個人；但，學生走完了，他仍然沒有看見李大威——沒有看見任何一個長得像李大威的人。

再過一會，他不得不向教室走過去，看看是否還有學生留在裡面。可是，除了一位身材矮小的老教授在整理著自己的東西之外，整個教室是空的。

他退後兩步，證實自己並沒有找錯教室。

「也許他沒來上這一節課吧！」他勸慰著自己。正當他打算轉身離開時，有人在他的身後拍拍他的肩頭。

他回過身，發現一個身材和他一般高而帶著一副近視眼鏡的學生站在他面前，正以一種審慎的神氣注視著他。

「你……你是聖珂哥嗎？」這位年輕人熱切地用廣東話問道。

「啊！」范聖珂從喉管裡發出一聲短短的驚歎，他馬上便認出這個年輕人就是李大威了。剛才他沒有把他認出來的原因，是李大威已經戴上一副黑框眼鏡，而且他的身體相當壯健。

「你就是大威？」他接著低促地問。

李大威點點頭，於是他們情不自禁地擁抱起來，但隨即又有點尷尬地分開了。

「我……我差點還不……不敢認你呢！」李大威吶吶地說，強抑著眼中的熱淚。

「我認不出你才是真的，」范聖珂接住他的話：「你跟小時候完全不同了，我覺得我倒沒有甚麼改變！」

「其實我一出來就注意到你了，不過你額上的這塊疤痕——我記得小時候沒有呀？」

范聖珂的臉上掠過一層暗影。額上的傷疤，是他的光榮、痛苦和屈辱的印記，如同烙印似地印在他的心中，他甚至希望連自己都能夠忘掉它。現在，他含糊地應著。

「嗯，是……是的。」

「現在你在找誰呀?」

「找你!」

「我,」李大威用手指推推眼鏡。「你怎麼知道我在這兒?」

范聖珂笑了,他向左右望望,然後說:「話太長了,我們還是找個甚麼地方坐下來談吧。」

二

在虹口一家小館子裡,他們說了不少話,而且喝了不少酒。開始的時候,他們談些小時候的事,然後,再互道別後的情形:李大威十四歲便離開河內,隨著他那位平常難得見一次面的母親到曼谷去,因為他的母親又改嫁了;不過,這一次對於李大威來說,卻是非常重要的,他從此才算是真正的得到了一個家,和母親、後父生活在一起,最難得的,是這位後父非常愛護他。

至於范聖珂,顯然不願意讓李大威分擔他的悲哀,他把受傷後的那段日子含糊過去。李大威似乎覺察到這一點,所以對他目前的生活情形也不願追問,因為他已經從他這種悒鬱的神態中窺見一點他極力隱藏的甚麼了。

「你一直沒有回過越南?」李大威試探地問。

「沒有。」他苦澀地笑笑。

「還在通信嗎?」

「很多年沒接過家裡的信了!」

「我覺得你似乎應該回去一次。」

范聖珂不回答,獨自乾掉杯裡的酒。沉默半晌,他忽然沉重地抬起頭。

「大威!」他沉肅地注視著這位突然顯得有點茫然的朋友。

「甚麼事？」李大威低聲問。

「我今天來找你，主要的，」范聖珂絞著手指，困難地說：「我…我要和你討論一件事！」

「嗯……你說，甚麼事？」

「——思想上的問題！」

「思想上的？」這位朋友有點糊塗起來了。

范聖珂思索了一下，然後正色地問：「你對於現在的政府，有甚麼感想嗎？」

「……」李大威誠實地搖搖頭。「我繞回到國內來，我，我還不了解這些——而且，老實說，我對政治並沒有甚麼興趣。」

「但是學新聞是離不開政治的！」

「也許是這樣，不過，我這個選擇，主要的還是想訓練訓練自己，一個男人太內向是不大好的！」

「尤其對於愛情這方面，」范聖珂直截地說：「你談過愛情嗎？」

李大威的臉紅了，他怯怯地笑笑。

「沒有！」但他又抑起頭。「不……不過，我最近……」

「我看得出；最近你已經在戀愛了，對象是一個既美麗而又自信的女孩子！」

「你怎麼知道？」

「這有甚麼希奇，我還知道她的名字——黎齡！對嗎？」他笑了。「而且你們剛從杭州回來！」

李大威驚惶地瞠視著范聖珂，他低促地問：

「你——你認識她？」

范聖珂痛苦地避開他的眼睛，沉痛地說：

「也許我這樣做，是一種卑劣可恥的行為，但是為了你，我覺得我應該這樣做！我對她認識得太清楚了，所以，我才敢說她對你並不合適……」

「為甚麼不合適呢？」李大威掙扎地問。

「你信任我嗎？」

「這不是信任不信任的問題，愛情應該是……」

「你以為這是真的愛情？」他打斷他的話：「——她對你的？」

「……」

「你太天真了！她不過在玩弄你，爭取你！為了你的錢和利用價值——她是一個共產黨員！」

李大威劇烈地震顫了一下。他緩緩地抬起頭。

「你說甚麼？」他大聲問：「你怎麼知道？」

「因為我已經陷進去了！」

李大威楞了半晌，驀然站起來，痛楚地衝出門外。范聖珂知道自己刺傷了他的心，但他並不想追出去，他覺得，他應該再喝一點酒。

三

在這個星期裡，范聖珂整個地沉浸在痛悔中，他極力不去想李大威和黎齡這兩個人；趙老闆以為他病了，堅持著要送他進醫院，最後，他拗不過，祇好到上海去一趟，打算挨到晚上再回來，表示已經看過病。

到了上海，他很想到愚園路那間公寓去看看黎齡，因為這幾天他又突然看不見她了。

從那天發生了那件事情之後，黎齡對他的態度顯然變了，她雖然仍每天到飯店裡來，但總是和方其他們在一起。范聖珂可以看得出，她在故意冷淡他。可是在范聖珂的心裡，李大威突然介入他們之間，使他有點無所適從。他是愛她的，但對李大威這件事卻異常痛恨，他發覺自己仍然是李大威的保護者，他珍惜著童年時代那一份真純的友情。

那一天，就是他找到了李大威的那一天晚上，當他蹣跚地從虹口步行回江灣的時候，黎齡已經在飯店對面徘徊了好幾個鐘頭了。

「聖珂，」她攔住他。「我有話要跟你說！」

「哦，是你！」

「你喝酒了。」

「但是沒有醉，」他獰笑起來：「替我問候李大威先生，愛情——神聖偉大的愛情……」

「聖珂！」

「不要擔心，」他有點語無倫次地繼續說：「我失敗了——他愛你！你說我多麼卑鄙。我剛才居然……」

「走吧，你醉了，」她扶著他，說：「我們一起到上海去，我要告訴你一件很嚴重的事情，是關於我們的！」

「我們的！」范聖珂忿忿地摔開黎齡的手，詛咒道：「你滾開吧！我永遠不會再到那個下流齷齪的地方去！」

她駭然退後兩步。

「你說甚麼？」她喃喃地說。

「我說我永遠不會到那個下流齷齪的地方去！」他大聲重複了一遍。「聽懂了吧！」

接著，他驟然感到左面臉頰上一陣刺熱，黎齡匆匆的用手蒙著臉消失在黑暗裡了。

現在，他走到那間公寓的門前。但，他猶豫了一下，終於又離開了那個地方。

這天晚上，他又醉著回去。

「你看過病了？」趙老闆關切地問，店裡祇有他一個人，顯得異常孤獨。

「……」他點點頭，避開他的目光。「醫生要我喝一點酒，不要緊的。」

「你還是早點休息吧──哦，我忘了，你有一封信！」

「是越南來的嗎？」他緊張起來。

「不是，是一個學生送來的。」說著，他將一封緊封著的信遞給他。

他接過來，連忙撕開它，他希望那是黎齡給他的信。但，他祇讀了一個開頭，便頹然在凳子上坐下來了。

那是李大威寫給他的信。一開始，他先請求他的饒恕，為了珍重這份友誼，他決定遵從他的指示，明天早上便飛回曼谷了。但是他有一個請求，他希望他也能很快的回到越南去。附上的一張支票，算是他送給他的旅費。信末，他寫上曼谷的地址，要他以後時常和他通信聯絡。署名是：「永遠是你最忠誠的朋友　李大威上」。這次，他的文法完全正確。

看見范聖珂坐在那兒發楞，趙老闆憂慮地問：

「是誰給你的信？」

「我的弟弟！」他激動而悽痛地回答。

第三十八章

一

戰後第二年的越南海防。

十月快過完了，是潮退的時候，漁區裡的漁夫們又獲得一個較長的時間生活在陸地上。然而，那些美麗的越南姑娘和那些低矮屋簷裡的女人對於他們的誘感力，已經在這黯澹的心情中減退了；他們最多也不過在小酒館裡灌兩杯白酒，或者花幾個錢在骨牌上賭賭自己的運氣。因為今年是一個灰暗的年頭。他們出漁所獲的利潤，祇能勉強挨過這些沒有太充分的酒、煙草，和女人的日子。雖然他們也時常將最惡毒的詛咒掛在嘴邊，不過他們還是很滿足地甘於忍受當前困窘的境遇。他們十分同情漁船的主人以賤價賣出了魚，然後還要繳納越盟[1]政府和法蘭西殖民政府的，一種隨心所欲而沒有法律根據的雙重捐稅。這種情形，越南的華僑已經習以為常了，甚至還要沉默地忍受一切仇視和虐待，正因為他們是一個容忍而易於滿足的民族。

歷史上沒有任何一個年代，比第二次大戰結束後的世界更荒謬。世界上沒有任何一個地方，比戰後的越南更荒謬。

---

1 越盟政府：即越南獨立革命同盟，共產黨之化身。領導者胡志明。

這是一次可怕的風暴，是那些擁有殖民地的帝國主義者的野心與無恥所引起的風暴。雖然他們極力地將這次戰爭美其名為：保衛自由民主反法西斯侵略而戰，然而他們的作為，卻明確地宣示著他們的目的。那是說；除了保持本身的權力外，還要對殖民地掠奪，攫取，分割，他們忘了他們在一九四二年所厘訂，由反軸心的「二十六國宣言」所承認的「大西洋憲章」[2]；他們忘了「德黑蘭宣言」[3]，以及一九四五年的「克里米亞會議報告」[4]。他們將所有在戰時許下的諾言全否定了，他們要繼續為了「本身的利益」而恢復他們的「統治權」。

接著，東南亞掀起憤怒的民族解放運動的風暴。殖民地人民已經醒覺地站起來了，他們在戰爭中獲得了意志和信念。他們了解，自由獨立是要用血來換取的。於是，他們勇敢地向殖民地統治者展開慘烈而不可遏止的解放鬪爭。

血，流在緬甸、印度；流在印度尼西亞，流在埃及、巴勒斯坦、菲律賓、朝鮮……

血，流在越南。

是一個錯誤的悲劇的開端啊！這種悲慘的事實被二千五百萬為狂熱的復國美夢所迷惑的越南人民讚揚著，一種瘋狂的意念在他們的心中鼓舞。盲目，喪失理智，為了表示對於家國的赤誠，他們含著驕傲的微笑，毫不

---

2 大西洋憲章：該憲章明白揭示出這樣的政治原則：「各國不自行擴充勢力、領域或其他『未經有關民族自由意志所同意的領土變更』。尊重各民族自由決定其政府形式之權利。各民族中此項權利有横遭剝奪者，各國俱欲使其恢復原有主權與自主政府。」

3 德黑蘭宣言：它特別強調今後所有聯合國家要共同創造一種和平，說：「我們將力求研究大小國家的合作與積極參加；要清除暴政和奴役、壓迫和苦難。我們一定要歡迎它們選擇到一個全世界民主國的大家庭裏來。」

4 克里米亞會議報告：揭示：「經由一切擁有愛好和平的各國人民密切而繼續合作，以防止侵略消除政治上、經濟上、社會上的戰爭原因。」

吝嗇地捐獻了所有的錢財和捨棄了生命。在他們那無知而稚弱的心中，展開著一幅偉大的遠景；啊！在那些平原，鋪遍了金黃的穀物；那些蒼翠的山巒，那些彩雲，那些城市和冒煙的工廠的長煙囪，還有紅河及湄公河的歌聲，人民幸福的歡笑……

然而，這些可憐的越南人民，他們永遠不會知道他們正跟隨著他們的領導者，走進一個黑暗悲慘境域。這不幸開始在去年的秋天。日本潰敗了。越南北緯十六度以北的日軍向入越受降的中國第一方面軍投降。他們將武器和軍用物資繳給接收部隊，同時，也將武器和軍用物資贈送給受共產國際驅使的「越南獨立同盟」，作為日本帝國給越南人民的最後一份禮物。很快的，就在二萬五千僑法越人在巴黎組織越南人民代表團，向聯合國臨時委員會呈遞要求獨立的「備忘錄」；以及「越南獨立同盟」在河內發表「獨立宣言」之後，便草草地成立了共和國臨時政府，從日軍手裡接管東京，安南和交趾支那各區。他們向法國提出牒文申訴；

——今後越南人民誓不接受法蘭西帝國統治。如法軍返回越南恢復其統治權時，將以武力抵抗。

在街頭，歌聲從他們那厚厚的嘴唇裡發出：

兄弟們！
讓我們所有的力量
獻給這次鬥爭！
我們追隨著
陽光！

我們的領袖！
胡呀——胡呀胡志明！
越南民族的大救星……

在街道的牆角、傳單、鏡框裡，到處可以發現那個乾癟瘦削，留著修長的鬍鬚，低陷的眼睛永遠在狡獪而陰險的凝視中閃射著光芒的臨時政府主席——這個執掌越南的命運（如同撒旦執掌著墮落的人）和進行著克里姆林宮赤化越南使命的共產黨徒——的肖像。善良的越南人民對他的敬仰簡直使人驚異，在他們那空虛的心中，這個年老的政客就是神。假如世界上有比神更尊貴的稱謂，毫無疑問，他們也會用這種稱謂去稱呼他的。他們認為，唯有他才是真正在拯救越南民族的英雄。關於共產主義或是任何一種主義對於他們都不會太感興趣的，因為他們所受的教育使他們不能理解，他們不會相信一個主義對於一個民族和時代有甚麼利害關聯。他們以為，任何主義都是一樣，最多祇不過變換一個名字而已；他們所想望，所需要的，祇是「復國」。除此之外，都是以後的問題。因此，那佔有絕大多數的貧苦勞動階級，這些可憐無知的復國革命者，便深深的沉溺於共產黨所專長的政治宣傳的迷惑中了。

就在這個時候，法蘭西殖民政府的軍隊再返回越南。那是獲得中國接收部隊協助才能安全地在越盟控制的地區登陸的。關於這種協助，中國軍隊是履行同盟條約上應盡的義務，因為越南仍是屬於法國的。在法軍開進越北之前，法越雙方成立了一項臨時協定——一個騙局，法國承認越南有自治權，越南臨時政府允許法軍駐留二萬五千人。然而，當法軍進入越北之後，達尚里歐[5]隨即撕毀了協定。他以一種動人而圓滑的口吻解釋越南

5 達尚里歐：越南總督。

的自治權，僅限於北緯十六度以北。同時，很巧妙地在南越製造一個在地域上與「越南共和國」分開的「交趾支那自治共和國」，而且法國政府立刻予以承認。這種舉動，不僅表明帝國主義者在越南所施展的陰謀，更暗示戰後的統治者對殖民地的決策。經過一次衝突，胡志明率領著代表團匆匆地到達巴黎。封騰布羅宮的商談會議繼續了幾星期，胡志明又匆匆地帶著一種冀求立刻能夠發洩的忿懣，以及一件毫無結論的方案返回越南。從此，北緯十六度以北變成了紅色的問題地帶。武裝的越盟軍和法軍朝夕地在城市和鄉村中互相戒備著、對峙著。認識不清的越南人民將造成這種局勢的責任，諉過於中國接收部隊的身上。

他們發狂地捏緊拳頭在空中揮動，厲聲嘶叫著：

「破壞越南民族獨立的中國軍隊滾出去！」

「越南是越南人的越南！中國人滾出去！」

跟著，越南展開一次激烈的排華運動。一個中學教員在鄉村被謀殺，婦女被越盟士兵當街侮辱；在一些小鎮市裡，竟公開驅逐中國商人……

中國軍隊終於「滾出去」了，是達成接收越北日軍的任務後滾出去的。將這種因不可解釋的紛爭而起的苦難留給居住在越北的三萬五千個華僑。就這樣，越北的華僑祇得繳納雙重不合理的捐稅，忍受著一切仇視和虐待，無怨尤的生活著……

二

那個持著一種超然的傲慢態度生活的老漁夫，現在已經很蒼老了，他傴僂著，持著一支手杖；但，他仍然高高地昂起那已經光禿的頭。他那斑白的鬍鬚在耳邊向下緊密的垂著，眉毛幾乎要把那雙凹陷而炯炯發光的眼睛遮蓋了，眼角和額上的皺紋使他整個臉部佈上一層深刻的暗影。

這天的黃昏，他從內河碼頭步行回家。他走在街邊那排開始落葉的鳳凰木下面，他一邊走，一邊矚目於運河對岸的那幢紅磚教堂的尖角，沉湎於默想中……

返回家裡，他逕自走進客廳，靜靜地在對著壁爐的大沙發上坐下來。他閉上眼睛，微微地在喘息，同時，讓整個心靈溶解於酣美的恬靜中。

客廳的陳設依然和從前一樣，並沒有稍加移動。這是他妻子的意思。她認為即使是祇移動一點點吧，當她的兒子回來的時候，也一定會感到陌生的。為了安慰他的老伴，范大叔十分贊同她的意見；而且極力向她預言著他們的兒子一定能夠回來的。不過，當這位可憐的老婦人因聽到丈夫的話而露出一個寂寞而淒苦的微笑時，老漁夫禁不住起了一陣寒慄，接著，在心底發出一聲深長而沉鬱的嘆息。因為連他自己也不敢相信，那在長長的七年中杳無消息的兒子，是否能夠回到他們的身邊來。

現在，他靜靜地坐在沙發上養神，這已經成為一種習慣了。在這時候，他可以傾著全靈魂的渴慕去想念：那已在他的生活中失去的海，抱負，以及一個太像自己的兒子。想到這兒，老漁夫微微張開他的眼睛，偷偷地窺望著壁爐架上嵌在一個銀質相框中的，兒子的照片。在他的記憶中，永遠是那麼清晰；這是他在八年前所拍攝的，他記得那天正是兒子十六歲的生日。那時候，最大的女兒谷英還沒有出嫁。那是多麼美好的日子！他繼續想：假如他還活著的話，應該是二十三歲了，這是一個值得令人興奮的年齡！不過，當他自己生活在這個歲月中時，那正是一個愁慘的時期；窮困使他放棄了一切最深切的想望，已經開始用樹皮草根去醫治病人了，那是他的父親傳授給他的。直至現在，他還為這事而詛咒，同時又引以為榮。接著，他又想及他的兒子。天！他暗暗叫喊著：二十三歲啦！假如他還活著的話……老漁夫重複著這句話，但，他立刻為這句忌諱的話懊悔起來。該死的！他詛咒著：那是一定的，他還活著，而且應該活著，誰能奪去他呢？——他還在昆明，在唸書，或者已經找到一份掙錢的職業了。可不是嗎？和我一樣，他會使用他的手和腦呀……

老漁夫在想，在笑。他很想痛痛快快地笑一次，因為他很久沒有接觸過這種感情了。可是，正當他要想掀動那兩片枯癟而為那斑白的髫鬚所掩蓋的嘴唇時，那個可怕的壞念頭瞬即又向他猛撲過來，挾著一種比他更頑強力量。

「他不會回來了！」他向自己說。因為他早就獲得一個可靠的消息，他那個吝嗇的堂弟已經死在七年前日機轟炸的店舖中了，而他們的兒子是和他居住在一起的。老漁夫癱瘓在光線黯淡的客廳中。

很久很久，他屏著氣息睜開他那潤濕的眼睛，努力在黑暗中窺望那已被戰爭攫奪而仍保存在相框中的兒子。但，他祇能瞥見櫥櫃和壁爐隱現的輪廓；其餘的，包括他的思想，完全沉沒在靜穆的黑暗中了。

他怯弱地用那雙寬大而爬滿了筋脈和皺紋的手掌去蒙著自己的臉，他萎縮起來。兩顆溫暖的淚珠滑落在他那斑白的髫鬚上……

有輕微的欷歔聲。

三

晚餐的時候，那位已經是五十二歲的妻子憐惜地望著他，聲音就像七年前那個夏天的晚上所說的一樣；「你覺得不舒服嗎？」

「啊……」范大叔微微地把身體直起來，掩飾地回答：「你以為我的老毛病又復發了？唔，不會的，假如真的到了那一天，那我就得離開你了……」

說著，他將眼睛向右面的座位上望望：他們的三個女兒正靜靜地低著頭進餐。二女兒谷萍已經十九歲了，她的頭髮很美麗，長長的披在身後，彎彎的眉毛和略為上揚的眼角，要算是她的面部中最誘人的部份了，由於身材高，所以顯得瘦弱，現在，她正掌管著這個家；十五歲的谷蕙坐在她姐姐的旁邊，她生長得異常豐滿，除了顴上的幾點雀斑，她的像貌和她那已失落的哥哥很相像；有一種含蓄的美，正如她內心蘊藏的美德。最小的谷芳今年已經十一歲了，她是最小而又最為父母鍾愛的女兒，她的外型和谷萍相像，祇是眼睛和嘴角比她的姐姐更細小，更俏皮而已。自從華僑學校被封閉後，她們已經改讀越文和法文了。現在，她們正謹慎地吃著晚飯。

「——唔，還有她們。」

老漁夫冷冷地結束了這句話。他不敢將剛才所想到的向他的妻子說出來。他想：倘若她一旦發現了那個隱藏在心底的秘密，那麼一秒鐘對於她都是多餘的。

他的妻子向他溫和地笑笑，說：

「別去想這些吧！」

這天晚上和其他許多晚上一樣，淒涼，寂寞。

直至女兒們相繼上樓去安睡，范大叔才放下他的板煙斗，以一半激憤一半勸慰的聲音告訴他的妻子：他已經將破舊的「兆和號」——他最後的一點產業標賣了。因為去年一場重病用去了很多錢，他急於要清償一部份債務。同時，在這雙重苛稅下營業，他感到是一件近乎愚蠢的事。況且，越南的時局對於居留的華僑是極其危險的，仇視中國人的越盟軍和法蘭西帝國統治者會像日本人一樣的對待他們。

最後，他顫著聲音提議道：

「讓我們一起離開越南吧！」

面色蒼白的妻子不解地凝視著他。

「在那兒我們一定會過得很好的，我想過了……」

「……」她微微張著嘴：「你是說——」

「回國！」

「回你的……」

「我的家鄉呀！我敢向你保證，你一定也會喜歡那個地方的！」

她搖搖頭。

「為甚麼不呢？」他喊道：「你想想看，我們老了，呃，還有孩子們。不是嗎，妳總不會忍心讓戰爭再在我們的……」

老婦人定定的注視著她的丈夫。

「啊……」范大叔的頭垂了下來。鬍鬚壓在胸前。

「……」

「……」

他的妻子開始說話了，是一種悲切的聲音：

「你說下去吧！我在聽。」

老漁夫困難地抬起頭。

「怎麼，你哭了！」她驚慌地伸出手，似乎要想替丈夫揩拭眼邊的淚珠；但，她終於又遲鈍地將手收回了。這是她第一次看見這個倔強的老漁夫的眼淚，她怔住了。

「啊！你哭了……」她喃喃地重複著。

「是的，我哭了！」他痛苦地點點頭。「我哭我們的命運。」

「我不明白。」

「讓我們一起離開越南吧！」他再懇求著：「為了孩子們。」

妻子安靜地反駁：「為甚麼一定要離開呢？」

「你想想看，假如法國人和他們發生衝突。哎！這是無論如何不能避免的呀！」

「你還考慮過甚麼原因需要我們繼續留在這兒嗎？」妻子變換了含呵責的聲調。

「那麼，你說吧，我們還要考慮些甚麼呢？」

「我們的……兒……子……」婦人音哽咽了。她將頭深深地埋在扶著沙發的手彎裡。老漁夫的頭重又低低的垂下來，在喉管裡發出沙嗄的聲音。

「是的，還有——我們的……兒……子……」

第三十九章

一

距離范家那個不偷快的晚上沒幾天，是中午。

一艘小貨船緩緩地駛進岩石嶙峋的阿龍灣，再過一個鐘頭，就可以看見海防了。范聖珂由烘熱的內艙跑上甲板，伏在欄沿上，沁涼的海風吹拂著他敞開的衣襟，他正凝神於迷茫的前方……

他終於回來了；不禁激動得顫慄起來。貨船在囂叫，紛亂，夾雜著沉濁的汽笛聲中靠了岸。他看見那些水手喘著氣，發狂地奔跑，咒罵，擊著纜索；水手長在暴燥地吆喝；乘客將半個身子探出欄杆，在人叢中找尋迎接的人；搬運伕在嘀咕行李太大；好些人在笑著擁抱，然後又忍不住啜泣；好些人向水果販和牛角製的玩具飾物販講價錢；小孩子哭喊；水蒸氣嘘嘘作響……

直到碼頭完全沉寂了，他才謹愼地舉起有點陌生而略帶蒼涼意味的步子走回家去。他走著，愈來愈感到昏亂。他無法控制自己的情緒。眼前是多麼熟悉的景象呀：白的粉牆，淺棕色的鐵皮瓦，紅磚的房屋，藍藍的天，幽雅的街道。啊！那一抹金黃的樹影，甜美的氣流；那家小店門前炒製咖啡的搖機聲和香味；那遠遠的地方，冬天的陽光和煦地溶解於一層眩目的光暈裡，閃耀著。

他沿著一條熟悉的，和小運河垂直的道路，向這城市的心臟走著。他曾經好幾次在那落了葉子的鳳凰樹下停下腳步，仰頭窺望那些黑色的，結掛在樹上的扁刀形的果實。在他小的時候，他當常和他的同伴用磚塊去擊落它們，然後坐在馬路旁的青石階上，仔細地剝開它那堅硬的夾殼，將裡面豆粒似的果仁送進嘴裡。他還記得，有幾次他們將路旁住宅的玻璃窗打破了的情形。這是多麼久遠以前的事啊！然而在他的記憶中，依然那麼明晰，使他永遠馱著一個愁苦的想望對它懷念著。現在，他回來了，帶著破碎而疲憊的心靈回來了……

經過那幢巍峨的法國皇家音樂院，他看見一隊背著三八式日本步槍的越盟士兵，在對面的草場上操練，四週圍滿了越南人。一群小孩子用竹枝搭在肩上模仿著，維肖維妙地叫著：「立正」「起步走」的口令……

他已經走進市街了，黃底紅星旗在每一家越南人的門前飄揚著。一輛捐獻衣物的宣傳車在他的面前慢慢駛過，一個穿草黃色制服的年青人站在車頂，右手放在嘴邊，聲嘶力竭地叫嚷著。後面那些烏黑的木門裡，奔出幾個孩子和女人，將手上的布包投進車箱裡……

「這就是今天的越南啊！」他低喊著，心中充滿了欣悅。一種由來已久的情愛，使他對於這些事情大為感動；這個國土，這些不幸的子民，他是多麼愛慕著他們呀！

二

半小時以後，腳步已將他帶到對著運河和那幢教堂的一所樓房的門前了。他看看那褪了色的木門和古老的百葉窗，淺褐色的牆……

他不自覺地恐懼起來，一種沉重得使他抬不起腳步的意念，在緊緊地壓迫著他。他的軀體和整個的思維被凝固在階石上面了。

他終於顫著手去叩門。

半晌，門被打開了。一位秀麗的少女出現在門前，她正用圍裙去揩拭著手，眸珠裡散發著一種青春的幸福光澤。她向門前的范聖珂凝望了好一陣，她那細小的嘴唇微微地抖動；驀地，她返身衝進屋裡，用發狂的聲音呼叫著：

「阿布烏！阿布烏！」[1]

接著，顯然是經過一陣忙亂，老漁夫和他的妻子顛躓地走出來，在門階上，他們怔住了。驚惶而疑懼地向他們的兒子瞠視著。神知道這短短的默視中，他們那因長遠的想念而萎縮的生命中所起的變化；心的迷醉，靈魂的顫慄，無涯的慈愛昇華了，凝成兩滴孕著深濃柔情的熱淚，溫暖著那為期待乾枯的眼睛。一陣劇烈的痙攣將那位老婦人的嘴角扭曲成一個淒苦的神情，她匆遽地張開手臂，撲過去擁抱著她的兒子。在他那低陷而消瘦的臉頰上親吻，用使人心碎的聲音哭喊起來。

她瘖啞地重複著：

「啊！聖珂，可憐……的……小聖珂……」

老漁夫抖擻地將背脊挺起來，臉上浮盪著笑，眼淚從朦朧的眼睛中滑落下來。他緘默著，以三十年前的那種傲慢姿態站在門邊，緘默著。等到兒子從他母親那個長久而熱烈的擁抱中向他走過來，他突然感到驚駭起來。這兒就是他們的兒子嗎？他默默注視他，如同要在他身上尋找甚麼似的。這是不可能的呀！他在心中忖度著。他想：他兒子有的並不是這樣一雙呆滯而失神的眼睛，含著痛楚的嘴，以及這種冷漠而抑鬱的神態，但，眼前這個意態沉肅的年輕人，正是他朝夕縈念的兒子。於是，他似乎有些畏怯地伸手按在范聖珂的左肩上，帶著一個謙遜的、真摯而溫和的笑意說：

「你回來了。」

---

1 阿布烏：越南語，母親。

老漁夫不能說下去，他整個生命被一個驟然而來的思念痲痺了。雖然他很想對他表示他的歡欣，可是他不能。因為他本來就是一個不善於在感情上表露自己的人。

范聖珂苦澀地笑著。

「進來吧！」老漁夫收回他的手，用催促的聲音說：「我想：他一定很疲倦了。呃，你扶著媽媽進來吧。」

「用不著！用不著！」老婦人固執地說。同時，反而用她那顫抖著的手去攙扶她的兒子，一步一步地走進屋裡，女兒們跟在她的身後。

她一邊走，一邊向身邊的兒子解釋著。她向他說：客廳的陳設跟以前一模一樣，從未移動過；還有餐室裡的座位；還有他的那隻上面塑有海馬圖案的玻璃咖啡杯；還有他的臥室，他的書櫥……她說著，不斷地側過頭去看著那緘默的兒子。她握著他的手膀，就像握著真理似的使她振作起來；她感受到，從她的兒子身上傳導過來一種永恆的溫暖和力量，使她陷入一種奇妙的幸福的酩酊中。

走進客廳，她讓他在壁爐邊的沙發上坐下來，將他的身體推靠在靠背上。然後俯在他的身旁，忙亂地問他是不是餓了。沒有等到回答，便回頭吩咐谷萍，為他準備一些可口的食物。

她一時想起許多他喜愛的東西：蒸龍舌魚，燴牛肉丸，那些越南女人頂在頭上叫賣的黑豆湯，和用好幾種生菜包裹的肉捲……

她揚著嗓子向走進廚房的女兒補充道：「別忘了給你哥哥多預備些兒芥末！」

老漁夫站在他們的前面，用手圍著突然變得羞澀起來的谷蕙和谷芳。他靜靜地咬著板煙斗，向壁爐架上那個銀質的相框偷偷地窺望了好幾次。他暗自猜度著兒子所經歷過的不幸遭遇，停了停，他竟為他那憂鬱的意態感到不安起來。

「啊！」母親發出低促的驚歎。

「怎麼啦……」

丈夫慌忙低下頭去，關切地問他那將要因恐懼而暈厥的妻子。他的眼睛漸漸地由她而移向悽楚地將頭靠在沙發上的兒子的臉上……

沉默了一陣，母親生澀地嗔聲問：

「你……你受——受過傷啦？」

老漁夫這才發現兒子左額上的傷疤。他感到一陣難堪的窒息，他無力地屈下身體，抖著手指摸索沙發的靠手，坐下來。

范聖珂心裡想：哎，那又有甚麼值得驚訝的呢！比較起來，我已經算是最幸運的了。

他的母親已經伏在他的膝上悲痛地哭泣起來了。

這種聲音在這寧靜的空間震顫著，彷彿逐漸變成一種難以抵禦的力量，重重地撞擊著被回憶和一個新的悲哀所折磨的范聖珂。他想盡力讓自己安靜下來，低聲用些親切的話去安慰他那可憐的母親，然而，他不能，他的心被一種奇異的情感所絞痛，強烈的幸福的預期和積壓的憂鬱在他的生命中激盪著。哎！他向自已說：我還能說些甚麼呢？他那沉滯的眼睛落在母親的頭上；頭上佈滿了白髮，幾乎每一根髮絲都為了想念他而憔悴。他抬起頭，看看頹坐在沙發上的父親，和畏怯地立在後面的妹妹們……

啊！這是一幅多麼親切的畫像啊！他憶起在一個久遠的日子裡，他曾經替他們這樣拍過一張照片：父親端正地坐在沙發上，妹妹們排立在後面，她們在笑……

他陷入淒苦的回憶裡。

門前有喧嘩的宣傳車駛過。喊著刺耳的口號……

一隊踏著沉重皮鞋聲的越盟軍唱著革命歌曲：

兄弟們！讓我們將所有的力量

獻給這次鬪爭……

范聖珂被一個新的，由靈魂中升起的思想所激動，因而使他狂暴地在沙發上掙扎起來，匆遽地奔上樓去，衝進自己的臥室，撲倒在那張曾經孕育過他那瑰麗童年的，柔軟而溫暖的床上……他在悲哭後疲乏地沉睡了。

直到晚上，老漁夫和他那可憐的妻子仍靜靜地佇立在房門外，不敢去驚動他。

第四十章

一

他回家來了。

老漁夫和他的妻子謹慎地以一種過份摯愛的心情去接近他們的兒子；這個沉鬱的，彷彿整日落入沉思中的兒子。雖然他們不能確切地了解他，但，卻止不住內心的欣喜，因為，他們的兒子畢竟是回到他們的身邊來了，而且還那麼自信，認為他會恢復過來的。於是，他們終日小心翼翼地看顧他，假如能夠的話，他們甚至願意擔負他所有的悲哀。

可是，這個被命運放逐的年輕人儘管他怎麼渴望能在現實生活中追回往昔的記憶；儘管他怎麼默默地傾注心靈中全部愛情去愛他的父母、他的妹妹，他的家；但一切都是徒然的。當他正要接觸這個世界的邊緣，當他在一切事物上尋覓著以往的歡樂，當他在靈魂深處對這新的生命與事物環境產生一個新的意念時，他竟然困惑起來，他發覺自己已經失去了所有的信心和思考的能力。那個從血泊中醒過來的悲慘記憶，又侵蝕進他的生命中了。

這是無法解釋的，除了一個真正從戰爭的死亡中爬出來的人之外，是永遠不能體察和理解這種況味的。戰爭將世界上許多東西變了形狀，那個曾經是屬於他的世界，家，親人，不能再了解或幫助他了，而且他也不能再了解他們。

二

有一天，他隨著老漁夫在街道上走著，他們要到許多親友的家中去答謝他們以往的關懷。路上，老漁夫愉悅地招呼著熟識的人，驕傲地微笑著。因為他的身旁，有著一個曾經為祖國流過血的，光榮的兒子。

越過一條狹窄的馬路，老漁夫突然輕聲問：

「聖珂，你是一個官長嗎？」

范聖珂苦澀地笑了，他淡淡地回答：

「我是一個上等兵。」

老漁夫繼續問：

「聽說那是很糟的，是嗎？前方死的全是士兵呀！」

兒子緘默了。停了停，父親說：

「唔，你說吧，你曾經打算過回家後做些甚麼事情呢？」

他搖搖頭，眼睛失落在前面，他生硬地回答：

「——我相信我不能再做甚麼事情了！假如打仗的話，我卻能做許多別人所不能做的事。」

「啊！這是一個多壞的念頭，」范大叔不以為然地說：「你們除了打仗，就從來沒有想過其他的嗎？」

「……」

「難道一次也沒有過？」

「也許因為我們想得太多了！」

「甚麼？想得太多？這話可不能說，你還年輕吶！」

兒子的腳步緩慢下來，痛苦地向他的父親要求著：

「爸！別再問我吧！我實在想得太多了——有時，我真希望自己能夠甚麼都不去想。」

老漁夫住了聲。走了幾步，又喃喃起來：

「我忘了，我不該在這個時候問你的。」

在親友的家中探訪回來，范聖珂避開母親那憂戚的凝視，悄悄地躲進臥房裡。他茫然若有所失地坐在小書桌前，漫不經心地翻著書頁；無意間他找到一本陳舊的相冊，才看了兩頁，他便重重地將它合起來了。他又瞥見一個小小的石膏塑像，他還記得那時他是如何笨拙而認真地用竹製的工具塑造它；還有那塵封的集郵簿、釣竿，畫板。這些東西，彷彿躲在臥室的角落裡對他訕笑，它們的存在正是對他的命運作惡毒的嘲諷。

他詛咒著：

「這些該死的東西！」

他在椅子上站起來，在室中來回走動。他聽見自己孤獨的腳步聲，孤獨的心聲，以及孤獨生命的囈語……

他重又絕望地倒在靠椅上。

寂寞由窗口爬進來，在他的四週蠕動。室內漸漸暗下來。他讓自己靜靜地沉沒在一個冷卻的熱情所喚起的，一個屬於靈魂的境界裡；他讓那些曾經在他的心中澎湃的意念，輕輕地嚙咬著他的記憶。現在，他才真正的發現了自己。這個世界和一切事物都使他感到深重的自卑，他對幸福畏怯，勸慰和憐憫會傷害他。這些，要比一個最大的羞辱還要使他難以忍受。

三

一個晚上，餐後他們圍坐在客廳裡閒談。母親要他幫著捲起一件毛衣的絨線，她想藉這個機會接近他。他們對坐在兩張沙發上。老婦人的眼睛浮泛著一些隱痛，直直地注視著這個有意規避她的兒子。她的手機械地動著，而終於停了下來。

兒子抬起頭，等到他接觸到她的凝視，他很快地便從她的眼睛中逃開了。然後，他故意使手上的線球滾在地上，屈著身體去撿拾。同時，他裝作若無其事地說：

「我記得我有一件顏色和這件相同的毛衣呢？」

當他返回座位，母親嚴肅地呼喚他：

「聖珂！」

略一思索，他再抬起頭。

「你為甚麼總要逃避我呢？你知道……」

「媽！我不是坐在你的對面嗎？」

「是呀！我知道你坐在我的對面，但是……」

他勉強浮起一絲笑意，說：

「我為甚麼要逃避你呢？沒有理由要使我逃避你呀！」

「唉！我真不知道該怎麼說……」

「……」

母親仍然凝望著他，然後變換了關切的語調：

「也許是你的身體不舒服吧。」

「阿布烏！」他分辯道：「我不是好好的嗎。」

「可是你的神情並不像一個健康的人呢！」她輕喟了一下。「但願你好好的吧，神保佑你。」

沉默了一會，范聖珂將手上的線球遞給身邊的谷蕙，從沙發上站起來。他故意伸伸懶腰，含糊地向母親道了晚安，靜靜地走上樓去。在他經過老漁夫的臥室時，他停下來；靠頭去傾聽著房中傳出那種使他憂慮的咳嗽聲。

回到臥室裏，他疲乏地靠在房門上，自言自語地說：

「假如我是一個健康的人，我便不能回來了。」

四

從此，他儘可能地使自己逗留在外面，因為他怕見父母親那種關切而憂愁的凝視。他經常喜歡獨自呆坐在皇家音樂院前面的鐵椅上，看著那些越盟士兵在草場上操練。他輕輕地和唱著那支激昂的革命歌曲，他又彷彿已置身於行列裡；那歌聲，那忍受了七十五年的仇恨，在他的生命中震顫著。因為他和這些不幸的越南人民一樣，是紅河邊岸生長的兒女，他固執地愛它。為了自由，他的血液曾經流過，在暴怒的脈搏中跳動過。現在，當復仇的種子在肥美的土地上茁長，當民族獨立解放運動瘋狂了全世界被壓迫的殖民地人民，當自由的旗幟在莊嚴的晨曦中飄揚起來時，這位蘊蓄著海洋的意志與承受著那位剛直豪放的老漁夫的血液的年輕人，在靈魂中升起一個執拗的信念——為了自由，為了這些可憐的被奴役了七十五年的越南人民，他熱切地向自己宣誓：

「我的血，要為越南的自由獨立而流！」

一個早上。他和往日一樣，坐在皇家音樂院前面一座女神銅像下面那張他慣常坐的鐵椅上，手掌支著下顎，定神地瞧著草場上那些越盟士兵在操作持槍教練。

「你是每天來的？」一句越南語問話，由他的身旁發出。

「嗯。」他漫應著。

「越南人民已經站起了，他們在準備流一次血，」那個聲音激奮地繼續說：「這是一個值得歌頌的年代！」

范聖珂望去，他看見身旁是一瘦削，眼睛神經質地霎著，有著一頭黑髮的年輕人。於是他問：

「你是越南人？」

「當然，我是越南人。」他乾笑起來，接著說：「我知道你不是，對嗎？」

「但，我的母親卻是越南人。」范聖珂安靜地回答。

這個年輕人驚異地端詳著他，懷疑地說：

「你的越南話很生硬，並不像一個含有越南血統的中國人。」

「我才從國內回來，我離開越南很久了。記得嗎，日本人來的那一年？」

「啊……」這個越南青年的眼睛明亮起來。「你回國唸書？」

「──後來我是一個軍人。」

他的面孔隨即陰暗起來，聲音冰冷：

「軍人？現在呢？」

「退伍了！」范聖珂回答。

「聽說中國的內戰打得很壞呢？」

「戰爭總是不會太好的！」

「你厭戰？」

「誰喜歡戰爭！」老漁夫的兒子粗野地叫嚷著：「你認為戰爭是一件好事情嗎？飢饉！凍餒！流血！死亡！人民永遠詛咒它！永遠憎恨它！」

「可是越南人民正相反，我們讚美它！我們的血為它已經流了七十幾年了。你懂得紅河這個名字的意義嗎？」他輕蔑地笑笑。

「我知道，朋友！我像你一樣不會忘記的。一八九八年在安吉方山地，[1]一九〇八年的復國大革命，[2]一九三〇年的安拜暴動……[3]」

這個年輕人興奮地拍著范聖珂的肩膀，打斷了他的話：「好傢伙！你記得比我還清楚呢！」

「還有呢！你不會忘記神聖的一九三六年吧！[4]」

「當然不會忘記！」越南青年激動地宣示道：「這幾十年來，我們不斷地在流血，請求上帝允許我們流最後的一次吧！」

「你以為這次戰爭不可避免嗎？」

「除非法國人滾出越南！不然，總有一天……」

「可是，法國人已經允許越南自治！」

---

1 東京人民在那裏曾用遊擊方式，抵抗法國人達二十年。

2 該年越南首爆發過一次極大的革命，遍及全越。

3 這是越南國民黨與各黨派合作領導下，一件使法國震驚的大暴動。東京和交趾支那區的人民都武裝參戰，越南士兵也跟著起義，到處出現人民與法駐軍衝突。有一度城市被革命群眾所佔領，法國人犧牲約二萬以上。倉庫被焚，殖民地市長的辦公處被搗毀，稅冊和地契付諸一炬。同時，越北義安全省又叛變，農人和苦力保護著自己，工人響應他們，如拍索火柴廠工人就曾經聲援過。這個暴動從一九三〇年四月到九月，共有六個月，饑民儼然做了佔領區域內的主人。

4 這一年越南民族解放運動積極進行著。從八月中旬到十二月，越南各地共有二十三次學生示威運動，六十八次工人罷工。

「自治？」這個年輕人露出一個含有嘲弄意味的微笑，痛恨地喊道：「我們不希罕這種鳥籠式的自由，我們需要真實的、永恆而整的自由！我們要將——呃，我知道你相信我們一定能夠的，將法國人從地圖上，從歷史上逐出去！越南人民現在真正清醒過來了，我們寧可毀滅，不容分割！」

范聖珂誠摯地說：「我為你們祝福。」

他們突然沉默下來。

一列整齊的法軍巡邏隊在他們面前走過，這個越南青年惡意地將一口吐沫吐在地上。

「越南的戰爭一旦爆發，你，你怎麼樣……」他認真地望著范聖珂，等待他回答。

范聖珂不假思索地說：

「為了真理和正義，我願獻出所有的力量！」

這個越南青年激動起來。他接住范聖珂的手，緊緊地握著。

「我代表全體越南人民，向你致敬。」他接著靠過頭去，低聲問：「能告訴我，你的黨籍嗎？」

「沒有！我信仰真理。」他從鐵椅上站起來，「我要回去了，明天你可以在這兒再見到我。」

他返身走了，這個年輕人急忙追上說：

「晚上你有甚麼好的去處？」

「甚麼地方？」范聖珂反問。

「我們的革命同志俱樂部。」

「歡迎外國人？」

「祇要他和我們抱著相同的理想。」

范聖珂望著他。

「你相信我？」

「當然！」

「那麼今天晚上我將自己交給你。」

「很好！我們在『加薙鐵橋』見面吧！在那兒我們可以匯集一些在O.B.兵工廠工作的同志。」

「甚麼時間？」

「八點鐘。」

第四十一章

一

這天從范聖珂在外面回來開始，他的母親便發覺有一件甚麼事情在鼓動著他。現在，當他匆匆地離開餐桌，走近衣架時，她忍不住問：

「這時候，你還要出去嗎？」

范聖珂借故披起外套，低著頭回答：

「嗯，我想去看一個同學……」

「白天也可以去的。」

「晚上不一樣嗎？」

「在這種年頭，隨時隨地都會發生事情的，前幾天……」

「阿布烏！」范聖珂有點厭煩地說：「你還不相信我能夠照顧自己嗎？」

老漁夫放下煙斗，在沙發上坐下來，溫和地說：

「這些都是范家的特性，去吧！早一點回來。」

走出門口，他連忙加緊腳步，沿著運河的堤岸走向「加雍鐵橋」去。

太陽早已從天角沉落了，四圍蒙著黯澹而深厚的霧翳，天色灰黑，颳著風。當他正跨上橋欄時，黑暗中有一個熟悉而渴望的聲音喊道：

「我以為你不來了！」

他回轉身，那個瘦削的越南青年向他走過來，用手拐輕輕地碰碰他，沉下聲音說：「別說話，跟著我來！」

他們走過鐵橋，轉入波蘭街中段一條窄小骯髒的小街道；他們借著遠處暗黃的街燈，在崎嶇而年久失修的柏油道上小心地向前走著，在一家堆著許多廢銅爛鐵的廠房前停下來。這位在高等學校畢業、讀過四年法文的醫科學生看看他的同伴，然後伸手在一扇矮鬧門上輕輕地叩了幾下，不自然發出幾聲乾咳。

門開了一條縫，讓他們進去，立刻又關起來。

「全來了嗎？」醫科學生向開門的小伙子掃了一眼，問道。

拉上門閂，這個鉛鐵舖裡的小學徒回答：

「差不多啦！塞滿了一屋。」

再經過幾條黝黑曲折的甬道，他們進入一間嘈雜、喧鬧、悶熱、充滿了汗臭和辛辣的煙草氣味的，由一間鐵工廠改成的屋子裡。

屋子當中的支柱上掛著兩盞開得太大，而破了燈罩的老式煤油燈，昏濛的燈光在這滿是塵埃和煙垢的屋子裡跳躍著，幾條零亂的長板凳和木桌上坐滿了人，由他們的衣著上便知道他們是屬於下層社會的貧苦勞動者，他們幾乎是完全有著一個相同的形像：粗魯，樸實。火燄在他們的臉上，眼睛和靈魂裡燃燒，陷在一種沒有理由的激動與無知的不穩的情緒中。他們分別地圍著幾個戴著近視眼鏡的學生，以及幾個服飾簡樸的青年幹部同志；歇斯底里地揮著拳頭說話，在討論，在叫嚷，用粗野的聲音咒罵著法國人，腐敗無能虛張聲勢的保皇黨，不革命的中產者，甚至米糧和天氣。污穢的白堊粉牆那邊，放有一張櫃臺；用幾塊破木板搭成的架子上排列著幾瓶鶴牌白酒，藍紙包裝的「巴士多」香煙和一罐罐糖食。櫃臺前面坐著幾個人：右面幾個是穿著草黃制服的越盟軍官，手槍皮套的尖頭露在衣服的下面，他們正津津有味地剝著煮熟的落花生，殼子撒了一地。他們的左面，坐著一個略矮，身體結實的人，他大口大口地喝著酒，並不向那些軍官搭訕，祇是當他將桌上的落花生剝完時，便斜著身體伸手在他們的面前再抓一把，又低頭剝起來。因為他們背著大門而坐，所以當范聖珂和那個越南青年走進屋子時，他們並不知道。

屋子裡的聲音沉寂下來了。

醫科學生領著范聖珂走近屋柱下面，用一種威嚴而高昂的聲音說：「各位：現在我鄭重地介紹一位新的中國同志！」他向身旁含著一個靦腆而和善笑意的同伴伸出手。「這位是范聖珂先生！」

歡狂的掌聲和尖銳的口哨瀰漫開來……

長櫃臺上那個身體結實的傢伙在騷動靜止後，懶懶地回過頭，在屋子的四週搜索著。向進來的人注視了片刻，他霍然地在凳子上一站起來，匆遽地向著正在找尋座位的范聖珂走過去。

他停止在屋柱的旁邊，讓陰影遮住他。停了停，他以一種奇怪的聲音叫喊起來——是一句生硬的發音不準的越南話。

「兄弟們！我們要提防這個傢伙！」

屋子裡頓時寂靜下來。嚴肅而疑惑的眼睛，從四週集中在范聖珂的身上。

范聖珂和那個越南青年不知所措地站起來，向左右環視著……

那種聽了令人感到不偷快的聲音繼續說：

「他會出賣我們的！」

「這是甚麼意思！」范聖珂被激惱地吼起來。

沉寂。煤油燈發出吱吱的響聲……

「那麼——請原諒，我告辭了！」

說著，范聖珂忿忿地跨過板凳，返身向外走。

「不要讓他出去！」

坐在門邊的工人紛紛從板凳上站起，圍成一堵牆，范聖珂祇好站住了，惶惑地望望兩邊的人。

那個聲音命令道：

「喂，把你的臉轉過來！」

老漁夫的兒子實在不能忍受了，他緊咬著牙，睜著充血的眼睛，像一頭被囚禁得瘋狂的野獸似地霍然回轉身體——驀地，在這短短的一瞬間，眼前的奇蹟使他整個生命劇烈地顫慄起來了。

「怎麼？你……」他低促地喊道。

「不能是我嗎？」那個傢伙向他再移近一步，微笑著，燈光照在他的臉上。

「噢！你這個王八蛋！」范聖珂發狂地跑過去抱住他：「真的是你啊！劉琤！你是……」

他們含著熱淚互相注視，捏緊對方的肩膀，搖著，笑著大家跟著鬆弛下來。

劉琤挽著范聖珂，返回長櫃臺的前面，讓這位失散了好幾年的朋友在他的身旁坐下來。他命令櫃臺裡的人再給他一個空的杯子，滿滿地斟了兩杯酒。

他將酒杯端起來，遞給仍以一種欣喜的目光凝視著他的范聖珂，熱望地說：

「來！咱們乾！」

他接過酒杯，摯切地輕聲問：

「劉琤，你甚麼時候到越南來的？」

「乾了再說！」劉琤碰碰他的杯子：「談話的時間還多著吶！」
於是，他們再認真地碰了碰杯，將杯中的液體傾進嘴裡。
范聖珂放下酒杯，伸手去搶過酒瓶，急急地問：
「你甚麼時候來的？」
「去年冬天。」
「你退伍了？」
「唔……」他反問：「你呢？」
「我，還不是跟你一樣。」老漁夫的兒子苦澀地笑起來。
「他們將你送回來？」劉琤陰鬱地望著他。
「送回來？想得可週到！是我自己將自己送回來的！假如不是這個……」他指指左額上的傷疤，怨恨地嚷道：「送回來的時候，就不是這個地方了！」然後又抑制不住地問：「你究竟怎會混到越南來的？我時常在想，你也許在雲南、四川——哦，我們散失以後……」
「算了吧！我們還提這些幹甚麼！」劉琤不快活地沉下臉色，冷冷地打斷他的話。
「勝利之後，你回過家嗎？」
他並不回答。從范聖珂手上搶過酒瓶，說：
「讓咱們再乾一杯吧！這個聽了怪彆扭的名詞兒，我是讓它存在記憶裡的好。」
「不過，你總該告訴我，你怎麼到越南來的，現在在做甚麼工作？」
劉琤乾了杯中的酒，深沉地吁了口氣。半晌，他抬起頭，注視著范聖珂，審慎而迂緩地說：
「好，那麼我先問你：你又為甚麼到這兒來？這兒。」他用右手指著地上。「——這兒？」

「啊……」

二

沉默開始在他們之間展開了。旁邊有人在哼革命進行曲，激烈的越盟黨員在咆哮著。

劉琤始終沒有將自己怎樣負傷，怎樣在昆明加入了共產黨，怎樣混進盧漢的接收部隊，被派到越南的事情告訴他的朋友。而范聖珂卻暗自崇拜起他來了。他對自己說：他也和我一樣，到「這兒」來！他感到這句話有分量——到這兒來，是為了一個神聖的理想。

共產黨員忽然淡淡地問：

「品聰呢？」

「爬野人山到印度去的時候，他病死了。」范聖珂乏力地垂下頭，瘖啞地唸著：「不過他要我告訴你，他是死在壍壕裡的，他怕你會笑他。」

劉琤的瞳孔灰暗起來，他茫然地略略一頓。然後將瓶裡剩下來的酒乾掉，用力推開杯子，站起來。當他挾著微醺和重濁的呼吸，蹣跚地打算離開這個地方時，范聖珂連忙拉著他的手臂。

「到哪兒去？」他關切地問。

「正要去的地方！」他含糊地回答。

「劉琤！」范聖珂沉下聲調，誠摯地要求著：「住到我家裡去！我家裡的人一定歡迎你的。」

「謝謝，」劉琤生硬地回答：「我在外面流浪慣了，我怕拘束！」他匆匆地向外走了幾步，又遲疑地回過頭，冷冷地補充道：「每天晚上我都在這兒！」

三

這個晚上，范聖珂在老漁夫和他母親焦慮的等候中逗留在那個地方。直至深夜；他才拖著沉重，被酒精燃燒而失去重心的身體，返回家中。嘴裡不斷咕嚕著，哼著忽斷忽續的革命進行曲……

從此，當那傷害他的記憶在他的心靈中重現，他自然而然在這些「熟悉」的生活中重新振作起來。他竟漠然於背後的陰謀和罪惡，他祇是那麼狂熱地迷戀著這曾經在他的生命中失去的生活。所以，他在家中顯得神秘而緘默了。他不關心家中的事。他那麼冷漠地對待他的父母和妹妹，將自已整天關在房間裡。

到革命同志俱樂部去成為他的習慣。劉琤和那個叫做「恩方」[1]的醫科學生開始引領著在苦悶中徬徨的他，進入一個炫目而神奇的世界裡去。

在這段日子裡，他忘掉上海、黎齡和李大威，給趙老闆的信也中斷了。回家之後，雖然有好幾次想向母親問問谷蘭的情形，但，他始終不敢開口。現在，他覺得這種情感是很可笑的了。

蒼老的老漁夫和他那可憐的妻子日甚一日地加深對他的憂慮，他們漸漸感到絕望了，他們似乎意識到一個可怕的，比攫去他們的生命還要使他們驚駭的事情快要走進「范家」悲慘的命運裡來，將有一天，他們的兒子會毫不留戀地再離開這個家，離開了他們。因此，這位可憐的老婦人整天為了這個不幸的日子到來，陷入一個冗長、虔誠、彷彿在悲泣似的祈禱中。而這位以前像花崗石一樣堅強的「兆和號」船主，現在也變得懦怯起來了，他的心臟病固然也是原因之一；但，最大的原因，卻因為他發覺兒子和他已經分離為兩個了，不再是他的化身了。然而，江湖郎中和海的血液卻使他仍然有些時候產生一種愚昧而固執的意念——如同一個飄流者在海

1 恩，安南話是「兄」的意思。即方兄。方是他的名字。

洋中抓著一塊細小而簿薄的，並不能拯救他的木板似的。他相信，世界上沒有任何一種理由和力量，能從他們的生命中將他攫去。

第四十二章

一

聖誕節快要到了。

這一段日子，范聖珂漸漸顯得活潑起來了。有時，他也會在客廳裡和家裡的人閒談；或者把國內一些他們聽起來會感到新奇的事情告訴他們；尤其是當他說到從軍以後的事，他們非常感到興趣。妹妹們也不再像以前那樣怕他了，她們一邊圍坐在他的身旁聽，一邊提出一些怪問題，要他解釋。在這種時候，范大叔和他的妻子，便止不住心中的喜悅，雖然他們仍然對他有所憂慮，不過，他們相信時間會把他那冷漠和抑鬱的情緒改變過來的。

但，有一件事卻使他們大為困惑，那就是范聖珂時常向他們要錢，他們不知道他究竟把錢花到哪兒去了？

「他不會去找女人吧？」老漁夫曾經這樣想過，但他的妻子卻用帶點斥責的口吻反對這個想法，她不相信她教育出來的子女，會做出這種事。

「可是他已經到這個年紀啦！」范大叔說。

老婦人沉默了一下，然後自語道：「你是說，我們應該讓他結婚嗎？」

「結了婚，他也許會安定下來的！」

現在，她同意丈夫這個見解。她驀然記起了谷蘭。

「你看，」她低聲問：「河內的表妹對他合適嗎？」

「那一個表妹？」

「谷蘭呀！」

「哦，谷蘭。」老漁夫想起來了。「他們小的時候很不錯的，你還記得那年的暑假嗎？」

老漁夫笑了。他說：

「那是小孩子的感情，現在都長大啦！而且，現在年輕人都講究甚麼自由戀愛……」

「我們結婚的時候不就是自由戀愛嗎？」

丈夫深摯地伸手去握住妻子的手，她連忙把手縮回來。

「難道那年他們還不夠自由？」

「是自由，不過不一定就是戀愛！」丈夫解釋道：「要不然，聖珂怎麼回來之後，從來沒提起過她？」

「嗯，我也覺得奇怪——不會是怕羞？」

老漁夫不回答。最後，他說：

「我想，我應該找個機會問問他。」

二

這天，當范大叔和他的兒子從內河頭步行回家的時候，他忽然直截地問道：「聖珂，你媽媽說，你最近用了不少錢！」

范聖珂遲疑了一下，才點點頭。

「嗯，」他含糊地回答：「我有一點用途。」當他發現父親困惑地注視著自己時，他終於低下頭，說：「我在接濟一個朋友！」

「哦！」父親鬆弛下來。「甚麼朋友？」

「在國內認識的。」

「你從來沒有請他到家裡來坐坐呀？」

「我請過，」范聖珂回答：「不過他的脾氣有點古怪，不喜歡到人家的家去。」

父親微笑起來了。

「你小的時候，也是很古怪的。」他說。過了馬路，他忽然又有意無意地問：「聖珂，在國內，你曾經喜歡過甚麼女孩子嗎？」

范聖珂沒有回答，但他馬上想起黎齡。

「那不是一件羞恥的事情呀！」父親認真地望著他。

「沒有，」他違心地回答：「真的沒有！」

父親不再問下去。

回到家裡，范聖珂悒悒地把自己鎖在臥室裡。父親的話仍在困擾著他。離開上海後，他曾經努力使自己忘掉黎齡，不再去想那一段日子，以及當她發現他不辭而別後的情形，但，現在，他發現自己無法再逃避了——因為他是愛她的。

他彷彿又窺見黎齡的笑靨，又聽見那溫婉的聲音，他重又陷入因回憶而驟然燃燒起來的激情裡。

很久很久，他才慚愿而迷惘地到書桌前坐下來，拿出信箋，要想寫一封信到上海，給飯店的趙老闆，除了向他道歉和將自己的情形告訴他之外，希望能從他那兒得到一點關於黎齡的消息。

可是，那封信他開了好幾個頭，始終無法寫下去。他的心情異常紊亂，最後他忿忿地撕碎信紙，生起氣來。這種悔恨使他很快的便疲乏得連抬起頭來的力氣都沒有了。直至房門響出輕輕的叩門聲，他才醒覺過來。

「進來吧！」他沉悶地說。

「你把門鎖起來了！」他聽到母親的聲音。

過去打開門，他發現母親以一種憂愁的目光注視著他。他淡漠地回到書桌前坐下來。

母親跟著過來了，她猶豫了一下。才在他的床邊坐下。

「聖珂！」她低喊道。

他回過頭，生澀地向母親笑笑。

「你願意和我到河內去旅行一次嗎？」她熱望地說。

「去河內？」他震顫了一下，重複道。

「你回來了，始終沒問起過你的表妹呢。」

他歉疚地低下頭，半晌才問：

「姨媽好嗎？」

「姨媽？」母親瘖弱地回答：「你再也見不到她了！」

「啊……」范聖珂吃驚地揚起頭。「她怎麼了？」

「她已經去世三年了！」

「……」

「你應該去看看她的墓，和她遺贈給你的產業。」

「——甚麼產業？」

「就是河畔路的那幢房子，」母親平靜地回答：「一半是屬於你的，另一半屬於谷蘭——你還記得谷蘭嗎？」

「記得，我當然記得！」他吶吶地應著。

母親深長地吁了口氣，然後簡略地將姨媽去世之後，谷蘭的生活情形告訴他。她曾要接她到海防來住一個時期，但是卻被她拒絕了。

「她的固執和她的母親一樣！」她瞟了兒子一眼，然後結束她的話：「這可憐的孩子，她像是還在等候著甚麼呢！」

范聖珂不再說話了。母親離開房間之後，他仍呆呆地望著窗子出神，直到寂寞的黃昏緩緩地爬進窗口，將他埋葬在紫色的黯淡的光暈裡……

晚上，他破例沒有到革命同志俱樂部去。

第四十三章

一

第二天，正當老漁夫和他的妻子在忙亂而抑制不住喜悅的心情中，準備為他們的兒子作這一次含有莫大意義的旅行，一件不幸的意外事件發生了。

一條載著煤油的中國小貨船由東興[1]駛入海防的內港。依照習慣——一種久而久之的成例，他們向越盟政府繳納關稅；然後繼續駛進內河。但，法蘭西殖民政府在分割越南的「交趾支那共和國」問題尚未獲得協議的時候，忽然對於海防的海關權[2]垂涎起來；對於這個海關權在法國政府看來，並不是一件太嚴重的事。他們在去年三月，當他們二萬五千名法軍依照法越臨時協定重返越北後，馬上撕毀了這個協定；那麼現在，他們又為甚麼不能將海關權攫奪回來呢？而且他們已經有足夠擊敗毫無戰鬥經驗的越盟軍隊的兵力。於是，懸著藍白紅旗幟的法國海軍緝私艇立刻執行這個命令。很簡單，半小時以後，這條小貨船被拖回來了，罪名是「逃稅」。

這舉動，越盟政府認為是法國人對他們的侮辱。一隊怒不可遏的越盟士兵將緝私艇截住，半排子彈，打死了五個法國水兵。

1　東興：廣東省與越南交界的一個小市鎮。
2　依照一九四五年三月法越臨時協定，海關權屬越南。

法國人總算找到了藉口。

衝突便這樣開始了。

海防市隨即陷入緊張、紛亂、激動的戰爭狀態中。海港碼頭附近的法軍藍帶兵營的美國戰車，立刻封鎖了法人區外面的五條幹道，使整個海防市癱瘓。這時，失了理智，激動得發狂的市民統統加入了保衛市區的戰時工作。他們在街道上挖戰壕，糧食店的主人捧出他的麻袋，讓女人們塞進沙土；砍倒路旁的街樹，將他們的車輛、家裡的桌椅、床、沉厚的板門，堆塞在馬路上，築成一道障礙。年輕的自衛隊不斷地吞著吐沫，畏怯地探頭到街上瞭望；穿著制服的越盟士兵握著那些粗劣的輕武器給他們壯膽，還有好些拿著鐵鍬和工具的工人，學生；空手的人站在牆邊……

黃昏時，戰鬥展開了。

槍聲散落地在這寂寂的空間飛揚起來，小鋼砲的砲彈拖著重濁的怪聲越過低矮的屋瓦，在市區中爆炸……

二

當衝突的消息傳出之後，范聖珂關起他的旅行箱，匆匆地奔到外面去。走到革命同志俱樂部，裡面空無一人。他走出來，在加雍橋邊碰見了劉琤，他已換上了一套殘舊的布軍服，提著一挺輕機槍，正率領著一隊持有武器的越南士兵，到波蘭街右面的越人區佈防。

范聖珂一邊跟著他跑，一邊問：

「沒有事情讓我做嗎？」

共產黨員遲疑地回答：「武器不夠啊！」

「沒有槍，我就不可以作別的事？」

「你應該留在華人區，那邊也許還需要你呢？你暫時留在家裡吧！」

「恩方呢？」

「他在內河碼頭，我們有好幾百人留在那兒，在接應哈哩[3]過來的民兵……」劉琤用手推開他，堅決地說：「快回去吧，要不然，那邊的路要被封鎖了！」

待他們轉入橫街，范聖珂才沿著牆角跑回家裡。他命令妹妹們將所有的用具和被褥從樓上搬到下面來，蒙上那些可能飛進彈片的窗口，儲備充足的食水，用木板和傢具在餐室裡推成一個室內掩體，讓所有的人躲在裡面，他卻焦燥而愁悶地整日將身體埋在沙發裡，翻著那本他不能再了解一行或一個字的詩集，聽著那些單調的槍砲聲。

市區的五條幹道被法軍戰車的火力封鎖住了。戰線被切為四段，段與段之間全失去連絡。老漁夫和他那膽怯的妻子雖然極力反對兒子去做那些比較危險的事，但卻不能阻止他到橫街去。這條橫街在沙華街與東京街之間，由范家的後門穿過一條丁字形小巷，就到了。這是守軍和市民唯一能夠活動的地方。范聖珂每天總要到那兒去走走，看看那些越盟士兵怎樣冒著生命的危險將汽油運到街道那些障礙物下面，阻止法軍的戰車衝過來。他向他們探聽在夜間爬過幹道帶來關於內河碼頭和越人區的消息；聽聽那些工人們在閒談中一些天真可笑的事，如；「咱們絕對有辦法，你知道嗎？胡志明最近的那張照片在笑啦！」之類的趣聞。城市保衛戰相持了九天。電線被炸斷了，沒有水，沒有糧食，彈藥將要完了！但，他們仍堅守著防線。

聖誕節在砲火中過去了。

一九四七年的第一天也在砲火中過去。

---

3 哈哩：海防華僑區內河的對岸，係海防下等區域，多娼妓。

一月二日，上午九時。槍聲突然靜止了。法越雙方派了代表；在一個秘密地方舉行一次招降式的和平談判。法蘭西殖民政府斬釘截鐵地宣佈：

——在正午十二時以前，如越方對法方所提出的三項停戰協定不作答覆，則將遭受完全毀滅。

三

越盟總部經過數小時激烈而紊亂的會議。胡志明瞇起那雙陰鬱銳利的眼睛，終於在他的座位上站起來，冷靜而頑強地說：

「不容考慮，停戰等於自殺！」

他們立刻作了這個決定。同時下令全市越南人民，在十二時以前向建安（Kien-an）撤退。儘量破壞和焚毀所有的設備和物資。守軍則繼續抵抗。

於是，這些愚昧而不幸的海防市民噙著眼淚，默默而匆忙地拋棄了他們的祖先曾經流過多少血汗換來的產業，拋棄了溫暖的家，踉蹌地向著渺茫而不可探測的命運的深谷走去……

秒針剛越過交疊的時針和分針，跟鐘樓的鐘聲同時，槍砲聲又在那些街巷上吼叫起來了。除了華僑和少得可憐的越盟守軍，海防已經變成一座空虛，寂寞而孤獨的，等待著毀滅的城市。

第二天，法軍在戰車掩護下，佔領了皇家音樂院，匯合塗山砲壘的部隊，向越人區和華僑區包圍過來。主力部隊距離運河的堵口祇有一條短短的馬路了。

中午，內河碼頭的防線又崩潰了下來，狼狽地敗退的越盟士兵、志願軍、工人，和那些苦力流氓紛紛滲入華僑區，用手榴彈投擲那些懸有中國旗的華僑店舖；騷擾，搶掠，架走男人和婦人，焚燒房屋；他們向大街市和加雍鐵橋那個方向竄逃。

現在，橫街的守軍祇剩下唯一的退路了。因為現在是潮退的時候；而且地平線下是槍彈所不能及的死角，祇要他們能跨越過沙華街被封鎖的火網，跳進運河，便可以安全逃出海防。

戰車發出濁重的吼聲，迂緩地沿著沙華街搜索前進……

在橫街，倚著牆角向沙華街張望的那個方臉的越盟軍曹回過頭，看看內河碼頭和東京街升起的濃煙和火燄，他憂慮地向身後的同伴說：

「我們不能再等待了！不然，在天黑以前，就要被法國人俘虜了！」

「按照它們的速率，十五分鐘之內便會到達這條橫街……」

同伴們絕望而倉惶地互相瞠視著。他繼續說：

「我們在等死嗎？」有人問。

「混蛋！我們本來是要決心死的！」

「那麼你是說求生是可恥的事了！」

「讓我們到那巷子裡面去吧！」

軍曹舉著槍托，猛力敲擊范家的後門。

范大叔憂心地制止正想到後門去的兒子：「聖珂！我們不能開門！」

「我以為我們應該這樣做啊！」

「你曾經考慮過後果嗎？」

「……」

「法國人祇要發現他們由我們的大門逃出去的，你說他們會怎麼樣對付我們呢……」

「可是我們總不能見死不救呀！」

老漁夫思索了一下，無可奈何地說：

「好吧！快些讓他們進來吧！進來後請他們炸毀那扇門。」

這時，背後東京街的槍聲靜止下來，顯然已經被法軍佔領了。范聖珂開了後門，讓這批亡命者走進來，再引領他們到前門去。他輕輕地將門打開一條縫，探頭到外面去窺望了一下。回過頭，他正要告訴他們戰車已迫近橫街時；其中兩個民兵突然奪門衝出去……

街口發出一排緊密的機槍聲，這兩個人相繼地猝倒在馬路上。背上湧著鮮血。

所有的人都被這景象駭住了。

戰車以原有的速率逼近……

「不能再等了！」范聖珂沉著地說：「現在祇有一個辦法！他們祇有一挺機槍，不是嗎？我依次排列著，動作要敏捷！當第一個人衝也去，機槍向他掃射的時候，第二個人馬上借著這個機會衝也去！」

「你們明白嗎？」

沉默，沒有人敢先去冒這個險。

戰車在橫街的街口停下來，步兵開始向橫街掃蕩了，范聖珂驀地被一種莫名的情緒激動起來，他向站在後面正陷於迷惘昏亂中的父親瞥了一眼，低促地向那些亡命者命令著：

「準備……」

話猶未完，他衝了出去……

機槍搖著發出一次長射擊。他竭力向前奔跑，將近河邊，他猝然中彈，跌倒在堤岸上。

第二個人過去了，跟在後面的理髮師和布莊的職員過去了，那個矮小的木匠倒了下來，第六第七個人過去了……

機槍斷斷續續地來回搖著，子彈在柏油路面跳起來，嘶叫著……

他們相繼地向門外狂奔……

槍聲突然中斷了，有散落的步槍向他們發射。那個方臉的軍曹匆遽地越過馬路，在堤岸，他抱起范聖珂跳進運河裡。機槍隨即吼起來……

同一個時候，掃蕩橫街的法軍進入范家被手榴彈炸燬的後門。

老漁夫的妻子暈厥在門邊。

四

黃昏時，法軍光榮地佔領了整個海防。

在通往建安的公路上，幾萬個越南人民，將他們的腳步和仇恨，串成一條沉默的，悲壯的流亡行列。

還有三十三個人走在他們的後面。最後一個人的背上，馱著一個受傷的人；血，沿著他的腿，滴在緋紅的土壤上……

第四部　冬

第四十四章

一

裝備優良的法國軍隊，很快的便將越盟的武力逐出越北，驅入西部那些荒涼的山地裡去。法蘭西政府接到的海外軍事報告，祇有寥寥十幾個字。

——北緯十六度以北戰事完全結束

同時，殖民政府為了要想平息人民的憤怒——就像第二次大戰期間那個政策一樣[1]，他們又將遜皇保大從香港抬回來，組織越南民主共和國傀儡政府。因為保大在一部分越南人民的心中，仍保持有一些力量；而對於另一部分人民，卻由於厭倦於連年戰亂，要想在他與法蘭西統治者之間的微妙關係下獲得庇護。於是，這種矛盾的觀念萌發在越南人民的心裡，變成一股玄奧而不可解釋的潛力，迷醉著他們。

---

1 那時，法國人略為將越南的政治地位和生活改善了些，當局曾頒發過一些社會法律限制農工業勞動的過分剝削，在交趾支那，安南人已獲得有限制的出版自由。

從此，越南人民又開始用沉默的眼淚去訴說命運的坎坷，他們重新返回那被戰火劫掠得蕩然無存的破敗家園，在統治者的鞭笞下，乞討那僅足延續生命的奴隸生活。然而，更不幸的，卻是他們沒有覺察到：他們正毫不吝嗇地傾著自己的生命和子孫的幸福，盲目地，固執而瘋狂地獻給那個為企圖征服宇宙的侵略者所驅使的人；他們的無知使他們漠然這可怕的陰謀，讓魔鬼的讒言騙取他們的信賴。他們要用自己的手去掙脫將他們囚禁了七十五年的牢籠，然後依照侵略者計劃的美麗式樣，再編造一個更牢固的，然後將七十二萬平方里的土地以及二千五百萬越南人民的命運鎖進去，永遠不能解脫。

還有好些人沒有回來，他們留在山上，神出鬼沒地襲擊和騷擾著越北的鄉鎮與城市。

戰爭在發軔：暴動！搶掠！殺戮！赤色恐怖籠罩著越南的一九四七年。

二

山上，他們已經生活在那兒一年多了。

經過一次連續了幾個鐘頭，空洞，膩煩而不著邊際的會議，范聖珂從那間用茅竹搭成的參謀部走出來。日影斜斜地從前面疏落的林木間透過來，他疲乏地將手掌放在額上，遮著這種使他暈眩的光線，沿著右邊狹小的碎石路走過去。

他並沒有立刻返回那間骯髒的小木屋，卻沉迷地走著。好些衣衫褸襤的士兵和下級軍官向他敬禮，他並沒有覺察。顯然，他被某種思想佔據著。

經過一排矮矮的竹籬，他在一條通往山下的路口停下來。這個地方，他可以看到彎曲的山徑和狹谷，前面一小角葱綠的田野，以及那背後被灰白的雲翳和霧靄所迷漫的遠方……

「在想甚麼？」

他回過頭。笑和他的眼睛一樣憂鬱。「沒甚麼，」他掩飾地回答：「祇是有點悶！」

「難怪，最近實在太無聊了。」劉琤挨近他，用舌頭舐舐手捲的煙捲，說：「假如常常有機會讓我們去出擊，嘿……」

「我反對這種做法！」

「哦，又是動了你的憐憫心？」

「無論如何吃虧的並不是法國人，而是那些百姓！」范聖珂不以為然地提高聲音，忿忿地繼續說：「我們不是口口聲聲說是為了……」

「為了人民！一點兒也沒錯，」劉琤瞇著他的眼，沉下聲音道：「那麼你說吧，我們在這些祇見樹木不見人的地方受苦，不是為了他們又是為了誰呢？」

老漁夫的兒子輕蔑地笑了笑，譏誚地唸著：

「理論第一！」

這句口號把對方激惱了，老黨員沉肅地說：

「我得糾正你的錯誤觀念！」

「……」

「這就是革命！革命總得犧牲，總得流血的！」

「可是革命並沒有叫我們去迫害自己人！」范聖珂悻悻地嚷起來：「村裡的田地全荒了，我們徵光了他們的穀種，拖走了他們的耕牛……」

「依你的意思，是要放縱那些地主？」

「可是我們別忘了，我們要對付的不是他們，而是法國人！」

「那麼你也得承認他們在阻礙革命吧，你有沒有想過，當我們把法國人趕走之後呢？」

范聖珂沉默下來。他知道這是一種無休止的辯論，這種情形已經不祇一次了。結論總是要他放棄他的慈悲心、道德感之類的廢話。但，現在，劉琤也跟著不再說下去；他定定地以一種疑惑的神色注視著這位新黨員，直到他忍耐不住回頭看看他時，他才嚴肅地說：

「你動搖了？」

「我動搖了！」老漁夫的兒子苦澀地笑笑。「可是我沒有失去理性！一個人的最尊貴的理性。」

「我看你簡直是要想推翻唯物論了！」

「你錯了，同志！你應該說我太了解唯物論才對。」

劉琤怔住了，半晌，他生硬地說：

「好吧，在我們的顧問團到來之前，我向你提出最後一次警告——你最好當心一點！」說著，他忿忿地返身走了。

返回那幾棵老榕樹旁邊的小木屋，范聖珂將自己埋葬在黑暗裡。

這個夜晚；空虛，孤獨，像尼古丁一樣憂鬱。

三

老漁夫的兒子變得更沉鬱了。在他那黯淡的眼睛裡，幾乎使人感到一些猶豫的，疑懼而困惑的甚麼在裡面浮動著，他的自尊和渺茫的未來，使他整日陷在一種不可自拔的矛盾思緒中，為他那被凌辱的靈魂裡隱藏著的良知所折磨著。

每天，他總有機會碰到被破片砍斷了右姆指的恩方。見了面，醫科學生照例向他報告一些越盟軍隊活動的情形，幻想，偉大的史達林同志向他們致意，令人興奮的鼓勵，賭博的債務，前村那個標緻的姑娘等等……。

這天見了面，他將手上一疊公文在范聖珂面前抖了一抖，用一種激動的聲音說：

「嗨！毛澤東同志派來的顧問團到啦！偉大的解放鬥爭！呃——你可以翻翻這些計劃：喏，軍械、技術援助，還有志願軍……呃，你當然比我明白，祇要解放了雲南，當然，騷擾滇桂邊境正是我們應盡的義務……」

醫科學生索性將這些文件放在范聖珂的手上，指示著說：「這就是顧問團的名單，你可以看看。」

范聖珂隨手翻閱一下，驀然，他驚駭地低喊起來：

「黎齡！」他喃喃道：「不會是她吧……」

「誰？」醫科學生問。

「沒甚麼。」他漫聲回答。將文件交還給他之後，他連忙到劉琤那兒去。

劉琤在修補鞋子，看見這位思想動搖的新黨員到來，並不表示歡迎。看了他一眼，他繼續自己的工作。他真想找個機會再教訓他一頓，為了避免日後要擔負介紹他入黨的責任。

猶豫了一下，范聖珂試探地問：

「你知道顧問團的消息嗎？」

「後天到這兒，這該是你閉嘴的時候了！」

新黨員並不在乎他這句帶刺的話，他繼續問：

「你見過他們的名單？」

「嗯，是由我轉給他們的。」

「你認識高司令員的秘書嗎？」

「他是誰？」

「是個女的，黎齡。」

「哦，我想起來了！」劉琤放下手上的工具。「我知道，可是我不認識她。」

「……」

「據說是個老黨員，攪過一個時期的學運。」他忽然望著他問：「我問你，你打聽她幹甚麼？」

「我祇不過隨便問問。」

劉琤神秘地笑笑。

「因為她是個女的？」

「見鬼！」

「好，就見鬼！不過你可得當心，現在上面沒有人監視我們，還無所謂；他們來了，你要是還不三不四地瞎講，哼！你瞧著好了，你別以為我故意嚇唬你！」

那天中午，恩方頓然忙碌起來。他頭上戴著一頂編織細緻的「納昂」[2]，流著汗，在指揮著幾十個赤著膊的同志，用茅竹建築一間寬敞的宿舍。那是一塊光禿禿的空場，以前紀念大會在這兒舉行，胡志明常常在講臺上出現。祇隔著那條碎石道，便可以繞到范聲珂的那間僅能容納下他自己的小木室。

「這就是顧問團的宿舍？」他問。

醫科學生停止了吆喝。笑笑，不自然地回答：

「哎！不成樣，你知道的，山上甚麼都沒有，床和傢具還要到村裡去——呃，捐獻！我們不能好好的招待他們……」

2　納昂：連起來讀。是一種錐形帽子，由竹枝和植物的葉編織。

「他們也許會永遠留在這兒呢？」

「是呀！我們真不知道應該怎樣招待他們才好。假如是以前，在市上……」

「我相信你總有辦法替他們安排的，你太辛苦了！」

阿誏使醫科學生興奮起來。為了表示涵養，他謙遜地說：

「算不了甚麼！勞碌命！中國人有這句話。一點也不錯。明天一早我還得趕到各村籌備歡迎大會呢！」

「哦……」

他返回他的木屋，感到有點慌亂，但又不能解釋這是為了甚麼？心中像是有一種奇怪的甚麼在騷動，使他感到窒息。最後他又急急逃出屋子。無意間，黃昏已從山谷那邊圍攏來了，時間過得太快，他突然害怕起來。

第四十五章

一

顧問團是由雲南南部與西康交界的地方，經過越北西部山區，秘密入境的。越盟總部在三四天前已經派了專員帶著護衛部隊去迎接。到達的那天，范聖珂藉故到後村去，很晚才回來。老遠老遠，他就聽見那些醉了的越盟士兵，哭泣似地唱著那支走了調的革命進行曲，歌聲裡含著一種憂愁的，意圖發洩的癲狂。經過那間新建的宿舍時，他的腳步緩下來，看看那些窗戶的布幔上染有明亮的燈光，洋溢著亢奮的笑聲和樹脂的馥郁，林鳥在遠處啼叫……

他喃喃道：「但願不是她。」

他小心地繞過那幾棵樹根爬在地面的老榕樹，進了屋，用手在靠近小窗的木桌上摸索著火柴，然後將那盞用破碗底改成的菜油燈點起來。

火燄在棉燈蕊上跳動著，冒著煙……

他緩緩地在桌前的竹凳上坐下，定定地凝望著油燈的火光；他彷彿又看見了野人山上的篝火，密支那上空燃燒著的照明彈，以及上海北站候車室外面那盞徹夜通明的日光燈……直到油燈熄滅，他仍然沉湎在回憶裡。

這天晚上，他夢見了黎齡。他很久沒有夢見她了。在夢中，她像是根本並不認識他，使他感到異常痛苦。

第二天一大早，劉琤帶著陰沉的臉色來了，他責備他昨天不該離開總部，顧問團的高司令員曾經問起過他，因為他是唯一精通法越語文，而又有優越條件和背景的新黨員。

「他像是對你很有興趣呢，」劉琤說：「我衹好臨時替你編了一個理由，說你有任務到後村去了！你最好是馬上去見見他。」

「他已經起來了？」范聖珂問。

「早就起來了，」劉琤回答：「我看見他和那位秘書同志在散步——哦，我還要告訴你，那位秘書同志長得很美！」

他頓了頓，連忙胡亂的抹了臉，便隨著劉琤到那間大宿舍去。他一面走，一面感到不安；他希望這個黎齡並不是她，卻又盼望是她。這種心情，就如同在復旦大學要去見李大威時一樣。

劉琤向正從裡面走出來的一位尖臉的同志招呼了一下，說明來意。那個人打量著范聖珂，然後引領他到裡面去。

高司令員是一個身體矮而粗壯的人，皮膚呈現著健康的古銅色，樣子有點蠢笨，他靠在一把大竹椅上，用手搓著腳趾。

「劉琤同志已經向我報告過了，」他望著范聖珂說：「聽說你和他是在國內認識的？」

「是的，在昆明——我和他是一起從軍的。」范聖珂回答。

「後來怎麼又離開了呢？」

「在緬甸他負了傷，部隊撤退到印度去，我們便失散了。我們是在海防再碰面的。」

「那太巧了！」司令員又抬起頭。「你的家就在海防？」

「是的。」

「家裡還有甚麼人？」

「父母，和三個妹妹。」

「兄弟呢？」

「沒有，我是獨子。」

「難得難得，」坐著的人嘉勉地點點頭，又問：「那麼，現在你和家裡有聯絡吧？」

范聖珂搖搖頭。

「上山之後便沒有消息了。」他說。

「不過，你有機會回去的！」司令員審慎地說。

范聖珂屏著氣息，等待對方把話說完。

「我知道法國人在通緝你，」司令員繼續說：「但是我們正需要像你這樣的人——你願意嗎？」

「我不知道我可以做些甚麼？」

「到時候會告訴你的。」

之後，高司令員繼續向他詢問一些關於山上的情形，范聖珂小心地回答著，儘量把自己表現得激烈一點。高司令員耐心地聽著，不斷地點著頭。

忽然，布簾內走出一個穿著灰布列寧裝的女同志，范聖珂驟然劇烈的痙攣起來。她正是黎齡。但，她像是始終沒有發理范聖珂似的，她繞過竹椅，將一份東西遞給高司令員。

「這樣可以嗎？」她說。然後她直起身體，淡漠地瞟了范聖珂一眼。

高司令員在文件上簽了字，她拿著文件靜靜地轉身走了。

從這次見面之後，范聖珂發覺黎齡有意在避開他。即使見了面，她也裝得如同和他素不相識似的，使他異常痛苦。因為，從某一方面說，他對她感到愧疚，所以愈是不能接近她，他愈不能抑制自己的激動。

最後，他絕望了。一方面是由於黎齡每天都在高司員的左右，使他無從接近；而另一方面卻是她意態上所顯示的冷漠傷了他的心。為了排遣這種莫可奈何的抑鬱，他每天都到後村去買醉。

在那裡，他時常碰到劉琤。自從顧問團到來之後，後者幾乎每晚都來。

第三次見面的時候，劉琤好奇地望著沉鬱的范聖珂，然後試探地問。

「最近，我發覺你有點不大對！」

「甚麼不大對？」他掩飾地笑笑。

「你可以照照鏡子。」

范聖珂下意識地用手摸摸自己的臉頰。「我沒有甚麼呀，」他說：「我不是一直都這樣瘦嗎？」

「不是肥瘦的問題，」劉琤狡猾地撇撇嘴。「我看得出——你有甚麼心事？」

「沒有，真的沒有！」

沉默了一陣，他又問：

「那麼，你為甚麼突然每天到這兒來呢？」

范聖珂避開他的眼睛，轉動著杯子，然後平靜地反問道：

「這樣說，你到這兒來，也是有甚麼心事了！」

這句話顯然刺中了劉琤的隱痛，他的臉色驟然灰黯下來。但，他隨即又揚起頭。

「以前，我覺得自己很重要，」他用生硬的聲音說：「可是現在我卻像個，唔，不足輕重的廢物了！」

范聖珂了解他所指的是甚麼，他故意把話岔開。

「司令員在我的面前，倒時常提起你的。」

劉琤忽然笑了，笑裡含有苦澀和感傷的成份。他伸手過去拍拍范聖珂的肩膀，這種親熱的動作，使范聖珂覺得很不自然。自從在海防革命同志俱樂部重逢開始，范聖珂便覺得他整個的變了，變得冷酷而陰鬱，而且在友情上也非常淡漠，與負傷散失前變成截然不同的兩個人。現在，他靠近他，用摯切而自疚的聲音說：

「到底是老朋友，你倒用不著替我難過！」

「劉琤！你究竟……」

「我不想瞞你，」他沉吟片刻，說：「我想請調回去。」

「你想回國？」

「嗯，勝利之後，我還沒有回過家呢！」他望著范聖珂，眸子裡閃耀著一種特殊的光澤。「在昆明的時候，我記得曾經向你提起過，我有一個祖母──我唯一的一個親人，我是她撫養大的，她很老了，也許……」

「你已經向上面要求了？」

「我正在考慮要不要這樣做。」

「我看，他們不會准的。」

「我知道！」忽然，他回過頭來望著范聖珂，像是要說甚麼，但隨即又扭回頭。

「聖珂！」躊躇了一陣，他說。

范聖珂摯切地望著他。

「……」他痛苦地說：「最近，我心裡矛盾……」

「……」

他又回頭來。

「我不知道，我是──」他把話頓住，突然站了起來。「以後再說吧，我先走了！」

范聖珂並沒有追問下去，也沒有留住他。他要想說，而又沒有說出口的話，他似乎已經從他的眼睛和意態中窺察出來了。

這天晚上，他很晚才醉著回來。

二

回到自己的小木屋，他沒有點燈，便和衣倒在床上。但，他猛然又坐了起來。因為窗外微弱的月色，使他看見有一個人坐在木桌前。

「是誰？」他驚惶地問。

「是我。」一個平靜的聲音回答。

他驟然劇烈地顫慄起來。

「啊，黎齡，」他惶亂地低喊道：「是你！」

她推開他的手。

「叫我同志吧，」她的聲音冰冷：「現在我們真正是同志了！」

「你在譏誚我嗎？」

「譏誚？我應該向你恭賀呢！」

「別說這些話，黎齡——那些事情已經過去了！」

「是的，過去了！我們都應該將它忘掉！」

在黑暗中，范聖珂無法看清她的臉，但從她的聲音裡，他可以感受到她的激動。他向她走過去，她避開，當要想把燈點燃時，她連忙制止。

「別點燈！」她說：「不然我馬上就走！」

他錯愕了一下，祇好回到床邊坐下來。

「你為甚麼要逃避我呢？」他說。

「我沒有逃避！」她嚷道：「我來了！而真正逃避的是你——你可以不留下一個字，不說一句話，一走了之！」

「黎齡！」

「別喊我黎齡！」她的聲音瘖啞了。

「是的，我不應該那樣……」

她霍然站起來，一邊說，一邊向門邊退過去。

「那是我不好！我應該不在乎，應該把你忘掉！」她怨恨地說：「我……我真傻，我為甚麼還要來呢！」

「黎齡！你聽我說……」

「別說了，真的，一切都過去了——是嗎？同志！」

「但是你知道我為甚麼要離開你？」

「我當然知道！因為你輕視我，厭惡我！」

「是的，我曾經這樣，」他真摯地說：「當時我憎恨你！為了誰？為了李大威！」

「李大威？」

「還記得那個泰國僑生嗎？」

「……」

「他就是我曾經向你說過的，我小的時候，母親禁止我和他玩的那個私生子！」

「啊……」她驀然向他跑過去，緊緊地擁抱住他。低喊道：「原來勸他離開我的是你！我沒想到是你！」

「你怎麼知道的？」他困惑地問。

「是他向我說的，」她回答：「我承認了一切你所說的，我勸他走！」

「啊！黎齡！」

「聖珂，」她幸福地將頭靠在他的胸前。「把我抱緊點，別放我走！」

三

一種已冷卻的感情重新在范聖珂的心中燃燒起來，但，有時他卻感到厭惡——沒有由來的厭惡，彷彿在心靈中有一種執拗而頑強的力量在阻止他去接近它，使他感到矛盾和畏懼。

而黎齡，卻時常在夜裡到他的小木屋裡來。

一天，當所有的參謀人員拿起他們的記錄和文件離開會議室時，那個有一雙黃濁而整日陷在深思中的眼睛的高司令員叫住他。直到室中祇剩下他們兩個人。老黨員有意味地望著他說：

「她時常和你在一起？」

范聖珂馬上從他的意態上知道他所指的人是誰，他微微的震顫了一下，隨即鎮定地回答：「是的，黎齡同志在向我學習越文。」

「啊，那太好了！」問話的人冷冷地笑起來，他接著說：「我很佩服這種學習精神，而且越文是很重要的！」他抬起那雙狡詐的眼睛斜睨看他。「不過，你可以將上課的時間調整一下，我儘量在白天給她一點時間。」

「是！」

他向他擺擺手，低聲說：

「同時，你得當心點，她呀，是一個教不好的壞學生——去吧！」

范聖珂沉重地走出來，發覺劉琤仍然在外面等他。

「到後村去喝一杯嗎？」劉琤說。

他沒有回答，跟著他走。他們默默地走著，直到轉入一條小道，劉琤才有意無意地說，眼睛望著前面。

「我已經把報告送上去了。」

「哦，你已經決定這樣做了！」

劉琤煩亂地點點頭，用力踢著地上的石子，像是在發洩著內心的忿懣。忽然，他回過頭，意態深摯地望著范聖珂。

「我知道，這樣做也許很笨——但是我希望你幫我點忙！」他認真地說。

「我有甚麼能力可以幫助你呢？」范聖珂回答。

「你和黎齡的關係……」

「我和黎齡？」

「你們的事瞞不了我！你們是在國內的時候認識的吧——我記得在她來之前，你曾經問過我。」

「……」

看見范聖珂不響，劉琤把腳步停下來。

「看在老朋友的分上，」他繼續懇求道：「你幫我這點忙吧！我已經下過決心了，准與不准，我都要走的！」

「但是她又有甚麼力量呢？」范聖珂不解地說。

「怎麼沒有？」劉琤熱望地解釋道：「她是『騾子』的秘書，親信，愛人——他們在西北開始，就在一起的。祇要她肯說一句……」

「你說甚麼？他們在西北開始……」

「你不知道？」劉琤困惑地望著他，說：「這些事情是『騾子』的勤務員告訴我的。」

范聖珂感到有點紊亂。

「好吧，」他說：「我試試看！」

到了後村，他祇喝了兩杯酒，在天黑之前便回來了。那晚上，黎齡到他的屋子裡來比往常早。見了面，范聖珂便以一種嚴厲而生硬的聲音詰問他和高司令員之間的關係。

「那是真的嗎？」他問。

她的眸子裡孕滿了哀痛，她默然半晌，終於慚恧地垂下頭。

「是的，是真的！」

「那麼，在上海的時候……」

「我早就是他的了！」

他用力揮開她的手臂，但她隨即又撲倒在他的身上。

「不要這樣對待我，聖珂，」她痛苦而昏亂地說：「我是不得已的，哥哥死了，我祇是一個十幾歲的孩子！而且我也說過，我不是一個好女人——後來我還要求過你，要你把我帶走！」

范聖珂緊閉著眼睛，像是要想掙脫內心的束縛似的把頭微微仰起來。突然，他機警地用手捫著她的嘴，吹滅桌上的油燈。

外面，有腳步聲過來。他們屏著氣息等待著，腳步聲愈來愈近，最後停止在門前。

那個人輕輕的叩著板門。

「是誰？」范聖珂鎮定地問。

「啊，范同志，你已經睡了嗎？」是高司令員的聲音。

「沒有沒有，才睡下呢，」他連忙過去打開板門，一邊在扣著衣鈕。「司令員，有甚麼事嗎？」

他的鎮定使「騾子」放了心，向黑暗的屋裡瞟了一眼，隨口說：

「沒甚麼——呃，今晚熱得厲害呀！」

「是的，您進來坐坐吧，」范聖珂假意摸著口袋。「我的火柴呢……」

「不坐了，你休息吧，我祇是隨便走走！」

「騾子」走遠後，他回到屋裡，站在板門邊上說：

「快滾回他的身邊去吧！」

「我不去！」黎齡固執地嚷道：「你讓他親自來把我抓走好了！」她激動起來。「你還可以向他們告發我，說我是個動搖份子，我恨共產黨，恨……」

范聖珂急忙過去把她的嘴蒙住，她忽然軟弱地靠在他的身上哭泣起來。

「你知道我是為了甚麼才到這兒來的嗎？」她哽咽地說。

「又是為了我？」他冷冷地接住她的話。

「你不會相信的！」她痛心地說：「我也用不著發誓！沒有人會相信共產黨發的誓——你還記得那次你要我代你寄的兩封信嗎？」

「甚麼信？」

「寄回越南的信。」

「哦……」

她抬起頭，注視著他。在黑暗中她無法看清他的臉。

「海防沙華街六十一號，」她輕聲唸道：「我永遠記著這個地址。你走了，我從趙老闆那兒知道你回越南來了。這次，我終於得到了這個機會；路上，我一直在計劃著，我相信我總有一天會逃開他們，到海防去找你的，沒想到竟然會在這兒看見你……」

范聖珂開始沉默了，有一種奇異的情愫在騷擾著他。

「相信我，聖珂！」她深情地喊道：「我相信你也並不是真正信仰他們的，是嗎？」

「……」

「要是機會來了，讓我們一起逃！」

「逃？逃下山又有甚麼用處呢，」他絕望地說：「法國人在通緝我……」

「至少要比留在山上有希望吧！」

他忽然想起劉琤的事，於是他說：

「我們不可以請調回國嗎？」

「請調？你把事情看得太簡單了！」她正色地說：「對於山上的情形了解得太多的人，是永遠沒有希望離開的，尤其是你，他們正需要你……」

「那麼劉琤的事……」

「哦，你已經知道了？」她說：「我告訴你，因為他的突然請調，他們已經對他懷疑了——你會把我的話告訴他嗎？」

「我不會那麼傻的！」

她伸手去撫著他的臉，然後踮起腳跟，輕輕地吻他。

「聖珂！」她沉痛地喊道。

「你這個小魔鬼！」他驀然緊緊地把她抱住，甜蜜地詛咒著，同時熱烈地吻著她。

他們倒在床上，黎齡忽然問：

「你是怎麼到山上來的？怎麼不肯告訴我呢？」

「別再提了吧，我不願意……」

「可是我要聽，」她熱望地說：「我要你告訴我，你家裡的情形——沙華街是甚麼樣子……」

第四十六章

一

范大叔小心地支著手上的手杖，緩緩地走下警察署的石階，然後步行回家去。

自從范聖珂隨著那些「革命者」走了之後，每個星期六的上午，他被規定親自到警察署去，作一次例行的報告。這就是法國殖民政府對這位老人的一種刑罰——精神和肉體上的刑罰。

而那位紅臉、不斷地向他那凸出的肚子灌著啤酒的「六劃」（人們是從肩帶計算他們職位的高低的）警官總是重複著那幾句話：

「你的兒子回來了嗎？」

「你們知道他並沒有回來。」范大叔淡淡地回答。

「我在問你的話！」他咆哮起來。

「我知道！」

「你應該好好地回答！」

「我是在回答！他並沒有回來呀！」

像一隻美洲種公猪一樣的警官，把身體向那吱吱發響的大皮椅上一靠，兩片臭猪肝似的厚嘴唇撇了起來。

「老頭子！」他用一種生硬而挾有威脅意味的聲音嚷道：「你應該滿足了！其實，我們應該把你送到崑崙島，至少也應該把你驅逐出境的！」

「你們仍然可以這樣做的！」

他把身體衝向桌前，口沫飛濺到范大叔的臉上。

「你以為我不敢嗎？」

老人倔強地望著他，他的視線避開了。

「別以為你那個老婆娘的身分可以保護你！」他悻悻地詛咒著：「雜種！大家都看不起的——我敢保證，我可以找到一個條例否定她的國籍！」

「可是她並沒有聲明她是法國人呀！」老人笑著申辯：「你沒有看見她穿的祇是越南服裝，說的祇是越南話嗎？」

老漁夫的平靜把這位警官激惱了。他揮動著手，命令門外的那個越南警衛把范大叔攆出去。

「你看著好了！」他宣示著：「遲早我會把他捉回來的，除非他的壽命等不到那個時候！」

現在，老人走在光潔的紅磚行人道上，陽光從樹頂斜斜地漏下來，在他的臉上跳躍著。

「他會活得比我長的！」他重複著這句話。因為剛才那條蠢猪的話仍然使他氣惱。

但，他又開始憂慮起來了。這些日子裡，他幾乎無時無刻不在企求和等待兒子的回來；可是回來之後呢？現在他面對著這個問題了！他想到那條蠢猪說的話並不完全的恫嚇，他知道他們會用一種甚麼方式去對待他。

「那麼，」他向自己發問：「聖珂永遠不能回來了？」

他沒有勇氣回答這句話。真的，自從兒子走了之後，他發覺自己真正的衰老了。他覺察到一個陰影在他的生命中逐漸伸展，使他感到畏懼。但，當他開始詛咒那離他而去的兒子時，心中卻又隨即升起另一種奇異的力量；他記起在故鄉，在廣州灣，在他和范聖珂一樣年輕的時候……

他笑起來了。

「年輕人總是這樣的！」

二

像星期日是禮拜神的日子一樣，這天是范家思念范聖珂的日子。晚餐的氣氛是嚴肅的，儘管范大叔故意多說了些話，但，祇是使它更不調和而已。范大叔的妻子，破例沒有問自已的丈夫在警署裡聽到的話，她祇吃了半碗飯便放下筷子了。在她離開餐桌前，范大叔已經窺出又有一件甚麼事情在困擾她了。

毫無疑問，那一定是和失了蹤的范聖珂有關的。

晚飯後，他有意把女兒們打發開，然後關切地向老婦人問道：

「究竟是甚麼事情？」

「我想到河內去一次。」她急切地說。

「今天你又從那幾個山地佬那兒聽到甚麼消息了？」他問。

「沒有！」她掩飾地回答：「很久以前我就想去一次了，我想看看可憐的小谷蘭。」

他望著她，然後憐惜地說：

「你聽我說，不會有結果的……」

「可是我們總要曉得他在那兒吧？」她低弱地掙扎道。

「曉得了又怎麼樣呢，」他深情地握著她那瘦弱而微顫的手。「他跟他們在山上，或者在甚麼地方——你知道，他不能回來，我們也不能讓他回來！」

「……」

「而且，外面正在鬧瘟疫。再過些時候吧，或者我們可以把小谷蘭接到海防來。」

「她不會來的。」她開始唏噓起來。「還有那個可憐的烏牙……」

「她還在那兒嗎？」

「……」妻子點點頭。「她的小孫子——你見過阿里的？哦，沒有——這孩子也跟著他們跑了！」她緩緩地抬起頭，望著自己這位禿了頂、鬢髮斑白的丈夫。「我想向她打聽一下，她也許會知道一點，至少我想知道他們在那邊過得怎麼樣？是嗎？」

「他一定很好！」

老漁夫繼續用話來安慰他那可憐的妻子。最後，她止住了哭泣，獨自回到樓上去了。

她走進兒子的臥室。室內的佈置和以前和范聖珂走掉的那一天一樣，而且她每天都親自到房間裡來清掃；她總是喜歡坐在他的床邊，呆呆地坐著；在這些時候，她可以記憶起每一件事；他幼小時的淘氣、倔強；那次他在學校裡跌傷了手腕；她幫他偷偷的在小衣櫃裡養蠶；那個夏天，她逼著他在一天內補足一個星期的暑期作業……

兒子的印象在每一個地方幻動，她覺得她又可以像以前一樣的親近他了。有時，她甚至還低聲和他談話，她甚至還能夠觸摸到他；在她整個的生命裡，祇包含著一個單純的意義；她愛他，祇有他才能證實她自己的存在。

可是，當她離開這個房間時，她馬上便意識到他們之間的距離了——那是一種可怕的，不可思議的距離，比這個宇宙與另一個宇宙之間更遙遠的距離；她感覺到愛是那麼固執、痛苦和沉重，那麼使她害怕。

她習慣地在床邊坐下。房間裡漸漸暗下來了，她才從迷惘的玄想中醒覺。她扭亮電燈，隨意的整理著每一件東西；她翻開他的相簿，每一本書籍；她能夠在某些東西裡面，發現一些甚麼，她是那麼渴望能夠了解和熟識他……

突然，她感到一陣暈眩——這些年來，她已經習慣於這種感覺了。她扶著椅子坐下來，她以為閉目靜息一些時候便會好的。

但是這一次卻有點兩樣，雖然她極力抑制，仍然嘔吐起來。為了要把地板上自己吐出來的髒東西弄乾淨，她忍耐著跪在地板上，用水去洗刷；她渾身滲在汗液裡，劇烈地顫抖著，直到第二次嘔吐了，她才勉力掙扎起來，扶著牆壁回到自己的房裡去。

她嘔吐得愈來愈厲害，而且開始腹瀉了，但她極力不使自己發出太大的聲音。女兒們到她的房裡時，她急急地把她們打發走，因為她怕別人照顧她；她向來是隱瞞疾病的，即使是頭痛，她也覺得是一件可恥的事情。

范大叔孤寂地坐在客廳裡，面對著那座假壁爐，沉湎於一種老年人在憂愁時最易於引起的回憶。他那重聽的耳朵，對樓上的聲響毫無所覺，過了十二點，他才蹣跚地上樓去。

當他經過妻子的臥室時，他習慣地開開房門，向裡面看看。但房門緊鎖著。他震顫了一下，一個不幸的預感瞬即鑽進他的腦子裡。他急急地拍門，叫喊。房內沒有回答。等到他找到另一把鑰匙，把房門打開時，老婦人已經暈倒在床腳下了。

他馬上知道發生了甚麼事情了。他連忙把她抱到床上，再去把女兒們弄醒；他一邊命令著她們清掃房間，一邊下樓去打開他的那座藥櫥。可是當他伸手去取出一隻空瓶時，他才猛然記起，最後的兩粒治吐瀉的藥丸，在昨天已經送給那個衣衫襤褸的中年婦人了。

他呆呆地望著手上的空瓶，那個預感又來了。他絕望而痛苦地仰起頭，用悲憫的聲音向虛空中發問：

「這就是終生行善的報應嗎？這就是天罰嗎？」

由於時局的關係，午夜之後街道便戒嚴了。老人吩咐二女兒谷蕙到街口去懇求守衛的衛兵，讓她到內河碼頭附近找醫生，一面惶亂地用他所知道的古老方法，用大蒜、生薑和一種藥末去急救他的妻子。

灌下了一杯白蘭地酒，老婦人的身體漸漸溫暖了。幾個小時的吐瀉，使她變成了另一個人；她的臉色灰白，眼眶和兩頰深陷，嘴角鬆弛。後來她甦醒了，但除了她那雙變得黃濁而失神的眼睛能夠遲滯地移動之外，她已經不能說話了……

谷萍和谷芳伏在床邊啜泣，老漁夫坐在她的身邊，緊緊地捏著她的手，用一種含糊的聲音去勸慰她。

三

谷蕙靠在光線暗弱的路燈燈柱下面，定定地望著那個高顴骨的剛接班的衛兵。任憑她怎樣哀求，先前的那個乖戾的傢伙始終不允許她通過這條馬路，到內河碼頭去，而且還用手上的那支上有刺刀的步槍來恐嚇她。

「滾回去吧，」他叫道：「要是你再大一點，我就要請你吃生活了！」

「我求你讓我過去吧。」她流著眼淚，懇求著。

「滾回去！」

「我要去請醫生，我母親……」

「好吧，」他故意說：「你就站在那兒等吧！」

谷蕙開始哭泣了。她焦急而害怕，她回頭望望自己來的那個方向，不敢回家。

「我母親的病很重，快要死了！」她斷斷續續地說。

「哦，是嗎？那倒很有趣呢！」那傢伙乾澀地笑起來。然後走到街邊較為光亮的地方去，不再理睬她。現在，換班的時間到了。新來的衛兵看樣子比較和善一點，當他發現谷蕙畏怯地望著他時，他笑著問：

「小姑娘，你怎麼還不回家呀！」

「我……我要過這條馬路。」她吶吶地回答。極力忍住抽噎。「我要去請醫生去，我的母親……」

「哦，他不讓你過去？」

「……」她點點頭，然後天真地問：「你讓我過去嗎？」

他和藹地拍拍她的頭。

「快點跑吧，」他說：「不過，你回來的時候會有麻煩的。」

果然，當她在大街市附近把這個區域唯一的一位執業的西醫拖了出來時，那邊的巡邏卻把他們攔住了；無論他們怎樣哀求，守衛的人卻祇是遵守他們的法令：在天亮之前，絕對禁止通行。

四個小時之後，他們和醉鬼發泰（谷蕙去把他找來的）一起趕回沙華街家裡時，這位不幸無援的母親已經昏迷過去了。

第二天，在臨終之前，老漁夫了解她的心願，由女兒協助著把她抬到范聖珂的房裡去。她躺在兒子的床上，沒有血色的嘴唇微微痙攣著，用無聲的靈魂，掙扎著喊出兒子的名字，直到殘餘的生命逐漸熄滅於永恆的寧寂中。

四

這是平凡而沉默的葬禮。

沒有芬芳的花環，莊嚴的靈車，以及哀痛的晚樂。因為她是染時疫死去的，所以根據衛生局的規定，在十二小時之內必須掩埋；而死去的人又太多了，他們衹買到一副薄薄的棺木，將她放進去，然後由一輛小型運送車將她帶走。

除了老漁夫和三個女兒，衹有醉鬼發泰和幾個親友跟在車子的後面。當這隊小小的行列經過河岸的時候，范大叔似乎又瞥見一位包著黑頭巾的少女，含著微笑向他走過來……那是在三十多年前的一個早晨……

但是他們現在要到墓地去……

第四十七章

一

傍晚的時候，范聖珂獨自到山坳那邊去看晚霞，已經成為一種習慣了。

他凝神地凝望著燃燒的天角，彷彿可以隱約地看見海防加薤鐵橋的陰影——為甚麼又想到海防呢？唉，為甚麼又想到海防呢……

近來他總是在想海防，回憶總是帶有感傷意味的，因為幸福和光榮的日子都已經過去了；他痛恨自己的愚昧，有時，他甚至還故意去做一些報復自己的傻事；去愛黎齡！但，當她離開了他的那間小木屋，他又悔恨起來了。

他曾經想到過逃亡，他知道還有許多人在想這個問題，可是他知道那是絕對不可能的：離開了這裡，他還得通過好些為他們所控制的小村落，而「安全」的地方，都有法蘭西殖民政府的通緝令和監獄在等待他——他們曾經在城裡弄回一張被通緝的詳細名單。

雖然如此，他仍然沒有放棄這個想望，他故意爭取他們的信任，處處表現熱心，假裝前進，發言激烈。恩方變成了他閒談時的朋友。

這位狂熱的醫科學生永遠那麼忙碌，充滿了自信，不聽別人奉承他的話，並且預言明年凱旋海防——當然，他會建議依照相同的式樣，在法人區與越人區的交界處築一座凱旋門；同時，將法人區夷平，模仿巴黎協和廣場，也來八座塑像：那還用說，列寧同志，馬克思同志，史達林同志，毛澤東同志，胡志明同志……差一點他連自己也算上去。那麼，廣場中間的那塊方尖碑，毫無疑問，將由「親愛而偉大的友邦」蘇聯餽贈，最後，也像法國人在一七九三年一樣，豎立一座斷頭臺，第一個要處決的是越南總督！

恩方思索了一下，然後點了點頭。

「那麼，」他說：「你應該是海防市黨部的書記了！」

范聖珂不會在他說話的時候掃他的興。

「以血還血！以牙還牙！」他露著白牙齒笑了。

二

至於劉琤，自從他請調被批駁下來以後，他時常醉倒在前村的酒店裡，被人揹回來。

這天，當范聖珂晚飯後沿著小路轉到山坳那邊去看日落的時候，他追了上來。

「要不要到前村去？」他問。

「你已經欠了不少酒賬了！」范聖珂望著前面說。

「喝酒要付賬，實在太落伍了！共產主義社會應該甚麼都不花錢才對——吃飯、穿衣服、娶老婆、買棺材！」

范聖珂聽得出他話中的意味，他回頭去望望他。

劉琤笑起來了。

「我真喜歡看見你現在這副樣子！」他認真地向范聖珂說：「還有，就是在小組會上，我恨不得能夠把你的話一個字一個字記下來，讓那些反對共產黨的人仔細的拜讀——這就是最有效的打擊共產黨的武器！」

「劉琤！」

「加上個同志好不好？」

范聖珂向四週望望，然後吁了口氣。但當他正要說甚麼話的時候，劉琤伸手阻止他。

「不要說，」他沉肅地說：「這些話我說得比你精彩！今天，你要聽我的！」

范聖珂假裝不去理會他，又繼續走起來。

「最近你為甚麼總喜歡一個人到這裡來？」劉琤忽然用一種狡猾的聲音問。

「這裡禁止來的嗎？」

「在偉大的共產主義的蔭被之下，是絕對自由的——即使你要到地獄或者天國！」劉琤把他的眉頭皺起來。「不過，很抱歉，這兩個名辭又牽涉到宗教了，最好刪掉！」

范聖珂弄得啼笑皆非，他祇好保持緘默。

「你不敢回答我這個問題，是不是？」劉琤繼續說。

「為甚麼不敢？」

「我知道為甚麼？」他緩緩地把頭回過去，晚霞已經在燃燒了。「我們很久沒有從心靈裡發出聲音了，」眼淚突然在他的眸子裡閃礫起來，染上了一層緋紅的色澤。「不要再對我隱瞞，我看得出，祇是你比我聰明，比我有耐性，懂得掩飾而已——看見你這副『前進』的樣子，我真的可憐你，當然，我也可憐我自己……」

又沉默了好一陣。

「你時常想家嗎？」

范聖珂困惑地回過頭。

「誰不想，」劉琤淒切地笑笑。「假如我有，我也會想的！假如祖母不死，那就好了！我想了十年，祇希望能夠永遠和她生活在一起，不離開她……」

范聖珂從來沒有接觸過劉琤屬於感情的一面，因此，他開始憐惜起他來了。但他仍然不願意說話。

「你別以為我整天醉，其時祇有在那個時候，我才真正的清醒——我很注意你！」

「……」他望著他。

「不是黎齡的事！」他說：「比方，你喜歡一個人到這裡來。」

「我說過，我祇是來散散步！」范聖珂真的有點生氣了。

「不那麼簡單！」劉琤安靜地解釋：「也許連你自己都不知道！我懂得一點心理學——你為甚麼不去看日出呢？難道日出不比現在美麗嗎？」

范聖珂認真地回頭去，看著變幻不定的晚霞。

「現在你相信我懂了？」劉琤忽然深長地吁了一口氣，振作起來說：「聖珂，我不跟你胡扯了，我祇要告訴你，我決定走了！」

「走？」范聖珂緊張起來。「怎麼走？」

「我現在還不知道！」

「你別亂來呀，你知道，一定逃不了的！」

「我當然知道，但是我仍然要走！」

這位朋友的固執，使范聖珂避免去想那些不幸的事情。

「就算你逃出去了，」他關切地問：「你以為就安全了嗎？」

劉琤狡黠地笑了，他低聲回答道：

「但是我有很貴重的東西向法國人交換安全的。」

「哦！」范聖珂低喊起來，他知道劉琤所指的貴重東西是甚麼。

「他們最近在奠邊府，在柬埔寨發動的那個計畫，就算估計低一點，至少也可以換取一百個人的安全！」

「你有把握法國人在和你『交易』的時候守信用嗎？」

「至少他們比這些鬼靠得住一點！」說著，他把頭湊近范聖珂。「要不要和我一起走？」

范聖珂猶豫了一下，終於搖搖頭。

「目前我還不打算走，太危險了，」他握著他的朋友的手。「劉琤，再忍耐一個時期吧，機會一定會來的！」

劉琤驟然激惱起來。

「你好好地等你的機會吧！」他忿忿地嚷道：「也許你還可以坐飛快車回海防去呢！」

范聖珂想要解釋，但劉琤已經轉身走掉了。

三

劉琤終於在一個微雨的晚上逃亡了。可是，三天之後，他便被幾個皮膚黝黑的越盟士兵從馬村押解回來。

在逃亡之前，他極力避免碰到范聖珂，同時在一次會議上，還故意用難聽的話責難他。所以，當范聖珂聽到劉琤被押解回來的消息之後，他感受到加倍的痛苦。有一個很短的時間，他驚駭而惶亂，像一隻被困在玻璃缸裡的黃蜂一樣。他屢次想到拘留所去看他，但他的理智卻阻止他去做這種愚昧而於事無補的事。最後——當他把一切都思慮過之後，他借故去找黎齡。

走進那間現在已在外面加了一道竹籬的顧問團總辦公室時，他碰到司令員。老黨員永遠是那麼和悅顏色，假裝著對他和黎齡之間的事毫無所覺。

「范同志，」他有意味地問：「黎齡同志的越文進步得快嗎？」

「呃，」范聖珂頓了一下，隨口回答：「很……很快，因為越文是拉丁化的，所以她同時要學習越南話才行！」

「那你又得替她加一門功課了！」

范聖珂含糊地應著。老黨員走了兩步又叫住他。

「哦！范同志，」他說：「你馬上收集一下關於劉琤的資料，因為你比較了解他一點！」

范聖珂呆呆地站在那兒，直到司令員走遠之後，他才返身走進辦公室。

用不著他開口，黎齡已經知道他的來意。

「如果你聰明的話，」她低聲警告道：「就不要去過問這件事——你要知道，這件事可能牽連到你……」

「所以我才來找你呀！」范聖珂故意強調這句話。

「你找我有甚麼用呢？」她注視他那雙突然變得堅定的眼睛。「你要我救他？設法放掉他？」

「你完全弄錯了，黎同志！」他機警地提高他的聲調。「我是要收集他叛黨的資料，所以才來找你的！」

「……」她像是聽不懂他的話。

「我想知道在顧問團到這裡來之前，他向國內的報告裡，有沒有甚麼毛病。我想你一定比我清楚一點！」

黎齡會意地和他繼續敷衍，然後應在一兩天之內把資料給他。他走出來的時候，看見那個永遠在腰皮帶上掛著一條毛巾的勤務員，鬼鬼祟祟地站在過道上。

范聖珂很快地做了一份報告，雖然他並沒有指出劉琤所犯的任何錯誤，但在心理上，他總覺得自己在出賣朋友。於是他再仔細地加以修改若干不妥的字眼，可是當他把它完成時，已失去效用了。

劉琤據說已秘密地押解回國。但誰也不能證實或者否定這個消息。總之，他突然失蹤了，像許多被認為犯有嚴重錯誤的共產黨員一樣。

第四十八章

一

十月的末梢，沒有風，一個悶熱得出奇的晚上。

為了慶祝一次成功的突襲，山上舉行盛大的祝捷餐會，散席後，黎齡從司令員的嘴裡聽到一個幾乎要使她暈厥的消息。安排了老黨員，她踉蹌地奔進那間小木屋，撲倒在范聖珂的身上，緊緊地擁抱著他，不可抑制地慟哭起來。

他詫異地望著她，把她的臉從自己的胸前扳開。

「甚麼事？」

她不能回答，仍然緊緊地抱著他。

「黎齡，究竟是甚麼事？」他繼續問。

她終於止住哭，然後以一種悲戚的聲調說：

「你要離開我了！」

「離開你，我甚麼時候說過要離開你！」

她又開始啜泣起來。

「你馬上就要離開我了！」她重複地喊著。

「你喝醉了吧？」他聞聞她的嘴，然後憐惜地吻了吻她。「——不要胡思亂想。」

他霍然把身體支起來。

「胡思亂想？」她叫道：「我親自聽到他說的！」

「說甚麼？」范聖珂開始緊張起來了。

「我告訴過你的，」她囁嚅道：「接運軍火的事……」

「——說下去！」

「你被派到芒街去！」

「噢！」他用力地捉住她的手問：「你不騙我？」

「我的手！我的手！」

他放開她，重又倒下來。一個新的，使他戰慄的念頭襲擊著他，他彷彿驟然間從一個甚麼地方獲得無限力量與熱情似的專注於這個思想中，火燄在他冰冷的靈魂中燃燒起來，嘴唇的線條也因而表現得更勇敢而沉著，他凝望著黑暗的房頂——一個更遠的，發出微弱光亮的地方，隱隱地笑了。

黎齡注視著他的反應。

「聽到這個消息，你不快活嗎？」

「我還以為是甚麼事呢！」他淡漠地回答。

「……」她沉默半晌，用嚴霜一樣冷靜的聲音說：「我知道，這是你所等候的機會，你不會再回來了！」

他猛然用手捫住她的嘴，警告道：

「你瘋了？」

她掙扎開，然後搖搖頭。

「我說的是真話，」她溫婉地低聲說：「不要在我的面前偽裝，假如我配做一個標準的共產黨員的話，你至少也被槍斃十次了！」她又把身體俯下去，把臉孔緊貼在他的胸口上。「你聽，你的心跳得多麼厲害！要是我，也會心跳的！」

「黎齡！」

「你得好好地把握這個機會！」她繼續說：「我雖然捨不得你，但是我為你高興——至於我，你用不著擔心，我也在等候適當的機會，祇要你記著我，不要忘記我！」

他吻著她的額。

「不會忘記的。」他說。

「即使你現在說的是假話，我也願意聽。」

「我是真心的。」

「當然，你是真心的，」她哽咽起來。「我們甚麼時候才能再見呢？在甚麼地方再見呢——你不要說，我比你清楚，上帝——說命運吧，我從來沒有相信過他！命運已經讓我們重逢過一次，不可能有第二次了。」

……

「走了，你會到甚麼地方去？」

「我不知道，我真的沒有想過。」他誠實地回答。

「你最好能夠暫時到甚麼地方躲避一下，給法國人捉到，也不會好過的！」

「我不會給他們捉到的！」

「希望如此！」她說：「不過，你最後一定要離開越南——想念你的時候，我就會唸海防沙華街，河內河堤路……」

「誰告訴你河內河堤路的？」他吃驚地抬起頭。

「我不是曾經告訴過你嗎，」她苦澀地笑了。「你在上海叫我代你發出的那兩封信！」

「啊！小魔鬼！」

二

第三天，范聖珂果然接到被派到芒街去接運軍械的命令。命令上指示：他沿途可以獲得許多地下同志的秘密援助，軍械由漁船偷運入海防的內港，再溯紅河西上，運入山區，隨行的還有八位越盟同志。動身前，老黨員對他特別加以慰勉，同時親自交給他一份聯絡的訊號和一些人名和地址。

「必要的時候，」他叮嚀道：「你可以去找他們！不過，你最好盡量利用自己的關係，船衹要進了紅河——你父親不是在做紅河航運的買賣嗎？」

「以前是的。」范聖珂謹慎地回答，因為他已經明白他被派擔任這個重要任務的原因了。「不過，勝利之後他便退休了！」

「但人事上的關係仍然在的。」

最後，老黨員親自送他出來。他沒有看見黎齡——她故意躲開了——便跨上早已等候在外面廣場上的馬匹，開始進發。

他們通過好些檢查哨和空虛的農莊，天色入黑之前，他們在一個指定的村莊停下來。幾個雜役將他們的馬牽到馬房裡去，村莊蘇維埃的委員同志們殷勤地接待他們。燉肉、薰魚、還有大量的竹管酒。他們圍坐在一張板桌上吃著，大家默不作聲。那些隨員偶爾抬起頭，向同伴交換一個沉鬱的凝視。范聖珂感到沉重的壓迫。他的筷子落在地上，他認為是不祥之兆。

抑制著心中的煩擾，他站起來，舉起他的瓦杯，強笑著說：

「為我們的任務祝福！」

越盟黨員也跟著嚴肅地站起來，其兩中個激烈份子脫口而出：

「胡志明同志萬歲！」

其餘的人以一種怠倦的聲音跟著叫喊：

「胡志明同志萬歲！」

這時，范聖珂才認出那個揹著他逃出海防的方臉軍曹站在板桌的另一端。坐下後，他不斷地打量著他。但，軍曹卻規避他這種善意的表示，靜靜地喝著酒。

飯後，他們被引到一堵斷垣後面的土屋裡。牆角上掛著一盞油燈，屋頂漆黑、窗戶缺了一塊窗扉。他們在地下鋪著的草蓆上躺下來。

油燈滅了，土丘上那個人，還不願停止他那蒼涼悲鬱的弦聲……

范聖珂不能入睡。他被淹沒在此起彼伏的思潮裡，一些預期的甚麼在激動他，無窮的幻象，心靈的供述；最後，他被幸福的，掙脫了束縛的喜悅所迷醉了……

「啊！祇要過了明天……」這句話留在他的嘴邊。

朦朧中，他聽見莊上的犬吠，酒後沉濁的鼾聲以及囈語的呢喃。

三

第二天，經過百餘里，到達越盟武力所控制的最後一個村莊，便要放棄馬匹步行了，六十里外就是滇越鐵路中段的一個小站；在那兒，他們需要使用那些偽造的證件瞞過法國人的盤查，然後轉道海防到芒街去。他們在清晨出發，到達這個村莊時，已經午夜了，下了馬，他們幾乎立刻疲乏得癱倒在地上。那位碩長而微駝的村委留他們住了一天，替他們換了衣服，同時叮嚀他們許多關於越過交界的技巧。

「你們要在夜間趕路，」他用手搔搔他的短髭，說：「天亮之前是越界最好的時候，呃！不要緊，他們從來不肯留難咖啡商，莫南計劃[1]使他們頭痛；沒有乾酪，沒有羅馬迺[2]，沒有一粒咖啡從他們的本土運來，害得那些小子全閉著眼睛守衛，一副苦惱相。你們說你們是咖啡商，他們像狗一樣嗅嗅你的袖口，聞出了味道，就糊塗了。你們的衣服是用咖啡汁煮過的！那時候，嗯，別忘了塞給他們幾個錢！」

「還有甚麼重要的嗎？」

「啊！重要的還是你們的運氣。好吧！我們還要見面的，為了偉大的解放鬪爭……」

「胡志明同志萬歲！」激烈份子情不自禁地舉著手，叫喊起來。

原野在黑暗的山坡下，向著前面迷茫於月色中的遠處伸展著，縱橫交錯著急湍的溪澗，樹木的頂梢變成閃光的斑點，風的腳步零亂地奔跑過，帶著樹葉和草叢的顫抖，及鶉鴣的低叫。

夜，沉寂，淒迷。

他們離開村子，默默地走在那條狹窄的小道上。這兩天，他們難得交談幾句話，互相戒備著，緘默和這種銳利的、偵伺的目光，使沉溺於逃亡意念的范聖珂發狂。這是一次多麼可怕的旅程呀！隨員的這種不可捉摸的敵對態度心中的狂熱想望，未來幸福的預期……他想：他們為甚麼不和自已說話呢？那個方臉軍曹的冷漠神態，那種憂鬱的窺視和沉思，難道他們已經察透他心中的秘密？啊！是的，這是他們對他的監視。他的靈魂因

1　莫南計劃：二次世界大戰結束後，法國為推進經濟建設，實行莫南計劃，提倡節約。
2　羅馬迺：一種產於法國布爾高涅的紅葡萄酒。

而痙攣起來。

他們在沉默中進行。

霧迷漫過來了，微濕的氣流，使他們那鬱悶得窒息的肺葉伸張開來，感受到一種甦醒的清明。當右面天邊淡淡地升起玫瑰色的光暈時，他們在距離交界附近的一條小河邊歇息下來。

范聖珂脫下身上那件山裡人穿的短衫，伏在河畔，用水去沾濕自己的頭額……

「噢！噢！」背後發出兩聲尖銳的叫聲，有沉重的物體倒在地上。

他慌忙爬起來，返轉身。

「不許叫嚷！」威嚇的聲音說。

六個隨員向他圍攏來，走在前面的軍曹和那個矮而黃得怕人的漢子，手上執著一把滿是血漬的尖刀。後面的地上，那兩個激烈份子蹚做一堆，抽搐著，從被刺穿的胸膛裂口裡，發出一種難聽的嗞嗞聲。

「同志！」那個黃臉的漢子逼近他，怪聲說：「我們不能錯過這個機會，我們拋棄了妻室兒女，革命啊！革命！上天會原諒我們。你是看見的，他們要我們去劫掠自己人，從那些女人的懷裡拉走他們的丈夫兒子，絞首！活埋！好好先生也能給他加上一百種罪名！我們每天祇能吞生硬的玉蜀黍，吃一頓飽就是奇蹟！你看看我的臉！哎！報應！我是木材商！他是機器工人，理髮師——誰要我們吃苦來的……」

范聖珂昏惑地站著，失去了所有的思想。那人繼續說：

「我們發誓，我們憎惡這種革命！感謝你們的援助，顧問團！軍械！去殺我們自己人……」

其中一個插嘴：

「快點給他一刀吧！」

「多囉嗦會誤事的，再閉一次眼睛好了！」另一個說。

「呃，你還有甚麼話要說嗎？」

老漁夫的兒子，聲音異常平靜：

「沒有甚麼可說的了，隨便吧！」

那個漢子一步一步走近他，一面說：

「上天會原諒我們的！」

范聖珂將眼睛閉起來。他對他自己說：我說了，他們也不會相信的，沒有人肯相信共產黨員發的誓。

突然，方臉軍曹伸手去按住黃臉漢子的肩膀，擺擺手說：「天要亮了，你們快走吧！讓我慢慢的收拾他。」

「那麼你呢？」

「別管我！」他苦澀地笑笑，說：「我不能走。」

他們疑惑地注視著他。

「通緝的名單上，有我的名字！」

「你不走，你要回到山裡去？」

「沒法，我要活命。以後有了機會再說……」他沉下聲音：「再說，我還可以回去撒謊，不然的話，你們遲早都逃不出他們的手掌，你們總該聽見過紅星暗殺團吧——走呀！相信我，總有一天……」

「這傢伙呢？」

「放心，我殺過牛的。」方臉軍曹回答。

那五個「叛徒」走遠後，軍曹將刀子投在地上，笑著對感到昏惑的范聖珂說：「我叫做關文勇，還認識我嗎？」

「當然認識！你曾經救我逃出海防！」被生之欣悅所震撼，他吶吶地回答。

「可是，你卻冒險救了我們三十二個人！」

互相看看，他們沉默起來。

半晌，軍曹開始說：

「現在，你打算怎麼樣？」

微笑從范聖珂的嘴角露出，和他的眼睛一樣誠實，他說：

「你以為我還會回去嗎？哎！我早就想離開這些鬼了！」

「那麼剛才你該對他們說呀？」

「在這個時候，他們會相信我嗎？」

「這是真的。」

「你為甚麼不走呢？」范聖珂摯切地問。

「你剛才聽見的。」他憂鬱地回答：「他們在通緝我！」

「我也一樣。」

「那麼你要特別當心，先找個地方躲躲，或者回中國。」

「你就不能找個地方躲嗎？」

他痛心地將頭揚起來，搖了搖，困難地解釋道：

「親友不敢收留我，我很窮，我要出去工作，這是不可能的……」他用手蒙著自己的臉，痛苦地繼續說：

「誰不想回去呢！我有一個瞎眼的母親，我的女人有身孕，如果孩子平安的話，現在都週歲啦——啊！可憐的小傢伙……」

范聖珂安慰他：

「你們以後一定能夠見面的。」

「但願如此吧！」

「把她們的地址告訴我，我盡可能的幫你點忙。」

「上天保佑你，」他感激地扶著他的臂：「唐吉街二十五號的底層，我的母親叫做『巴貴』，祇要對她們說，亞勇還活著，一定會回來……」

「我會照著做的。」

「我祝福你，走吧！他們也許已經走遠了。為了使那些鬼相信我撒的謊，你得先幫我一個忙！」

范聖珂不了解他的意思，望著他。

「用力打我——眼睛，嘴，最好能讓它流血！」

「……」

「別害怕，動手呀！」他用誠摯的微笑鼓勵他。「第一拳先打這個地方！法國人打人的時候，總喜歡打這裡的——來呀！」

第四十九章

一

范聖珂避開指定的路線，忍受著饑餓——因為他身上連一分錢也沒有——從這個站步行到那個站，從這個村鎮步行到另一個村鎮；白天，他躲匿在隱蔽的田野裡，偷挖幾個甘藷充飢，然後踡睡到日落，再繼續前進。

一路上，他遠遠地離開人煙稠密的城市，他不敢向別人詢問，僅憑著自已所猜度的方向進行，曾經有一次，他走到一條必須通過一條河道的岔道上，再折回來，已經浪費掉整整的一天了。因此，當他回到海防時，已經是十一月的中旬了。

由於那些危險份子永不寧息地騷擾，海防市的宵禁仍然沒有解除，但范聖珂對於這種情勢茫無所知。那天，他在郊外等待了一天天，直到夜深才走進市區裡來，他以為這樣便不會碰到熟人，比較安全點。

可是，他過橋的時候，便被衛兵攔往了。

經過半個月旅途的困頓，他的樣子相當狼狽：頭髮長而蓬亂，渾身污垢，身上那套棕色的山地便裝，髒得像抹布，他的鞋子也破了，他用布片裹著磨破了的腳跟。

衛兵端著槍，命令他站到路燈的下面去，打量著他。

「有身分證嗎？」其中一個較為高大的厲聲發問。

「有……有的！」他用越南話回答。當他正想把那張偽造的證件掏出來時，衛兵突然吼起來。

「不要動——把手舉起來！」

范聖珂這時才發覺自己犯了錯誤，不過，他馬上又安慰自己：鄉下人不會懂得這種規矩的。他現在是種植咖啡豆的阮文成。於是，他假裝受驚嚇地把手舉起來。

那兩個衛兵交換了一下眼色，大個子把手上的美式衝鋒槍對著范聖珂，那個矮小的向他走過去。

「扭轉身！」他命令著。

范聖珂馴服地轉過身體，背著他們。突然間，他有點慌亂起來。他想：難道他們已經得到了密報——他開始相信那五個「叛徒」可能已經供給了這個情報。劉琤也曾經說過，這種情報可以換取自由的。

完了！他向自己說。但有一種力量在鼓勵著他，他望著黑暗的橋欄，估計著自己所站的位置與它之間的距離，奔跑的時間——但，他馬上又放棄了這個計劃，因為那支裝有三十發長彈夾的衝鋒槍，在一秒鐘之內，便可能有幾發子彈貫穿了他的身體。

那個矮小的衛兵小心地搜索了他的身體，除了一把兩寸長的小刀，他祇在他的內衣袋裡掏出那張假身分證。

「甚麼都沒有。」他聽見衛兵說。

過了一陣。大概那個大個子在檢查證件，然後他們叫他把身體轉回來。但仍然不許他放下手。

「你叫甚麼名字？」大個子望著手上的證件問。

「阮文成。」范聖珂沉著地回答。

「幾歲？」

「二十六。」

「那一天出生？」

「四月二十七日下午八點鐘！」他機械地背著，下午八點鐘是他故意加上去的，事實上，身分證上面，除了年月日，並沒有時間這一欄。

果然，有了效果，大個子笑起來了。

「我還要問你生下來的時候幾磅呢！」他調侃道。

「八磅半！」他故意說。

這兩個衛兵笑得更厲害了。大個子又望了他一眼，再看看他手上那張偽造得亂真的證件。

「你從那兒來的？」他又問，但語氣緩和了一點。

「安拜。」范聖珂回答。

「安拜？你是走路來的嗎？」

「嗯，走了半個月！」他把腳伸出來讓他們看。「我沒有錢，咖啡全讓他們徵去了，我要來投靠我的嬸嬸。」

「慢點，」大個子阻止他說下去，一邊精明地問：「可是，你的口音並不像那邊的！」

范聖珂祇是遲疑了一下，便接住他的話。

「我是在海防長大的——衝突的時候才回安拜去。」

「哦。」大個子咂咂嘴，他聽得出他的海防口音。但是可以看得出，他對范聖珂仍然有點懷疑。想了想，他又問：

「你讀過書嗎？」

「讀過的。」

「在甚麼學校？」

「在鄂厄的國民公學。」范聖珂衹記得這間越南學校，在一家叫做「西蒙」的小電影院斜對面。它的室內操場上，還架有一副巨大的鯨魚骨，他曾經去參觀過。

大個子把哨兵手裡的一份報紙遞給他。

「你唸一段給我聽聽！」他說。

這是一個相當嚴重的考驗，范聖珂小的時候，雖然曾經唸過一個時期的越文，但幾乎完全忘掉了。幸好在山上他和黎齡複習過拼音，恩方有時也指點他，但對於報紙上的一些專有名詞，和從漢字變化出來的詞句，卻毫無把握。他把報紙接過來，突然記得小時無意間讀過一段越文的連載小說——「黑旗賊」，印象非常深刻，他還記得小說的名字和那方小刊頭，它是粗淺而易於了解的。於是他連忙翻到載有小說和漫畫的一版上，而且很快地找到了一篇。

「Doan tuyêt，」他唸著那篇叫做〈斷絕〉的言情小說的名字，然後開始緩緩地唸第二章的開頭：「天下著微雨，在泥濘的道路上，蘭——」女主人翁的名字使他頓了一下。「蘭的那件名貴的白綢衣給泥濘弄髒了，但終於讓她在那骯髒的平民區裡找到了他的住所……」

「好了，好了！」大個子把報紙收回來。「我猜你讀書時的功課一定很壞！」

范聖珂不響。大個子在小崗亭裡拿出一個紙夾，登記了些甚麼，然後抬起頭來問：

「你剛才說你的嬸嬸是住在甚麼地方的？」

「呃……」范聖珂咽下一口吐沫，他驟然記起那個方臉軍曹告訴他的地址。「唐…唐吉街，二十五號，底層。」

「她叫甚麼名字？」

「巴貴。」

他登記好了，然後一邊把范聖珂的身分證夾在紙上，一邊說：

「你坐到那邊牆跟上去吧！」

「我……我不可以進去嗎？」范聖珂急起來。

「現在在戒嚴，懂嗎？山佬！」衛兵厭煩地嚷道：「而且明天早上，你還要到警察局去核對一下才算了事呢！」

范聖珂突然感到渾身冰冷。

二

早上九點半過後，那位肥胖的，像是一大早就跟誰生過氣的「三劃」警官，才駕著他的老爺車子到警署來。按照他到越南來以後養成的習慣，他要坐在他的辦公桌上吃早餐，再喝下一瓶「祖家水」——由法國來的礦泉水。等到他辦完這些公務，很準確的，差不多是十一點鐘了：能夠控制時間，是他惟一的長處。

范聖珂和另外十多個被一起送到警署來的入境者，從天亮開始，便站在那間狹窄的臨時拘留室中等候提問。由於四鄉不寧，鄉下人不斷地擁進城市裡來，為了防止那些越盟危險份子乘機滲入，所以可疑的入境者，都必須經過這一種「驗查」手續。

照例的，由一位越南翻譯詢問一串刻板的問話，再由檔案部門查對一下名單，然後由這位警官批准釋放——那是說，當他心情好的時候。像今天這個樣子，可能統統被送到監獄去關六個月。

依照原來的次序，范聖珂應該是第一個被提問的，可是別人的賄賂使他的那份單子被壓到最下面。等到前面那些倒霉的傢伙得到了報應，而輪到他的時候，正午的笛聲響了。

警官對了對手上的金錶，然後放下表格。

「咖啡商！」他厭煩地唸著，禁不住打了一個哈欠。早上的咖啡壞透了，他困乏地站起來，有意無意地問一直端正地站在旁邊的翻譯：「他運了多少咖啡來？」

「不知道，要提他進來嗎？」翻譯謹慎地回答：「單子上祇填著是來海防探親的。」

警官把他的制服穿起來，伸長著垂著厚厚的一塊脂肪的脖子在扣領扣。

「派個人去核對一下吧！」他說，當翻譯正要出去時，他又補充道：「以後關照他們不要給我喝這些發酸的咖啡。」

范聖珂幸運地逃過這一關。直到下午三點鐘，才由一個剛睡醒的警員押著他到唐吉街去核對。路上，范聖珂有好幾次要想拔腳逃跑，因為那位警員騎著一輛腳踏車，假如他逃到附近的巷子裡去的話，他很可能為了害怕失去腳踏車而放棄追他。不過，他始終拿不定主意，他認為這樣可能會把事情弄糟，事情還沒有完全絕望時，他覺得應該靜以待變。

到了唐吉街——那是骯髒的越人區的中心，他很容易地找到了二十五號，在門口，他就肯定坐在門口的那個老婆婆就是巴貴了。因為她有一雙爛桃子似的眼睛，大概已經失明了。她微仰著頭，似乎要想讓眼膜多接受到一點亮光。

「嬸嬸，」范聖珂用怯怯的聲音喊道，但他馬上又改了口：「巴貴！我是文成呀！」

巴貴霎霎眼睛，困惑地問：

「是誰？那一個文成！」

警員疑惑的目光，使范聖珂不顧一切地撲倒在老婆婆的膝前，他搖撼著她。

「文成你都忘記啦——亞勇哥託我問候你好呀！」

聽到亞勇這個名字，巴貴驟然緊張起來了，她緊緊地捉住范聖珂，急急地問：「亞勇！亞勇好嗎？」

「他很好！」范聖珂機警地回答：「他還在安拜，他說要等到下一次咖啡收成之後再回來！」

巴貴喃喃著，一個面黃肌瘦的女人，抱著一個長得相當結實的嬰孩，從黑暗的屋裡跟出來。

「亞勇嫂！」范聖珂招呼道。

那個女人怯怯地點了點頭，然後帶點驚惶地問老婆婆。

「婆婆，是甚麼事呀！」

巴貴仍然呆呆地坐著。那位警員覺得自己的任務已經完了。也許是這週圍的臭氣，使他厭惡地吐掉嘴裡的檳榔汁，然後把范聖珂的身分證丟在地上，一言不發地騎上車子走掉了。

范聖珂昏惑了好一會，才緩緩地抬起頭。

「巴貴，」他誠摯地說：「我是亞勇的朋友，我才從那邊逃出來，他要我告訴妳們，他很平安，他會回來的！」

抱孩子的女人，突然放聲啼哭起來。

第五十章

一

范聖珂在巴貴那裡洗了澡，那方臉軍曹的妻子慇懃地叫了一個過路的理髮匠為他理過頭髮，再將一套潔淨的粗布便服給他替換，等到天黑之後，他才偷偷地回到自己的家裡。

雖然他已經修飾過，但他的樣子仍然使他的父親和妹妹們吃了一驚。他們幾乎認不出來了。他已經變得瘦弱而且粗黑，當然，那套不稱身的衣服使他顯得很狼狽，但主要的，卻是他那種愧疚、冷漠而沉痛的神態。

楞了一下，老漁夫連忙低促地命令道：

「快點把門關起來！」

他用背掩上門，但他仍然呆呆地站著，定定地注視著妹妹們臂上的黑孝布。

「阿布烏呢？」他終於怯怯地低聲問。

他們沒有回答。

驀地，他瘋狂地衝進屋裡，他走進客室、飯廳、再奔進厨房，他踉蹌地爬上樓梯，用力拉開所有的房門，搜尋著，同時發出一種可怕的尖銳而顫慄的喊聲：

「阿布烏！阿布烏！」

最後，他跪在母親的床邊，悲慟地哭起來。

二

老漁夫第二天早上才走進妻子的房間裡，正如那個已死去的好母親喜歡逗留在兒子的房間裡一樣，他也時常到這間房間裡來坐坐。

現在，他看見兒子靜靜地坐在床邊的小矮凳上，看樣子他整個晚上都是這樣坐著的。

范聖珂回過頭，遲疑了一下，然後平靜地喊了一聲：

「阿爸！」

「下去吃早飯吧。」父親慈愛地說。

他搖搖頭。

「我不想吃，我不餓！」他說。

「別固執，看你的樣子，像是已經餓了好幾個月呢！」

「是的，」他淡淡地回答：「我餓得已經不知道餓是甚麼感覺了。」

「那麼，我叫她們給你拿上來好了。」

「不用了，阿爸，」他連忙阻止：「我下去吃好了。」

「吃飽之後，你好好地睡吧——把身上這套衣服脫下來，你的東西，她們已經替你放在你的房間裡了。」

「我要住在這一間。」

「好吧，」老漁夫思索了一下，說：「隨你喜歡住那一間。等你休息好了，我還要告訴你一些事情。」

「——阿爸！」當范大叔走到門口時，他的兒子真摯地喊道。

父親回轉身體，以充滿了關切、寬恕和愛慕的目光，望著自己的兒子。

「您不恨我吧？」兒子困難地問。

「……」老漁夫微微地笑了。「不要這樣想，誰也沒有理由恨你的。」

范聖珂到餐室去吃過早餐，再依從父親的吩咐，換下身上的衣服，然後睡到床上去。等到他醒過來的時候，天已經黑了。他順手扭開床頭的燈鈕，才發覺父親坐在窗前母親的那把高背絲羢椅子上。

「哦，你醒了——我是才進來的。」父親望著自己的煙斗。「你睡得好嗎？」

「我很久沒有這樣睡過了。」范聖珂坐起來回答。

「呃，你用不著下床來，」老人望著另一個地方，像是在極力抑制著甚麼似的。「我們就這樣坐著談好了，這樣比較自然一點。」

范聖珂靠坐在床上，可以看見父親的側面，燈光輕柔地灑在他稀疏的白髮和低陷的臉頰上，這景象使他感動欲泣。

「你怎麼回來的？」老人忽然用嚴肅的聲音問。

他猶豫了一下，然後低弱地回答：「我是逃回來的。」

「真的嗎？」

范聖珂被這句毫無惡意的問話刺痛了，他掙扎著抬起頭。

「您知道我不會騙您的！」他痛苦地說：「我會把所經過的事情都告訴您，一點也不隱瞞！」

「這就夠了，我相信你。」頓了頓，父親繼續說，聲調中增加了一種新的憂慮。「——不過，等到他們發覺你逃了，他們會放過你嗎？比方說，你一定知道他們的甚麼秘密，對他們是相當不利的呢！」

范聖珂本來想把那份他塾在破鞋底下，並沒有讓橋頭那個衛兵搜查出來的秘密聯絡訊號和名單拿出來，但又覺得不應該加重父親對他的憂慮，於是他掩飾地說：「我並不知道他們的甚麼秘密。」

「不可能的！他們要你做些甚麼事呢？」

「翻譯，他們正好缺乏這種人才。」他隨口說，因為假如他承認自己是個參謀，便和前面的話矛盾了。

「正式的人員？有官階的？」

「嗯，上尉。」

「不錯！你上次從國內回來的時候，才是個上等兵呢，升得很快！」

「而且我已經正式入黨了！」

「入黨？」父親吃驚地回過頭來望他。「共產黨？」

「是特別批准的，」他回答：「一般的申請，據說最快也得經過兩三年——但是我發誓，不是自己申請的，在那種環境，我不得不這樣做！」他怨恨地把臉埋在手掌裡。「我知道，那個時候我的心理上太不正常了，我受了傷，吃了苦頭，我過慣了軍隊的生活，」他又揚起頭，大聲說：「我怕！真的，我怕，我怕你們對我好，我怕看見別人快樂；好像甚麼都不對！我生自己的氣，我憎恨！」

老人憐愛地注視著他，並不插嘴。當接觸到這一線穿透他那黑暗而紛亂的靈魂的亮光時，他劇烈地震顫著、軟弱地垂下頭。

「我……我不知道那個時候是怎麼想的！」他悽痛地結束了他的話。

父親的臉上，又展開那種溫暖的微笑了。

「不要抱怨自己做過的事！」他勸慰道：「祇有錯誤才能使一個人成熟！我很喜歡聽見你說這些話——假使你媽媽活著的話，也會喜歡的；因為她一直以為你還是個小孩子；你離開她之後，時間就停留著了。」

「……」

老人深深地吸了一口氣，然後說：

「我們還是談當前的問題吧！儘管他們放過你，你仍然是危險的，這邊在通緝你！」

「我知道，我在山上就看見名單了。」

「但是你並不知道我每個星期六都要親自到警察局去！」

「他們要您去幹甚麼呢？」

「報復！」老人倔強地微微揚起頭。「我知道他們祇是為了報復！現在你的母親去世了，他們可以無所顧忌了！」

「他們不能夠這樣對待您的！」

「你放心，我的確老了，但是我的骨頭仍然很硬！除非，除非他們捉住了你！」

范聖珂又想起了他的那份名單，以及劉琤說的那些話。

「還是讓我去自首吧！」他說。

「自首？」父親不以為然地嚷起來：「你知道他們會怎樣對付你？他們會逼你說出他們要想知道的事，然後把你送到崑崙島去！」

「假如我能夠給他們一些比較貴重的情報呢？」父親嚴厲地看著他。

「剛才你說你甚麼都不知道的？」

「我祇是這樣想，」范聖珂掩飾地說：「或者我可以捏造一點。」

「不要胡思亂想！我告訴你，現在你祇有一條路，就是暫時躲在家裡，等到身體養息好了，我再設法讓你離開這裡，回國內去。」

「去的地方再說吧，」他要求道：「我得好好地想想。」

「現在你有足夠的時間去想了。」

三

遭遇了這次慘變，范聖珂整天將自己深埋在悔恨裡，在孤獨與沉默中，接受那位永遠不能憐憫和寬恕他所犯的罪愆的上帝永不止息的懲罰。

為了解除他的憂悶，妹妹們將很多時間留在他的（應該說是母親的）房間裡，陪伴著他。她們幾乎是像法國宮庭裡取樂君皇的侏儒一樣，處處討他的喜歡；她們輪流地值著班，但他可以從她們那真純的眼眸裡，窺見一種惶惑的、深摯的、但是成熟得太早的思想。總之，她們的慇懃反而使他難過，他覺得自己離開她們太遠了，遠得他完全想不起在幼小的時候，他們是怎樣在一起玩的？他們曾經在行人道上「跳房子」嗎？扮過新郎新娘和擺過酒席嗎？互相打過架嗎？爭奪過玩具嗎？在母親面前告過狀嗎……

他都記起來了，有一件事情，非常清晰的：她們都不喜歡李大威；除了谷芳（因為那時她太小了），她們是李大威的死敵。

他翻出李大威在上海給他留下的那封信，要想寫信給他，但他又打消了這個念頭。

為了補償久遠的別離所疏遠的兄妹之間的情愛，他也不願掃她們的興：他們盤膝坐在床上，玩一分錢一張牌的「達姆谷」；他故意把自己的大牌墊掉；當他拿到那種叫做「獅子進欄」的五張兵卒時，他並不攤下來，反而把它們拆掉。他有意讓她們贏他的錢。但，結賬時她們說那是好玩的；假如是他贏的話，她們便強迫他收下她們的錢。

有時，他也很孩子氣地跪在地板上，幫助她們用父親的那副竹背舊麻將牌，玩火車的遊戲；火車經過床底下，算是鑽山洞……

他告訴她們關於滇越鐵路的山洞……

於是，他們又將興趣回到談話上。她們寧可把飯端到房間裡吃——母親去世之後，有時她們可以稍為破壞范家數十年來傳統的規矩了。事實上，老漁夫也害怕一家人坐在一起吃飯，因為已經空了幾個座位，尤其是對著他的那個座位——她們要求他告訴她們一些關於國內的事，關於冰雪；關於各地的風物和習俗。她們對甚麼都感覺新奇，同時認為她們的哥哥是一個了不起的人物，她們為他驕傲。

「那麼，」當范聖珂的「故事」告一段落時，谷蕙天真地問：「你碰到過你喜歡的女孩子嗎？」

這個問題使范聖珂一時無從回答。

「當……當然碰到過的，」最後他假作輕鬆地笑著說：「不過她們都不喜歡我。」

「我不相信！」已經長得亭亭玉立的谷萍第一個表示。

「我也不相信！」最小的谷芳跟著附議：「你一定是怕我們知道！」

「其實，我們都知道，」谷萍神秘地望望她的妹妹。「你喜歡過誰。」

范聖珂困惑地望著她們，她們笑起來了。

「——喜歡谷蘭表姐，是不是？」谷萍刁鑽地問。

「誰跟你們說的？」

「阿布烏跟爸說的，我們都聽到了。」

范聖珂不再說話了。等到妹妹們離開了房間，他隨即陷入一種新的紛擾裡。回憶開始用那尖銳的細小的牙齒輕輕地嚙咬著他的心靈。他很久沒有想起谷蘭了——他怕想起，因為他不願意沾污那一份聖潔而真純的情感，他覺得自己已經墮落了，下流而猥褻；因為黎齡的那件事，他多多少少意味到是一種罪惡。

房門輕輕被推開了，谷蕙把她那有幾點雀斑的圓臉探進來。

「讓我進來嗎？」她學著大人腔調問。

「進來吧——有甚麼事？」

她輕輕地走到他的面前，但並沒有馬上說出是甚麼事。

「很嚴重嗎？」他打趣地低聲問。

她忍不住笑了。

「我想告訴你一件事！」她認真地說。

「甚麼事？」

「關於谷蘭的。」

「谷蘭？」他微微微震顫了一下。「她怎麼啦？」

「不是她，」她說：「阿布烏去世的那天，曾經要想到河內去看她呢——我偷聽到的，後來爸說，不如接她到海防來住一個時期。」

「……」

「阿布烏去世之後，我寫了一對信告訴她，但是她沒有回信。」

范聖珂沉重地抬起頭。

「以前曾經和她通過信嗎？」

「沒有，」她回答：「姨媽去世的那一年，是我陪阿布烏到河內去的。我祇見過她一次，不過她沒有問起你——我甚至還沒有聽到過她說話呢！」

「嗯，她是不太喜歡說話的。」

谷芳闖進來，他們的「密談」中斷了。這天晚上，范聖珂的心情紊亂而煩燥，他很早便上床了，但是直到夜深仍然無法入睡。也許是下意識的要履行母親去世前的意願；也許是為了變換一下環境；也許是他無法拒抗愛情，和那些比痛苦更尖銳、比死亡更強烈的慾望——他決心要到河內去。

第五十一章

一

范大叔並沒有阻止兒子這個突然的決定。一方面由於他覺得讓范聖珂隱匿家中是一件相當危險的事，同時也希望他能夠得到一個休養和思索的時間。

而河內的那個廢園，的確是一個最安全最理想的地方。

「我早就應該想到的。」他向自己說。然後抬起來頭望著兒了。

「去吧，」他說：「——不過，你要記著，千萬別離開那個地方，也別寫信回來；假如有事，我會派人帶信給你的！」

范聖珂點點頭，沒有說話。

緘默了一陣，父親站起來了，用一低沉的語調說：

「你母親去世的那一天，也曾經想到那兒去的！她想探聽你的消息！」

「小蕙告訴我了！」

老人回轉頭。問道：

「所以你才想到要去嗎？」

「也許，」范聖珂困難地回答：「不過……我不願意連累家裡！」

「可是那裡也有你的表妹呀！」

范聖珂低下頭。父親本來想問他關於他和谷蘭表妹之間的事的，但又抑制住了。最後，當他離開房間時，他說他現在就到內河碼頭去。

第二天晚上，范聖珂便搭乘一條載運玉蜀黍的小輪船，偷偷地離開海防了。在動身之前，他吩咐二妹谷蕙替他送一點錢到唐吉街給巴貴；同時還要求她為他秘密地發出一封信——給海防警察署的。他把那份可能換取到自由的名單和資料寄給他們，但是他並沒有署名。

二

第二天的黃昏，他們的船才到達河內。

為了安全，那位黝黑的船主堅留他在船上吃過晚飯，等到天色完全黑下來以後，才派了兩個水手，陪送他到河堤路去。

從跨過園外的矮木欄開始，他的心臟便加速地跳動了。他呆呆地站了好一會，黑暗中祇有屋子裡透出淡淡的燈光；一種淒涼落寞的感覺驟然塞滿了他的心胸。他頹然地回轉身，無意識地伸手去撫摸門欄上那隻他曾經把它漆成綠色的信箱，然後移動著沉滯的腳步，沿著碎石路，經過噴水池，走上大理石階臺，伸手去叩門上的銅環。

沉寂。金屬的聲音在迴廊上震顫著……

經過一些時候，他聽到一陣匆遽而雜亂的腳步聲從裡面傳出來。

「是誰？誰啊？」

他聽得出那是烏牙沙嗄而帶著驚恐的聲音。於是他連忙回答：「是我。烏牙！我是聖珂呀！」

屋內的聲音突然靜止了，直到范聖珂困惑地再去叩擊門環，大門才緩緩的被打開。

范聖珂激動地走進去，緊緊地捉住這個將近七十歲的老婦人的手臂。

「烏牙，我是聖珂呀，你忘了嗎？」

她那微微有點呆鈍冷漠的神色起了一點變化，她搖搖頭，但仍然注視著他。

「哦！」她的喉頭發出一種抑壓的聲音：「聖珂少爺！」

「我們很多年沒見面啦！」

「是的，很多年了！」

「你好嗎？」

「不很好，老了總是不會很好的——你剛從海防來？」

「嗯，我是坐船來的。」

「我知道，你才從哪邊回來。」

范聖珂含糊地應著，避開她的凝視，當他正要返身向梯口跑去時，她喊住他。

「你要到哪兒去？」

「……」他回轉身，羞澀地笑著問：「谷蘭在樓上嗎？」

烏牙的嘴角痛苦地痙攣了一下。

「哦！你還記得她？」

「……」他馬上覺察到她話裡的意味了，於是他囁嚅地問：「她……她怎麼了？」

「她很好，」她冷冷地回答：「但是不在樓上。」

他楞著，像是沒有聽懂她的話。

「她到崗頭堡去了，已經快一年了。」老傭人用平靜得出奇的聲音說。

崗頭堡！這個名字像是一把利刃似的猛然戮進范聖珂的心裡，一陣麻痺和無法忍受的劇痛使他痙攣起來。

「崗頭堡！」他昏亂地喊道：「她不應該到那個地方去的！她不應該去的！」

他記得那年的夏天，谷蘭告訴過他：她曾經夢想過要到這所神學院裡去。那時他以為祇是她的一種幼稚的幻想而已，但，現在她竟然去了……

一種濃重的惆悵之感，驟然將他緊緊地裹住了，陡然間，他有急於要見到她的慾望——一種尖銳而近乎瘋狂的慾望！但他知道那是不可能的，至少，在這個時候是不可能的……

他茫然地站著，臉色慘白，嘴唇在微微地顫抖，樣子顯得非常可怕；最後，他困乏地扶著梯口的一張椅子，坐了下來。

烏牙究竟和他說了些甚麼話，他一個字也沒聽到，他祇記得後來，他跟在她的後面，到樓上去。在樓上那間他曾經住過的小客房裡，老傭人讓他坐在一旁，開始為他收拾房間。她一邊收拾一邊喋喋地說著話。她告訴他一些關於他離開後這園子所發生的事：比如女主人的辭世，她的小孫兒亞里的出走等等。可是這位年輕的客人卻呆呆地坐著，他那空虛得如同一座被盜掘的古墓似的心靈沉浸在絕望的哀愁裡，他凝望著黑暗的露臺，似乎在焦渴地等待著，等待著谷蘭那輕盈的腳步，從飄著紗帘的長窗後面，向他的生命走過來……

「我們每天都在盼望著，祈禱著，我們知道你會回來的，」老傭人回到他的面前。「可是這種等待太可怕了，我以為我不能再看見你了！」眼淚從她那多皺紋的眼角淌下來了，她不加掩飾地用手去揩拭，含著一種寂寞而深摯的笑意繼續說下去：「你回來了，我說不出心裡多麼興奮，我真的不知道應該怎麼說了——你很疲倦了吧？」

「哦，你說甚麼？」范聖珂醒覺過來，茫然地問。

「你早點休息吧，」烏牙憐惜地說：「我看你一定是很累了——啊，我差點忘了，你吃過夜飯了嗎？」

「吃過了，我吃過才來的。」

「假如你需要甚麼的話，大聲向樓下喊好了！」

他不響。老傭人遲疑了一下，當她正要返身離開房間時，他突然用一種冷靜的聲音喊住她。

「烏牙！」他仍然望著前面，頓了頓才說：「她回來過嗎？」

「誰？哦……」烏牙連忙回答：「沒有，祇有我去看她，而且也並不是隨時可以看得見的——修道院裡的規矩多得很呢！」

他的心感到一陣絞痛，緊緊地把眼睛閉起來。

「不過，」老傭人的聲音繼續在說：「我相信這一次她會回來的，大概你已經知道了，這產業有一半是屬於你的！」

「我不是為了這個才來的！」他掙扎地分辯道：「你明明知道我不是為了產業來的。」

「但是事情總是事情呀！你想，現在她的那一半對她有甚麼意義呢？我想：她要是肯回來的話，倒是為了這件事情才回來的！」

范聖珂軟弱地把頭靠在椅背上。

「你出去吧！」他痛苦地懇求著。

老傭人像是還想說甚麼話，但終於走了。在走之前，她有意味地告訴他：隔壁谷蘭原來住的房間的門是開著的，但是她姨媽的臥房卻鎖上了，假使他要進去看看的話，她可以把鑰匙拿來給他的。

但，范聖珂並沒有到谷蘭的房間去。他靜靜地凝視著長窗，彷彿那就是他的生命所不能超越的界限——一個不可思議的界限！窗外，是一個已迷失了的世界；那個世界曾經是那麼美好而光亮，充滿了理想、幸福、愛情和歡樂；可是，現在已經埋葬在黑暗中了。因此，窗內這個世界，這幢古舊、狹隘、灰暗而寂寞的房子，更顯得毫無意義。它的存在，好像祇是證實磚瓦、木料、和那些無生命的傢俱的存在；所以范聖珂祇是一個最單純的生命，他的體積、溫度和呼吸，祇是證實他活著而已。

三

等到他從這種深不可測的迷惘中甦醒過來時，天已經亮了，冬日的陽光輕柔地落在他的身上；他感到疲乏、暈眩，渾身浸在汗液裡──他發現自己坐在窗前的大靠椅上。

他病倒了。

最初的幾天，情勢相當嚴重。老傭人害怕是流行的瘟疫，幾乎要把他送到醫院去，但又不敢這樣做；後來熱度逐漸減退了，才讓那位請來的越南醫生繼續為他診治。

一個星期之後，他的病況才算是穩定下來。可是，症候卻變得反覆無常，時冷時熱，但並不是瘧疾；發作的時候，他發著高熱，陷入昏迷中，說著含糊的囈語──他的身體被空氣中一種甚麼奇異的壓迫而致窒息，但驟然間又完全失去重量感，如同在太空中似的升浮起來；眼前的一切景物，都變成了朦朧的幻象，含有恫嚇的意味；他的肺葉中，充滿了藥物的氣味、腐爛的屍體的惡臭和火藥的煙硝；一種可怕的紛亂，令人顫慄的聲音和色澤；絕望，孤獨、無援……

曾經有好幾次，當他深陷在這種悲慘的迷亂中時，卻十分清晰的瞥見谷蘭帶著他所期望的，輕盈的腳步，凄怨的微笑，從一個遼遠的甚麼地方向他的床邊走近來；她用她那纖長而溫暖（他感覺得到，那的確是溫暖的）的手指撫摸著他的額和臉頰，後來她在床邊坐下來，握住他的手；他是可以看見──十分清晰地看見，她的眸子裡的淚光，想望和愛情。她安靜地傾聽他那含糊、重複而喋喋不休的傾吐，但她從來沒有說過半句話……

等到他退了熱，清醒過來之後，始終無法擺脫和解釋這個困擾著他的印象。

那天，當烏牙扶他坐到露臺的靠椅上，為他換床褥時，他忍不住說：

「烏牙，我要告訴你一件很奇怪的事。」

老傭人停下手，回過頭來望著他。

「每次我發高燒的時候，」他迂緩地說：「我都看見谷蘭——她曾經回來過嗎？」

烏牙笑了。她搖搖頭。

「我還沒有到崗頭堡去過呢！」她一邊繼續她跑工作，一邊說：「發熱的時候，你甚至連上帝都可以看見呀！」

他自嘲地笑笑，但他又仰起頭，輕輕地聞著自己的右手。

「但是我的確看見她的！」他固執地說。

「那祇是你胡思亂想。」

「那麼，我為甚麼醒過來後，仍然聞得到茉莉花香呢？」他回憶地說：「她是最喜歡茉莉花的。」

烏牙聞聞已經脫下來的枕套，皺皺眉頭。

「也許是衣櫥裡的氣味吧，這個季節那兒來的茉莉花？」

范聖珂仍然沉浸在回憶裡。

「我還記得，」他說：「那天我們一起到市上去買花種，她穿著一條紅色方格子短裙，黃色的繡花襯衫，頭髮長長的分在兩邊，結著花結；那天她就在衣領上插著一小枝茉莉花……」

「你的記性真好！」

「我還記得我們那天說的每一句話！我們，還有亞里——哦，真的，我為甚麼沒有看見亞里呢？他很大了吧？」

「……」老傭人的嘴角痙攣了一下，勉強回答：「我已經告訴過你了！衝突的時候，他跟那些人跑掉了！」

他知道她指的那些人是誰，於是愧疚地低下頭。

「大概已經死在外面了吧！」她唏噓起來，恨恨地詛咒道：「我真希望他死在外面，就像他的父親一樣！」

老傭人故意去收拾一些不必要的東西，走到范聖珂的後面。她猶豫了一陣，然後假裝無意地問：

「在他們那邊，生活得還好嗎？」

他雖然背著她，但是他感覺得到她在注視著自己。回答這句話是困難的，他害怕傷她的心。

「還好吧。」他含糊地回答。

「那麼你為甚麼要回來呢？」她忽然轉換成一種詰問的語調：「是為了你母親的去世？還是要回來辦甚麼事？你還是他們的人吧？」

范聖珂劇烈地震顫了一下，他猛扭然轉頭，昏亂而痛楚地喊道：

「我是逃回來的！冒險逃回來的！」

「……我老了，但是我並沒有看錯！」老傭低聲說，然後悄悄地走出房間。

第五十二章

一

雖然范聖珂願意永生深陷於那迷亂的夢魘中，藉以親近那已投入另一個天地、另一種生活裡去的谷蘭，但，他的病卻漸漸好起來了。他變得憂鬱和孱弱，他很少和烏牙說話；甚至連房門也難得跨出過一步——祇有一次，他想到谷蘭的房裡去看看，但，當他的手觸及那冰冷的銅門鈕時，他驟然又打消了這個念頭。他整天把自己深鎖在痛苦的懺悔裡，沉溺於靈魂的默想中，接受著那位永遠不能憐憫和饒恕他的罪愆的上帝不息的懲罰。

苦思的結果，使他感悟到人生的虛無和絕望，受了劇創的心靈，使他無從獲得一點力量拯救自己，他認為自己的熱情已耗盡了；世事無常，人生飄忽、悲慘，無所依託，茫茫無涯的激盪；他關始拋棄了繁紊的思維與觀念，厭惡一切信仰；他困惑，不能理解生命的由來，和終結的意義？

二

有一天，他很早就起床了。

窗外，濃厚的白霧迷漫著。他走出露臺，呼吸到微濕而沁涼的空氣；有清新的草莖的香味；紅河流水的響聲，宛如神與大地的私語，親切而聖潔；下面的園子逐漸在霧的背後，像夢一樣浮出朦朧的輪廓，往事像一尾尾色澤斑斕的游魚，從時光的綠藻和感情的泡沫間緩緩游過，他驀然被一個新的意念所激動——那是多少年前的事了，他還記得那是星期五的早上。

「表哥，你在想些甚麼？」那不是谷蘭清越的聲音嗎？

後來他把那個意念告訴她了。他還記得她吃驚的樣子——很可愛的；她睜著矜持而迷惘的眼睛，像一頭第一次看見溪流的小鹿；她的嘴唇微微地顫抖著，顯出嘴角有細細的皺紋……唉！為甚麼這個記憶會那麼清晰呢？是的，後來她說他要做的是一件愚蠢的工作！

「愚蠢的工作！」他喃喃起來，嘴角泛出苦澀的微笑。

甚麼事情才是不愚蠢的呢？他忽然發覺人類就是這樣可笑的！他們太漠然於造物的安排；鳥的羽翼、魚的鱗鰭、蝴蝶的斑斕、貓的溫馴、和狐狸的狡黠；火的熱烈、冰雪的凜冽；果實的甘美、玫瑰的刺……那是一種無可拒抗的必然律，並不是宿命！祇是人類太耗費他們的智慧，太誤解生命的意義而已！

他忽然覺得自己如同天使一般的清醒。在短短的幾分鐘內，他又一次體驗了這二十多年生涯中的每一件事——使他癲狂和痛苦的事；即使是不可饒恕的錯誤，但他的感受仍然是新奇的，純潔而可愛的。

世上沒有比能夠再體驗一次自己曾經做錯的事更幸福了！

不過，范聖珂知道那不是一件錯誤的事。雖然它的結果可能是不幸的，但當一個人曾經體味過極度的歡樂和悲愁，那麼，追尋痛苦也可能是一件幸福的事情了。

他急急地走到園子裡去。

霧，漸漸地消散了。晨曦從那些凋殘的枝葉後面透射過來，將聖·保羅教堂的尖角，鑲上一圈耀目的光環，河水彷彿是一條銀帶，有玫瑰色的雲片流過天際，甲蟲在寧靜的空氣中，鼓勵著透明的薄翼……

挾著那微微有點迷亂和激動的心情，他緩緩地走下階臺，順著小石路走過去；他不經意地用手心去觸摸他曾經觸摸過的冬青叢、噴水池、矮木欄，彷彿他觸摸到另一個世界——新的世界！他一時竟被這個新的世界震撼了；因為，目前他正需要一種新的意志和力量，使他能夠充實、發現、和了解這個重拾的人生。

當老傭人將早餐送進他的房裡時，范聖珂已經作了一個決定。他坐下來，低聲說：

「烏牙。」

烏牙回轉身，小心地問道：

「有甚麼事要吩咐我去做嗎？」

「……」他轉動著湯匙，仍然低著頭。「請你把儲藏室的鑰匙給我。」

「儲藏室？」

「嗯，我想看看那些工具還能不能用。」

「……」

他抬起頭，發現老傭人直直地瞪著他。

「你……你又要……」

「我想把園子整理一下，」他故作淡漠地說。「大概我走了之後，就沒有人整理過了吧！」

老傭人忽然仰止不住地掩面哭泣起來。

「你怎麼啦？」他問。

「我……我想起了我的亞里！」她哽咽地回答。

「哦，亞里……」

「要是他不走的話，」她唏噓道：「現在又可以做你的幫手啦！」

「嗯，他一定長得很高大了。」

「結實得像一頭牛──直到他走之前，還時常提起你呢！」

「他一直住在這裡嗎？」

「不，他在機器廠裡工作，假日才回來。」

沉默了一陣，范聖珂用餐巾抹抹嘴，站了起來。

「你不吃了嗎？」烏牙關切地問。

「今天的胃口很壞──走吧，我們去看看那些工具。」

儲藏室裡的工具早已銹壞了。結果，范聖珂祇要開了一張單子，由烏牙到市裡去，買一套新的工具回來。

這天的下午，范聖珂便有點迫不及待地獨自在園子裡，開始他這種曾經被谷蘭認為是「愚蠢的」工作。他穿著一件老傭人特地為他買來的，有肩帶的灰藍色的工作服，腳上的便鞋仍然是那年留下（他在儲藏室裡撿出來的）的那一雙，略為有點緊，他索性把襪子除掉；因此，他的臉和足踝顯得格外皙白。他是那麼虔誠而熱心地工作著，以致起先仍在他身邊嘮嘮叨叨，希望能助他一臂之力的老傭人，不得不知趣地回到屋裡去。

這種情形接連了好幾天，他幾乎連吃飯都不願意離開園子！祇有在午飯後，他才仰臥在那棵樹的濃蔭下休息──不如說是思索，因為他並沒有閉起他的眼睛，他總是那麼沉靜地望著樹頂，葉縫中有些小光點落在他那曬得有點紅潤的臉上，但他那緊閉著的嘴角卻是憂鬱的，像他的眼睛一樣。

他在想些甚麼呢？他不知道，他甚至以為自己從來沒有想過甚麼──藍天、陽光、微風、樹蔭……太單純了！有甚麼特殊的意義呢？在昆明、緬甸、野人山上、蘭姆加、原始的莽林、以及好些好些地方，這個印象都是一樣的，一樣的單純。

這天，老傭人收拾好午餐，終於又忍不住回到他的面前。

「聖珂少爺，」她關切地說：「你還是回到房間裡休息吧，這樣你會累出病來的！」

范聖珂坐起來，感激地笑了笑，然後說：

「我一點都不累，你覺得我的氣色不對嗎？」

「沒有，」她誠實地搖搖頭。「你的氣色很好，比剛來的時候好多了。」

「這就對啦——你看，再過幾天，就可以下花籽了！」

「這個季節開不出什麼花來的！」

「明年春天呢？」

「那麼，你就可以慢慢的工作啦！你的病剛好，過分的勞動是有害的！」

范聖珂忽然記起那一次和谷蘭到花市去買花種的事。他本來打算種花籽，但谷蘭卻堅持著買雛種；她的理由是：等到花開的時候，他已經離開這兒了。

「你到崗頭堡去過了嗎？」他忽然問。

烏牙微微有點慌亂，她遲疑了一下，然後含糊地說：

「我……我正想去看她一次……」

「過些時候再去吧，」他接住她的話，帶點懇求的意味，然後望著前面，繼續說：「等到我把園子修理好，我走了，你再告訴他。」

「你要走？」

「我總不能永遠不走吧？」

老傭人注視著范聖珂，顯得有點驚惶。

「難道你不想見見她嗎？」

「……」范聖珂緩緩地低下頭，沉重地說：「我本來是看她來的，可是，我……我覺得還是不要見面的好！」他驟然激動地把頭揚起來。「見了面又怎麼樣呢？這些年來，我傻事做得太多了，我已經沒有勇氣了……」

「就算要走，」烏牙用憐惜的聲音說：「你也得過了這個聖誕節再走吧？」

「……」

「你要回海防？」

「我不能回去！」他掙扎道：「他們在通緝我！」

「那你就不應該走啦！」她說：「這裡是安全的——絕對安全的！附近的人，甚至以為我都已經死掉了呢！」

他無力地搖著頭。

「我知道，不過，我一定要走！不管是哪裡，甚麼時候，我總是要走的！」

三

谷蘭靜靜地坐在落地長窗後面的靠椅上，半透明的白紗窗帘遮著她，她像是一個幽靈似的躲藏在那陰影裡面，注視著園子裡的范聖珂。

她並沒有到崗頭堡去。自從她那癱瘓的母親離開了她之後，她甚至沒有離開過這個園子——她發覺自己不能離開它。因為這個園子包括有她的童年、幻想、和愛情，她永遠是屬於它的；她並不是自己，而是這個園子的一部分。

母親去世，她沒有流淚，她感到那是一種幸福的解脫，而且母親垂死時的面容是那麼安祥平靜，幾乎可以說是含著微笑的，所以，她對死亡並沒有畏懼的感覺——那是一個新的認識；她曾經畏懼過死，但，那時的感覺是朦朧的，迷惑而不可理解的，不像現在那麼清晰和接近。從墓地回來，她使搬進母親的房間裡，承受著母親遺下來的哀痛和想望；她認為自己就是母親的化身。為了印證她們有相同的命運，她決心不再去開啟矮木欄上的信箱，極力不再去想念那離別後杳無音息的范聖珂。漸漸的，她真的平靜下來了；每天，她坐在長窗前的靠椅上，凝望著紅河靜靜的流水，她覺得自己似乎已經觸及母親靈魂中深藏著的愛情和思想，使她感受到一種甘美而滿足的幸福。

等到老傭人發覺一切勸解都不能動搖她的心意時，她開始相信這就是上天安排好的命運，她非但不敢再去拒抗，反而對它更加虔誠馴服。

日子一天天的過去。

戰爭結束了，新的戰爭又起了。但，這個園子依然沒有絲毫的變動，也沒有受到半點干擾，它是完全與世隔絕的。有時，烏牙從市上購物間來，偶然在小女主人的面前談起關於物價，以及她所看見和所聽到的事物，但，在這個時候，谷蘭總是用一種平靜的聲音制止她繼續說下去。

她覺得，她的心靈已經溶化於深沉的、絕對的悲哀裡，她得保持著這一份純淨，如同一個瑜珈的苦修者對於他的心志一樣。

可是，現在一切都改變了。

那個晚上，當范聖珂踏著沉滯的腳步走進這個園子時，她正好和老傭人在樓下大客廳裡；飯後的閒坐是她這幾年來生活上的一種習慣。最初，她們顯然是被園內的腳步聲所惶惑了，因為即使是白天，也不會有人走進這個園子裡來的。接著，銅門環響了，她們惶惑地互相對望了一下，然後間過頭去竦然地注視著大門……

范聖珂那陌生而又熟識的聲音傳進來了，她劇烈地震顫了一下，隨即昏亂起來，像是驟然間有無數個紊雜的思想擁塞在心裡似的，使她感到窒息，心跳也隨即加速了。最後，她才從朦朧中發覺烏牙正以一種奇怪的目光注視著自己。

「為甚麼要這樣望著我呢？」她止不住忿懣起來，「啊，那是因為他——他為甚麼要回來呢！」

老傭人像是在徵詢她的意見，微微把頭湊近她。

「我不願意再看見他，」她在烏牙的耳邊，決然地低聲說：「你就說我已經到崗頭堡去了！」她記得自己曾經向他提起過那個地方。於是，她連忙轉身用輕巧而急促的腳步奔到樓上去。但，在樓上黑暗的梯口，她又頓住了。她扶著梯欄，向下面俯望著；烏牙把門打開了，那個深埋在心底的影子走進來了；由於燈光暗弱，她看不清楚他的臉，但她可以聽見他那使她心悸的聲音……啊，他在喊自己的名字了！

她驟然感到一陣極度的暈眩，她勉力掙扎著，扶著牆壁奔回自己的房裡去。他們上樓了，她在露臺上竊聽他們的談話，偵伺著他房內的動靜……

那是不安、激動、痛苦而紊亂的一夜。她的心裡，祇有一個思想：他回來了！

第二天早上，當她不知道應該怎麼處理這件事情的時候，烏牙來告訴她范聖珂病倒的消息。這個消息使她鬆弛下來，因為這樣一來，她可以有充分的時間讓自己去考慮這件事。有好幾次，當范聖珂因發著高熱而失去神志的時候，她曾經偷偷地到他的房裡去，坐在他的床邊看護他。

她望著他那瘦削而憂傷的臉，被熱度灼紅的低陷的臉頰和柔軟的嘴唇；她記得那次她和小貝爾到海陽去，而他卻病倒了……那是很久遠以前的事了！後來他走了，小貝爾被日本人關進集中營，直到有一天——戰爭結束之後，小貝爾突然來了，但她並沒有和他會面，她叫烏牙向他說她已經到西貢去了。以後，小貝爾再也沒有來過。

他的病漸漸好起來了，出於一種矜持和報復的心理，她決定不再見他——至少在目前不再見他。雖然她的內心多麼渴望能夠和他在一起，聽聽他述說別後的遭遇；可是另一種力量卻在阻止著她，迫使她放棄這個念頭。

老傭人知道拗她不過，祇好順從著她，共同保守著這個秘密。每天，她把飯替她送進房裡，報告一些關於他的消息。

她知道自己對他非但不能忘情，而且發覺愛他愛得那麼深沉。但是，她等待著，她不知道自己在等待甚麼？那個清晨，她聽見他下樓了，於是她屏息著呼吸細聽，聽著廊上腳步的蹀躞，那種聲音走進了她的記憶。突然間，聲音靜止了，接著碎石路上發出散落的聲響，一個強烈的慾念攫捉住她，她急忙披起晨衣，靠在長窗邊；挾著激動而昏亂的心情，注視著園子裡的范聖珂。

那瘦弱的身影，他在撫摸叢亂的冬青，已乾涸的噴水池；他低下頭了，他在想些甚麼呢？現在，他向園門走去了——啊，天！她的靈魂感到一陣劇痛，他竟然伸手去撫摸那緊鎖著她的心靈的信箱了……

范聖珂又要整理這個園子，她既興奮又害怕，因為她不能幫助他，又不能制止他。他這個行動，幾乎是強迫著她去回憶那一年所發生的事，從那天開始，她便躲在白窗帘的後面，窺望著園子裡工作的范聖珂。

「他為甚麼不到這個房間裡來呢？」她不斷地問自己：「他至少也應該進來看一看的——要是他進來了……」

她已經替自己想過了！假定，范聖珂為了要想看看姨媽生前居住過的房間，想看看他曾經坐過的地方（他不是曾經有好些晚上，靜坐在她對面靜聽她的誦讀嗎），當他走進來時，突然發現她在裡面坐著，那麼——還有甚麼值得再矜持的呢！她便會溫馴地投入他的懷裡，讓他擁抱她，愛撫她，吻她……

但是范聖珂非但從來沒有想到過要走進他的姨媽生前居住的房間，甚至在工作時，也沒有抬頭向上面望過。現在，烏牙離開他，向屋子走過來了。她看見他們曾經談過一些話，她急於要想知道他們談話的內容，於是急忙走到梯口去，準備叫烏牙到樓上來。

但，烏牙已經上樓了。

從老傭人的神色中，她已經窺出可能發生了甚麼嚴重的事。於是她低促地問：

「甚麼事？」

老傭人默默地注視著她的眼睛，然後冷冷地說：

「他要走了！」

「走？」她低喊起來：「他這樣告訴你嗎？」

「唔，他說他要走了。」

「甚麼時候？」

「把園子修理好之後——他說過幾天就可以下花籽了！」

谷蘭驟然慌亂起來。

「啊，他……他不能走！」她喃喃地自語道：「他為甚麼要走呢！」

「他不走，又在這裡幹甚麼呢？」烏牙有意味地接住她的話。

她抬起頭，定定地望著烏牙的臉。

「他說他要到哪裡去？回海防？」她問。

「我告訴過你，他不能回去！」烏牙回答。

「他也不想見見我？」她轉換了另一種語氣。

「……」老傭人遲疑了一下，然後說：「我問過他，他說：見了又怎麼樣呢？徒然使大家痛苦罷了——哦，他還說：他做了很多傻事！」

小女主人激動起來，她絞著手指，忽然忿恨地揚起頭。

「傻事！」她大聲嚷道：「我無望地等待、想念，就不是傻事！你聽聽，多輕鬆的口吻！好啦，現在他可以去做些聰明的事了！」

「你在怪他嗎？」烏牙插嘴道。

「我祇怪我自己！對的，他說得對！傻事！我們都在做傻事！」她愈說愈激動，聲音有點沙澀了。「你去告訴他吧，要走就快走！馬上走——哦，他可以拍賣這幢房子，把他的那一半拿去！」

「他說，他並不是為了這件事才來的。」

「那麼他是為了甚麼呢？為了消遣，種花？」

「他是為了要來看你。」

谷蘭驀然頓住了，她望著老傭人。

「他……他是這樣說的？」半晌，她才審慎地低聲問。

老傭人認真地點點頭。

她楞著，突然，她的嘴角起了一陣痙攣，遽然扭著身體，奔進自己的房裡。

她悲痛地哭泣，老傭人呆呆地站了一會，並沒有進去勸慰她，便返身下樓去。她知道，有些事情，現在應該由她自己作主了。

第五十三章

一

范聖珂繼續在花園裡捕捉那已失落的幸福；而矜持的小女主人卻在等待幸福去叩開她那幽閉的心扉。

噴水池已經洗刷過；而且注滿了清水，就像那年亞里所做的一樣，烏牙從市上帶了幾尾金魚回來，不過，餵魚的工作卻由范聖珂自己擔任了；當他將褲袋裡的麵包屑撒在水面上時，他又記起許多已經被自己忘懷的往事。矮欄也油漆過了，仍是綠色，但比以前的顏色略為淺一點。不知是甚麼原因，現在他對過於深濃的色澤感到厭惡，他開始喜歡紫蘿蘭色了。他時常問自己：這是因年齡和心情而改變的嗎？但他並不追求答案，對任何事物不追求答案，已經成為他的習慣了。

每天，在太陽出來之前，他便提著噴水壺去灑剛下過種籽的花圃，等到這個工作做完了才進早餐，早餐大多是坐在那棵越南話叫做「瓜伯昂」，在夏天會結出一種像鷄蛋那麼大的黃色果實的大樹下吃的；他刻意地遵從小時的習慣，一杯咖啡，兩隻煮熟的洋芋和一點白糖，或者一隻夾肉麵包。早餐後，他便靠坐在樹身上憩息。

前幾天，老漁夫託船上的人偷偷地給他帶來一封信，一點錢和很多書籍。父親在信裡再三地叮囑他暫時留在河內，不要離開。因此，他祇好靜靜地坐在樹下閱讀小說消磨時間。那些書是他在唸中學的時候買的，都是世界名著，有些是中文譯本，有些是越文的；《冰島漁夫》和《葛娜琪拉》，他讀過十遍以上，還有紅藍鉛筆

有

劃出好些美麗的句子；以巴爾扎克和福樓拜爾的作品來說，他記得以前他都不大喜歡，也許他們的作品中沒有羅逖和拉瑪爾丁那麼詩意吧！可是，現在重讀之後，他發現自己感受到一種新的，和以前截然不同的東西，他開始對浪漫主義的詩意和美感厭倦了。因為，他覺得它們距離真實的人生太遠，遠得幾乎不可捉摸。

如果說范聖珂是從巴爾扎克和福樓拜爾這些大文豪的作品中了解人生，不如說他是從他們的作品中學會了嘲弄自己。他時常讀到書中的小人物被人捉弄，便會啞然失笑，因為他看見了自己：一個那麼狂妄、愚昧，自怨自艾的可憐的小人物……

讀到疲乏時，他便躺在樹根上熟睡了。在這個時候，谷蘭便悄悄地——她不願意讓老傭人知道——跑進他的房間去，去翻動翻動他的東西；她並不是要尋找甚麼，祇是下意識的要去接近他。

這件事范聖珂也似有所覺，當他發現自己的東西被翻動，而有意無意地詢問烏牙時，老傭人先是有點茫然，後來便含糊地揑造一個理由，把話支吾過去。

其實，老傭人是最了解這位小女主人的心意的，但她也了解她的執拗。她想：勸告既然不能發生甚麼作用，她祇好靜待這件事情的發展了。

二

聖誕節的前一天；烏牙一早便到市內去購辦過節的食用物品，同時還買了一株六七尺高的聖誕樹。當她乘坐在人力車回到河畔路時，范聖珂正好在園子裡。

「嗨，聖珂少爺！」她一邊命令車伕把聖誕樹和買來的物品放在矮欄旁，一邊向園內的范聖珂招呼道：「你來幫我一個忙吧！」

范聖珂放下手中的工具，向她走過來。

發現他在望那棵聖誕樹，烏牙笑著說：

「你看夠大嗎？」

范聖珂淡漠地應了一聲。

「讓我們好好地慶祝這個節日吧，」她說：「其實，我是拜菩薩的，我並不信甚麼天主，不過谷蘭每年都要我買一棵回來，酒櫥下面的櫃子裡有多好銀花金帶和五色小燈泡味——哦，我忘了告訴你，前年的聖誕節，你不是剛從中國回來嗎，我們收到你母親寄來的信，說是你們要來的，害得谷蘭忙著替你們預備；你走了之後，她從來沒有像那天那麼興奮過，結果……」她嘆了一口氣，聲音也變得瘖啞了：「——結果你們沒有來，那晚上我們都沒有吃晚餐，所有的東西都擺在餐桌上……」

「我們本來要來的，」范聖珂歉疚地解釋道：「碰巧海防那天發生了事變！」

「嗯，河內第二天也開始鬧了！」烏牙變換另一種語調說：「我時常想，要是那晚上你們能夠來的話……」

范聖珂連忙打斷她的話：

「讓我替你把這棵樹搬進去吧！」

烏牙沒有攔阻他，因為她買來的東西是一次拿不完的，所以她等到他把聖誕樹搬進屋裡再走出來，才和他分拿那幾個大大小小的草籃，一起走進屋裡去。

在階臺上，范聖珂忽然說：

「你沒有回來之前，我還以為你到崗頭堡去了呢。」

「哦，是……是的，」她掩飾地回答：「我準備下午去，我每一次都是在那個時間去的。」

「烏牙，你看她會回來過節嗎？」

「我看不會吧，」老傭人故意把聲音提高：「尤其是這種節日，她總是留在那邊的——怎麼，你想念她？」

他沒有回答。

「下午你願意和我一起到崗頭堡去嗎？」她問。

「我還是不要去的好。」他困難地說。

「為甚麼呢？」

「我不知道，我的心很煩亂，也許見了面……」

范聖珂並沒有把他的話說完，便提著東西到廚房去了。然後，他依照老傭人的吩咐，把那棵聖誕樹種在階臺邊的那隻大粗瓷花盆裡，再在櫃子裡把那盒裝飾聖誕樹的銀花金帶等飾物和五色小燈泡取出來，他一邊在大廳裡裝飾著聖誕樹，邊想起剛才烏牙所說的話，於是，不由自主地將目光移向餐室那邊。

他想：要是那年沒有發生衝突，我和母親來了的話，事情又變成了甚麼樣子呢？

他愈想愈煩亂，終於像是逃避甚麼似的，又出了園子，到樹下躺下來。

在最近的幾天裡，當他發覺園子裡已經沒有甚麼地方需要加以修葺的時候，他便感到煩亂。這種煩亂是前所未有的，它並不是單純的煩亂，還挾著很多使他困惑和憂傷的情愫，因為他並不了解它。同時，他接連好幾天夢見母親，當他要想和母親說話時，夢便醒了。這使他愈常痛苦……

一片枯黃的落葉飄落在他的臉上。他是那麼清晰地瞥見這一段短短的旅程！從枯枝上搖曳，絕望地顫抖，然後，它離開了生命，以一種勇敢的，輕蔑的、寓著譏諷的優美姿態在寂寞的空間劃出它那了無痕跡的旅程——奔赴死亡與幻滅的旅程……

「啊……」他驟然劇烈地顫抖起來。「這就是生命啊！」

但，那是葉子的生命，並不是樹的生命；葉落了，春天，它又會生長出來的。

他小心地把那片枯葉撿起來，凝視著；他彷彿從它的上面瞥見自己二十五年的生涯。他因自己剛才想到的，似是而非的邏輯，感到一陣寬慰。

是啊！它們一定會再生長出來的！宇宙間原來就孕滿了生機，天地萬物循著不變的軌跡運行，祇是愚昧的人類曲解而且漠然於這種自然的規律而已。

他記得福樓拜爾曾經說過：

「我們反對人世的偏私、卑鄙、暴虐，以及生存的一切齷齪和猥褻。可是，我們並沒有真正的認識它，我們並不是上帝！

「人類的裁判是有錯誤的，情感會欺騙我們。

「我們的感覺有限，智慧有窮盡，我們怎樣才獲得真與善的絕對認識，而曉然於絕對的存在？

「我們打算怎樣活下去？永遠不會得到一個清晰的觀念。因為：『人類本來就是這樣的』，關鍵不在如何改變，而是應該如何去認識！」

這些話，現在對於他，突然賦予了一種新的意義。他不是曾經下過錯誤的判斷？被自己的情感所矇騙？不是也曾經狂妄地要想對這個世界有所改變嗎？

溫暖的陽光從樹的枝椏間傾注下來，他仰視著碧空；雲片在緩緩地遊動，有幾隻兀鷹在旋飛——自由自在地旋飛；高、深遠、寧靜……

他那驟然被一種新的力量所注滿的心靈不自覺地泛起一陣難以抑制的狂熱，對未來的仰慕、讚美、充溢著活潑而莊麗的情懷；急激的生命泉流的泛濫，無休止的歡愉……

他緊緊地閉起眼睛，熱淚從他的靈魂中流出來。

「自由！」他堅決地說：「自由！我需要自由啊！」

他急急地返回房間，激動得渾身發抖。他已經決定離開這兒了。落葉的啟示，使他等不及天黑便想到車站去；他一邊慌忙地收拾自己的東西，一邊後悔自己蹉跎了那麼多日子。他決心馬上先回海防，再設法偷渡出境。他要回到光明溫暖而自由的祖國去，用血去洗滌他生命上的污漬。

然後，他在書桌上坐下來，準備給谷蘭寫一封信。

老傭人走進來了。她望望床上的東西，困惑起來。

「你要幹甚麼呀？」她問道。

他回過頭，淡淡地笑笑，平靜地說：

「我要走了！」

「走？你要到那兒去？」

「回海防！」

「馬上就走嗎？」

「我恨不得馬上就走，不過，我要坐晚上的那班車。」

老傭人頓了一下。

「你知道，我已經準備了你在這裡過節的！」

「我知道，」他歉疚地回答：「不過……」

「你是突然決定的？」

「嗯。」

「為甚麼呢？即使要走，也用不著這樣急呀？」

他不能解釋，但他固執地告訴她，他已經決定了。同時，他要求她下午到崗頭堡去的時候，替他帶一封信給谷蘭。

烏牙猶豫了一下，終於說：

「好吧！不過，你得等我回來，吃了晚飯才走！」

「當然，」他說：「我答應你。」

第五十四章

一

烏牙趕到小女主人的房裡時，谷蘭已經從她的神情上發現點甚麼了。

「甚麼事情呀？」她問。

老傭人沉肅地注視著她的眼睛，並沒有回答。

「啊……」她楞了一下，隨即走過來捉住對方的手臂，急切地問道：「他……他怎麼了？」

烏牙緩緩地垂下頭，把放在圍裙袋子裡的一封信，和一把用紅絨繩圈著的小鏞匙遞給小女主人，但，她並沒有馬上接過來。她望望它們，又望望烏牙的臉。

「這是甚麼？」

「他叫我交給你的。」

遲疑了一下，她接過來。

「他要走了。」烏牙低聲補充道。

谷蘭驚惶地抬起頭，以一種並不信任的目光瞠視著老傭人。

「你說甚麼？他要走？」她低弱地問。

「嗯，他今天晚上就要回海防了！」

「哦……」

「你把信拆開看看吧。」

她惶亂地撕開信封，把一張薄薄的淡藍色信箋取出來。但，她讀了好幾遍，仍然不能了解上面那些字句的意義，她根本沒有看清楚那些字。

「他在信上寫些甚麼呀？」烏牙關切地問道。

「他要走了！」信箋從她的手上落下來。她衹是喃喃地重複著這句話：「他要走了！」

老傭人替她把信箋拾起來，扶著她。

「你不要去看看他嗎？」她試探道。

她的嘴唇微微地痙攣著，最後，她終於昏惑地喊道：

「是的，我……我要見見他，我有很多話要告訴他，我要向他解釋……」

烏牙忍不住哭泣起來。

「那麼趕快過去吧，」她慫恿道：「他還在他的房間裡。」

谷蘭迷惘地頓了一下，便急急地移著微帶慌亂的腳步向房門走去。可是當她拉開房門，忽然又感到畏怯起來。

「我不能去！」她驟然扭轉身體，把房門重重地關上。「我不能去！」說著，她開始軟弱地低泣起來了，含糊而昏亂地自語道：「我怎麼能夠見他呢？見了面，我要說些甚麼？我不知道，也許我一句話也說不出來……」

老傭人正要對她加以勸慰，聽見響聲的范聖珂，已經向樓梯左邊的甬道走過來了。

「烏牙，是你在房間裡面嗎？」他在外面大聲問。

烏牙和谷蘭互相望了一眼，後者用手捫著嘴，極力抑制著使自己不發出聲音來。

「是的，是……是我！」老傭人機警地回答。

「哦，我還以為你已經到崗頭堡去了呢？」

「我……我就去了！我在找一件東西，她上次要我替她送去的。」

房門跟著被推開了，烏牙怔怔地望著門外的范聖珂；頓了頓，她連忙假裝到櫥櫃那邊去找東西。范聖珂默默地向他那已死去的姨媽的房間望了一會，並沒有打算走進去，也沒有發覺谷蘭就在房門的背後。最後，他靜靜地轉身走下樓去。

直到他的腳步聲在樓梯上消失之後，谷蘭才帶著一種悲痛難抑的哭聲奔到床上去，把頭深埋在枕上。

「走吧！走吧！趕快走吧！」她怨恨地詛咒道：「我不要見他！永遠不要再見他！」

老傭人微微地笑了。她到床邊坐下來，輕輕地撫著她那長長的黑髮說：

「我知道你的心裡並不是這個意思！」

哭了一陣，她漸漸平復下來了。

「別固執，」老傭人說：「他這次走了之後，也許真的永遠再也看不見了呢！」

谷蘭猛然轉身，定定地望著她的臉，像是要想證實一些甚麼似的。

「真的是這樣嗎？」她認真地問。眼淚在她的睫毛和臉頰上閃爍著。

「怎麼不是真的呢，」烏牙說：「他是被法國人通緝的，除了回中國，他還能夠到甚麼地方去呢？現在到處都是兵荒馬亂的，他偷出了境，你說他要到甚麼時候才能夠回來？」明白了這一點，谷蘭又傷心地哭起來了。

二

其實，烏牙並沒有到崗頭堡去，她祇是到河內市街上，遵照谷蘭的囑咐，為范聖珂買一份聖誕禮物而已。如她所料，當她再回到河畔路時，范聖珂果然神情焦灼地等候在園門外面。

「你看見她了嗎？」看見她回來，他急急地問。

「看見了。」她淡淡地回答，一邊走進園子裡去。

「你把事情告訴她了？」

「嗯，我當然要告訴她的。」

「她怎麼說呢？」

「她沒說甚麼！不過，她說假如你能夠過了聖誕節再走的話，她也許可以回來和你見面的。」

「……」

「你不能過了節再走嗎？」

范聖珂忽然有點生氣了，他生硬地答道：

「我已經決定了！」

「哦，」烏牙把腳步停下來。「那麼你拿著吧！」

他茫然地接過她遞給他的小紙盒。

「這是她給你的聖誕禮物，」她說：「她的意思，本來是叫我放在聖誕樹下面，讓你自己去拿的，你既然……」

范聖珂一時愧疚得說不出話，他責怪自己竟然把聖誕禮物忘了。回到房裡，他悔恨而疲憊地倒在窗前的靠椅上，雙手緊緊地握著那隻用彩色紙包裹著的小紙盒。他不敢拆開它，祇是呆呆地望著它出神。最後，他幾乎要打消在晚上動身的念頭了。

冬天的黃昏很短，天已經黑下來了。

范聖珂扭亮了電燈。心情愈來愈沉重，愈來愈感到迷亂起來。兩個鐘頭之後，他便要離開這個地方了；別離的滋味他是嚐過的；那年在混亂中離開海防，離開昆明，離開緬北最後的一個村鎮，離開那堵灰色的高牆，離開黎齡熱情的臂彎……但，目前的感受卻是特殊的，有一點悲哀，有一點依戀，也有一點無以名之的激動。

突然，電燈熄滅了。接著，烏牙拿一支燭臺到樓上來了。

「保險絲斷了？」他問。

「不是，我看過電錶了，」她答道：「大概是停電——走吧，晚飯已經擺好了。」

為了還要趕到車站去，范聖珂連忙下樓。烏牙故意在樓上延宕著，然後在樓梯口向已經走到樓下的范聖珂吩咐道：

「呃，聖珂少爺，你把餐室的燭臺點起來吧，火柴就在門邊的酒櫃上。」

范聖珂摸索著走進黑暗的餐室，然後找到了火柴，把餐桌上的蠟燭點燃。當他的目光從豐盛的菜盤上抬起來時，他驀然失聲叫喊起來——他看見谷蘭靜靜地端坐在他對面的餐椅上。

「表哥！」谷蘭清越而微顫的聲音。

他震顫了一下，摸著椅子坐下來。很久很久，他才相信眼前的景象並不是幻覺。他們定定地對望著，谷蘭展露出一種溫馨而略含幽怨的微笑。

「別老是這樣瞪著我呀！」她抑制地說。

「——谷蘭……」

「覺得奇怪，是不是？」

他完全清醒過來了。他發現她比以前更美，祇是臉色略為蒼白——也許是燭光和她身上那套白紗晚服的緣故，她的眸子顯得更加深邃，更加烏黑了；她微微地翕動著鼻孔，嘴角在刻意地收縮著。他再也不能在她的容貌上找到半點天真和稚氣，她的神態和氣度，已經表明她是一個成熟而憂愁的小女人了。最後，他的目光終於停留在她那長長的黑髮上。

「哦，你……你沒有到崗……崗頭堡去？」他吶吶地問。

她搖搖頭，平靜地間答：

「我始終沒有離開過這間屋子。」

「一直都在這裡嗎？」

「嗯。樓上，在媽的屋間裡。」

范聖珂忽然用手掩著面大聲笑起來，等到聽見自己的笑聲，他奇怪自己為甚麼要笑。但，谷蘭卻驟然離開桌子，扭轉身。他吃驚地止住笑，望著她，然後慌亂地繞過桌子走近她。

她並沒有掙扎，馴服地讓他熱烈而狂暴地擁吻著。在這瞬間，她的一切悲愁和憂煩完全消失了，她祇感覺到自己被緊緊地包裹在顫動的、愛和幸福的激情中。

「我早就應該到姨媽的屋裡去的！」他深摯地喃喃道：「我為甚麼沒有想到呢？你可把我折磨夠了！」

「你呢？」

「啊，讓我再看看你吧！」

「我哭過之後一定很難看。」

他們對望了一陣，又緊緊地擁抱起來。

「谷蘭！」他激動地低喊道。

「甚麼？」

「沒有甚麼，我祇是要喊喊妳！」

「你時常這樣喊我的嗎？」

「時常，在心裡——哦，我害病的時候，所看見的就是你了？」

「是我，我還每天坐在窗子後面，看你在園子裡工作。」

「而且還到我的房間裡去翻動我的東西！」

她笑起來了。他這時才想起讓她在餐椅上坐下來，當她的目光接觸到桌上的菜肴和在微微閃爍著的燭光時，她隨即收斂了笑容。

「我們不要吃飯？」沉默了好一會，她用一種奇怪的生澀的聲調說：「菜要冷掉了！」

范聖珂木然地坐在她右邊的餐椅上，凝視著那在跳躍的火燄，驟然感到寒冷和軟弱。猶豫半晌，他低聲說：

「谷蘭！」

「吃吧，」她微笑道：「不快一點，你就趕不上夜班火車了！」

「你會饒恕我的？」

「快不要說這些傻話吧！」她的聲音在顫抖。

他抬起頭，眼睛已經潤濕，他抿抿嘴唇，困難地解釋道：

「我……我不知應該向你說甚麼……」

「我也是，不過……」

「你聽我說，」他打斷了她的話：「你並不了解我今天的感受！怎麼說呢？真的，落葉、兀鷹、我想到自己的罪孽和將來——你大概已經知道我曾經到哪邊去的事情了？」

「嗯，烏牙告訴了我。」

他急急地避開她的視線。室內暗淡的燭光，使整個氛圍變得寒冷而愁慘；剛才的迷亂和癲狂，消失得太快，使人興起一種夢幻的空虛的感覺。

「所以，我必須走！」

「……」

「我不能永遠這樣往下沉，往下沉！你不會懂得往下沉的感覺！」他掙扎道：「不過，我雖然墮落了，背叛了我的國家、背叛了愛我的人；但是我還年輕！我還有力量和勇氣！我要好好地把握——你相信我的話嗎？」

「我相信。」她伸出手去，按著他那放在餐桌上的左手。

他突然把頭貼在她的手上。

「饒恕我，谷蘭！」他真摯地說。

「聖珂，」她忽然熱望地喊道：「明天就是恕罪的日子了，你願意過了明天再走嗎？」

「我還願意永遠不要走呢！」

她小心地用手指替他抹去眼角上的淚珠，幸福而甜密地笑著，忽然又變得活潑起來。但是范聖珂可以窺出，她祇是為了安慰自己。

「我們好好的把大廳佈置一下，你不知道前年我是怎麼樣佈置的！我以為你會來，我一個人望著聖誕樹，坐在……」

他吻吻她的手，然後貼在臉頰上。

「谷蘭！」

「唔。」

「幸虧我沒有拆開你給我的禮物，我再把它放在聖誕樹下面——哦，我還沒有買禮物給你呢！」

「你已經給我了！」

「給你甚麼？」

她把掛在胸前的一條細細的金鍊取出來，上面掛著一塊橢圓形的聖牌，和那把圈著紅羢繩的鑰匙。——信箱的鑰匙。

「它曾經鎖著我，」她說：「現在它又把我打開了！」

然後，她伸頭過去吻他，但是她把聖牌和鑰匙放在他們的嘴唇之間。

大門的銅環突然響起來。他們驚異地回過頭，一個奇怪的預感使范聖珂機警地站起來。但，始終躲在外面樓梯甬道邊的老傭人，已經去開門了。

站在門外的，是臉色冷峻的黎齡，和穿著一件黑色風衣的高司令員，他敏捷地把手槍頂在老傭人粗大的腰上。

第五十五章

一

餐室裡被一層濃重的，預示著不幸的恐怖氣氛籠罩著，靜靜的，祇有老共產黨員發出一種粗野地吞嚥食物的響聲和喘息聲。他坐在主位上，手槍放在餐桌邊。從走進這間屋子直到現在，黎齡的眼睛始終不敢和范聖珂的視線接觸，她連一句話也沒有說過，當老黨員命令她在他的右邊坐下來時，她便麻木地坐著，低著頭。老傭人和谷蘭很快地便明白發生了甚麼事了，前者呆呆地站在一邊，因為老黨員並沒有允許他離開餐室，後者和范聖珂一樣，曾經有過一陣極度惶亂，現在她雖然強自抑制，但仍然在顫抖著；她盡量把自己的座位靠近范聖珂，她不斷地在想；他們會把他怎麼樣呢？雖然拿槍的人在進來的時候已經表明了來意和態度了，而她仍然反覆地想著這個問題。至於范聖珂，除了對谷蘭和烏牙的安全問題著急外，早已把一切置諸度外了；他交抱著雙手，假裝鎮定地注視著高司令員。偶爾，他也把目光移過去望望陷在深思中的黎齡——和餐桌上的手槍。

老共產黨員像是明白了他的心意，於是乖戾地說：

「我勸你別動這個腦筋，在你伸手過來之前，我至少也可以對準了你的腦袋開兩槍，說不定三槍——你不信的話……」

范聖珂露出輕蔑的冷笑。

「我不會那麼笨的，」他沉著地說，故意針對著問題的核心。「至少我還要顧慮到我的表妹的安全吧！」

「對！你很聰明——咦，你們怎麼不吃呀，這麼好的菜，不可惜嗎？」說著，他故意撕下一塊雞肉，放在黎齡的餐盤上。「你是知道的，我們在山上已經很久沒有吃過雞了！」

他又開始獨自撕食著一隻雞腿，發出難聽的響聲。

「可惜冷了一點，」他含糊地說，然後望望掛在天花板上的玻璃吊燈。「電燈怎麼不亮！壞了嗎？」

「現在正在停電。」范聖珂回答。

「也好！」老黨員望望燭臺：「這樣也有情調！你們這些小資產階級是很講究這一套的！你看，這麼堂皇華麗的房子，這麼豐盛的飲食——你還記得我們在山上吃甚麼嗎？」

「記得，我永遠不會忘記的！」

「嗯，我知道你不會忘記，」他有意味地瞟著黎齡，獰惡地笑笑。「你們怎麼不說話？」然後，他又回過頭來望望范聖珂和谷蘭。「其實，也難怪，女人的心眼總是狹窄的——不過，我們這次能夠找到你，還得歸功於黎齡同志！」

黎齡抬起頭來望范聖珂，但他並沒有看她。

「我在她的記事本上發現的，」老黨員陰險地解釋道：「她也許是害怕會忘了，所以才記下來吧——哦，我差點忘了告訴你，」他停下手，淡淡地說。「我已經替你把聖誕禮物送到海防去了！」

范聖珂驟然緊張起來。

「你說你甚麼？」他急急地問。

「聖誕禮物，」老黨員笑著回答：「大概你家裡的人已經收到了！」當范聖珂俯身過去的時候，他機警地拿起手槍，厲聲喝道：「——坐下來！可惜，禮物送得太少了，不成敬意，比起你送給我們的，那真是太不成話了！」

范聖珂頹然地坐下來，心裡紛亂而驚恐。他知道他們一定會這樣做的，他了解共產黨報復的手段。他想：父親和妹妹們會——他不敢再想下去……

「我問你，」老黨員忽然變換了一種低緩的語調問道：「出賣了我們，法國人給你多少錢？」

「多少錢！」他暴怒地嚷道：「你以為我是為了錢嗎？」

「那麼，你出買我們，是為了甚麼？」

「——良心！」

「良心？」老黨員大聲笑了：「偉大極了——可是，你知道事情的後果嗎？」

「……」

「我們的前進基地完了！」他的聲音逐漸變得沉重而冷澀起來：「法國人拖了幾百門大炮來轟，開了幾師人來清剿，你現在明白我們今天為甚麼要到這裡來了吧？」

范聖珂忽然感到一陣寬慰，他相信這條老狐狸所說的話是真實的。

「你們是逃出來的！」

老黨員想了想，然後豎起他那粗短而油膩的食指。

「你祇猜對一半——她們聽得懂我們說的話嗎？」

「她們是越南人。」

「哦，那很好，」他繼續說：「不過你可以把我的話告訴她們，我也希望她們能夠了解！」他的目光，從谷蘭慘白的臉上收回來。「這一次我們是失敗了，失敗在你的手裡！敗得很慘——你要注意我這句話！但是並沒有絕望！你知道無產階級的革命是絕對不會絕望的！我們仍然有很多窮人擁護，我們祇是換了一個地方，轉進一下！這一次，我們來找你，是要給你一個贖罪的機會！」

「贖罪？」

「對我們來說，你沒有罪嗎？」老黨員又笑了。「其實，我們也知道，你對於我們這種革命沒有興趣了，真的，說句老實話，假如我過的是你這種生活的話，我也沒有興趣！所以，我們並不勉強你，我們祇希望你能夠和我們做一次公平的交易，抵消掉我們上一次的損失！」

「你放心，我不會再替你們做甚麼事情的！」范聖珂堅定地宣示道。

「不會吧，」老黨員瞟瞟谷蘭。「難道你要她來替你受罪嗎？」

范聖珂本能地靠近谷蘭，用手衛護著她。

「你們不能碰她！要報復的話，就報復在我的身上好了！」

「為甚麼要說報復這兩個字呢？你還沒有正式脫離共產黨，我們還是同志呀！」

「我早就脫離了！在劉琤被整肅之前，我已經脫離了！」

老共產黨員知道一時不能把范聖珂說服，於是趁勢站了起來。

「好吧，謝謝你們的晚餐，」他說，同時拿起了手槍。

「我們還是到客廳裡坐坐吧！」

他們默默地走出餐室，當他們經過樓梯口時，高司令員示意地向黎齡點點頭，命令她監視著谷蘭到樓上去。直到她們上了樓，老黨員才押著剛才要跟著上樓而被阻止的老傭人和范聖珂走入大廳。

二

黎齡拿著燭臺，走在谷蘭的後面，谷蘭幾次回頭望她。走進房間之後，她才從暗弱的燭光下看清了谷蘭的臉。谷蘭怯怯地捉住自己的衣襟，靠在柚木櫃前面，竦然注視著她。

「她的確是很美麗的！」黎齡向自己說。然後打量著這個房間的陳設。因為，在上海的時候，范聖珂曾經像說故事一樣，把一切都告訴過她。在走進園子的時候，她便渴望能看見那個噴水池中央的小銅像——她不明白自己為甚麼對這個印象那麼深刻；同時，她不斷地祈禱（她從來沒有祈禱過），希望范聖珂並不在這個園子裡，同時又矛盾地希望能夠看見他。

在整個事情上來說，她沒有罪！她記下范聖珂的那兩個地址並沒有罪！可是，現在這種殘酷可怕的情勢卻把她推入悲慘的深淵中了；她不能解釋！即使解釋也不能把這個罪惡的事實挽回的。因此，當范聖珂在餐室用一種惱怒而鄙夷的目光在注視著她時，她感到炙熱和瘋狂，她幾次要想向他說話，但又抑制住了；她知道這樣反而把事情弄得更加絕望。現在，她的目光又停留在谷蘭的臉上。

「你就是谷蘭！」她低聲問。其實她早就知道她是誰了。

除了簡單的廣東話，谷蘭是聽不懂中國國語的；不過，她從她的問話中聽到了自己的名字，不禁驚訝起來。

黎齡自嘲地笑了。她用生硬的、范聖珂在山上教她的越南話說：

「我叫黎齡，是范聖珂的朋友！」

「朋友？」谷蘭不解地重複著。

「嗯，很好的，朋友！」黎齡一邊比劃著手勢，一邊繼續困難地，一個字一個字地用生硬的聲音說下去：

「他，時常向，我，說起你。」

谷蘭從黎齡的神情上，發現她對自己並沒有惡意，而且還說是范聖珂的好朋友，略為安了心，但是她仍然不明白她和樓下那個拿槍的男人到這兒來威脅范聖珂的真正意圖。

猶豫了一下，她緩緩地走近黎齡，接過她手上的燭臺，然後領著黎齡向床頭走過去。她打開床邊的一隻鏤花的矮櫃，把一隻小銀盒拿出來。

「你把它拿去吧！」她怯怯地說，同時揭開盒蓋，讓黎齡看清楚裡面的首飾和珠鍊。「你都拿去吧！」黎齡馬上明白她在想甚麼了，她並沒有去接這隻小銀盒，她溫和地捉住她的手，把盒蓋蓋起來。

「我並不是要這個來的！」她虔誠地說。

谷蘭雖然聽不懂她的話，但她能夠從她的意態上了解她的意思。

「那麼你應該救他呀！」她惶亂而熱望地說。「救他！你不能想個甚麼方法救他嗎？」

黎齡定定地望著她，沒有回答。谷蘭忽然軟弱地轉身靠在牆上哭起來。「我還在等待甚麼呢？」黎齡問著自己。忽然，一個奇怪的念頭強烈震憾著她。

「是呀！」她興奮地向自己說：「我絕對不能放過這個好機會！」

於是，她慌忙向谷蘭走過去，把她的身體扳過來。她用手撩起她那散披在背後的長髮，端詳著她的臉。

「可以的！」她肯定地說：「快點脫下你的衣服吧！我要你裝扮我——快點脫呀！」

看著這個女人在忙亂地脫衣，谷蘭還弄不明白她的想法。

「谷蘭，你聽我說，」黎齡低促地說道：「你穿上我的衣服走出去，馬上報告警察，知道嗎警察！」她困難地用越南話說：「警察！」

「警察！」谷蘭終於明白了，她點點頭，同時轉過身來，讓黎齡替她把頭髮紮起來。

三

「你考慮過了嗎？」老共產黨員又接上一支香煙，然後溫和地問。

范聖珂仍然沒有回答。他注視著燭臺上祇剩下一小截的蠟燭，他大致計算了一下，再過一刻鐘，它就要熄滅了……

「這對你有甚麼損失呢？」看見他不響，老黨員不以為然地解釋道：「你們祇要裝成參加舞會的樣子——你本來和他不是很熟的朋友嗎？他當然會歡迎你們的，而且這正是一個狂歡的日子呀！」

「但是我和他有七八年沒見過面，他也許已經離開越南了。」范聖珂冷冷地說。

「這個我比你清楚，我們有情報！」老黨員又露出他那醜惡的笑容了，補充道：「他曾經回過法國，結過婚，但是又獨自回來了！大概愛情上不大得意。現在他是紅河河道巡查站站長，一個很重要的人物呀！」

「你要我去說服他？」

「用不著那麼費事，你甚至用不著說話，祇要引他到車子上來——我們開著車子來的，現在就停在園子外面！你祇要把他交給我，以後就沒有你的事情了！」

「你們準備怎麼樣對付他呢？」

「我們不會為難他的，我們祇要我們的船順利的通過河內的關卡……」

燭光開始在跳躍了。老共產黨員忽然抬起頭，從大廳敞開的門，他看見黎齡從樓上走下來，於是問道：

「她已經打扮好了吧？」

「她馬上就要下來了。」躲在梯角上的黎齡機警地回答。

裝扮成黎齡的谷蘭，竦然在黑暗的梯口停下腳步，她渾身顫抖著，但她極力保持著鎮靜。

老共產黨員回過頭來望望范聖珂，然後望望手上的手槍。

「怎麼樣，」他問：「現在正是時候，今晚上通宵狂歡舞會呢！」

在這個時候，谷蘭借著機會轉到屋後去。悄悄的走出後廊的邊門，然後急步越過草坪，發狂地向園門奔跑……

范聖珂凝望著蠟燭，它仍然沒有燒完，邊上溶解的蠟滴，使火燄更熾旺了。老黨員忽然指指燭臺，向一直楞在旁邊的老傭人用手勢命令道：

「再找一支蠟燭來吧！」

范聖珂正想撲過去，老黨員的槍口微微向上揚一揚，他又廢然靠下來。

「沒有用！」他輕蔑地笑道：「我身上還有手電筒呢！難道你把山上的習慣忘了嗎？站起來！」

范聖珂遲疑了一下，終於無可奈何地站起來。穿著白紗晚服的黎齡下樓來了。看見他們在望著她，她頓了一下，然後含著一個詭譎的笑意向他們走過來。

當黎齡的面容逐漸在微弱的燭光中呈現出來時，老黨員和范聖珂幾乎同聲喊起來：

「黎齡！」

「不！我不是黎齡！」她平靜地注視著范聖珂的眼睛，認真地說：「我是谷蘭！黎齡已經到外面去報警了！」

「報警？你說甚麼？」老黨員驟然失去了始終持有的鎮靜，顫聲地問道：「報警？」

「……」黎齡點點頭。「這次你逃不了啦，司令員！幾分鐘之內，警察就要……」

她的話還沒有說完，老黨員已經扣動了扳機。她劇烈地震顫了一下，鮮血隨即在她胸前的白紗上滲現出來——好像插上一朵紅玫瑰。她勉力站著，嘴角抽搐著。

「聖……聖珂！」她困難地喊著，同時掙扎著向范聖珂伸出手。「我，我不是黎齡！」

范聖珂不顧一切地奔過去扶她，但，她已經癱倒在地上，死去了。

老黨員驟然陷入昏亂中，他望望昏厥在門邊的老傭人，然後有點驚惶失措地過去，拖起突然變得呆鈍而麻木的范聖珂，狂暴地喊道：

「走！快點走！」他用力地將手槍頂著范聖珂的腰。「讓他們捉到的話，我們都是一樣的——走！走呀！」

范聖珂定定的望著黎齡的屍體，突然被一個新的思想攫捉住——那是一種堅定的，比「生」更強烈、更尖銳、更執拗的意志。他緩緩地把臉回過來，對著老黨員說：

「走吧！」

第五十六章

一

范聖珂駕駛著老共產黨員不知道從哪兒弄來的汽車，沿著紅河堤岸的馬路，向著燈火輝煌的市區急駛著。他緊緊地握著方向盤，凝視著黑暗的路面。當車子轉過一條岔道時，老黨員發現有一輛紅色的警車跟上來了。於是驚惶地回過頭，暴燥地用槍口去命令他。

「開快點！快點呀！」他發狂地嚷著，不斷地回過頭，去看愈來愈逼近的警車。「快！快呀！」接著，他們可以隱約聽見警車所發出的急促的警笛聲了。

「我們一定要擺脫它！」老黨員不安地扭動著身體，像是這樣可以使車子走得更快似的。額上的汗珠，已經沿著他那粗糙的貼滿了疤痕的臉，滑到他的嘴角；他用袖管去抹拭，半張著嘴在喘息。

「我們一定要擺脫它！」他昏亂地重複著，同時語無倫次地咕嚕著：「我們趕快到椰林鎮，一定可以的！我們可以一起進去——他們不會不讓我進去吧？」他回過頭望范聖珂，忽然痴笑起來。「怎麼會呢！嘿，我……我是跟你一起進去的呀——好了，你和他握手，哦，他一定會問起——你表妹叫甚麼名字！那不要緊，你就說她在外面——對呀！在外面！」他為自己這個想法興奮起來，他用槍搗著范聖珂的腰，得意地嚷道：「法國人總是浪漫的，他絕對會出來——他雖然已經在法國結過婚，也會出來的……」

警車有兩次要超越他們的車子，范聖珂來回地向左右擺動著方向盤，它又落到後面去。現在，老黨員已經把它忘了，他的腦子著祇記著紅河河道巡查站的站長小貝爾，當他發現車子已經開上紅河鐵橋時，他才醒覺過來。

「這是到椰林鎮去的路嗎？」他吃驚地問范聖珂，然後回頭看看車後。這次，他發現跟著他們的警車，不是一輛，而是三輛了。

「快！快呀！」他咆哮起來。忽然，他望望手上的槍，眼睛驟然閃出一種野性的兇光，於是他把手伸出去，開始向後面的警車發射！

嘭！

槍聲把范聖珂驚醒了，急速向後倒去的橋欄把他嚇了一跳，他回頭向發出響聲的地方望，著見老黨員的，嘴上含著一個撒旦的獰笑。

曾經失去的思想，在這轉瞬間又回來了，范聖珂的血液隨即沸騰起來，他張開嘴，深深地吸進一口清涼的空氣，他醒覺了，完全醒覺了！

槍聲又響起來，但並不是從他們車子上發出的，有一發子彈在車頂上發出沉悶的響聲。

老黨員又向後面發射一槍，警車落到後面去了……

橋欄繼續急速地向後倒去，范聖珂忽然有一個怪異的聯想——哦！在密支那的小樹林裡，他駕駛著吉甫車，也有槍聲……他再想到的，便是那堵死亡的灰牆，和以後的屬於魔鬼的日子……

被扭曲的幻象開始在他的眼前浮現出來：母親垂死的面容、淪為娼妓的小桃子的眼淚、蔡半仙、拉二胡的馬鬍子、那個蒼白的小女人；他又看見那枚小巧的榮譽軍人紀念章，方臉軍曹和永遠再也看不見兒子回來的巴貴，李大威和劉琤，佛塔下躺著的連副和羞怯的歐品聰；他看見恆河，伊落瓦底江，以及許多流血的日子……

紅色！他祇看見紅色——但是在他下面的紅河卻是湛藍色的、寧靜而安詳——紅色！啊！他辨認出來了，那是紅旗下饑餓的農村，流血的河山，被欺凌而蒙羞辱的國土——那在苦難中掙扎的祖國……

他悽痛地把眼睛閉起來：紅河的流水在閃爍，在他的心底流過，谷蘭和黎齡混合著的形象，在他的記憶和生命中呈現出來了，漸漸地開始扭曲、晃動、而溶化為父親那雙嚴峻而深沉的眼睛……

驀然，一種罕有的、已失落而曾經屬於他的力量，注滿了他的靈魂，使他的生命在一瞬間堅強起來；他要勇敢地張開手，去迎接和重新創造一個比「生」更可貴的理想，他要再以卑微的心情，把整個自己向未來奉獻……

槍聲愈來愈激烈。當老黨員回身向後面射擊時，范聖珂拉起手油門，打開車門，用力將方向盤一轉，身體順勢向橋欄邊跳出去……

前面隨即發出一個巨大而猛烈的響聲，車子燃燒起來了。

范聖珂忘了身上的傷痛，當後面的警車停下來的時候，他敏捷地跨過橋欄，向紅河躍下去……

二

那是一段最感人最珍貴的旅程！他已往的二十五年生涯向橋欄告別，他離開了那罪惡的生命（如同那片他已經夾在一本小說中的枯葉），以一種勇敢的、輕蔑的、寓著譏諷的優美姿態，在這黑暗而寂寞的空間，劃出了一個新的旅程，向新的生命和紅河奔去……

范聖珂感覺自己的身體向上升浮，向上升浮，直到他驟然浸在寒冷的河水裡……

「啊！主！理想！自由！生命！」他沉痛地唸著這幾個字，任由自己的身體順著流水淌下去……

橋上向下發射的槍聲祇是法蘭西殖民政府送別的儀式，在他這新的生命中作為一個小小的點綴而已。

但是，紅河永遠靜靜地流著，流著……

民國三十五年冬初稿於越南海防
民國三十八年一月完稿於上海
民國三十九年秋改寫於臺灣臺北市
民國四十年秋二次改寫於大屯山麓
民國四十一年二月三次改寫出版
民國四十八年七月四日四次改寫定稿
民國六十七年五月廿五日重校於九龍

我為甚麼寫這部書

一

我的母親生長在法國，直到外祖父去世，外祖母才把她和姨媽帶回越南來，照理，她應該算是法國人。可是從我有記憶開始，我記得母親始終穿著越南婦女傳統的服裝，頭髮用黑絲絨包裹著，而且有一年還染黑了牙齒。雖然她會說一口流利的法語，但除了和二舅父（他每年由巴黎回越南一次，假如他的皮膚再白一點，他就是個十足的法國人了），她不得不用法語之外，在家裡她祇用越南話和並不純粹的廣東話對父親和我們說話。在幼小的時候，我並沒有感覺到她這種打扮對我的身分有甚麼影響，但進了高小，我的自尊心開始受到損傷了。

在越南，華僑娶當地女人和任何僑地一樣普遍，但在學校裡，中越混血兒總是被那些「純粹的」同學們嘲弄的。他們給我們一個名字，叫做「阿BANG仔」。因此，我極力避免提到我的母親，同時也不願把同學帶回家去。有一天，當母親偶然發現我這種不正常的心理之後，她用一種慈愛而溫婉的聲音問我：

「你是不是因為你母親是越南人感到羞恥？」

「阿布烏（我們是習慣用越南話叫母親的）！我不是這個意思，」我困難地分辯，帶著懇求的口吻：「其實你並不是越南人，你是法國人！外祖父是法國人呀！」

「是的，」母親的嘴角流露出一種慈愛的微笑，然後肯定地說：「但是我的皮膚仍然有點黃，仍然算是個黃種人！」

我遲疑了一下，很孩子氣地說：

「那麼你就承認你是唐人（中國人）好了！」

「傻孩子，祇要你是中國人就行了，」她說：「我的媽媽是越南人，我愛她——難道你不愛你的媽媽？」

我說不出話了。最後，母親笑著寬慰道：

「如果你仍然覺得羞恥，那麼你就向你的同學說，我是你的奶媽好了！」

後來，我們雖然沒有再談論過這件事，但是我依然不能把這個現實的問題在心中排開。不過，我開始學會去愛母親所選擇的國家——被法國殖民主義者奴役了六七十年的越南。

二

我得承認，我很小就從父親和母親的生活中接受到別人在這個年紀不可能接受到的教育：理性與情感的教育。我的父親是一個既嚴厲而又風趣的老人，我出世的時候，他已經五十歲了。對於他的身世，是我長大之後才知道的。他是革命黨人，廣州灣事變之後亡命到越南，便開始用他的雙手和勞力在這異域建立基業；每逢甚麼節日，華僑們在「華商會館」集會紀念時，他必定盛裝參加，和另外一些「老同志」站在最前面。從小，他便向我灌輸愛國思想，我記得我六歲的時候，便會背總理遺囑，他還時常得意地要我當眾表演。「七七事變」之後，他變得暴燥而易激動，每當國內有勝利的消息傳來，他便會多喝一點酒，和他的朋友們大談國事。當時我們在學校裡，學生們要繳「救國捐」的，規定每人至少每日一分，每個月三毫，但他每個月都給我一塊錢，一定要看見收據才放心。民國二十九年，日軍入侵越南，他幾乎毫不考慮地要我隻身回到祖國去，那時我祇有十四歲，而且是獨子。母親為了這件事和他鬧了很久，但他仍堅持己見。因此，後來我在雲南昆明志願從軍到印度去時，我始終認為這是在完成父親的願望。勝利後，我再回到越南，他為我身上的軍服和額上的傷疤感到驕傲。他們興奮地告訴我：日軍登陸越南之後，他便把僅有的一條航行紅河上的小貨船自動鑿沉了，因為他不願它被日軍徵用。總之，父親教我懂得責任和榮譽，那是屬於理性的；而母親卻教我了解情感。她是一個易於受感動的人，這也就是她信仰多種宗教的原因（她是個虔誠的天主教徒，但她也信佛）；她見不得別人受苦，聽故事都會哭位。我的感情特別敏銳，大概是由她遺傳來的。

因此，每天早晨，當我看見法國警長在街頭追捕那些可憐的越南小販（賣煮紅薯和煮落花生之類的食物），當我看見我們的同胞因為沒有繳納「人口稅」（對殖民地人民特別徵收的一種稅），而被推上囚車，當我回國時經過國界看見那些殖民政府的檢查員那種橫蠻無理的作為時，我止不住心中的仇很和憤慨。現在想起來，都會使我混身顫抖。後來在緬甸，在印度，在澳門和香港，我更清楚地認清了殖民主義者醜陋的嘴臉，我和那些受屈辱的靈魂感受到同樣的痛苦。從那時候開始，我更重視我的自尊和榮譽——作為一個黃種人的自尊和榮譽。

三

回國後，我無法形容心中的那一份狂喜。那緋紅的土壤、原野、建築，那與殖民地截然不同的生活方式、習慣和風俗；那簡樸的衣著，淳厚的笑，坦率的心靈……一切都令我心醉。我開始體味到，作為一個黃種的中國人的尊榮和驕傲，即使呼吸，我也感覺到空氣是那麼甜美而清新。

我開始學習國語，生活在一種新的喜悅中。

但，戰局愈來愈壞，緬甸失守了，我終於志願棄學投考遠征部隊，到印度去。

仇恨比愛更尖銳，生命比死亡更執著、更堅強。在野人山原始的莽林裡，在砲火煙硝迷漫的火線上；當眼看見敵人的血肉橫飛，身畔的伙伴像朽木似地倒下；當拖著重濁尾音的砲彈在頭頂飛過，因爆炸而膨脹的氣流把空間撕裂；當一切觀念與思維被凝固，生與死突然變成一種相同的滑稽的面相時，我曾經是一個膽怯的懦夫（其實英雄有時也膽怯的），是一個癲狂的暴徒，是一個超然，但是毫無意義的物體……

戰爭使我成熟得太快，使我麻痺，使我疲倦。

勝利後，當每個人都渴望著真正的和平和幸福的日子到臨時，我退伍復員回到越南。當時的越南紛亂矛盾，陰影重重；赴越受降的中國軍隊完成任務返國了，法國殖民者的新武力（勝利後才恢復）和越盟政府（為復國狂熱的人民擁護，而為魔鬼所操縱的政體）的軍隊對峙著。

在家中，我受到親人加意的關切，但反而使我不安。我再也找尋不到半點兒時歡樂的痕跡，少年時的幻夢，變成一種令人難堪的悲愁了。我每天儘量找些理由留在外面，去看那些越南民兵的操練，婦女們的宣傳工作。他們臉上所流露出來的熱望使我感動。

有一天，父親用一種故作平淡的口氣問我：

「你對將來有甚麼打算呢？」

「我不知道，」我含糊地說：「我不知道我還能夠做些甚麼了！」

他有點吃驚，我發覺他注視著我額上的傷疤。然後，他馬上把話題岔開，問我還畫不畫畫。

於是，我又開始把自己關在房間裡，把以前的畫具又搬出來。其實，我知道這祇是在欺騙自己，但我不知道我在想些甚麼？直到有一天（我回到家裡的第三十四天），衝突終於發生了，兩個鐘頭之後，街頭屍首枕藉，入夜時分，陣線才算劃分開來，法越雙方展開巷戰。而華僑區正好被夾在當中，腹背受敵。這期間沒有糧食和飲水，孤獨無援，而且隨時會遭受到敗軍的騷擾，有兩家商店因懸掛國旗而被越人縱火焚毀。戰爭相持九日，毫無紀律組織的越盟軍隊終於彈盡糧絕，在法軍的逼降「停戰協定」之後撤出海防市區。這一次撤退是相當悲壯的，我目睹每一個越南人在這次鬪爭中為那虛幻的「自由獨立」所付出的代價，他們幾乎傾盡所有，甚至他們的生命。一夜工夫，海防變成了一個空虛的城市——一座沒有一個越南人的城市！

之後，苦難的日子跟著來了，法國殖民政府用種種不人道的高壓手段收拾越北的殘局，我獨自為越南人民未來的命運痛惜。有一個時期，我幾乎好幾天沒有上街去，我終日躺在床上閱讀小說消遣。母親以為我病了，有一天走進我的房裡，我發現她的眼內孕滿了憂愁。她坐在我的床邊，久久不發一言。最後，她嗄聲說：

「這次無論勝敗，越南都完了！」

我沒有說話。那天晚上，由於一種無法抑止的衝動，我開始寫下這部小說的第一個名字：「靜靜的紅河」，然後，偷偷地在一本練習簿上一頁一頁地寫下去。對我來說，這純粹是一種發洩：我的愛、恨、慾望和夢想，以及那被戰爭和時間毀滅的，我心靈中的另一個世界。

這一次，我在家裡祇住了兩個月，被逼再度離開越南。之後，為了生活，我開始我的流浪生涯。我在醫學院裡混了兩年，當過機工、助理編輯，還下過礦坑，但，我始終在繼續完成這部小說。三十八年來到臺灣，我的生活並沒有改變。當時的文藝氣息低落（沒有一本純文藝的刊物，完全是內幕新聞的天下），我竟見然自不量力地創辦了《寶島文藝》月刊。後來因為經費的關係，《寶島文藝》祇出了八個月便停刊了。我這時才發覺自己愛好文藝的程度已經「不可自拔」，於是索性賣文度日。我時常餓得混身顫抖，每天祇吃一斤香蕉，但，在這種困苦中，我的創作慾反而非常旺盛，每每埋首達旦。這部書的初稿就是在這種情況之下完成的，前後足足寫了五年。

後來，中華文藝獎金委員會成立了，經不起王藍先生一再的慫恿，才決心改寫送去應徵。直到有一天我接到通知，要我去見主任委員張道藩先生時，我才相信它竟然被初步錄取了。道藩先生對我非常鼓勵，並請了曾虛白、陳天鷗、蔣碧薇、虞君質、葛賢甯、陳紀瀅諸先生向我提供修改的意見。於是我又用整整九個月的時間，將它從頭改寫。由於這是我的第一部小說，既缺乏經驗，而且寫得那麼長，在文字、結構與內容方面，當然有許多錯誤，我幾乎是全部依據上列各位先生的意見修改的，但唯有一點，我對書中的主人翁范聖珂的「忠貞」問題略有異議，我認為把他寫成「覺悟」更加可貴，理由是處於越南當時的局面，稍為有點血氣的人都會發生這種事情的，尤其是一個對兩個國家都有感情的人。我記得道藩先生為了這件事安慰過我，他說，他祇希望我能夠把這部書寫成一部成功的作品。

經過第三次修改之後，我在民國四十一年終於用《紅河三部曲》這個書名，將它分為：〈富良江畔〉〈為祖國而戰〉〈自由自由〉三部，自費出版，了卻心上積壓了多少年的負擔。

大凡一個初習寫作的人，總喜歡寫自己比較熟識的事物，我也並不例外。因此，這部書中的范聖珂，便變成了我的縮影，大部份的情節，可以說都是我親自經驗過的。當然，一部小說並不同於一篇自傳，難免有些地方不得不有所改變；但，這些改變都守著一個基本原則，也就是必須以我這十多年流浪生涯中體驗到的為依據。我要寫一個「人」，一個真真正正，有血有肉的平凡人；他堅強，但有時也軟弱；勇敢，但也懦怯；有時他會充滿自信，抱負不凡，但遭遇到挫折，也會消沉失望。我是不是已經很成功地把他寫成一個被讀者所能認許的「人」呢？我不知道，但我的確已盡了我的心力。同時，我覺得在小說裡，最能表現我們堅忍不屈寬大仁厚的民族精神的，莫過於描寫海外華僑的生活和他們對祖國的熱愛，但，這些題材卻從未被作家們寫過。而且，我也想將抗戰中最輝煌的印緬戰役留下一個永恆的回憶。因此，我大膽地選擇了這個時代，以及這些難於處理的題材。這也算是我對小說創作的一點理想吧！

這部書出版之後，也許是由於當時的出版品太少，竟然「暢銷一時」。朋友們見了面，或把我介紹給旁人時，總把它提出來。這無形中使我發生一種錯覺，以為它是成功的。印行這部書卻使我足足負了兩年的債（發行所把書款騙去了），因此這七年來我雖然連續出版了十部小說，都是交由書店印行的。這部書絕版了那麼多年，我始終沒有將它再版的打算。

直到去年秋天，明華書局主持人劉守宜先生偶然提起它，有意替我再版。對我來說這的確是個莫大的喜訊，因為我對它有一份不能解釋的偏愛。但是當我再將它重讀一遍，卻又茫然了。

七年間，越南的局勢整個改變了，故事發生的地點海防，已經隨著「北緯十六度」這值得詛咒的停戰協定而淪入越共之手，家人親友亦南移西貢，在災難中掙扎，我對於自己七年以前的「不幸而言中」，反而感到異常悽痛。所以，我認為原來書中的結束，僅是另一個不幸的開始，如果要再版，必定要加以整理。現在我的文字筆調和以前已有很顯著的改變了，假如片斷的添改，反而破壞原來的格調，因此才決定重頭改寫。

當我著手改寫之後，才發現這件工作比我想像中更為困難，結果比擬定的時間拖長半年，直到現在才全部完成。

現在，全書增為〈春〉〈夏〉〈秋〉〈冬〉四部，並加章目，改用《紅河戀》這個名字。

我虔誠地期待文壇先進和讀者指教，並感謝劉守宜先生為本書逐字校正，以及給它再生的機會。

潘壘　四十八年十月二十六日記於臺北市

潘壘全集03 PG1161

新銳文創
INDEPENDENT & UNIQUE

靜靜的紅河

作　　者　潘　壘
責任編輯　唐澄暐、鄭伊庭
圖文排版　詹凱倫
封面設計　陳怡捷

出版策劃　新銳文創
發 行 人　宋政坤
法律顧問　毛國樑　律師
製作發行　秀威資訊科技股份有限公司
114 台北市內湖區瑞光路76巷65號1樓
電話：+886-2-2796-3638　傳真：+886-2-2796-1377
服務信箱：service@showwe.com.tw
http://www.showwe.com.tw
郵政劃撥　19563868　戶名：秀威資訊科技股份有限公司
展售門市　國家書店【松江門市】
104 台北市中山區松江路209號1樓
電話：+886-2-2518-0207　傳真：+886-2-2518-0778
網路訂購　秀威網路書店：http://www.bodbooks.com.tw
國家網路書店：http://www.govbooks.com.tw

出版日期　2014年10月　BOD一版
定　　價　500元

國家圖書館出版品預行編目

靜靜的紅河 / 潘壘著. -- 一版. -- 臺北市 : 新銳文創,
2014.10
面； 公分. -- (潘壘全集 ; PG1161)
BOD版
ISBN 978-986-5696-15-3 (平裝)

857.7 103007122

讀者回函卡

感謝您購買本書，為提升服務品質，請填妥以下資料，將讀者回函卡直接寄回或傳真本公司，收到您的寶貴意見後，我們會收藏記錄及檢討，謝謝！
如您需要了解本公司最新出版書目、購書優惠或企劃活動，歡迎您上網查詢或下載相關資料：http:// www.showwe.com.tw

您購買的書名：________________________________

出生日期：________年________月________日

學歷：□高中（含）以下　□大專　□研究所（含）以上

職業：□製造業　□金融業　□資訊業　□軍警　□傳播業　□自由業
　　　□服務業　□公務員　□教職　□學生　□家管　□其它_____

購書地點：□網路書店　□實體書店　□書展　□郵購　□贈閱　□其他

您從何得知本書的消息？

□網路書店　□實體書店　□網路搜尋　□電子報　□書訊　□雜誌
□傳播媒體　□親友推薦　□網站推薦　□部落格　□其他__________

您對本書的評價：（請填代號　1.非常滿意　2.滿意　3.尚可　4.再改進）

封面設計____　版面編排____　內容____　文／譯筆____　價格____

讀完書後您覺得：

□很有收穫　□有收穫　□收穫不多　□沒收穫

對我們的建議：________________________________

____

____

____

請貼
郵票

11466
台北市內湖區瑞光路 76 巷 65 號 1 樓
秀威資訊科技股份有限公司 收
BOD 數位出版事業部

（請沿線對折寄回，謝謝！）

姓　　名：__________　年齡：______　性別：□女　□男

郵遞區號：□□□□□

地　　址：____________________

聯絡電話：(日)__________　(夜)__________

E-mail：____________________